HERBERT KAUFMANN
ROTER MOND UND HEISSE ZEIT

HERBERT KAUFMANN

roter mond und heiße zeit

VERLAG ST. GABRIEL

Neuausgabe

Umschlaggestaltung: Peter Steinbach

Alle Rechte vorbehalten
12. Auflage
© 1987 by Verlag St. Gabriel, Mödling — Wien
© der 1.—11. Auflage by Verlag Styria, Köln — Graz
Karten: Heinrich Schiffers;
zeichnerische Ausführung: Gottfried Pils
Zeichnungen: Gottfried Pils (nach Vorlagen des Verfassers)
ISBN 3-85264-289-2
Gesamtherstellung: Druckerei St. Gabriel, Mödling
Printed in Austria

Inhalt

- 7   Ein *schlechter* Rat für *gute* Leser
- 9   Auf der Suche nach der verlorenen Eselin
- 20   Im Lager des Marabus
- 35   Der Überfall
- 50   List und Gegenlist
- 62   Im Uëd von Samak
- 74   Das Leben eines Räubers
- 90   Der Geier
- 100   Mid-e-Mid und der Narr
- 109   In den Felsen östlich von Tin Za'uzaten
- 126   Die weisen Lehren des Amenokal
- 143   Die Fürstenwahl
- 158   Der Tornado
- 174   Intallah und Roter Mond
- 182   Das große Ahal
- 196   Die Werbung
- 217   Der Streit der Frauen
- 227   Die Hochzeit
- 243   Nachtwachen
- 254   Ein Lied für Kalil
- 260   Ein *guter* Rat für *schlechte* Leser
- 260   Die Menschen, welche Tamaschek heißen

*Für Judith und Michael Kaufmann,
die so gerne mitgereist wären in die Berge von Iforas*

Ein *schlechter* Rat für *gute* Leser

Es gilt als schlechte Gewohnheit, Bücher zuerst hinten aufzuschlagen. Aber gerade dazu rate ich hier.

Am Schluß dieses Buches findet sich ein Bericht: »Die Menschen, welche Tamaschek heißen.« Ich habe ihn für diejenigen geschrieben, die fragen werden: Ist das wahr, was wir jetzt gelesen haben? Gibt es Männer wie Roter Mond und Abu Bakr? Solche Mädchen wie Heiße Zeit? Sänger und Dichter wie Mid-e-Mid?

Dort ist die Antwort. Man sollte sie ruhig zuerst lesen, aber verpflichtet ist niemand dazu, denn wirkliche Geschichten brauchen keine Beweise.

Herbert Kaufmann

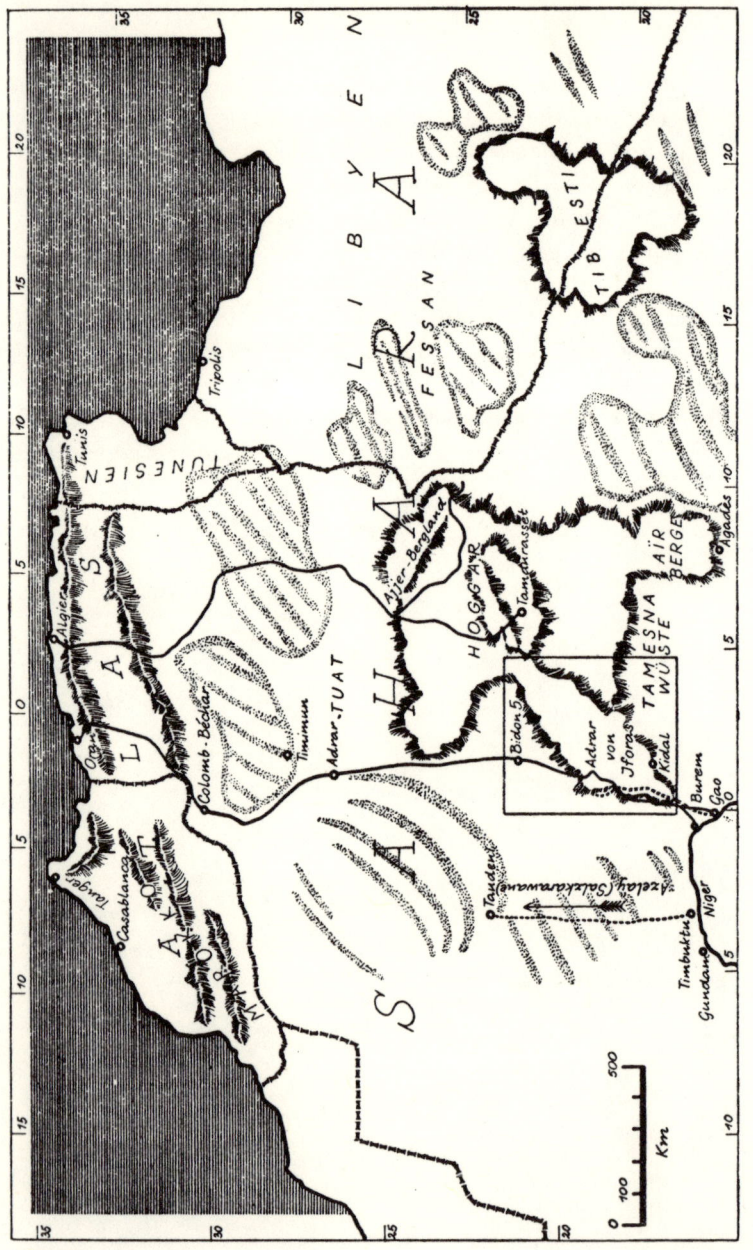

Auf der Suche nach der verlorenen Eselin

Mid-e-Mid sang im Norden. Dort sind die Berge schwarz und violett und die Ebenen gelb von Alemos. Aber seine Lieder reisten weit von Mund zu Mund, von Zelt zu Zelt. Sie klangen und summten um die Feuer, wenn der Hirsebrei abends in den rußigen Eisenkesseln kochte. Sie stiegen von den Lippen der braunen Hirten, die um die heiße Zeit des Tages mit ihren Rindern im kargen Schatten der Akazienbäume weilten. Die Frauen sangen sie und stießen dabei die Stößel in die hölzernen Mörser, und das graue Salz brach unter der Wucht der Stöße in bröcklige Kristalle auseinander.

Mid-e-Mid sang im Norden. Und es schien, als trüge der Wind selbst seine Lieder in den grünen Süden, zu den Stämmen der Kel Effele, zu den Idnan am Rande des Ueds von Tilemsi und zu dem großen Stamm der Ibottenaten, dessen Kamele in der Tamesna-Wüste weideten.

»Mache uns ein Lied, Mid-e-Mid«, sagten die Männer, wenn sie dem Jungen mit den schrägen grünen Augen und den struppig gegen den Himmel igelnden Haaren begegneten. Dann kratzte Mid-e-Mid seine Stupsnase, lachte von einem Ohr zum anderen und verlangte Tabak. Die Männer ließen sich auf den Sand nieder, zogen unter den Tüchern rote Beutel hervor und legten winzige Häufchen Tabakkraut in Mid-e-Mids schmutzige Hände. Der Junge roch daran, mußte niesen und verstaute die knochentrockenen Rispen eilig in seinen Backen. Er kaute und spuckte und hustete und war sehr glücklich. Der Tabak ist knapp im Bergland von Iforas und für die armen Hirten unerschwinglich teuer. Aber Männer, Frauen und

Kinder lieben nichts mehr, als die braunen Strünke mit dem Speichel auszulaugen und den beißenden Saft dem Spender dankbar vor die Füße zu speien.

»Ich werde euch etwas singen«, sagte Mid-e-Mid, »aber es wird nur ein kleines Lied werden, denn ich bin durstig und habe seit Tagen keinen Tee mehr getrunken.«

Die Männer schauten einander bedeutsam an. Ein Teufelsbursche war dieser Mid-e-Mid. Er zog den Leuten die Geschenke aus der Tasche, als kosteten sie nichts oder wüchsen im nächsten Uëd auf den Dornbüschen. Aber da der Junge ungerührt an einem Holzstab zu schnitzen begann und seine Kehle gut verschlossen hielt, stand einer zögernd auf und holte den Ledersack vom Sattel. Darin waren grüner Tee, ein Stück Zuckerhut, daumenlange Gläser und eine zinnerne Kanne. Ein anderer hatte Holzkohle, Zunder und Feuerstein, und ein dritter lief, um Wasser aus dem Idit, dem haarigen Ziegenlederbeutel, zu entnehmen.

Mid-e-Mid hatte es nicht eilig. Er blinzelte zustimmend in die Flamme, die man aus trockenem Alemos-Gras und dürren Zweigen entfacht hatte, und verfolgte genau, wieviel Tee für seinen Gesang geopfert wurde.

»Ich trinke ihn gern stark«, erklärte er, »und mit viel Zucker.«

»Du wirst ihn trinken, wie du ihn bekommst«, brummte ein Mann in einem prächtigen blauen Gewand und mit groben, vorstehenden Zähnen.

»Dann werde ich auch nur singen, wie es dir gebührt, ganz schwach, so daß du es kaum hörst. Ich sehe nämlich, daß du nur schwachen Tee machen willst.«

»Schämst du dich nicht, so gierig zu sein?« versetzte der Mann.

»Ich weiß nicht, warum ich mich schämen soll, wenn ich Durst habe. Du schämst dich ja auch nicht, von mir ein Lied zu fordern.«

Der Mann schwieg. Der Bursche war schlagfertig. Er fühlte sich dessen Zunge nicht gewachsen. Mit gerunzelter Stirn sah er zu, wie ein anderer anderthalb Glas Teeblätter in die Zinnkanne schüttete. Es war üblich, nur ein Glas hineinzutun.

»Wie bist du zu deinem Namen gekommen, Mid-e-Mid?« fragte ein Hirte, während er den Wasserkessel auf die Holzkohle setzte, die inzwischen Feuer gefangen hatte.

»Ich weiß es nicht«, versicherte der Junge. »Ich heiße eben so.«

»Ich kann es euch sagen«, warf ein älterer Mann ein, der bislang kein Wort geäußert hatte. »Ich habe seinen Vater gekannt, ehe er ins Gefängnis kam. Und sein Vater hat es mir erzählt.«

»Aoah – wirklich?« wollten alle wissen.

»Ich sage es doch. Sein Vater Agassum hat ihn Achmed genannt. Ich war dabei, als wir das Fest der Namensverleihung feierten. Agassum schlachtete eine Ziege. Es waren viele Leute eingeladen worden; aber es waren noch mehr gekommen, als eingeladen waren. Darum mußte Agassum noch eine Ziege schlachten. Ja, er kostete seinem Vater schon viel, als er erst sieben Tage auf der Welt war.«

»Und jetzt kostet er uns viel«, warf der Mann mit den vorstehenden Schneidezähnen ein. »Ich glaube, er wird sein ganzes Leben auf Kosten anderer Leute leben.«

Da lachten alle. Nur Mid-e-Mid war beleidigt und schnitzte wortlos an seinem Hirtenstab.

Der Alte fuhr fort: »Später riefen Agassums Frauen ihn 'mid! Sie fanden, Achmed sei zu lang. Aber weil er gewöhnlich auf ihre Rufe nicht hörte, mußten sie ihn zweimal rufen: mid-mid! Und dieser Name ist an ihm hängengeblieben, nicht wahr, Mid-e-Mid?«

Der Junge nickte gleichmütig. Er wußte es nicht. Das Teewasser brodelte. Mit der Unterkante eines Glases wurde das Zuckerhutstück durchgeschlagen und die Klumpen auf den Tee gelegt.

»Warum ist Agassum ins Gefängnis gekommen?« wollte einer wissen.

»Ach, da ist ein Mann schuld, mit dem er Geschäfte

machte«, sagte der Alte zögernd, fuhr aber nach einem Blick auf den prächtig Gekleideten mutig fort, »Agassum hatte Gewehre gekauft und nach dem Norden gebracht. Dort bekam er von einem Araber viel Geld dafür. Und mit dem Geld erwarb er Kamele. Der Mann hatte ihn bei der Reise nach dem Norden begleitet. Nachher haben sie gestritten. Der Mann sagte, Agassum habe nicht ehrlich geteilt und ihm zwei junge Kamele zu wenig gegeben.«

Der Alte hustete. Der Tee war aufgegossen und mußte auf den Holzkohlen noch etwas ziehen.

»Das ist nicht wahr«, fuhr Mid-e-Mid erregt auf. »Mein Vater hat ihm die Hälfte gegeben.«

»Ich weiß, daß es nicht die Hälfte war«, versetzte der Mann, der zu Anfang den schwachen Tee aufgießen wollte.

Mid-e-Mid spuckte verächtlich in den Sand und beschloß, sich an diesem Mann zu rächen, wenn sich die Gelegenheit bieten würde.

Der Alte beschwichtigte: »Vielleicht war es nicht die Hälfte. Aber Agassum hatte auch die meiste Mühe mit den Gewehren gehabt und die Karawane geführt. Der Mann hatte ihn nur begleitet.«

Ein dünner Strahl goldgelben Teewassers schoß in die Gläser. Der Alte kostete und goß das Getränk wieder zurück.

»Also: Sie stritten sich so lange, bis Agassum die Takuba aus der Scheide zog und den Mann zum Schwertkampf aufforderte. Aber dieser wollte nicht. Ihr wißt, wie stark Agassum ist, und seine Takuba ist nicht ein gewöhnliches Schwert. Die Klinge gehört zu den Tisseraijen, den edlen Klingen, die so herrlich sind wie dieses Land und immer nur den Söhnen gehören, wenn sie alt genug geworden sind.«

»Einmal wird sie mir gehören«, sagte Mid-e-Mid zornig und warf den Kopf in den Nacken, »und dann werde ich dem Mann den Kopf spalten bis auf den Hals.«

Die Männer lachten laut. Und der mit den häßlichen

Schneidezähnen hechelte: »Ein Bürschlein, das noch keine vierzehn Regenzeiten erlebt hat, sollte nicht so viele große Worte machen.«

»Fünfzehn«, erwiderte Mid-e-Mid, »und ich werde es tun.«

»Ja, der Mann ist fortgeritten, und Agassum hat alle Kamele für sich behalten. Aber nicht lange.« Der Alte nickte und hustete wieder, weil der Rauch ihm in den Hals gekommen war. »Der Mann ist zum Beylik, zur Regierung, geritten und hat gesagt, daß Agassum die Gewehre nach Norden geschmuggelt hat. Und daß er es bezeugen wollte, hat er auch gesagt. Darauf hat der Beylik die Soldaten auf die Suche nach Agassum geschickt. — Sie mußten nicht lange suchen, denn der Mann hatte ihnen gesagt: Agassum ist im Uëd von Arli und lagert dort am Brunnen. Da haben sie ihn auch gefunden. Seitdem sitzt er im Gefängnis; und der Mann hat die Kamele als Lohn bekommen, weil er dessen Vater« — er zeigte auf Mid-e-Mid — »verraten hat.«

»Ich werde ihn töten«, wiederholte Mid-e-Mid, knirschte mit den Zähnen und packte das Schnitzmesser so fest, als müsse der Kampf mit dem Verräter sogleich losbrechen.

Sie reichten ihm freundlich das erste Glas. Er schlürfte es mit Behagen und wurde friedlicher.

»Er hätte nicht mit Gewehren handeln sollen«, sagte Mid-e-Mids Feind. »Der Beylik hat es verboten.«

Mid-e-Mid schrie: »Wir lassen uns nichts verbieten. Wir sind freie Männer!« Seine Augen schienen noch schräger als sonst in seinem braunen Gesicht zu sitzen.

»Wer?« fragte der Feind.

»Mein Vater und ich«, erwiderte Mid-e-Mid stolz.

Die Männer schoben die blauen Schleier über die Nasen, um ein feines Lächeln zu verbergen; denn sie mochten Mid-e-Mid gern und wollten höflich erscheinen. Nur der Zänker lachte unverhohlen: »Du wirst den Gehorsam noch lernen, Bürschchen!«

»Wirst du nun für uns singen?« lenkten die anderen ab.

»Ja«, antwortete der Junge, »wenn ich das dritte Glas

getrunken habe.« Sie beeilten sich nicht mit dem Tee. Die Sonne wanderte langsam um die Talha-Akazie, in deren Schatten sie lagerten. Die Kamele lagen nicht weit davon in der grellen Helligkeit des Mittags und streckten die Köpfe in den Wind. Sie fühlten sich wohl, denn der Wind war frisch. Weit im Norden, in den Hoggar-Bergen, war Regen gefallen und hatte die Luft abgekühlt. Sogar einige silberne Wolken waren über den blauen Himmel gesegelt wie die Vorhut einer Flotte, die zum Gefecht ausläuft.

Als Mid-e-Mids Stimme erschallte, beugten sich die Hirten vor, als müßten sie die Töne in sich aufsaugen. Und nach den ersten Worten des Liedes schlugen sie mit den Händen den Takt. Nur ein Mann klatschte nicht und lauschte böse.

Mid-e-Mid sang:

> »Am Saum des Gebirges ein Kalb ohne Mutter
> sucht sich allein den Pfad, der zum Brunnen führt;
> sucht sich allein gelbes Alemos.
> Kommt die Hyäne, die gefleckte Hyäne,
> kommt die Hyäne zum Kalb ohne Mutter.«

Er ließ eine Pause entstehen. Dabei erhob er sich auf Hände und Füße und machte mit geknickten Beinen und gefletschten Zähnen den Gang der Hyäne nach. Die Männer lachten. Nur ein Mann lachte nicht.

Mid-e-Mid sang:

> »Folge mir, Kalb, sprach die Hyäne,
> die gefleckte Hyäne.
> Gehorsam ziemt dem jungen Blut.
> Folge zur Höhle, damit ich dich schütze.
> Dort aber singst du mir Lieder zur Laute,
> sprach die Hyäne und senkte den Blick.«

Der Junge hob die Hände etwas über den Kopf, um die Hörner des Kalbes anzudeuten. Denn nun vertauschte er die Rollen. Im folgenden Vers war er das Kalb, und der Mann, der nicht klatschte, wurde ihm zur Hyäne.

Mid-e-Mid drehte dem Mann das Gesäß zu, schlug mit den nackten Füßen aus und sang dazu, während die übrigen Hirten sich vor Lachen ausschütten wollten:

»Fletsch du die Zähne, gefleckte Hyäne,
und schütze dich selber.
Oder liebst du den Huf im Gesicht?
Balek! Paß auf! Gleich hörst du mich singen
und alle Engel im Himmel dazu.
Und alle Engel hörst du dazu.«

Der Mann mit den vorstehenden Schneidezähnen raffte die Gewandfalten zusammen. »Ich muß mich um meine Hammel kümmern«, sagte er.

Sie wischten sich lachend die Tränen aus den Augen, denn sie hatten Mid-e-Mids Anspielung verstanden. Nein, wie hätten sie das nicht bemerken können, daß der Mann wie eine Hyäne aussah und wie eine Hyäne dachte! Und gleich darauf wurden sie ernst. Sie erinnerten sich, daß Leute, die man verhöhnt hatte, auch bisweilen Rache üben könnten.

»Das durftest du nicht singen, Mid-e-Mid«, sagten sie.

»Er wollte meinen Vater beleidigen. Aber auch die jungen Kälber haben schon Hufe. Ich werde das Lied singen, sooft ich kann, damit es alle im Lande hören.«

»Tu das nicht, Mid-e-Mid«, sagten sie. »Sing uns lieber dein Lied Amenehaya. Ja, sing für uns Amenehaya.«

Und Mid-e-Mid sang das Lied Amenehaya, das er gedichtet und dessen Melodie er erfunden hatte. Alle Tamaschek in den Bergen von Iforas kannten es. Und wenn sie es sangen, sagten sie: Das ist Mid-e-Mids Lied! Aber niemand sang es so herrlich wie Mid-e-Mid selbst:

»Inalaran, Lanzenträger, und du Sohn von Intebram,
kommet zur Zeit, wenn das Vieh das Salz schleckt,
kommet zum Brunnen von In Tirgasal!

Bringt auch Intedigagen, den Kamelhengst,
für den alten Magidi.
Kommet zum Brunnen von In Tirgasal!

Sehet die Gräser im Winde sich wiegen;
seht auch die Berge Tigim und Adrar
nicht fern vom Brunnen In Tirgasal.

Inalaran und Intebrams Sohn: seht ihr die Mädchen,
kuhmilchgenährt und nach Wohlgeruch duftend?
Kommet zum Brunnen von In Tirgasal.«

Es hatte viele Strophen. Aber die letzte war die schönste, und die Hirten sangen sie mit. Ihre Stimmen waren leise und dunkel. Mid-e-Mids Stimme aber jubelte wie der Hahnenschrei in den Dörfern am Niger, morgens zur Zeit des ersten Gebets. Die letzte Strophe ging so:

»Selbst der greise Magidi läßt Intedigagen
um die Trommel der Mädchen tanzen.
Nachts vor dem Feuer singen die Krieger
Inalaran und Intebrams Sohn.
Singen das Lied der freien Männer
am alten Brunnen von In Tirgasal.«

Als das Lied zu Ende war, sagten die Hirten: »Wohin wirst du gehen, Mid-e-Mid?«

Mid-e-Mid wies nach Osten: »Dorthin. Ich suche eine Eselin. Sie ist gestern meiner Mutter entlaufen.«

Der Alte nickte: »Ich habe die Spur eines Esels gesehen. Den rechten Vorderfuß setzt er einwärts.«

»Das ist sie«, rief Mid-e-Mid. »Sie hat sich den Fuß vor einem Jahr gebrochen.«

»Ich glaube, sie läuft zum Brunnen von Timea'uin.«

Mid-e-Mid sagte: »Wenn sie nach Timea'uin läuft, werde ich sie finden.«

»Das sind drei Tage für einen Esel«, meinten die Hirten. »Du wirst dich verirren, Mid-e-Mid. Zwischen diesem Platz und Timea'uin ist kein Wasserloch.«

»Ich habe meinem Esel einen Idit unter den Leib gebunden. Was brauche ich mehr!«

Der Alte deutete in die Richtung, die der Junge nehmen mußte: »Reite nur zu. Dein Esel ist frisch. Ich will dir die Uëds sagen, durch welche du reiten mußt.«

Er zeichnete mit dem Finger eine Linie in den Sand.

»Das sind Berge ohne Namen. Sie laufen von Sonnenaufgang nach Sonnenuntergang. Du reitest zwei Stunden durch diese Berge. Es gibt nur einen Pfad.«

Er zog zwei weitere parallele Linien. »Dieses Uëd mußt du durchqueren. Es heißt Tin Bojeriten. Dort stehen Ahaksch- und Tamat-Akazien. Der Boden ist sandig, aber nicht weich. Du reitest eine Stunde im Uëd. Wenn du einen schmalen, steinigen Hügel am Ausgang des Uëds besteigst, siehst du ein neues Uëd vor dir. Es heißt Uëd Timea'uin. Darin reitest du zwei Tage. Es bringt dich zum Brunnen.«

»Ich habe mir alles gemerkt«, sagte Mid-e-Mid. »Sage mir noch: Sind Leute in einem der Uëds?«

»Ja«, sagte der Alte freundlich. »Du wirst drei Lager finden. Das erste hat zwei Zelte. Seine Bewohner sind Kel Effele wie dein Vater. Das nächste ist sehr groß. Es hat fünf Zelte. Die Männer dort sind nicht sehr freundlich. Es sind Kel Rela aus den Hoggar-Bergen. Das dritte Lager ist nicht weit vom Brunnen. Dort findest du ein Zelt mit Ibottenaten aus der Tamesna-Wüste. Sie haben viele Kamelstuten und Milch im Überfluß.«

»Ich danke dir«, sagte Mid-e-Mid. »Ich werde in allen Lagern nach Essen fragen.«

»Tu das«, nickten die Hirten. »Und wenn sie dir nur Hirse vorsetzen, so kannst du ja singen. Dann werden sie dir Fleisch geben.«

»Ich singe nicht, um Essen zu bekommen. Ich singe, weil ich singen muß.«

»Aye! Sieh da«, lachten sie, »aber von uns hast du Tee und Tabak verlangt!«

Mid-e-Mid runzelte die Stirn. »Ich hätte auch so gesungen. Aber ich merkte, daß der mit den bösen Zähnen mich zwingen wollte, zu singen. Da habe ich gefordert.«

»Ja, er scheint ein Geizkragen zu sein«, bestätigten sie. »Aber du hast ihn dir zum Feind gemacht.«

»Ich habe keine Angst. Ich werde das Lied von der Hyäne überall singen: von Tadjujamet bis nach Kidal.«

Und er sprang auf und knüpfte den Idit um den Eselbauch und summte dabei:

»Balek! Paß auf! Gleich hörst du mich singen
und alle Engel im Himmel dazu.
Und alle Engel hörst du dazu.«

Bei dem Wort »balek!« trat er den kleinen grauen Esel mit dem Knie in die Rippen, als ob er seinen Gegner vor sich hätte. Der Esel schrie i-aaah. Mid-e-Mid löste ihm die Fußfessel, schwang sich auf seinen Rücken, klemmte die mageren braunen Beine um seinen Leib und schlug ihm ein dünnes Stöckchen um die Ohren. »Armad! Vorwärts!« Und den Hirten zugewandt rief er: »Bellafia – auf Wiedersehen!«

»Inchallah – so Gott will!« gaben sie zurück.

Der Alte mit den verwitterten Zügen legte die Hand auf den Kopf des Esels und hielt ihn fest.

»Ich will dir sagen, was du doch wissen mußt«, sagte er behutsam.

»Von wem sprichst du?« fragte Mid-e-Mid.

»Von dem Mann, über den du das Lied gemacht hast.«

»Ich mag ihn nicht«, sagte Mid-e-Mid.

»Daran tust du recht«, erwiderte der Alte. »Es ist Tuhaya.«

»Ja«, sagte Mid-e-Mid. »Ich werde mir seinen Namen merken.«

»Das ist es nicht«, sagte der Alte und spuckte aus. »Es ist der Mann, der deinen Vater verriet.«

Da wurde Mid-e-Mid grau im Gesicht. Der Alte legte ihm die Hand auf die Schulter: »Denke Tag und Nacht daran«, sagte er fest, »aber was du tun mußt, tue nicht jetzt. Warte, bis du stark bist und ein Schwert trägst.«

»Ich bin stark«, sagte Mid-e-Mid erbittert.

»Nicht stark genug. Und vergiß auch nicht, was ich dir sage: Tuhaya ist ein Freund des Fürsten Intallah. Vergiß auch das nicht!«

Mid-e-Mid zögerte. Aber er sah ein, daß der Rat des Alten gut war. Auch hätte er auf seinem Esel Tuhaya nicht einholen können. Dieser ritt ein großes Kamel von edler Rasse und weitausgreifendem Schritt. Da sagte er: »Ich werde warten, alter Mann, und ich danke dir.«

So schieden sie.

Und Mid-e-Mid ritt, die verlorene Eselin zu suchen. Sein blauer Umhang flatterte im Wind. Seine Hacken trommelten auf den Eselbauch. Die kleinen gespaltenen Hufe des Eselchens trappelten über das Geröll. Und die senkrecht stehende Sonne verkürzte den Schatten von Reiter und Reittier so seltsam, daß es aussah, als ob ein Schakal auf dem Panzer einer Schildkröte eilig den Bergen zustrebte.

Die Hirten schauten ihm lange nach, die Hände schützend vor die Augen gelegt. Ja, das war wahr, von Tadjujamet im Norden bis zur Stadt Kidal im Süden kannten alle Tamaschek Mid-e-Mids Lieder. Und viele kannten auch den mageren, häßlichen Jungen mit der Stupsnase und dem Igelhaar. Die Männer liebten ihn, aber sie zeigten es nicht. Doch die Frauen zeigten es deutlich. Sie schenkten ihm Milch und Datteln und getrocknetes Fleisch. Und sie nannten ihn zärtlich »Eliselus«. Das bedeutete »der lose Vogel, der immer Lustige«. Aber so nannten sie ihn nur in seiner Abwesenheit.

Und Mid-e-Mid sang und ritt und ritt und sang. Und wenn er müde war, legte er sich vornüber auf den Eselhals, verschränkte die Füße unter dem Grautier und schlief. Und die grauen Felsblöcke und die dornigen Äste der Talha und die gelben Blüten der Tamat und der Sand und der Wind: Sie lächelten alle, wie er so schlafreitend vorüberzog. Nur der Esel nickte ernst und zottelte, als sei es selbstverständlich, ostwärts zum Brunnen Timea'uin.

Im Lager des Marabus

Gegen Abend erreichte Mid-e-Mid das erste Lager, das ihm der alte Mann beschrieben hatte. Schon von weitem hörte er das Meckern von Ziegen und die Stimme einer Frau.

Die Frau schnalzte mit der Zunge und rief: »Dak! Dak!« Das war der Laut, mit dem die Ziegen gelockt wurden, damit man sie melken konnte. Da wußte er, es würde frische Milch geben. Und er beeilte sich, denn er war sehr durstig. Er hätte den Idit öffnen können. Aber das Wasser war jetzt warm und löschte den Durst nicht.

Die Frau war nicht zu sehen. Hohe Büschel Affasso verdeckten sie. Mid-e-Mid riß einige starke grüne Stengel ab und steckte sie in den schmalen Ledersack, in dem er seinen Besitz aufbewahrte: den Mongasch – eine Pinzette, um Dornen aus dem Fuß zu ziehen; einen Emaillebecher mit gebrochenem Henkel; die Fußfessel für den Esel und ein längeres Seil, um die Eselin anzubinden, wenn er sie gefunden haben würde.

An einem Baum waren Kamelfüllen festgemacht. Sie schrien ängstlich auf, als er vorüberritt, und staksten zittrig so weit fort, als es die Schnur zuließ, mit der sie angepflockt waren. Wenn es junge Kamele gab, gab es auch Kamelstuten. Und wo Stuten waren, war auch Kamelmilch. Und gibt es denn etwas Köstlicheres als frische Kamelmilch, aus Kalebassen getrunken?

Er entdeckte die braunroten Lederdächer der Zelte, sah ein eisernes Dreibein über einem Holzfeuer und daran gehängt einen Kessel, dessen Rand nach außen gewölbt war. Er ließ sich nach rückwärts über den Eselschwanz zu Boden gleiten. Es gehörte sich nicht, bis an das Feuer heranzureiten.

Als er sich nach der Frau umsah, stand sie hinter ihm. Sie war groß und wohlgestaltet und mochte etwa vierzig Jahre sein.

»Salam aleikum«, grüßte er.

»Aleik essalam.«

»Matullad? Wie geht es?«

»El kir – es geht mir gut«, erwiderte die Frau und schlug ihr Tuch über den Kopf.

Sie betrachtete ihn. »Bist du nicht Mid-e-Mid ag Agassum?«

»Ich bin es«, sagte Mid-e-Mid.

»Du bist willkommen«, sagte die Frau. »Es wird Tee für dich gemacht werden. Lade deinen Esel ab und setz dich ans Feuer. Der Marabu ist die Kamele melken. Er wird gleich hier sein.«

Mid-e-Mid mochte die Frau. Sie war herzlich und fragte nicht. Er hatte andere kennengelernt, die erst einmal alle Geschehnisse des letzten Jahres von ihm erzählt haben wollten, ehe sie ihn an das Feuer baten. Und es gab wieder andere, die nur seine Lieder hören wollten und darüber vergaßen, daß ein Reiter hungrig ist. Nein, diese Frau war freundlich. Er beschloß, sich dankbar zu zeigen.

Als er sich hinsetzte, meinte er, eine Bewegung unter dem Zelt zu bemerken. Aber es konnte auch der Wind sein, denn das Zelt war auf seiner Seite mit Matten verschlossen.

Er begann, sich einen Dorn aus der Ferse zu ziehen, der ihn schon lange plagte. Aber schließlich mußte man dazu allein sein. Der Dorn saß tief und schmerzte, als er ihn berührte. Er verzog das Gesicht. In diesem Augenblick glaubte er jemand kichern zu hören und steckte den Mongasch schnell in seine Tasche und setzte sich ernst und gerade hin. Und wieder schien der Wind die Zeltmatten vor dem Eingang zu bewegen.

Der Schritt eines Mannes näherte sich. Mid-e-Mid hörte ihn deutlich. Das trockene Gras knisterte unter seinen Füßen. Das mußte der Marabu sein. Er wollte sich nicht nach ihm umdrehen, denn das wäre Neugier gewesen und eines Tamaschek unwürdig. Also tat er, als sei er taub.

Der Marabu war breitschultrig und untersetzt. Eine starke und kühne Nase entsprang zwischen hochgeschwungenen Brauen. Ein weißer Chech aus Musselin bedeckte den Kopf und verhüllte Ohren, Kinn und Lippen. Diese Verschleierung erzwang wie von selbst, die Aufmerksamkeit auf die Augen zu richten. Sie waren oval, sehr groß und von tiefem Schwarz. Ohne Verwunderung ruhten sie auf ihm. Und die linke Hand drehte sanft die Holzperlen des Tesbih, des mohammedanischen Rosenkranzes, zwischen den Fingern. Die Rechte streckte sich Mid-e-Mid entgegen, der aufgestanden war und seine Hand leicht gegen die des Marabus drückte. Beide führten ihre Finger sogleich an die Brust.

Die Begrüßung war lang und höflich und war zugleich eine Prüfung, ein Ausfragen, ein allmähliches Bekanntwerden. So verlangte es die Sitte.

»Du bist gesund?«
»Hamdullillah.«
»Deine Tiere sind gesund, Mid-e-Mid?«
»Sie sind gesund, hamdullillah.«
»Deine Familie, Mid-e-Mid – sie befindet sich wohl?«
»Elhamdullillah.«

Ein hörbares Seufzen, als sei er von einer schweren Last befreit. Die Reihe war nun an Mid-e-Mid, die Fragen zu stellen. Er lehnte sich auf seinen Stock und stemmte den rechten Fuß gegen das Kniegelenk des linken Beines.

»Deine Imenas – haben sie gute Weide gefunden?«
»Gute Weide, Mid-e-Mid. Ihre Höcker sind straff, und die Euter der Stuten strotzen von Milch. Hamdullillah.«
»Du hast viele Jungtiere?«
»Zwei – und vielleicht noch eines in einigen Wochen, inchallah.«
»Deine Familie – sie ist gesund?«
»Sie ist gesund.«

Sie setzten sich hin, den Rücken gegen den Wind, damit ihnen der Rauch des Feuers nicht in die Augen geblasen wurde. Mid-e-Mid langte nach dem Bündel Affasso und legte es in die Glut. Das Gras war zu frisch, um recht zu brennen. Es verkohlte zu schwärzlicher Asche. Er griff nach der Asche und ließ sie in der Hand zu Puder zerfallen. Der Marabu reichte ihm Tabak. Mid-e-Mid mischte Puder und Tabak, bot dem Mann an und nahm selbst eine Prise.

»Dein Tabak ist gut«, lächelte Mid-e-Mid.

»Der Toka ist frisch. Er gibt erst dem Tabak die Würze und nimmt ihm die Schärfe. Ich wußte gar nicht, daß so frisches Affasso in der Nähe der Zelte steht.«

»Nur ein Busch ist so frisch. Ich sah gleich, daß er guten Toka ergeben würde.«

Sie schwiegen beide und kauten und spuckten. Die Frau setzte Wasser auf. Sie tat dies stumm. Frauen nehmen selten teil an den Gesprächen der Männer, es sei denn, man forderte sie auf. Mid-e-Mid gab auch ihr Tabak und Toka. Sie dankte und ging.

»Deinen Vater kenne ich gut«, sagte der Marabu. »Ist er wieder frei?«

»Noch zwei Regenzeiten muß er warten.«

»So bist du der Mann?« sagte der Marabu und ein feines, kaum merkliches Lächeln spielte um seine Nasenflügel.

»Ich sorge für die Rinder. Mein älterer Bruder hütet die Kamele.«

»Wie viele Imenas habt ihr?«

»Wir haben vier Stuten und zwei Reittiere. Meine Mutter hat ein Lastkamel. Es ist sehr stark.«

»Das ist gut. Als dein Vater in das Haus des Beylik gebracht wurde, hattet ihr keine Kamele mehr.«

»Doch«, lachte Mid-e-Mid, »ich hatte sie versteckt.«

Der Marabu betrachtete den Jungen mit Achtung. »Du bist wie ein Mann, Mid-e-Mid. Es ist nicht zu früh, dir Tagelmust und Takuba zu geben.«

Tagelmust und Takuba – Schleier und Schwert der Tamaschek – sind die erste Auszeichnung des jungen Mannes, wenn er alt genug ist, sich zu wehren, und auf seinem Kinn der erste Bart sprießt.

Mid-e-Mid zuckte die Achseln. »Wir sind arm.«

»Ja, aber mit Allahs Hilfe werdet ihr viele Imenas haben und gute Weide finden.« Er dachte eine Weile nach und fuhr fort: »Ich habe einen Schüler. Ajor Chageran...«

»Ajor Chageran?« sagte Mid-e-Mid. »Intallahs Sohn? Er ist drei Jahre älter als ich. Ich habe gehört, daß mein Vater mich Ajor Chageran nennen wollte, weil der Mond rot war, als ich geboren wurde. Aber meine Mutter duldete es nicht. Sie sagte: Roter Mond sei ein Name für die Söhne der Ilelan, der Vornehmen. Darum heiße ich nun Achmed ag Agassum.«

»Deine Mutter hat recht daran getan«, versetzte der Marabu mit Nachdruck. »Was sollten wir mit zwei Monden in diesem Land?«

Mid-e-Mid schwieg. Er beneidete Ajor um seinen Namen. Und zum ersten Male kam ihm der Gedanke: Warum mußten die Fürsten, die so reich an Kamelen und Vieh waren, auch noch die schönsten Namen für ihre Söhne nehmen? Und ohne es eigentlich zu wollen, sagte er:

»Der Mond ist für alle da, so wie die Sonne und das Wasser der Brunnen. Warum nicht auch die Namen? Ich bin ein Tamaschek so gut wie er.« Er strich sich über die Haare und fühlte Zorn in seinem Herzen.

»Wehe dem, der nicht zufrieden ist mit Allahs Willen! Bist du nicht gesund, hast einen Esel zum Reiten, hast einen Idit zum Trinken, findest ein Feuer und einen Platz, deinen Kopf hinzulegen? Du bist undankbar.«

»Mid-e-Mid ist ein lustiger Name«, sagte eine helle klare Stimme. »Ich mag ihn gern.«

Sie drehten sich herum. Mißbilligend der Marabu, Mid-e-Mid überrascht. Die Zeltmatte war zurückgeschlagen und ein Mädchen hockte im Eingang. Sie hatte ein blaues Tuch um Kopf und Körper, nur die Augen waren zu erkennen. Und diese waren strahlend braun, und die Lider mit Antimon bläulich gefärbt.

»Ja, ich mag ihn gern«, wiederholte das Mädchen, noch ehe sein Vater es schelten konnte. »Aber auch Ajor mag ich gern. Der Name paßt zu ihm, und dein Name paßt zu dir, Mid-e-Mid.«

Mid-e-Mid hatte vor Staunen die Augen weit aufgerissen. Noch nie hatte er ein Mädchen so sprechen hören.

Seine eigenen Schwestern wagten nicht, den Mund zu öffnen, wenn ein Gast am Feuer saß.

»Hilf deiner Mutter, Tiu'elen!« fuhr der Marabu seine Tochter an.

Aber sie saß schon nicht mehr im Zelt. Über ihren eigenen Mut erschrocken, war sie barfüßig davongesprungen.

»Du mußt es nicht übelnehmen«, sagte der Marabu verlegen. »Sie ist noch sehr jung. Und wir haben selten Gäste an unserem Feuer.«

»Tiu'elen – Heiße Zeit«, wiederholte Mid-e-Mid.

»Sie ist geboren, ehe die Regen fielen – darum. Aber ich wollte dir die Tafeln zeigen.« Der Mann stand auf und holte zwei kleine Holztafeln. Mit schwarzer Tusche waren arabische Schriftzeichen aufgemalt.

»Was ist das?« fragte Mid-e-Mid.

»Koransuren – meine Schüler lernen sie lesen und können sie auswendig hersagen.«

»Ajor ist dein Schüler?«

»Ja. Er wird mich nun verlassen. Intallah will seinen Sohn bei sich haben.«

»Ah. Und du hast keinen Schüler mehr?«

Der Marabu schüttelte bedächtig den Kopf. »Ein Platz im Zelt ist frei«, sagte er.

Die Frau kam und machte das Wasser heiß für den Tee. Sie blieb am Feuer hocken und sah aufmerksam zu Mid-e-Mid hin.

»Wir haben einen Platz frei«, wiederholte der Marabu. Man wußte nicht recht, mit wem er sprach, denn er schaute niemand an.

»Wenn Ajor geht«, sagte die Frau und sah Mid-e-Mid an, als ob sie eine Antwort erwarte.

Mid-e-Mid spürte sein Herz klopfen. Der Marabu war ein angesehener Mann. Wenn jemand in den Zelten krank wurde, schickte man nach ihm. Er kam und betete neben dem Kranken. Einige Kranke wurden davon gesund. Anderen gab er einen Teraut. Das war ein kleiner Lederbeutel, schwarz oder braun, auch schon einmal rot und gelb. Der Teraut wurde um den Hals auf der Haut getragen. Er brachte Gesundheit und Schutz vor bösen Wünschen. In dem Teraut war ein Papierstreifen mit einigen Worten aus dem Koran eingenäht. Aber das wußten die wenigsten, denn der Marabu erzählte es nur seinen Schülern.

Für die Gebete und für den Teraut gaben die Familien der Kranken dem Marabu ein Schaf oder eine Ziege. Eine Kuh nur nach sehr schweren Krankheiten. Und ein Kamel gaben sie ihm nie.

Mid-e-Mid dachte: Wenn ich den Platz im Zelt bekomme... Wenn ich lerne, diese seltsamen Dinge auf die Holztafeln zu malen und sie gar zu verstehen. Er dachte auch: Tiu'elen mag meinen Namen. Und ich mag ihren Namen: Heiße Zeit.

»Du müßtest deinen Vater fragen«, sagte der Marabu.

»Nein. Ich tue, wie ich will«, erwiderte Mid-e-Mid und warf sich in die Brust.

»Aber deine Mutter mußt du fragen«, sagte die Frau. »Vielleicht braucht sie dich sehr.«

»Sein Bruder ist ja da«, sagte der Marabu. »Du würdest viel bei mir lernen. Den Koran würdest du lesen. Die Gebete würdest du hersagen können. Mit Allahs Hilfe würdest du lernen, Kranke zu heilen.«

Die kleine Kanne mit dem Teewasser kochte rasch. Der Marabu schien sich nun ganz mit dem Tee zu beschäftigen.

Mid-e-Mid spuckte den Priem aus. »Sie würde es mir nicht verbieten. Meine Mutter verbietet mir nichts«, sagte er. Aber er wußte, daß seine Mutter ihn nicht gern wegließ. Seine Mutter liebte ihn mehr als den älteren Bruder. Früher schon hatte er gemerkt, daß sie sich mehr mit ihm beschäftigte, ihm Fragen stellte, ihn überwachte – was ihm lästig war – und ihn singen lehrte. Sie brachte ihm auch das Tifinagh bei – die Schrift der Tamaschek. Den älteren Bruder schickte sie auf die Weide, die Tiere hüten.

»Du mußt deine Mutter fragen«, wiederholte die Frau.

Der Marabu meinte: »Mid-e-Mid ist alt genug. Er reitet drei Tage durch die Uëds, um eine Eselin zu suchen. Das ist Männerarbeit.«

Da schwieg die Frau. Mid-e-Mid sagte: »Ich kann alle Arbeit tun. Ich kann reiten und Kamele hüten. Ich kann Spuren lesen. Und ich habe keine Angst vor der Hyäne.«

»Das ist gut«, sagte der Marabu und goß die Gläser voll und reichte ihm das erste. »Wir haben ein Kalb verloren durch eine Hyäne.«

»Gib mir eine gute Takuba«, warf Mid-e-Mid schnell ein. »Ich werde die Hyäne töten. Ich werde zu ihrer Höhle gehen und...«

»Es ist eine große Hyäne«, sagte eine helle Stimme. Heiße Zeit stand neben ihrer Mutter. Die Dunkelheit war schon um das Lager. Das Feuer ließ ihre nackten Füße rot erscheinen, und ihr Gesicht hatte tiefe schwarze Schatten. Mid-e-Mid tat, als sähe er sie nicht. Aber aus den Augenwinkeln musterte er sie verstohlen. Sie hatte das Gesicht ihrer Mutter, nur klarer und jünger, und der Mund war weicher. Ihre Haare waren glatt nach hinten gebürstet und in der Mitte gescheitelt. Sie trug Ohrringe aus Gold. Ihr Gewand war zerrissen wie sein eigenes. Sie war ein Stück größer als er, und vielleicht war sie auch etwas älter.

»Ja, es ist eine große Hyäne«, wiederholte der Marabu. »Ich werde mit dir gehen.«

»Ajor hat keinen Mut gehabt, die Hyäne zu töten«, sagte Tiu'elen.

»Ich habe keine Takuba – das ist es.« Roter Mond war so lautlos zu ihnen getreten, daß ihn niemand kommen gehört hatte. Oder vielleicht hatte ihn Heiße Zeit gesehen und darum die kränkenden Worte gesagt. Mädchen sind oft hart in ihren Worten und weich in ihren Herzen.

Ajor reichte Mid-e-Mid die Hand. Er tat es mit der Würde des Älteren und der Herablassung des Fürstensohnes. Niemand konnte bezweifeln, daß Roter Mond zu den Söhnen der Ilelan, der Vornehmen, gehörte. Er war so hoch gewachsen, daß er mit seinen achtzehn Jahren den Marabu um anderthalb Kopf überragte. Seine Haut war auch im Halbdunkel der Dämmerung um vieles heller als die Mid-e-Mids. Die feine, gerade Nase, die schmalen Lippen, die bewußte Langsamkeit seines Ganges, alles verriet den Sohn Intallahs. Und Intallah war der größte der Stammesfürsten unter den Tamaschek. Im Bergland von Iforas war kein größerer; und nicht nur der eigene Stamm, die Kel Effele, nannte ihn Amenokal. Das bedeutet König.

»Mein Vater wird dir eine Takuba leihen«, neckte Tiu'elen.

»Geh auf deine Matte«, befahl der Marabu und blitzte seine Tochter mit den großen forschenden Augen an.

Heiße Zeit ging. Nur ein ganz feiner Duft von Rosenöl blieb zurück. Und auch dieser verwehte im Feuerrauch. Aber Mid-e-Mid hatte ihn wahrgenommen, und Ajor sog ihn mit Befriedigung ein. Das Rosenöl war sein Abschiedsgeschenk an die Tochter des Meisters. Er hatte es der Mutter gegeben und sie gebeten, es Tiu'elen zu überbringen. Sein Geschenk war wohl aufgenommen worden. Der Marabu hatte seine Freigebigkeit gelobt.

Sie schlürften den Tee. Ajor hatte sich neben den Marabu gesetzt. Er sagte: »Ich habe einen Mann getroffen mit einem vierjährigen Kamel. – Er kam von Timea'uin. Er war in Eile. Zuerst wollte er sich nicht bei mir aufhalten. Aber ich gab ihm Tabak. Da ist er einige Zeit geblieben.«

Die Frau hob den Kessel aus dem Haken des Dreibeins und stellte ihn abseits, um das Essen abkühlen zu lassen, denn der Hirsebrei war gar.

»Warum ist der Mann nicht zu meinem Zelt geritten?« fragte der Marabu.

»Er war auf dem Wege zu seinem Stamm. Er war ein Idnan. Die Zelte seiner Leute stehen am Brunnen von Telabit. Er war wirklich in Eile, wie ich erfuhr. Seine Nachricht war nicht gut: Abu Bakr lagert bei Timea'uin. Alle Leute treiben ihre Herden fort.«

Der Marabu legte Ajor die Hand auf die Knie. »Du bist sicher, daß der Idnan die Wahrheit sprach?«

»Ich bin sicher«, erwiderte Ajor ruhig. Er schlürfte das zweite Glas Tee.

»Das ist wahrhaftig eine böse Nachricht«, sagte der Marabu.

»Ich habe die Kamele dreifach gefesselt. Du kannst sie hören. Sie stehen an den beiden Teborakbäumen und fressen.«

»Wenn Abu Bakr in Timea'uin lagert, zieht er vielleicht nach Nordosten in die Hoggar-Berge«, meinte die Frau.

»Ich glaube nicht«, antwortete Roter Mond. Er sprach sehr langsam, um seinen Worten Nachdruck zu geben. Aber er hatte eine helle und heisere Stimme, an die man sich gewöhnen mußte. »Der Mann versicherte, Abu Bakr sei auf dem Wege, eine Dattelkarawane zu überfallen, die in diesen Tagen aus dem Norden eintreffen müsse. Ihr Weg führt durch dieses Uëd, wie ihr wißt. Der Platz ist günstig, um die Karawane aufzuhalten.«

»Das ist wahr«, sagte der Marabu. Er hatte das erste Glas Tee noch nicht getrunken. »Aber ich fürchte, Abu Bakr kommt nicht wegen der Karawane.«

Roter Mond fuhr fort: »Der Mann weiß, daß einige Herden seines Stammes von hier aus gegen Westen weiden. Er will sie warnen.«

»Uns wollte er nicht warnen«, sagte die Frau bitter.

»Es war kein Kel Effele«, sagte Ajor. »Die Idnan sind nicht wie wir.«

Ein Schakal schrie. Er winselte. Es klang wie das Winseln eines kleinen Kindes, das lange vergeblich nach der Mutter geschrien hatte und nun keine große Kraft mehr besaß.

»Abu Bakr ist bewaffnet«, sagte der Marabu.

»Ja«, sagte Ajor. »Der Mann berichtete, Abu Bakr trage zwei Patronengürtel über der Brust und einen dritten Gürtel um den Leib. Er sagte auch, Abu Bakr habe ein Gewehr, das eine seltsame Röhre auf dem Lauf trage. Wenn er durch diese Röhre schaue, könne er auf 500 Schritt das Auge der Gazelle treffen. Ich weiß nicht, ob das wahr ist. Aber der Mann sagte so.«

»Es ist wahr«, sagte der Marabu düster. »Ich kannte den Mann, dem das Gewehr gehörte. Man hat nie mehr von ihm gehört. Der Beylik hat ihn suchen lassen. Aber er wurde nicht gefunden.«

»Warum fängt der Beylik Abu Bakr nicht?« fragte Mid-e-Mid. »Alle wissen, daß er der größte Räuber in unserem Land ist und viele Kamele gestohlen hat, und auch einige Menschen soll er getötet haben. Mein Vater hat keinen Menschen getötet, aber der Beylik...«

Roter Mond wandte dem Jungen voll sein Gesicht zu. Es war ein langes und kluges Gesicht, mit einer hohen und geraden Stirn und scharfen Augen – einer Stirn, die denken konnte und Augen, die befehlen konnten.

»Mein Vater Intallah hat mir gesagt, dafür gäbe es zwei Gründe. Abu Bakr lebt in den Bergen zwischen dem Brunnen von Ramir und den Bergen des Adrar Hassene. Die Soldaten wagen sich nicht in diese Berge. Sie wissen nicht, wo die Wasserstellen sind. Abu Bakr weiß es. Er kennt alle Schlupfwinkel.«

»Ich habe gesehen«, widersprach Mid-e-Mid, »daß der Beylik mit Wagen durch die Wüste fährt. Warum läßt er die Wagen nicht in diese Berge fahren?«

»Die Wagen sind gut für die Wüste, das ist wahr. Aber in den Bergen sind keine Pisten. Nur die Kamele können die Bergpfade betreten. Das hat mein Vater gesagt.«

Mid-e-Mid ließ nicht locker. »Der Beylik hat viele Kamele.«

Der Marabu nickte. »Der Beylik hat Kamele und Soldaten. Aber die besten Imenas hat Abu Bakr. Er hat sie gestohlen, wo immer er sie fand. Darum ist er schneller als seine Verfolger. Es ist, wie Ajor dir sagte, er allein weiß, wo Wasser ist.«

»Der Beylik hat Flugzeuge«, warf Mid-e-Mid ein. Er sagte es mehr, um Roter Mond zu widersprechen, als aus Kenntnis dieser Maschinen. Er hatte sie oft am Himmel gehört und auch gesehen. Aber er wußte nicht, ob man mit diesen Flugzeugen Abu Bakr fangen könnte.

Ajor wußte ebensowenig, ob man mit Flugzeugen einen Räuber fangen konnte. Darum dachte er einen Augenblick nach. »Nein«, sagte er schließlich. »Die Flugzeuge sind zu schnell und auch zu hoch. Sie können Abu Bakr nicht sehen. Wenn er das Flugzeug hört, stellt er sich unter einen überhängenden Felsen. Nein, die Flugzeuge des Beylik sind wohl keine wirkliche Gefahr für Abu Bakr.«

Der Marabu schlürfte den kalten Tee und goß dann allen das nächste Glas ein. »Ajor, du hast gesagt, dein Vater habe dir zwei Gründe genannt, weshalb der Beylik Abu Bakr nicht fange, obwohl er doch allen Leuten schadet. Aber du hast nur einen Grund genannt.«

Er hustete. Die Nachtkühle wurde fühlbar. Die Frau stellte den Topf mit Essink, dem salzlosen Hirsebrei, vor die Männer und zog sich zurück. Sie würde mit der Tochter essen, wenn die Männer satt waren.

»Der andere Grund? – Mein Vater sagte, man habe ihm zugetragen, Abu Bakr leiste dem Beylik Dienste!« Er hatte sehr laut gesprochen und schaute in die Runde, um die Wirkung seiner Worte zu prüfen.

»Wie soll ich das begreifen?« sagte der Marabu. »Ist es ein Dienst, wenn er unsere Kamele stiehlt?«

»Es sind andere Dienste. Man sagt, Abu Bakr bringe alle Nachrichten über die Feinde des Beylik nach Kidal. Und es gibt jetzt viele Feinde des Beylik – viel mehr, als es früher gab.«

»Sie wollen die schönen Kamele des Beylik haben?« fragte Mid-e-Mid.

Roter Mond lächelte: »Nein – sie wollen den Beylik aus dem Lande jagen und selbst Beylik sein.«

»Aye«, sagte Mid-e-Mid hingerissen. »Das ist gut. Dann bin ich auch ein Feind des Beylik. Wenn wir einen anderen Beylik haben, wird mein Vater aus dem Gefängnis kommen, nicht wahr?«

»Vielleicht. Aber du weißt nicht, wer dann in das Gefängnis gebracht wird.«

»Warum müssen wir ein Gefängnis haben? Dort gibt es keine Herden und keine frische Milch von den Kamelstuten, nicht einmal Schafsmilch. Es ist sehr hart für einen Tamaschek, im Gefängnis zu sitzen. Er ist besser bei seinen Tieren. Das Gefängnis ist zu nichts gut. Einige Leute sollen dort gestorben sein, weil sie nicht mehr reiten durften und nicht mehr im Zelt schlafen konnten.«

Der Marabu langte in den Topf und holte eine Handvoll Brei heraus. »Bismillah!« sagte er kurz.

Auch Roter Mond nahm. Nur Mid-e-Mid starrte in den Kessel und aß nichts.

»Ekch! Iß!« sagte der Marabu freundlich. »Oder bist du nicht hungrig?«

»Ja, ich bin hungrig, aber sag, Ajor: Wenn Abu Bakr dem Beylik Dienste leistet, dann ist er doch mein Feind?«

Ajor lächelte wieder. Es war ein überlegenes Lächeln. Es kam nicht aus dem Herzen. Es kam aus der Stirn.

»Gewissermaßen ist er auch dein Feind. Aber Abu Bakr ist jedermanns Feind. Für ihn gibt es keinen Beylik. Er stiehlt und tötet, und wenn er Patronen braucht, verkauft er die geraubten Imenas auf den Märkten im Süden, weit von hier, wo niemand die Brandzeichen auf den Kamelhälsen kennt.«

»Ja, Ajor, aber dein Vater – er ist doch der Amenokal. Er weiß doch, daß es unsere Imenas, die Imenas der Kel Effele sind. Er weiß es doch? Aber er tut nichts, um Abu Bakr zu fangen?«

»So Allah will, wird Intallah ihn fangen«, sagte der Marabu.

Mid-e-Mid war mit dieser Antwort nicht zufrieden. Er dachte: Ein Amenokal muß den Stamm schützen. Wenn er den Stamm nicht schützt...

Er aß jetzt hastig und schlang den Brei hinunter, so daß er sich die Zunge verbrannte. Aber der Gedanke an Abu Bakr beschäftigte ihn weiter.

»Heute nacht werde ich wachen«, sagte er plötzlich laut.

»Und wenn Abu Bakr kommt, wirst du fortlaufen«, meinte Ajor. »Lege dich nur hin und schlafe. Abu Bakr raubt keine Esel. Wenn er kommt, werden wir uns schon wehren. Mein Vater hat mir gezeigt, wie man die Lanze wirft.«

Die Frau erschien und goß ranzige Butter in den Brei. Sie griffen erneut zu, und es kam ihnen vor, als hätten sie vorher kaum etwas gegessen. So wurde der Topf fast leer.

Sie tasteten auf dem Sand nach Dornen und begannen damit in den Zähnen zu stochern.

Heiße Zeit brachte eine Kalebasse mit Wasser. Sie tranken der Reihe nach. Einen Mundvoll spien sie in die hohlen Hände, rieben damit über das Gesicht, nahmen noch einen Schluck und spuckten ihn wieder aus.

Das Mädchen sah ihnen zu.

»Ich werde trotzdem wachen«, sagte Mid-e-Mid. »Ich habe keine Lanze wie du. Aber ich weiß meinen Stock zu gebrauchen. Ich habe damit schon einen Schakal totgeschlagen, als er ein Ziegenlamm stehlen wollte.«

Roter Mond wollte etwas antworten. Aber Tiu'elen kam ihm zuvor.

»Wirst du etwas singen für uns, Mid-e-Mid? Die Leute sagen, du singst gut.«

»Die Leute sagen nicht die Wahrheit«, erwiderte Mid-e-Mid. Da es dunkel war, sah niemand, daß ihm das Blut in die Wangen geschossen war.

»Ich bitte dich, sing.« Sie brachte ihm eine Matte und hockte sich neben ihn. Er spürte ihr Knie an seinem Knie, und der Duft des Rosenöls war sehr stark.

»Wenn du so nah sitzt, kann ich nicht singen«, sagte er gequält. Da setzte sich Heiße Zeit neben Ajor Chageran. Das war ihm auch nicht recht. Aber er mußte nun singen.

Die Frau des Marabus kratzte den Kessel mit Sand aus. Als sie merkte, daß Mid-e-Mid singen würde, ließ sie den Kessel stehen, obgleich er noch nicht ganz sauber war. Der Marabu warf einen Ast in die Glut. Der Ast rauchte eine Weile, ehe er Feuer fing. Sie hörten das Platzen der Termitenleiber, die, von der Glut überrascht, unter der Borke den Tod fanden.

»Was soll ich singen?« fragte Mid-e-Mid.

»Dein Lied!« sagte Heiße Zeit eifrig.

»Welches meinst du? Ich habe viele gedichtet!«

»Das Lied von Elambeiet, dem weißen Kamel – ich kenne kein schöneres. Bitte, sing es.«

»Es ist zu lang. Ich werde nur eine Strophe singen.«

»Ja«, sagten sie alle. »Sing nur.«

Und Mid-e-Mid sang das Gedicht von Elambeiet, dem weißen Kamel. Aber er wußte später selbst nicht mehr, wie es kam: Er änderte die Worte und setzte den Namen des Mädchens Heiße Zeit in das Lied. Er sang:

> »Sagt mir, ihr Männer, was denkt ihr von Tiu'elen,
> wenn sie die Lider der Augen mit Antimon färbt?
> Schöner ist sie als die Kamelstuten auf den Dünen,
> schöner als die Gazellen, wenn sie einander folgend
> dem Jäger entfliehen...«

Hier brach er ab. Er merkte, daß er ein neues Lied gemacht hatte. Und daß es mit dem Lied vom weißen Kamel nichts mehr zu tun hatte.

Heiße Zeit hatte das Kopftuch in die Stirne gezogen. Ihr Gesicht war nicht zu erkennen, als sie sagte: »Ich danke dir, Mid-e-Mid, niemand singt wie du.« Sie sprang auf und lief ins Zelt. Von dort kam sie nicht zurück, obgleich Mid-e-Mid noch viele Lieder sang an diesem Abend.

Endlich waren alle müde. Der Marabu streckte ihm beide Hände entgegen.

»Ich werde Ajors Platz für dich freihalten, Mid-e-Mid.«

»Laß mich darüber nachdenken«, erwiderte der Junge. Dann nahm er seinen Stock und ging in die Nacht. Er mußte mit sich allein sein.

Ajor und der Marabu wandten sich gegen Osten und sprachen das Nachtgebet. Nachher schauten sie noch einmal nach den Kamelen und beschlossen, das Feuer zu löschen, um Abu Bakr – wenn er vorbeiziehen sollte – den Platz nicht zu verraten. Aber in dieser Nacht kam Abu Bakr nicht.

Der Überfall

Abu Bakr kam am Morgen. Mid-e-Mid war lange wach geblieben in dieser Nacht. Er hatte sich neben seinen Esel gesetzt und die Wärme des Tieres in seinem Rücken gespürt. Er hatte das Brechen und Knacken der Zweige gehört, denn die Kamele standen nicht weit ab. Er hatte den leisen Hauch gefühlt, wenn die Fledermäuse in unruhigem Flatterflug über seinem Kopf kreisten. Seine Füße waren kalt geworden, aber sein Kopf blieb heiß. Gedichte fielen ihm ein wie Sternschnuppen, herrlich und ebenso rasch wieder verloschen.

Er sah das scharfgeschnittene Gesicht des Marabus vor sich, als er sagte: Es ist ein Platz frei im Zelt. Er sah das hochmütige und kluge Gesicht Ajors. Und immer wieder sah er das liebliche Gesicht Tiu'elens. »Huskin hullan« – schön, sehr schön –, murmelte er. Dann erinnerte er sich, wie arm er war und wie reich Roter Mond.

Eines Tages, wenn ich jene Takuba habe, die mein älterer Bruder niemals tragen wird – eines Tages, wenn ich Tuhaya getötet habe – eines Tages werde ich sie bitten, meine Frau zu werden.

Ich werde zu ihrem Vater reiten. Ich werde sagen: Ich komme um deiner Tochter willen. Er wird sagen: Hast du die Geschenke mitgebracht? Ich werde antworten: Ich habe drei Kamele für dich und zwölf Ziegen. Dann wird der Marabu sagen: Ja. – Die Geschenke für Heiße Zeit sind sieben Kamele von fünf Jahren und zwanzig Ziegen, Achmed ag Agassum. So wird er sagen.

Nein, sagte Mid-e-Mid laut, er wird sagen: Mid-e-Mid, singe, und ich will dir die anderen Kamele erlassen. Dann werde ich singen, wie ich noch nie gesungen habe. Von den Zelten werde ich singen, von den kühlen Wassern Tin Azerafs und von den grünen Uëds bei Kidal, von Heißer Zeit werde ich singen, ja von Heißer Zeit...

Hier sind sieben Kamele von fünf Jahren und zwanzig Ziegen, sagte eine helle heisere Stimme. Es war die

Stimme von Roter Mond. Er trug ein Gewand, das bis auf die Sandalen hinabreichte, und einen Tagelmust, der wie ein Helm seine Augen beschattete. Seine Farbe war violett wie die Berge von Iforas und von dem matten Glanz mit Sand gescheuerter Kessel.

Heiße Zeit soll entscheiden zwischen dir und Ajor, sagte die Stimme des Marabus. Ja, sagte Ajor: Sie soll entscheiden. Aber Mid-e-Mid zog die Takuba aus der roten Lederscheide. Laß die Schwerter entscheiden, sagte er, und vor Wut und Entschlossenheit, sein Leben zu wagen, traten ihm die Tränen in die fest geschlossenen Augen. Er krampfte die Hände um den Schwertgriff – da schrie der Esel. Mid-e-Mid hatte ihn ins Fell gezwickt.

Der Schrei machte ihn munter. Die Kälte hatte seine Arme und Beine mit einer Gänsehaut überzogen. Er kroch fast unter den Esel, um sich zu wärmen. Morgen werde ich dem Marabu sagen, daß ich bei ihm lernen werde, dachte er. Ich will die Eselin am Brunnen von Timea'uin suchen und sie zu meiner Mutter bringen. Aber dann kehre ich hierhin zurück – ja, das werde ich tun.

Abu Bakr fiel ihm ein. Er lauschte in die Nacht. Aber die Nacht war still. Die Sterne standen wie zuckende Silberaugen am Himmel. Eine Springmaus raschelte im Affasso-Gras. Die Kamele des Marabus hatten sich gelegt. Er hörte das geruhsame Mahlen ihrer großen stumpfen Zähne. Sie würden wiederkauen, bis die erste rote Helligkeit heraufkam. Nein, es war kein Grund mehr vorhanden, wach zu bleiben. An das Tier geschmiegt, schlief er ein, schnarchte mit offenem Mund, spürte die Ameisen nicht, die über sein Gesicht liefen, hörte nicht das Jammern des Lammes, das nach seiner Mutter klagte, schlief den tiefen Schlaf, der großer Erregung folgt.

Am Morgen kam Abu Bakr.

Er kam in grauer Dämmerung. Er bemühte sich nicht, leise aufzutreten. »Ho!« rief er. »Marabu, ho!« Und als nicht gleich jemand antwortete, schlug er mit dem Schwert die beiden vorderen Tigetuin entzwei. Da fiel ein Teil des Lederdaches auf die Schläfer.

Roter Mond war der erste, der unter dem Zelt hervorkroch. Abu Bakr wartete nicht, bis er sich erhoben hatte. Er traf ihn mit der Faust auf das Ohr. Da blieb Ajor liegen wie ein gefällter Baum und hatte nicht einmal geschrien.

»Ho, Marabu, ho!« rief Abu Bakr. Und etwas wie gewalttätige Fröhlichkeit war in seiner tiefen Stimme.

»Ich höre«, rief der Marabu unter dem Zelt.

»Komm heraus -- wir haben zu reden!«

Der Marabu faßte den Tesbih mit der Linken und in die Rechte nahm er das Schwert. Als er aber das Zeltdach hochhob und sich aufrichten wollte, stolperte er über die Takuba. Und Abu Bakr trat auf die Klinge und lachte.

»Ein Marabu soll nicht die Takuba schwingen und ein Räuber nicht den Rosenkranz«, sagte er, entriß ihm den Tesbih und schlug ihm damit ins Gesicht. »Beten kannst du nachher, du kraftloser Kluger. Wie viele Kamele hast du?«

»Was tat ich dir?« fragte der Marabu erbittert.

»Hör«, sagte Abu Bakr, und im grauen Licht stand seine Gestalt im weit fallenden Burnus wie ein Fels mit scharf geschliffenen Kanten, dunkel und drohend und unerbittlich. »Ich habe wenig Zeit und noch weniger Geduld. Wie viele Kamele hast du?«

Der Marabu sah die Patronentaschen wie ein schräges schwarzes Kreuz auf Abu Bakrs Brust. Den Lauf eines Gewehres sah er nicht. Aber er wußte, daß der Räuber nie ohne die Mukala, die weittragende Büchse, ging.

»Zwei Stuten mit Füllen, eine tragende Stute, zwei Reitkamele.«

»Die Füllen und die tragende Stute kannst du behalten«, sagte Abu Bakr. »Ich komme sie nächstes Jahr holen. -- Wer liegt noch in deinem Zelt?«

Der Marabu spürte das stechende Pochen seines Herzens. Er wußte nicht, ob seine Frau noch im Zelt geblieben war. Tiu'elen hatte auf der anderen Seite lautlos die Matten gelüftet und sich versteckt.

Da er nicht antwortete, stieß Abu Bakr die Takuba durch das Leder. Die Schwertschneide zerschnitt das Dach wie Wasser. Zweimal stach er in das Zelt. Dann hieb er die sechs übrigen Pfähle um. Da lag das Dach wie ein grobes Leichentuch über dem Hausrat des Marabus.

»Führ mich zu den Kamelen!« dröhnte Abu Bakrs Stimme.

Der Morgen kam rot herauf und enthüllte das Land: die trockenen Dornbüsche, die Teborak- und Talha-Bäume, den weichen Teppich des Alemos und die groben, harten Büsche des Affasso. Rosa und gelbe Wolkenflocken hoben sich vom Graublau des Himmels ab; endlich stieg die Sonne als blasse Scheibe über den Rand der Erde, kalt und kraftlos und ohne Wärme. Der Marabu spürte die Kälte der Kiesel und die körnige Härte des Sandes unter den nackten Sohlen. Hinter sich hörte er den schweren Schritt des Räubers, das Knarren des Ledergurtes, das schlurfende Geräusch der Sandalen.

»Allahu akbar«, murmelte er. Gott ist groß. Und er seufzte.

Die Kamele lagen dort, wo sie Roter Mond am Abend hingeführt hatte: vor den Teborak-Bäumen. Sie wandten die langen Köpfe unruhig den Männern zu und erhoben sich schreckhaft, als diese auf sie zuschritten.

»Löse die Fußfesseln!« befahl Abu Bakr. Die Takuba in der Hand, blieb er aufrecht stehen. Die Kamele schrien, wie sie immer schreien, wenn sie merken, daß der Mensch etwas von ihnen verlangt.

Mid-e-Mid wurde wach, weil eine Faust auf seine Brust hämmerte.

»Mid-e-Mid, hör doch!« flüsterte eine Stimme.

Er erblickte Heiße Zeit. Sie kniete vor ihm. Ihre Augen waren groß und wie matte Kohle. Da war der Rosenölduft. Ihr Haar war gelöst und fiel lang in den Nacken.

»Er ist gekommen«, stieß das Mädchen hervor.

»Wer?« fragte Mid-e-Mid. Er begriff nicht, was sie wollte.

»Abu Bakr! Und du schläfst.«

»Ich...«, stammelte Mid-e-Mid.
»Still – wenn er dich hört. Mutter und ich sind entflohen.«
»Ajor –«, stammelte Mid-e-Mid. »Wo ist er?«
»Ich glaube, er ist tot«, sagte das Mädchen. »Abu Bakr hat ihn erschlagen.«
»Dein Vater?«
»Er lebt, aber Abu Bakr wird unsere Kamele stehlen. Er hat Vater gezwungen, ihn hinzuführen.«
»Ich werde Abu Bakr töten«, sagte Mid-e-Mid und wollte aufspringen.
»Nein«, sagte Heiße Zeit. »Er ist viel stärker als du und trägt Waffen.« Sie stemmte Mid-e-Mid heftig beide Hände gegen die Schultern und wollte ihn hindern, sich zu erheben.

Aber Mid-e-Mid stieß sie von sich. »Laß mich«, sagte er. »Frauen dürfen sich verbergen, Männer nicht.«

Er griff nach seinem Stock und sprang davon. Er hörte die Stimme Abu Bakrs und den beschwörenden Ruf Tiu'elens: »Mid-e-Mid!«

Aber er lief weiter. Er sah den Marabu hocken und die Fesseln der Imenas aufknüpfen. Er sah den mächtigen Rücken des Räubers und seinen runden Kopf. Er sah das milchige Blinken der Takuba und hörte das Schreien der Tiere. Er bedachte nicht, daß er ein schmächtiger junger Hirte war und der Feind ein kraftvoller Mann. Er war blind vor Entschlossenheit. Er war wie ein Pfeil von der Sehne geschnellt, und er sprang Abu Bakr an wie die Wildkatze das Bergschaf.

Der Stock traf den Räuber am Hals. Und der zweite Hieb auf den Arm. Dann brach der Stock. Abu Bakr duckte sich und warf den Körper herum. Es gelang ihm, Mid-e-Mids Arm zu packen. Seine Hände griffen wie Eisenringe um das dürre Fleisch. Mid-e-Mid spürte noch, wie er hochgehoben und zu Boden geschleudert wurde. Aber den Fußtritt des Räubers spürte er schon nicht mehr. Er war bewußtlos.

Abu Bakr betrachtete ihn neugierig, während er sich

zugleich den Hals rieb. »Ein kleiner Löwe«, sagte er anerkennend. »Gehört er zu deiner Brut, Marabu?«

»Es ist Mid-e-Mid«, sagte der Marabu, »Agassums Sohn.«

»Daher!« knurrte Abu Bakr. Er stieß den Jungen mit dem Fuß an. Aber Mid-e-Mid rührte sich nicht. »Er hat ein Gesicht wie ein Igel, aber das Herz eines Kamelhengstes«, fuhr er fort. »Nimm die Stricke und binde ihn fest. Die Hände auf den Rücken.«

Der Marabu gehorchte. Der Räuber ließ die Takuba pendeln. Er beobachtete, ob die Stricke auch fest angezogen wurden.

»Wer war der Bursche, den ich vor deinem Zelt niederwarf?«

»Ajor Chageran, Intallahs Sohn«, sagte der Marabu und richtete sich auf.

»Bestell Intallah, er solle seine Kühe und Esel nicht so hoch in den Norden schicken. Hier ist meine Weide. Seine ist im Süden.«

Der Marabu antwortete nicht.

»Geh dorthin«, befahl Abu Bakr, »dort, wo die beiden Felsen stehen. Dreh dich nicht um, oder ich schieß auf dich. Dort bleibst du, bis die Sonne zu wärmen beginnt. Hüte dich, vorher dein Hokum zu betreten!« Er wies auf das zerschnittene Zelt.

Der Marabu biß die Zähne aufeinander und ging. Sein nackter Fuß stieß sich an Steinen, und die winzigen Widerhaken des Cram-Cram blieben in der rissigen Hornhaut der Ballen hängen. Er spürte nichts. Wasser stand in seinen Augen, denn auch Männer haben Tränen. Aber nicht der Schmerz läßt sie fließen, sondern der Zorn. Er vernahm nicht, daß Abu Bakr die Kamele aneinanderband und mit einem Leitseil an seinem eigenen Reittier befestigte. Er sah nicht, wie Mid-e-Mid über die Kruppe eines Kamels gelegt und dort angeseilt wurde. Er hörte nicht das Brüllen der Tiere, als Abu Bakr aufstieg, die Zehen in den Nacken seines Kamels stieß und davontrottete. Er glaubte, daß Ajor tot sei, und fürchtete

Schlimmes für seine Frau. Als er den Felsen erreichte, war die Sonne schon so stark, daß er nicht mehr hineinschauen konnte. Da ließ er sich nieder, wusch sich Arme, Hände und Gesicht im Sand, verbeugte sich gegen Mekka, sprach mit lauter Stimme das Morgengebet und fand in der Wiederholung der Anrufe Allahs Trost.

Abu Bakr ritt fast zwei Stunden durch das Uëd in Richtung auf Timea'uin. Doch wählte er nicht die von den Rindern getretene Piste, sondern suchte sich einen Pfad, der weiter nördlich verlief und nach drei Tagen zum Wasserloch von Samak führen mußte. Gegen acht Uhr machte er zwischen zwei dichten Dornbäumen halt.

Ohne sein Reittier niederknien zu lassen, schwang er sich über das Sattelkreuz auf den Hals des Kamels und ließ sich von dort zu Boden gleiten. Der Baum zur Rechten war ein Adjar mit grünen Dornen und winzigen weißen Blüten. Die unteren Äste waren von Ziegen kahlgefressen. Aber die oberen boten dichten Schatten; und Hunderte von Fliegen und Bienen summten vom Duft angelockt zwischen den Zweigen. Nur der höchste Wipfel des Adjar war ohne Blatt und Blüte, die Heuschrecken hatten ihn überfallen und seines Schmuckes beraubt.

Abu Bakr trat an den Baum heran und rupfte sieben Dornen ab. Er warf sie in den Sand und trat mit dem Fuß darauf. So war er sicher, daß die Geister, die im Adjar ihren Wohnsitz haben, ihn nicht belästigten. Dann erst zwang er die Imenas, sich zu legen. Er zog am Taramt, dem Leitseil aus Ziegenhaar und Leder: »Scho!« rief er. »Scho, scho, scho!«

Langsam und widerwillig knickten die Vorderbeine der großen Tiere ein. Mühsam folgte der Rumpf. Abu Bakr löste den schwarzen, gefetteten Strick, der den Sattel festhielt, nahm die vierfach gefaltete Decke herunter und breitete sie im Schatten aus. Dokkali hießen diese bunten Gewebe. Sie stammten aus Timimun in Algerien und waren wegen ihrer roten, schwarzen, weißen und grünen Muster bei den Tamaschek hoch begehrt.

Als die Kamele abgesattelt waren und sich wieder aufgerichtet hatten, legte er ihnen die Fußfesseln an und nahm den Taramt ab. Sie schauten furchtsam umher und humpelten nur zögernd zu den Bäumen, denn sie kannten dieses Uëd nicht. Erst nach einer Weile reckten sie die Hälse und rissen vier Meter über dem Boden bald hier, bald dort Blätter und Dornen ab.

Abu Bakr wandte sich Mid-e-Mid zu, der immer noch in seinen Stricken dort lag, wo er ihn abgeladen hatte.

»Ma tekumed? – Was machst du?« fragte er neugierig.

Mid-e-Mid sah ihn an und schloß dann die Augen, um seinen Abscheu anzudeuten.

Abu Bakr kniete nieder und löste die Stricke, die tiefe Eindrücke in der Haut hinterließen. Er öffnete die Schnur des Wassersackes und füllte einen Becher mit kaltem braunem Wasser.

»Esu! – Trink!« befahl er. »Es ist frisches Wasser aus meinem Idit. Er hat auf der Schattenseite des Kamels gehangen.«

Mid-e-Mid kniff die Augen zusammen und leerte den Becher mit einem Zug. Das Wasser erfrischte ihn. Aber er spürte die vor Steifheit schmerzenden Arme und Beine sehr.

Abu Bakr brachte ihm einen zweiten Becher. Dann streckte er sich auf dem Dokkali aus, einen Arm auf den Sattel gestützt, und betrachtete nachdenklich seine lebende Beute.

Mid-e-Mid trank das Wasser in kleinen Schlucken. Er wußte nicht, ob er mit einem dritten Becher rechnen durfte. Abu Bakrs Gesicht schien ihm ausdruckslos. Er hatte den Tagelmust abgenommen. Seine schwarzen Haare fielen in wirren Locken auf den Nacken. Die Stirn hatte er ausrasiert. Eine plumpe starke Nase hörte kurz über vollen Lippen auf. Dünner Bartwuchs bedeckte die Wangen und verdichtete sich um das Kinn. Das ärmellose blaue Gewand, aus Ressui, war neu. Schwere graue Steinringe schnitten in das Fleisch der Oberarme. Ein brauner wollener Burnus, wie ihn die Araber Nordafrikas tragen, lag achtlos zusammengerollt zu seinen

Füßen. Das ganze Wesen dieses Mannes strahlte Gewalttätigkeit und zugleich eine Art wohlwollender, derber Verspieltheit aus: eine Raubkatze, die schrecklich lachen konnte, wenn das Beutetier zu kratzen versuchte. Das seltsamste an diesem Mann waren gewiß die Augen. Sie waren schräg wie die Mid-e-Mids. Aber Schelmerei und heiterer Übermut waren nicht darin zu lesen. Sie verrieten Schwermut oder dumpfe Trauer. Ihre Farbe war ein blasses Grün, wie Regenwasser, das allzu lange in einem Agelman, einem Felsenschacht, der Sonne getrotzt hatte. Der runde Kopf, aus einem kurzen Nacken wachsend, verstärkte noch den Eindruck übermäßiger Kraft, der aus dem schweren Körper sprach.

»Ma tekumed? – Was machst du?« fragte Abu Bakr wieder.

Mid-e-Mid rieb seine Beine. Das angestaute Blut setzte sich unter Prickeln und Kribbeln in Bewegung. Er saß in der Sonne. Ebenfalls auf dem Dokkali Platz zu nehmen wagte er nicht.

Ich habe keine Angst vor diesem Mann, dachte er. Heiße Zeit, dachte er. Ob Abu Bakr auch Heiße Zeit niedergeschlagen hatte? – Ich werde mich davonmachen, wenn er schläft. – Der Gedanke ließ ihn nicht mehr los. Er beobachtete, auf welche Weise die Kamele gefesselt waren und wo Abu Bakrs Gewehr lag.

Der Räuber war seinen Blicken ruhig gefolgt. »Du wirst nicht fliehen, Mid-e-Mid«, sagte er mit tiefer Stimme. Er zog einen Dolch aus dem Gürtel, der seine blauen, weit fallenden Hosen festhielt. »Du siehst, was ich hier halte, Junge?«

»Bussaadi – den Dolch«, sagte Mid-e-Mid, und sein eben noch ruhig schlagendes Herz begann heftig zu pochen. »Bussaadi« nannte man den Dolch, und das hieß »ich bringe Glück« und meinte »ich schicke zum Paradies«. Es bedeutete nichts Gutes, einem Mann den Dolch zu zeigen. Es bedeutete, daß dieser Mann nicht mehr lange leben sollte.

»Richtig, den Dolch!« wiederholte Abu Bakr zufrieden. »Ich habe noch einen in meinem Ledersack. Ich könnte ihn dir schenken.«

»Mir?«

»Ich habe gesehen, daß du Mut hast. Es gibt nicht viele Leute, die Abu Bakr mit einem Stock zu schlagen wagen.« Er räusperte sich. »Und von denen, die es versuchten, lebt keiner mehr.« Er stülpte die Unterlippe vor. »Ja, ich könnte dir diesen Bussaadi geben, wenn du bei mir bleibst. Ich würde einen Mann aus dir machen.«

»Ich will meine Eselin suchen«, erwiderte Mid-e-Mid.

»Die Meskin, die Armen, die Habenichtse gehen auf die Suche nach ihren Eseln. Abu Bakr und seine Freunde reiten auf Kamelen, auf den edelsten Kamelen zwischen dem Adrar von Iforas und den Hoggar-Bergen. Schlag dir die Eselin aus dem Kopf.«

Er zog die Packtasche zu sich heran, kramte darin herum und holte einen Dolch mit roter Lederscheide hervor. Er wog ihn in seiner Hand und warf ihn Mid-e-Mid zu.

»Er ist für dich.« Abu Bakrs traurige Augen ruhten jetzt auf Mid-e-Mids Gesicht.

»Ich will ihn nicht«, sagte der Junge und legte den Dolch in den Sand neben sich.

»Ich hätte gedacht, Agassums Sohn wäre wie sein Vater, aber...« Der Räuber ließ die Lider halb über die Augen fallen und spielte mit einem Teraut. Das Amulett hing an einem schwarzen Faden auf seiner Brust.

»Du kennst meinen Vater?« sagte Mid-e-Mid überrascht.

»Wir sind Freunde. Wir sind auch Verwandte. Der Vater deiner Großmutter und die Mutter meiner Mutter waren Geschwister.«

Mid-e-Mid öffnete vor Staunen den Mund und fuhr sich mit der Zunge über die Lippe.

»Siehst du«, sagte Abu Bakr, »du hast deinen Onkel geschlagen.« Er lachte dröhnend.

»Ich wußte es nicht«, entschuldigte sich Mid-e-Mid und sah unsicher zu Boden.

»Jetzt weißt du es. Hast du nicht gemerkt, daß wir die gleichen schrägen Augen besitzen? Und denselben Mut?«

»Die Augen – ja.« Aber Mid-e-Mids Mißtrauen blieb. Etwas Unheimliches und Furchtbares ging von diesem Mann aus. Seine Nase erschien ihm noch plumper, wenn er lachte, der Körper noch massiger und drohender.

»Und wir haben gemeinsame Feinde, Mid-e-Mid!«

Mid-e-Mid horchte auf.

»Setz dich neben mich auf den Dokkali«, sagte Abu Bakr. »Ich werde es dir erzählen.«

Mid-e-Mid setzte sich auf die weiche Decke, blieb aber ein gutes Stück von Abu Bakr entfernt.

»Du weißt, wer deinen Vater ins Gefängnis brachte?«

»Der Beylik«, sagte Mid-e-Mid.

»Aber der Beylik hätte ihn nicht gefangen, wenn nicht ein Verräter gewesen wäre.«

»Oh, Tuhaya«, sagte Mid-e-Mid. »Wenn ich ihn finde, werde ich ihn erschlagen.«

Abu Bakr richtete sich mit einem Ruck auf. »So gefällst du mir, Agassums Sohn!«

»Aber ich bin kein Räuber«, sagte Mid-e-Mid fest und preßte die Lippen aufeinander.

»Der Räuber bin ich«, dröhnte Abu Bakrs Lachen. »Und es wird keinen zweiten wie mich geben. Aber du bist mein Neffe, darum mag ich dich gern. Wir haben das gleiche Blut, und darum werde ich dir helfen, Tuhaya zu finden.«

»Warum ist Tuhaya dein Feind, Abu Bakr?«

»Tuhaya ist ein Schakal. Er frißt, was der Löwe erschlägt und die Hyäne übrigläßt. Ich stehle Kamele, das ist mein Handwerk, und ein gutes Handwerk, du solltest es lernen. Du hast heute gesehen, wie man es anfängt.« Er kratzte seinen struppigen Bart unter dem Kinn.

»Ich will nicht«, sagte Mid-e-Mid.

»Überleg's dir. Also, Tuhaya. Ich sagte, er sei ein feiger Schakal. Ich ließ ihn ab und zu die Imenas verkaufen, die ich mir holte. – Ich hole sie von der Weide, nicht er! Ich wagte mich in die Zelte, nicht er. Aber ich weiß nun, daß er mich betrügen will, wie er deinen Vater betrogen hat. Ich weiß, der Beylik hat ihm Geld gegeben, damit er verrät, wo ich meine Zelte errichtet habe.«

»Kennt er dein Lager?« fragte Mid-e-Mid.

»Nur er kennt es. Und nur er konnte es verraten. Aber auch ich habe meine Freunde im Land. Ich warte nicht, bis man mich holt.« Er sprang mit einem Satz auf, den man dem schweren Mann gar nicht zugetraut hätte. Er trat dicht vor Mid-e-Mid hin und stieß ihn mit dem Fuß an.

»Mid-e-Mid – ich meine es gut mit dir –, hier, nimm das.« Er nestelte an seinem Gürtel und hielt dem Jungen seine Takuba hin. Mid-e-Mid wagte nicht, nach dem Schwert zu fassen. Die Klinge gehörte zu den Tisseraijen, den besten Schwertern im Land, und Abu Bakrs Takuba trug einen eigenen Namen, so berühmt war sie. Sie hieß Telchenjert. Man sprach von ihr wie von einer wertvollen Kamelstute, einer schönen Frau, einem edlen Pferd. Abu Bakr gab ihm Telchenjert.

Er betastete das feine genarbte Leder, den ausladenden Griff, den kupfernen Knauf.

Der Räuber zog die Takuba aus der Scheide. Die Klinge blitzte in der Sonne. Er packte sie an der Spitze und bog sie bis zum Heft. Dann ließ er sie wieder zurückschnellen.

»Es gibt keine Takuba, die besser wäre als Telchenjert«, sagte Abu Bakr. »Sie gehört dir, bis Tuhaya ihre Schärfe erprobt hat.«

Mid-e-Mids Hände tasteten über den blanken Stahl, die dunkle Kerbung im Blatt und das alte Zeichen der Klingen von Toledo – denn das Schwert war alt. Die Portugiesen hatten diese Schwerter an die Küste gebracht. Und die Karawanen hatten sie den Tamaschek verkauft. Jahrhunderte war es alt. Vom Vater war es auf den Sohn und von diesem auf den Enkel vererbt worden. Und manches Blut hatte daran geklebt. Aber die Klinge war unverändert geblieben.

Nein, es gab kein Schwert wie dieses im Bergland von Iforas. Es gab keinen Tamaschek, der nicht gewünscht hätte, dieses Schwert zu besitzen.

»Was muß ich dafür tun?« Mid-e-Mid blickte in die Höhe, wo der Kopf des Räubers wie eine rauhe Kugel gegen das Blau des Himmels stand.

»Deinen Vater rächen«, sagte Abu Bakr. »Ich will dir ein Geheimnis verraten: Tuhaya wird morgen nach Timea'uin ziehen. Er hat dem Beylik versprochen, mich in seine Hände zu liefern. Darum hat er verlangt, daß ich ihn fünf Stunden nördlich Timea'uin im Uëd Soren treffe. Der Beylik aber hat seine Soldaten im Uëd Soren versteckt. Du siehst, Tuhaya ist ein Schakal. Er greift nicht selbst an, auch deinen Vater hat er nicht selbst angegriffen. Weißt du, daß er nicht mit ihm kämpfen wollte?«

»Ich weiß es«, sagte Mid-e-Mid.

»Nun, wir werden Tuhayas Weg kreuzen. Wir werden ihn stellen, und du wirst deine Pflicht als Sohn tun, und ich werde dir dabei helfen.«

»Und wenn uns die Soldaten des Beylik finden?« sagte Mid-e-Mid.

»Sie werden zu spät kommen«, erwiderte Abu Bakr fest. »Mach dir keine Sorgen.«

Mid-e-Mid hielt das Schwert mit beiden Händen.

»Ich werde es tun«, sagte er ernst.

»Such dir ein Kamel aus«, sagte Abu Bakr.

Die Kamele erinnerten Mid-e-Mid wieder daran, daß Abu Bakr ein Räuber war. Es waren die Kamele des Marabus.

»Ich will nicht«, sagte er. »Ich werde laufen.«

Abu Bakr betrachtete ihn schweigend. Er verstand die Weigerung.

»Du reitest«, bestimmte er. »Wenn du willst, kannst du das Tier dem Marabu nachher zurückbringen. Ich brauche es nicht. Ich werde Tuhayas Kamel dafür nehmen.«

Da ging Mid-e-Mid ein Kamel holen. Abu Bakr gab ihm eine alte Decke, die er vor den Höcker legen mußte. Es war kein Sattel für ihn vorhanden. Sie brachen auf, als es schon ziemlich heiß war. Aber der Räuber hatte es eilig, Tuhaya vor dem Treffpunkt zu stellen.

Sie ritten im Trott und gönnten den Kamelen keine Rast. Die Tiere liefen im Paßgang, die Ohren zurückgelegt. Die Reiter hielten die Zügel so stramm, daß die Köpfe der Tiere gegen den Himmel standen. Auf und ab wogten die langen Hälse. Auf und ab ruckten die Männer im Rhythmus des Reitens. Mid-e-Mid hatte Mühe, hinter Abu Bakr zu bleiben. Dessen Tier war besser als seines. Es flog über das steinige Reg und überwand ohne Mühe die Uëds mit weichem, pulvrigem Sand.

Sie kreuzten Viehpfade und umgingen Felstrümmer und trabten vorbei an grauen Halden zerbröckelnden Granits. Sie begegneten niemandem. Das Land war trocken und bot keine Weide für Herden. Nicht einmal Ziegen hätten hier leben können. Ein ständiger sanfter Wind blies ihnen Sand in die Augen. Sie zogen den Tagelmust über Mund und Nase, so daß nur für die Augen ein Sehschlitz frei blieb. Sie ritten lange. Sie sahen den Schatten zur Linken des Kamels kleiner werden, verschwinden und zur Rechten wieder auftauchen. Ihre Richtung war Nordnordost, und ihr Ziel war der Kopf des Uëds Soren. Trotz der Eile des Ritts war fast kein Geräusch zu hören. Lautlos setzten die weichen Sohlen der Tiere auf. Lautlos hoben sie sich wieder ab. Selten rollte ein Stein, brach ein dürrer Ast unter den mächtigen Füßen. Nur die Köpfe der Tiere reckten sich öfter steil hoch. Sie schnaubten. Die feuchte Sprüh wurde gegen die Reiter getragen. Aber die hingen ihren Gedanken nach und zogen nur dann und wann am Taramt, um hier einen Felsblock, dort einen Dornstrauch zu vermeiden. Der Himmel war erbarmungslos blau. In der Ferne hoben sich wie violette Riffe die Berge von Samak über den Horizont. Es ist schwer zu sagen, welche Gedanken Abu Bakr bewegten. Sein Gesicht war unbeweglich unter dem Schleier. Nur die dumpfen Augen waren aufmerksam in die Ferne gerichtet. So sicher fühlte er sich, daß er nicht ein einziges Mal zurückblickte nach Mid-e-Mid.

Dieser stemmte die Füße fest gegen den Hals des Tieres, spürte die Wellen des schnellen Rittes unter den Schenkeln und das Gewicht der Takuba an der linken Hüfte.

Gestern hatte er eine Eselin gesucht, und heute suchte er den Feind, den Mann, um dessentwillen sein Vater seit vielen Jahren im Gefängnis saß. Gestern war er noch ein Junge, ein fröhlicher Sänger. Heute war er ein Mann. Aber er trug das Schwert eines Räubers und auch dessen Tagelmust.

Tuhaya, dachte Mid-e-Mid, ich komme, und ich trage Telchenjert. Wenn mich Heiße Zeit sähe. Wenn sie sähe, daß ich nicht nur singe. Wenn sie sähe, wie ich meinen Vater räche. Wenn sie es sähe.

Und er malte sich aus, wie er vom Kamel sprang, wie er Telchenjert aus der roten Lederscheide zog, wie die Klingen aufeinandertrafen, wie die Takuba in das Herz des Gegners fuhr. Wie oft hatte er an den Festtagen das Schwert seines Vaters aus dem Zelt genommen und spielerisch mit einem Baum gekämpft, ihm die Dornenäste abgeschlagen, schrille wilde Schreie dazu ausgestoßen, bis seine Mutter sagte: Mid-e-Mid, geh die Kühe melken, die Nacht beginnt.

Nun hing Telchenjert an seiner Seite und Tuhaya zog ihm ahnungslos entgegen, ins Uëd Soren.

Wenn ich siege, dachte er, werde ich dem Marabu das Kamel zurückbringen, und ich werde Heiße Zeit fragen. Ich werde fragen...

»Tiu'elen«, sagte er laut. Aber nur der Wind hörte den Namen.

So ritten sie nach Soren. Und sie sahen die Berge von Samak, wenn sie über die niedrigen Hügel fegten, und verloren sie wieder aus den Augen in den breiten Senken der Täler. Aber am Abend des zweiten Tages lagerten sie zwischen Felsen am Westhang des Uëds Soren. Und Abu Bakr sagte: »Sei bereit, deinen Feind zu töten.«

»Inchallah – so Gott will«, setzte Mid-e-Mid hinzu. Und zum erstenmal spürte er Angst.

List und Gegenlist

Das Uëd Soren wurde im Westen, Süden und Norden von niedrigen Hügeln begrenzt. Nach Osten zu war die Breite des Uëds nicht abzusehen. Die Südflanke wies hinter den Hügeln noch einen zweiten Riegel aus Felsen auf. Sie verbreiterten sich in der Ferne zu einem langgestreckten schwarzen Massiv und verschlossen den Zugang zum Brunnen von Timea'uin bis auf eine schmale Aberid, eine Kamelpiste, die hart an den Felswänden vorbeistrich. Noch neben dem Pfad schlängelte sich ein enges Flußbett mit zahlreichen trockenen Wasserlöchern und einigen dunkelgrünen, dornlosen Büschen, welche die Tamaschek Tadehant nennen.

Die Stelle war für einen Überfall wie geschaffen. Abu Bakr vermutete, daß sich die Goumiers, die Kamelreiter des Beylik, dort verborgen hielten, um seine Ankunft abzuwarten.

Er hatte daher einen großen Bogen nach Norden geschlagen und die Nacht auf der Westflanke des Uëd Soren verbracht. Als einzige Vorsorge machte er an diesem Abend kein Holzfeuer, sondern sammelte Kamelkrotten und entzündete daraus ein blasses Feuer, das wenig wärmte.

Die Sonne war schon untergegangen und hatte einen Himmel blutroter Wolken zurückgelassen. Aus dem Graublau der Dämmerung hoben sich tote Ahaksch-Akazien wie verbrannte und verstümmelte Tiergerippe. Hirten trieben mit rauhen Rufen ihre Rinder und Kamele zusammen, und das klagende Blöken der Schafe, die Schreie der Esel, und das seltsame Prusten der Ziegen füllten die Ebene. Staub stieg, vom Abendwind getrieben, in müden Wolken nach Südwesten.

Das Uëd mit seinen Bäumen und Büschen, seinem Teppich aus Alemos und seinen gelbgrünen Djir-Djir-Stauden schien bei Anbruch der Nacht in Bewegung zu geraten. Glühende und funkelnde Punkte verrieten die

Lager. Ihre rotbraunen Lederzelte waren tagsüber im Braun und Gelb der Sandfelder wenig kenntlich. Nun aber zeigte sich jedes Hokum wie ein vielhöckriges schwarzes Tier, aus dessen unsichtbarem Schlund die Stimmen von Frauen und Kindern stiegen. Von weither kamen Jahr für Jahr die Stämme der Tamaschek, um auf den unendlichen Weiden ihr Vieh zu hüten: Irregenaten und Kel Effele, Kel Rela und Iforgumessen, Ibottenaten aus der Tamesna-Wüste mit ihren schönen Kamelen, und manchmal zeigten sich sogar die finster verschlossenen Zelte der maurischen Kunta – eines mächtigen Volkes, das nicht zu den Tamaschek gehörte.

Es fiel nicht auf, wenn neue Zelte mit wenig Vieh eintrafen, oder wenn andere weiterzogen zum Wasser von Timea'uin oder gar zum abgelegenen Brunnen von Tin Za'uzaten. Doch hütete sich Abu Bakr, seine Kamele vor Dunkelheit auf die Weide zu schicken. Sein berühmter Hengst Inhelumé war zu auffallend und hätte die Anwesenheit des Räubers vermuten lassen. Inhelumé war ein salzgraues Tier mit langgestrecktem, magerem Kopf und schimmernden braunen Augen. Ein auffallend starkes, vorgewölbtes Brustbein – stärker noch als bei den plumpen Lastkamelen – verriet große Kraft und Ausdauer. Und tatsächlich war dieser Hengst ein unermüdlicher Renner. Es gab schnellere Tiere als Inhelumé, aber keines, das so lange und so gleichmäßig in scharfem Trott geritten werden konnte. Daher ließ Abu Bakr, wenn er verfolgt wurde, alle Verfolger bald hinter sich zurück. Auch war Inhelumé mit Felspfaden vertraut. So vorsichtig setzte er die Füße auf einer Aberid im Gebirge, daß die scharfkantigen Steine seine Sohlen nicht verletzten. Ja, wenn Not am Mann war, konnte man ihn sogar in der Nacht über das Gebirge reiten. Jedoch mußte sein Reiter ihm dann das Finden der Piste allein überlassen. Inhelumé folgte den Windungen der Aberid, ohne zu zögern. Lediglich an den Gabelungen des Weges durfte man ihm durch sanftes Ziehen am Taramt die Richtung weisen.

↑ Piste nach Colomb-Béchar und Oran
12°

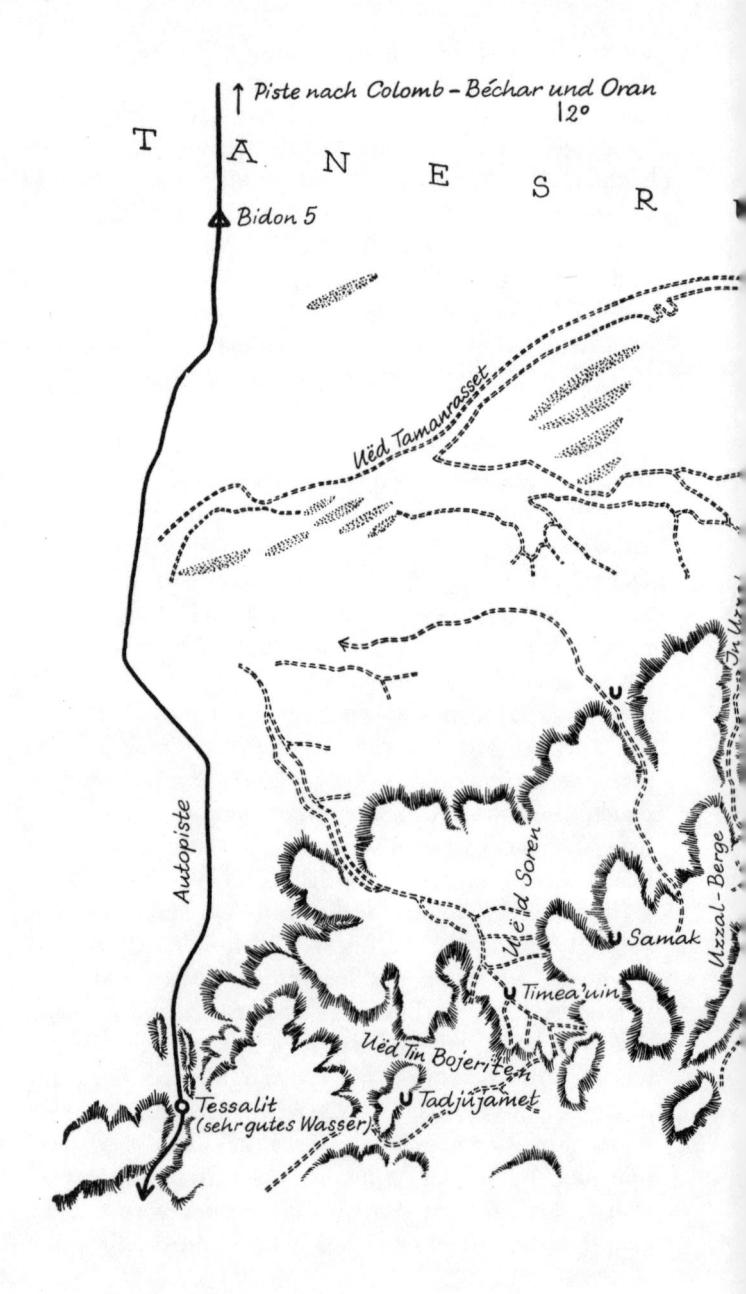

T A N E S R

▲ Bidon 5

Uëd Tamanrasset

Autopiste

Uëd Soren

Samak

Uzzal-Berge

Timea'uin

Uëd Tin Bojeri͞ten

Tessalit
(sehr gutes Wasser)

Tadjŭjamet

ADRAR – NORDBLATT

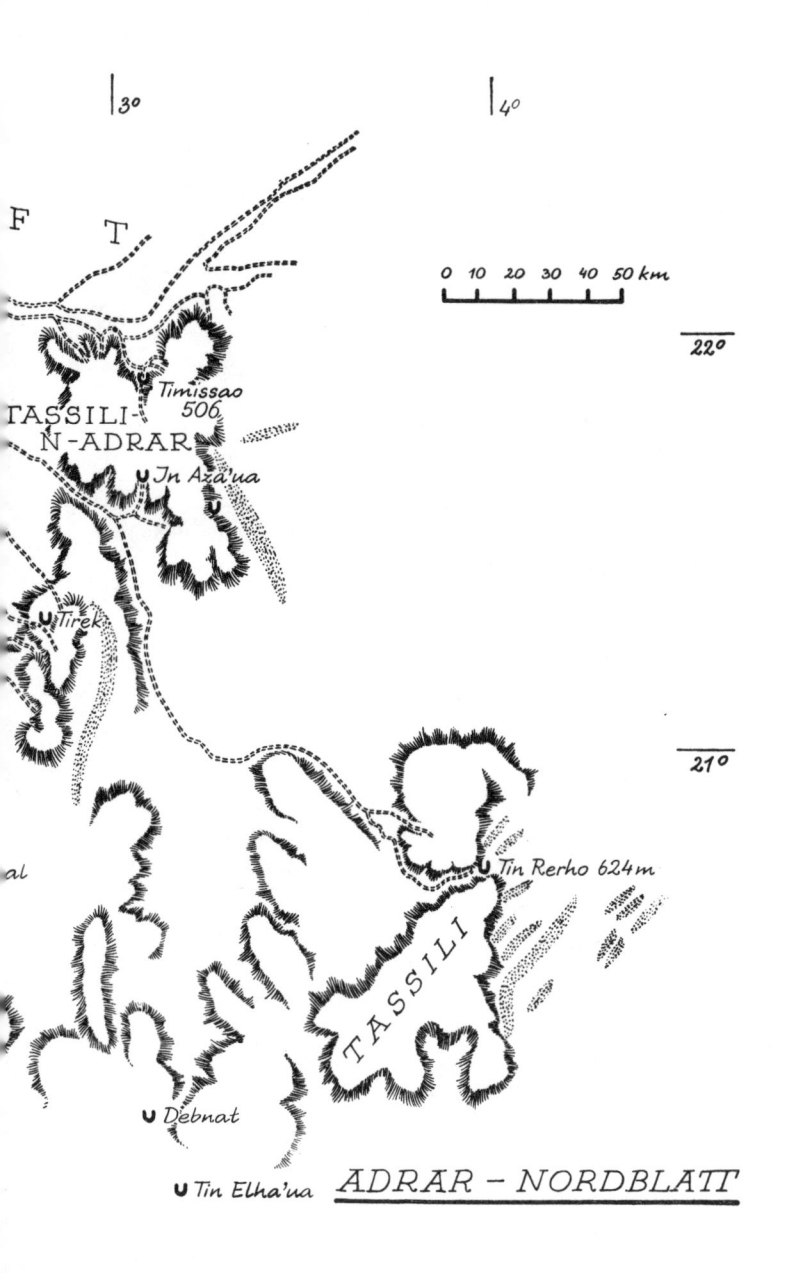

Inhelumé war nicht besonders groß. Man konnte ihn für ein junges Tier halten. Aber er war acht Jahre alt und hatte die Hälfte eines Kamellebens hinter sich. Seinen Namen verdankte er dem eigentümlichen schwarzen Streifen auf seinem Fell. Dieser Streifen lief vom Höcker bis zu den Schenkeln der Hinterbeine und erinnerte an die Stricke, mit denen die Tamaschek Decken und leichtes Gepäck auf dem Rücken ihrer Reitkamele festbinden. Sie ziehen dabei die Schnüre unter dem Leib durch und schlingen sie vorne um den Bug des Sattels. Die schwarzen Ziegenhaarkordeln, mit denen das geschieht, heißen Inhelumé.

Abu Bakr konnte den Hengst zu sich rufen. Das Tier gehorchte aufs Wort. Doch war es eine stillschweigende Abmachung zwischen Reiter und Kamel, daß dieser Ruf nur in der Not angewandt wurde. Zu gewöhnlichen Zeiten ging Abu Bakr wie alle Hirten morgens das Tier suchen. Während der Nacht legte es nämlich trotz der gefesselten Vorderfüße acht oder gar zehn und zwölf Kilometer zurück, stets auf der Suche nach frischen Zweigen oder den wasserreichen Djir-Djir-Stauden. Bei Gefahr hingegen hielt der Räuber seinen Hengst in Rufnähe und konnte ihn durch einen zischenden Laut heranlocken.

An diesem Abend ließ Abu Bakr den Hengst nicht wie üblich weiden. Er legte ihm doppelte Fußfesseln an und verlangte, daß Mid-e-Mid das gleiche bei seinem Tier tat. Dann stieg er auf einen der Hügel und lauschte. Der Wind stand nicht günstig für ihn. Wohl hörte er die Stimmen der Hirten und die Rufe, mit denen die Frauen die Ziegen lockten. Aber er wartete vergeblich auf die unverkennbaren Geräusche, wie sie einer Gruppe von Soldaten eigentümlich sind. In der trockenen Luft der Wüste wären sie auf weite Entfernung zu hören gewesen. Als er auch bis zum völligen Einbruch der Nacht nichts vernahm, was ihn zur Vorsicht gemahnt hätte, stieg er zögernd wieder zum Lagerplatz. Dort hatte Mid-e-Mid den Tee bereitet.

Eine Weile saßen sie stumm am qualmenden Feuer und hingen ihren Gedanken nach. Der beizende Rauch kroch in ihre Kleider und legte sich quälend auf ihre Lungen.

Mid-e-Mid dachte: Warum hat mein Vater mir nie gesagt, daß wir mit Abu Bakr verwandt sind?

Es galt nicht als ehrlos, ein Räuber zu sein. Und unter den Kamel- und Pferdedieben im Land zeichnete sich Abu Bakr durch Mut und Dreistigkeit aus, die den übrigen abgingen. Diese stahlen im Dunkel der Nacht. Abu Bakr fürchtete nicht, sich bei Tag zu zeigen. Gelegentlich erschien er unvermutet an den Brunnen, um seine Kamele zu tränken. Und er tat dies auch, wenn die ehemaligen Besitzer seiner Tiere mit ihren Herden ebenfalls am Brunnen waren und Wasser schöpften. Einige grüßten ihn sogar höflich und halfen ihm, seine Kamele zu tränken. Das hinderte Abu Bakr nicht, ihnen obendrein noch einen Hammel abzufordern. Er sagte dann: »Nach dieser Arbeit muß ich etwas Kräftiges essen«, griff sich einen Bock aus der Herde, schnitt dem zappelnden Tier die Kehle durch und ließ es ausbluten. Danach hängte er es mit den Hinterfüßen an einen Ast und holte Herz, Leber und Nieren und die fettigen Därme aus dem aufgeschlitzten Leib. Schließlich zog er ihm das Fell ab und warf es dem Eigentümer des Hammels zu. »Ich schenke dir etwas!«

Glaubte nun der Bestohlene, er würde wenigstens eingeladen, den Braten zusammen mit Abu Bakr zu genießen, so täuschte er sich. Abu Bakr pflegte den Hammel am Holzspieß über dem Feuer zu rösten und ihn bis auf den Kopf allein aufzuessen. Die Därme, vor allem aber die Augen, aß er als besondere Leckereien vorweg. Was von solcher Mahlzeit übrigblieb, vermochte kaum einen Schakal zu reizen.

Abu Bakr aber stieg gestärkt auf seinen Kamelhengst und trieb mit ruhigen Rufen seine Herde dem Gebirge zu. Dort lagen in kaum zugänglichen Schluchten seine Weiden. Niemand wagte, ihm dahin zu folgen. Der Flintenlauf auf dem Rücken des Räubers sprach eine unhörbare, aber deutliche Sprache.

Mid-e-Mid dachte: Wir haben weder Fleisch noch Hirse. Wir werden diesen Abend hungern müssen. Es fiel ihm ein, daß er seit 24 Stunden keinen Bissen zu sich genommen hatte. Er suchte in einer Tasche seines Umhanges nach Tabak und fand auch etwas. Das schob er in den Mund und kaute.

Abu Bakr sagte: »Tuhaya hat zu essen bei sich. Morgen werden wir satt werden.«

Eine Kamelstute schrie nach ihrem Füllen. Es war ein dumpfer, orgelnder Laut, der sich von den Schreien der Kamele beim Auf- oder Absteigen durch seine Länge und die Tiefe des Tons unterschied.

Ein sichelförmiger Mond stieg herauf. Es wurde kühl. Mid-e-Mid spürte, wie ihn die Müdigkeit überkam. Er wickelte sich in sein Gewand und schlief, den Kopf auf den Arm gelegt, sofort ein. Abu Bakr hingegen erhob sich, um die Fesseln der Kamele zu prüfen. Auf dem Rückweg zum Feuer, das nur wie ein winziges Glühlicht leuchtete und schon auf geringe Entfernung unsichtbar war, blieb er plötzlich stehen.

Ein fremder Laut in den wirren Geräuschen der Nacht, dem Rascheln der Käfer, dem Zirpen der Grillen und dem Knirschen des Sandes unter seinen Füßen ließ ihn erstarren. Er glaubte, das Schnappen eines Sicherungshahnes gehört zu haben. Sein Mißtrauen richtete sich gegen Mid-e-Mid. Aber er konnte die gekrümmte Gestalt des Jungen wie einen dunklen Erdklumpen im bläulichen Licht des Mondes erkennen. Mid-e-Mid lag unbeweglich. Wenn der Nachtwind einen Augenblick zur Ruhe kam, hörte er sein Atmen. Abu Bakr ließ sich auf den Boden gleiten. Wie eine Sandviper kroch er zwischen den Büscheln des Affasso hindurch, umging den Lagerplatz und blieb hinter einem Felsblock hocken. Er sah, daß sein Gewehr unberührt neben dem Feuer lag.

Ich habe mich narren lassen, dachte er. Aber das Mißtrauen war ihm zur zweiten Natur geworden. Er besaß einen Instinkt, der ihn warnte, wenn etwas Ungewöhnliches in seiner Nähe vorging.

Er blieb fast eine Stunde hinter dem Felsen und rührte sich nicht. Hätte ihn jemand beobachtet, so würde er den runden Schädel des Mannes für einen vom Sand abgeschliffenen Steinkegel gehalten haben. Solche seltsamen Gebilde fanden sich überall auf den Felsblöcken. Sie machten den Eindruck, von Menschenhand dorthin gesetzt zu sein. Aber es waren mutwillige Spielereien der Natur.

Als er im Begriff war, sich zu erheben, hörte er Flüstern. Anfangs vernahm er nur leises Murmeln menschlicher Stimmen. Aber das Murmeln kam näher, und er unterschied die Worte.

Jemand sagte: »Du hast dich getäuscht, Mohammed!«

Der mit Mohammed Angeredete erwiderte: »Ich bin sicher. Ich kenne die Spur Inhelumés wie die Spur meines eigenen Kamels.«

»Es ist jetzt zu dunkel«, sagte die erste Stimme wieder, »laß uns umkehren.«

»Wir müssen in seiner Nähe sein«, sagte Mohammed, »ich rieche Feuerrauch. Es ist ein Feuer aus Kameldung. Das kann nur er sein. Die Hirten brennen Akazienholz. Das riecht anders.«

Abu Bakr hatte den einen der Sprecher erkannt. Es war Mohammed Tuhaya. Der andere mußte ein Goumier sein. Es war möglich, daß noch weitere Goumiers folgten. Er konnte es nicht auf einen Kampf ankommen lassen, ohne die Anzahl seiner Gegner zu kennen. Und er nutzte seinen Vorteil. Mit einigen federnden Schritten war er bei Mid-e-Mid, rüttelte ihn wach und zischte dem noch Traumschweren ins Ohr: »Folge! Tuhaya ist da.«

Er ergriff sein Gewehr, ließ aber die Decke liegen, um kein Geräusch zu verursachen.

Er schlug einen Bogen, um vom Feuer fortzukommen. Mid-e-Mid folgte ihm auf den Fersen. Sie schlichen geduckt im Mondschatten der Sträucher. Ihre Augen tasteten angestrengt den Boden ab. Das Brechen eines Holzstückes, ein rollender Kiesel hätte sie verraten. Dornen hakten sich in ihre Füße. Sie achteten nicht darauf. Abu

Bakr hielt an, um die Luft zu prüfen, die der Wind ihm zutrug. Sie hatten fast einen Dreiviertelkreis zurückgelegt. Er glaubte, sich im Rücken des Gegners zu befinden, und wollte sich aufrichten. Da ließ ihn ein vertrautes Geräusch regungslos verharren. Es war ein Mann, der unter Aufstoßen aus dem Magen litt und das Rülpsen vergeblich zu unterdrücken suchte. Abu Bakr merkte, daß er sich auf derselben Höhe mehrerer Männer befand, die in einigem Abstand voneinander das Gelände durchsuchten. Sie gingen ebenso geduckt wie er, und ohne jenes Geräusch wären sie aneinander vorübergeglitten wie unbemannte Fahrzeuge, die geheimen Befehlen gehorchen.

Er begriff, daß es sinnlos war, gegen diese Übermacht zu kämpfen. Es kam darauf an, die nackte Haut zu retten. Sachte berührte er Mid-e-Mids Hand und deutete auf die Stelle, wo Inhelumé an einem Tamat knabberte. Es war offensichtlich, daß die Goumiers nicht auf die Kamele achteten. Das Uëd stand voller Tiere, und nur bei Tag war es möglich, Spur oder Gestalt des berühmten Hengstes herauszukennen.

Abu Bakr brachte seinen Mund an Mid-e-Mids Ohr: »Du sitzt hinter dem Höcker auf«, flüsterte er. Mid-e-Mid nickte. Er spürte die Nähe der Gefahr wie ein Prikkeln auf der Haut. Er dachte nicht mehr daran, sich von Abu Bakr zu trennen. Das Gewaltige und tierhaft Sichere im Wesen des Räubers zog ihn an wie ein Feuer, dem man in der Kälte der Nacht zustrebt. Er dachte in diesem Augenblick auch nicht darüber nach, aber es war nicht der bevorstehende Kampf mit Tuhaya, der ihn mit diesem tiefen Wohlbehagen füllte. Es war der Rausch der Jagd. Er wußte nicht, ob er Jäger oder Gejagter war. Er konnte nicht erkennen, wo sein Gegner lauerte. Aber der betäubende Atem der Jagd war rings um ihn. Er roch die schweißige Ausdünstung, welche die Angst hervorruft. Und er hätte nicht zu sagen vermocht, ob sie von einem fremden oder dem eigenen Körper aufstieg. Er glaubte ziellose Drohungen aufzufangen, die in Wellen an ihn herangetragen wurden, und zitterte. Ist das Furcht?

Warum soll ich Furcht haben? antwortete er stumm. Ich habe Telchenjert an meiner Seite. Er merkte, daß er die ganze Zeit über den Knauf der Takuba in der Faust gehalten hatte. Der Knauf war warm und feucht.

Abu Bakr stieß ein Zischen aus, das wie das Zischen der Schlangen klang, wenn sie sich bedroht fühlten.

Inhelumé stellte das Knabbern ein. Er lauschte in die Richtung, aus der das Geräusch gekommen war. Abu Bakr zischte noch einmal. Er hörte einen Mann flüstern: »Eine Viper ist hier«, und dann zwei, drei Schritte, wie sie Menschen machen, wenn sie sich eilig entfernen.

Der Kamelhengst näherte sich. Die gefesselten Füße hinderten ihn daran, schnell zu laufen. Er sprang mit den Vorderbeinen und setzte die Hinterbeine in gravitätischen Schritten nach. Das Hoppeln klang poltrig und dumpf aus dem Boden zurück. Aber es war ein Ton, wie er tausendmal in der Nacht zu hören ist, wo Kamele weiden. Er erregte keinen Verdacht.

Inhelumé blieb vor Abu Bakr stehen. Der Räuber löste die Fesseln. Das war einfach, weil sie nur aus einer kurzen Schlinge bestanden, in die ein dicker Knoten eingeschoben war. Er tastete sich am Hals seines Tieres hoch, bis er das Maul zwischen seinen Fingern fühlte. Er griff mit der Linken in den Nasenring, während seine Rechte die weiche Oberlippe des Kamels streichelte. Langsam senkte Inhelumé den Kopf.

»Scho!« murmelte Abu Bakr in das Ohr des Hengstes.

Gehorsam ließ sich das große Tier auf die Knie nieder. Doch beugte es nicht die Hinterbeine, da sich sein Reiter schon mit einem kräftigen Abstoß hochgeschwungen hatte. Mid-e-Mid stand bewundernd still. Noch nie hatte er erlebt, daß sich ein Kamel völlig stumm besteigen ließ. Immer schrien die Tiere ihre gräßliche Klage hinaus oder versuchten gar, ihren Reiter zu beißen.

Abu Bakr hatte sich den Burnus als Sitzkissen untergeschoben und warf nun mit einer geschickten Bewegung dem Hengst eine Schlinge um das Maul. Es war keine Zeit, die Schnur wie üblich am Nasenring zu befestigen.

Er streckte Mid-e-Mid seine Hand hinunter und zog den schmächtigen Burschen wie einen Fisch an der Angel zu sich empor. Mid-e-Mid saß hinter dem Höcker und hielt sich mit beiden Händen an Abu Bakrs Gürtel fest. Er spürte das warme Fell des Tieres zwischen den Schenkeln. Er klammerte die Beine um Inhelumés Leib und sah, wie Abu Bakr das Gewehr vom Rücken zerrte und anlegte.

Der Schuß peitschte durch die Luft und heulte ziellos auf, wie es Kugeln machen, die keinen Widerstand in weichen Körpern gefunden haben. Gefehlt, dachte Mid-e-Mid. Aber er wußte nicht, worauf Abu Bakr geschossen hatte.

Der Räuber hatte den Hengst nach links gerissen und stieß ihm mit solcher Wucht seinen Fuß gegen den Hals, daß das Tier sich mit einem Ruck streckte und trotz des Dunkels zu einem Galopp ansetzte, der beiden Reitern den Wind schneidend um die Köpfe fahren ließ.

»Tuhaya!« schrie Abu Bakr. »Hüte deinen Schakalskopf!«

Die Antwort kam in einem Geprassel von Schüssen. Aber sie zischten wirkungslos an den Fliehenden vorüber. Sie hörten die aufgeregten Stimmen der Goumiers. Fetzen von Rufen nach Kamelen und Lampen erreichten sie noch. Dann wurden sie von der Nacht verschluckt und waren vorläufig außer Gefahr.

Abu Bakr verringerte die Geschwindigkeit und fiel nach einiger Zeit in Schritt.

»Hast du gesehen, wie man das macht?« fragte er.

»Ja, dieses Kamel ist unvergleichlich.«

»Ewalla — so ist es«, bestätigte Abu Bakr. »Es gibt kein zweites Tier wie Inhelumé.«

»Auf wen hast du geschossen?« fragte Mid-e-Mid und suchte hinter dem mächtigen Körper des Mannes Schutz, denn der Nachtwind fuhr kalt in seine dünnen Tücher.

»Auf niemand. Ich wollte ihnen nur zeigen, daß ich sie überlistet hatte, denn beinahe hätten sie uns gefunden. Du hast tief geschlafen.«

»Ewalla – ich war müde und hungrig.«

»Morgen werde ich uns eine Gazelle schießen«, sagte Abu Bakr. »Jetzt müssen wir reiten und Zeit gewinnen.«

Der bläßliche Mond erlaubte nur geringe Sicht. Abu Bakr lenkte das Kamel in Richtung auf Samak. Er hatte kein Wasser bei sich und mußte den Brunnen vor seinen Verfolgern erreichen und sehen, wie er an einen Idit kam. Ohne Wassersack konnte er keine größeren Entfernungen zurücklegen.

Das Reiten ohne Sattel war hart. Nach einer Stunde schon schmerzten die Glieder. Aber Mid-e-Mid schwieg. Er versuchte, eine Hand unter sein Gesäß zu schieben, um weicher zu sitzen. Aber die Hand schlief ein, und er mußte sie wieder fortziehen.

Felsentürme standen wie Kolossalfiguren versteinerter Wächter am Nordrand des Ueds Soren. Ihre schwarzen Schatten fielen über die Aberid. Kiesel rollten kollernd in Schluchten, wenn das Tier hart am Abgrund die Füße aufsetzte. Vielleicht waren diese Schluchten nicht tief. Aber ein einziger Fehltritt genügte zum Sturz. Und auch ein Loch von nur einem halben Meter Tiefe konnte dem Kamel die Beine brechen und die Reiter kopfüber auf den Felsboden schleudern.

Später überschritten sie die Bergkette und ritten über körnigen Sand, der unter den breiten Hufen nachrieselte. Wolken zogen auf und lagerten wie unbewegliche weiße Flocken um den Mond. Ein Schakal schrie, und ein Chor anderer Schakale fiel in das Gewinsel ein. Einmal heulte eine Hyäne. Da lachte Abu Bakr dröhnend: »Weißt du, was sie sagt?«

»Kala – nein«, antwortete der Junge.

»Sie sagt: Tuhayas Fleisch! Paß auf, wenn sie wieder spricht.«

Die Hyäne schrie ein zweites Mal, und wirklich glaubte Mid-e-Mid zu hören, daß sie »Tuhayas Fleisch« schrie.

»Ewalla – so ist es«, sagte er.

»Bald«, sagte Abu Bakr, »bald wird sie seine Knochen brechen. Bist du müde?«

»Kala«, erwiderte Mid-e-Mid. Aber er war so müde, daß er am liebsten geweint hätte.

»Wir sind gleich in Samak«, sagte Abu Bakr. Sie waren gut fünf Stunden unterwegs, immer wieder Trott reitend, wenn das Gelände es zuließ.

Der Mond war untergegangen. Nur die Sterne wiesen ihnen die Richtung.

Als sie endlich haltmachten, lag das Wasserloch von Samak in einer Senke vor ihnen.

»Wir werden schlafen, bis die Sonne aufgeht«, sagte Abu Bakr, »dann werden wir Wasser holen und essen und weiterreiten.«

Mid-e-Mid fragte nicht, wie sie ohne Ledersack Wasser schöpfen könnten. Er fragte auch nicht, was sie essen würden. Er blieb liegen, wo er abgestiegen war. Abu Bakr deckte ihn mit dem Burnus zu und legte sich neben das Kamel, dessen Leitseil er in der Hand behielt und dessen Füße er gebunden hatte.

Als die Sonne gelb und rot über dem Uëd von Samak hochkam, lagen beide noch immer so, wie sie sich hingelegt hatten.

Im Uëd von Samak

Die Wasserstelle von Samak ist ein Eris, wie die Tamaschek sagen: ein Loch im Sand des Uëds von geringer Tiefe. Das Wasser ist von hellgrauer Färbung und wohlschmeckend. Aber es kommt vor, daß der Urin der Tiere es verunreinigt. Dann schmeckt es bitter, und die Hirten graben mit den Händen ein neues Eris. Das alte decken sie mit Dornzweigen ab, damit die Jungtiere nicht hineintölpeln.

Als Mid-e-Mid und Abu Bakr vom Südufer her in das

Uëd hinabstiegen, waren nur wenige Männer und Frauen mit Ziegenherden und kleinen mausgrauen Eseln am Wasserloch. Der Tracht nach hatten sie ihren Wohnsitz in den Hoggar-Bergen. Und in der Tat erfuhren die Ankömmlinge, daß es Kel Ahenet waren. Sie hatten sich die kalte Zeit des Jahres im Uëd Tamanrasset aufgehalten, das sich von Westen her nach dem Hoggar erstreckt. Dort aber war das Wasser in den Trockenmonaten versiegt. Daher hatten sie den mühseligen Marsch nach Samak angetreten, wo sie Wasser und unberührte Weide zu finden hofften.

Es waren arme und scheue Leute. Sie hatten den Räuber erkannt und fürchteten um ihren geringen Besitz. Mid-e-Mid war ihnen fremd, denn mit den Tamaschek des Iforas-Berglandes kamen sie nicht in Berührung.

»Seid ihr allein im Uëd?« fragte Abu Bakr, der sein Kamel am Zügel hielt.

»Kala – einige andere Familien kommen gegen Mittag.«

»Kel Ahenet wie ihr?«

»Ewalla – so ist es.«

»Warum kommen sie später? Ist das Wasser im Eris knapp?«

Sie schüttelten die Köpfe. »Aman hullan – Wasser genug! Aman huskin – gutes Wasser!« antworteten sie. Aber es gab keine Weide im Uëd von Samak. Alemos für die Rinder, der saftige Djir-Djir und die gelbblühenden Tamat-Akazien für die Kamele befanden sich zwei Stunden vom Eris entfernt.

Abu Bakr streichelte seinen Bart. »Tränkt mein Kamel!« befahl er.

Die Kel Ahenet wiesen auf das Wasserloch, das sorgsam mit Dornzweigen abgedeckt war. »Die Ziegen haben das Wasser verschmutzt«, sagten sie. »Warte bis Mittag, dann haben wir ein neues Eris gegraben.«

»Ich habe Eile. Tränkt das Kamel!« sagte er barsch.

Männer und Frauen griffen wortlos in die Dornen und zerrten die Zweige aus dem Eris. Angst und Ärger waren auf ihren Gesichtern zu lesen. Nur ein kleiner nackter Junge näherte sich Mid-e-Mid freundlich und zupfte ihn an der Hand.

»Gib mir Tabak und Toka«, sagte er.

»Ich habe nichts«, knurrte Mid-e-Mid. Er hätte selbst gerne Tabak gekaut, aber seine Tasche war so leer wie sein Magen.

Der Junge sah ihn zweifelnd an. »Ist das die Wahrheit?« fragte er.

»Die Wahrheit bei Gott«, sagte Mid-e-Mid.

»Dann gib mir Tee«, verlangte der Junge und hielt die Hand auf.

»Ich habe nichts. Ich habe auch keinen Zucker und keinen Reis«, entfuhr es Mid-e-Mid heftig.

Der Junge trat einen Schritt zurück. »Du hast Hunger, ja?«

»Ewalla.«

»Komm«, sagte der Junge, »ekch! – iß!«

Er führte ihn zu einem mächtigen Ahaksch am Ufer. Dort war der Boden über und über mit Kamelkrotten bedeckt. Alle Karawanen machten mit ihren Tieren unter diesem Baum Rast. Wirklich, es war ein sehr alter Baum, vom Rauch der Feuer geschwärzt und die knorrigen Äste vom dunkelroten Harz verklebt.

Der Junge wies auf ein Holzfeuer. Daneben waren nasse Teeblätter ausgeschüttet – Reste des Morgentrunkes.

»Es ist viel Zucker im Tee«, sagte der Junge. »Ekch!«

Mid-e-Mid bückte sich und griff nach den Blättern. Er stopfte sie in den Mund und kaute. Sie waren bitterfeucht und manchmal war ein Klümpchen unaufgelösten Zuckers darin. Er ging nicht eher fort, bis alle Blätter verzehrt waren. Der Junge kehrte inzwischen zum Eris zurück und sah zu, wie Frauen und Männer mit dem Delu, einem großen Ziegenlederbeutel, Wasser schöpften.

Sie hatten eine Kuhle im Sand geformt und ein Kalbfell darüber gelegt. Dahinein gossen sie das Wasser. Inhelumé schlürfte in heftigen Zügen. War das Kalbfell leer, ehe der volle Delu aus dem Eris gehievt war, warf er den Kopf in den Nacken und schüttelte ihn heftig. Dazu entblößte er das Gebiß und sog die kühlende Luft ein und stieß sie prustend wieder von sich.

Die Männer der Kel Ahenet ließen den Delu wieder und wieder in das Erdloch gleiten. Der Durst des Kamels war nicht zu löschen. Zusehends schwoll der Leib an, wurde prall und rund, und immer noch schlürfte das Tier das trübe, mit Erde vermischte Wasser. Als es endlich das gefüllte Kalbfell nicht mehr beachtete und über die Köpfe der Männer und Frauen weg nach den Bäumen schaute, hatte es sicher über einhundertzwanzig Liter getrunken. Die Armmuskeln der Männer schmerzten, und ihre rissigen Hände waren heiß vom Greifen der Schöpfleine.

Abu Bakr hatte die Südseite des Uëds nicht aus den Augen gelassen. Die Uferfelsen erreichten dort die Höhe von Dum-Palmen und waren teilweise so stark verwittert, daß sie das feste Gestein mit einem Mantel aus schwarzem Schutt bedeckten. Ein auffällig herausragender Bergstumpf war eingeebnet und mit geschichteten Steinwällen umfriedet. Diese Mauern waren hoch genug, um einem Mann, der gebückt lief, Deckung vor Kugeln zu gewähren, und stark genug, auch einer längeren Beschießung standzuhalten. Kleine, vorspringende Bastionen gestatteten der Besatzung dieser Felsenfestung, mit ihren Feuerwaffen die Enge des Uëds und die Wasserlöcher zu beherrschen.

Als der Zweite Weltkrieg zu Ende ging, hatten die Soldaten des Beylik einige Jahre diese Anlage besetzt gehalten. Sie hatten den friedlichen Hirten und ihren Herden Schutz und Sicherheit gewährt vor den Banden, die damals das Land unsicher machten. Als die Ruhe gesichert schien, waren die Soldaten abgezogen. Nun lagen die Wälle stumm in der Sonne. Die erhitzte Luft flimmerte gegen das Blau des Himmels und täuschte Bewegung vor, wo steinerne Starre regierte.

Es gab Erinnerungen, die Abu Bakr mit dem Fort von Samak verknüpfte. Gute und schlechte Erinnerungen. Er hatte zu jenen gehört, die Tag für Tag die Wasserstelle umlauerten, um ihren Tribut an den Herden zu fordern. Er hatte Kugeln gegen die Wälle geschossen und Kugeln zurückerhalten. Er hatte gejagt und war gejagt worden. Es gab einen Steinhügel auf der Höhe. Darin lag ein Mann begraben, der hatte Abu Bakrs Gesicht nie gesehen. Und doch trug er ein Loch in der Brust; das hatte eines der Geschosse des Räubers gerissen. Aber es gab auch eine Stelle im Körper Abu Bakrs, die war grob vernarbt und brach von Zeit zu Zeit eitrig auf. Das Eisen, das in dieser Wunde steckte, war von den Wällen von Samak gekommen. Er wußte nicht, wer es abgefeuert hatte.

Die Gedanken an diese Zeit klangen kaum in ihm an. Aber er besaß die Empfindung vielgejagter Tiere: Er hatte eine scheinbar grundlose Scheu vor Orten, wo man ihm nachgestellt hatte. Seit jener Verletzung hatte er das Eris von Samak niemals wieder aufgesucht. Nur die äußerste Not hatte ihn gezwungen, seine Abneigung zu überwinden. Doch war sein Mißtrauen so groß, daß er das Tränken seines Kamels kaum beachtete, sondern mit steigender Unruhe die Festung beobachtete.

Es war nicht möglich, daß die Verfolger ihn schon jetzt erreichten. Er hatte sich einen Vorsprung von über einer Stunde errechnet. Und noch war keine halbe Stunde verstrichen. Aber Sorge und unbestimmte Ahnungen trieben ihn zum Aufbruch.

Er hob den Tagelmust über Mund und Nase bis dicht an die Augen, als wolle er gleichsam das Gesicht vor drohendem Unheil schützen.

»Was habt ihr zu essen?« fuhr er die Kel Ahenet mit barscher Stimme an.

Die Verschüchterten glaubten, mit dem Tränken des Kamels genug getan zu haben. Sie faßten sich ein Herz und sagten: »Wir haben nichts. Und unsere Zelte stehen weit von hier.«

Aber der kleine Junge, der Mid-e-Mid zu den Teeblättern verholfen hatte, sagte: »Wir haben Essink.«

Eine Frau wollte ihm den Mund zuhalten. Aber es war schon ausgesprochen. Sie gingen widerwillig und holten den Kessel mit dem Hirsebrei. Der Junge war so erschrocken über seinen Fehlgriff, daß er sich in den Felsen versteckte. Er verstand nicht, warum man den Fremden nichts zu Essen anbot, wie es bei allen Gästen geschah.

»Ihr scheint die Gesetze der Gastfreundschaft vergessen zu haben«, sagte Abu Bakr.

Sie beteuerten: »Wir wollten dir den Essink nicht anbieten. Er ist noch nicht gar.«

Abu Bakr griff mit der Rechten in den Brei, rollte mit den Fingern eine Kugel, lüftete den Tagelmust mit der Linken und stopfte die Kugel in den Mund: Der Brei war nicht gar.

»Butter!« befahl er.

Sie gossen ranzige Butter in den Brei und schauten zu, wie Abu Bakr und sein junger Begleiter den heißen Essink hinunterschlangen.

Diese Männer haben viel Hunger, dachten sie und erkannten plötzlich, daß der Räuber auf der Flucht sein mußte. Sie gewannen ihr Selbstvertrauen zurück.

Mit vollem Mund kauend, zeigte Abu Bakr auf einen Esel, unter dessen Bauch ein Idit hing: »Hängt den Wassersack an Inhelumés Sattel!« sagte er.

Die Kel Ahenet rührten sich nicht. Sie taten, als hätten sie es nicht gehört. Mid-e-Mid wagte es nicht, sie anzusehen. Trotz seines Hungers vermochte er nicht, den Brei zu schlucken. Er würgte. Abu Bakr beachtete ihn nicht. Er stand auf, rieb seine Hände mit Sand sauber und versetzte dem ihm zunächst stehenden Mann eine Ohrfeige. Der Mann hielt sich den Kopf. Der andere Mann holte den Idit und hängte ihn an Abu Bakrs Kamel. Die Frauen flüchteten kreischend.

Mid-e-Mid hatte sich erschrocken erhoben. Abu Bakrs Gewalttat war ihm zuwider. Er begriff nicht mehr recht, warum er sich dem Räuber angeschlossen hatte. Hätte man nicht den Idit bezahlen können? Hätte man den Kel Ahenet nicht vielleicht ein Messer schenken können?

Seine Mutter hatte ihn gelehrt: Ein Tamaschek gibt, um zu empfangen. Willst du einen Hammel, so gib eine Ziege. Willst du ein Kamel, so gib ein Rind. Hast du nichts zu verschenken und willst doch essen und trinken und ein Sohn im fremden Zelt sein, so mache dich angenehm und singe.

Er hatte lange nicht an seine Mutter gedacht. Jetzt brannten diese Worte in ihm. Er nestelte sein eisernes Messer vom Arm, wo es mit Schnur und Lederscheide befestigt war. Es war ein schlechtes Messer. Sein hölzerner Griff abgenutzt und die Klinge schartig. Er warf es dem Mann zu, den der Räuber geschlagen hatte. »Für den Idit«, sagte er heiser.

Das Messer fiel in den Sand. Der Mann bückte sich nicht danach.

Abu Bakr knurrte: »Behalte dein Messer, du wirst es noch brauchen.«

Aber Mid-e-Mid schüttelte stumm den Kopf. Es war etwas zwischen Abu Bakr und ihm, das auch der Kampf gegen Tuhaya und die entfernte Verwandtschaft nicht überbrückte. Es war eine Kluft zwischen ihnen. Aber er hätte nicht sagen können, was es war. Und würde es ihm jemand erklärt haben, so hätte er es nicht begriffen.

Beide gehörten sie nicht in die feste Ordnung des Stammes. Beide standen sie außerhalb. Aber Abu Bakr war ein Ausgestoßener, und er war es zugleich mit Willen und Wollen. Mid-e-Mid hingegen sprengte die Ordnung aus seiner Natur heraus. Er war ein Sänger und Dichter, ein Wanderer zwischen den Zelten, der täglichen Mühe und Arbeit abgeneigt, stets dem besonderen Erlebnis zutreibend. Er war schlau, ohne klug zu sein. Er verachtete die Engherzigen, die Geizigen und Ängstlichen und haßte die Reichen und Vornehmen. Jede Art von Herrschaft war ihm zuwider, gleichgültig, ob der Beylik oder die Fürsten der Tamaschek sie ausübten. Er liebte Kamele und das Reiten auf ihnen. Er liebte die Unendlichkeit der Wüste und war gern in ihr allein. Er liebte Mädchen und Frauen, wenn sie schön waren und ihn freundlich aufnahmen. Aber er mißtraute auch ihrer Gunst, denn er wußte, daß er arm und häßlich war. Zeigten sie gar, daß sie ihn gern mochten, wurde er verlegen. Er war halb ein Junge und halb ein Mann. Aber da er ohne Vater aufwuchs, war er weit über sein Alter hinaus selbständig im Handeln und entschieden in seinen Wünschen. Dies und die Gabe seines Gesanges waren es, was ihn bei den Älteren beliebt machte. Er besaß wenig Feinde und viele Freunde, und es schien, als könne es sein ganzes Leben hindurch so bleiben.

Abu Bakr aber besaß keine Freunde, oder man kannte sie nicht, und es ließ sich nicht sagen, ob er sie suchte. Seine Feinde waren zahllos, und doch bewunderten sie ihn auch. Er war wie das mähnige Gebirgsschaf, das Mufflon, dessen Spur man des Morgens in den Uëds fand und das noch vor Tag in seine unzugänglichen Felshöhlen zurückkehrte, das sich mit Huf und Horn dem Gegner stellte und sich erst im Tode ergab. Abu Bakr raubte, wenn er hungrig war, oder wenn er etwas sah, was ihm gefiel, oder nur, um zu zeigen, daß er noch da war. Es gab viele Anlässe für seine Raubzüge, und es wird sein Geheimnis bleiben, ob er je nach Gründen suchte.

Ja, Abu Bakr und Mid-e-Mid waren verschieden wie frische Haut und trockenes Leder, wie Duft und Dorn der Tamat-Bäume, wie Leere und Liebe in den Menschenherzen.

Der Räuber stieß mit den Zehen den Kessel um. Der Hirsebrei floß träge in den Sand. Er blickte sich um.

»Habt ihr keine Imenas?« fragte er.

Aber es waren nur Ziegen und Esel im Uëd. Kamele fehlten.

Der Mann sagte: »Du siehst, wir haben keine, sonst hätten wir dir eines für deinen Sohn geliehen.«

»Ich bin nicht sein Sohn«, sagte Mid-e-Mid.

»Wir haben wirklich keine Imenas«, wiederholte der Mann. »Es ist die Wahrheit.«

Abu Bakr riß mit einem Ruck das Gewehr von der Schulter. Der Kel Ahenet warf sich hin und schrie:

»Die Wahrheit bei Gott!« Aber das Gewehr zeigte auf die Steinwälle oder auf den Pfad, der von der Befestigung in das Ućd führte. Der Mann hörte auf zu schreien und sah zu dem Pfad hin. Und Mid-e-Mid sah einen Mann auf einem Kamel. Er kam schnell näher, aber noch war seine Gestalt nichts als ein blauer Strich, der auf dem Rücken des Tieres tanzte. Abu Bakr ließ ihn nicht herankommen. Er rief ihn nicht an und erwartete keinen Anruf. Er schoß und traf. Der Mann stürzte. Das Kamel lief noch einige Schritte weiter und blieb dann gleichmütig stehen, als sei nichts geschehen oder als müsse sein Herr es bald wieder einholen.

Abu Bakr vergewisserte sich, daß hinter den Felswällen keine Bewegung war, ehe er auf Inhelumés Rücken stieg und zu dem Mann ritt. Mid-e-Mid lief in großen Sätzen hinterher. Auch die beiden Kel Ahenet schlossen sich an. Nur die Frauen blieben verschwunden und äugten heimlich aus ihren Verstecken.

Der Mann war nicht tot. Aber es war kein Zweifel, daß er sterben mußte. Abu Bakr betrachtete ihn von der Höhe seines Sitzes. Er kannte den Mann nicht. Es war kein Goumier. Er war alt und ärmlich gekleidet. Er begriff, daß er einen Unbeteiligten getroffen hatte. »Wer bist du?« fragte er.

Der Alte zeigte eine wächserne Gesichtsfarbe. Sein Mund stand offen und zeigte breite Zahnlücken. Er atmete kaum sichtbar. Seine Augen waren schon verschattet von dem, was kommen mußte. Aber als Mid-e-Mid hinzutrat, wurden diese trüben Augen groß und die Lippen des Alten zitterten. Aber er sagte nichts mehr und starb, indem er den Kopf zur Seite drehte.

Mid-e-Mid stand wie angewurzelt. Der Tote vor seinen nackten Füßen war jener Alte, der ihm von Tuhaya berichtet hatte und ihm den Weg nach Timea'uin beschrieb, als Mid-e-Mid noch eine Eselin suchte. Ja, es war der alte freundliche Mann, der mit den anderen Hirten seinen Liedern gelauscht hatte.

Abu Bakr beobachtete ihn. »Du kennst ihn?« sagte er.

»Ich habe einmal mit ihm gesprochen. Er war sehr freundlich.«

»Ich habe ihn für Tuhaya gehalten«, sagte Abu Bakr. »Er kam im falschen Augenblick und an der falschen Stelle auf mich zugeritten. Ich muß mich meiner Haut wehren. Ich kann nicht warten, bis der andere schießt.«

»Er hat dir nichts getan«, sagte Mid-e-Mid.

»Er wird mir nichts mehr tun«, erwiderte Abu Bakr kalt. »Du kannst nicht wissen, ob ein Mensch dein Feind oder dein Freund ist, bis er tot daliegt. Da oben«, er zeigte auf die Steinwälle, »da oben haben Soldaten gehaust. Sie haben auf mich geschossen, obschon sie mich nicht kannten. Hier!« Er hob sein Gewand hoch, so daß oberhalb der Hüfte die breite blaßrote Narbe im braunen Fleisch sichtbar wurde. »Das ist von denen da oben. Sie kannten mich nicht.«

»Aber er war ein alter Mann«, beharrte Mid-e-Mid.

»Er wäre auch so bald gestorben«, lachte Abu Bakr bitter. »Das kommt für alle, auch für mich.«

Er wandte sich an die Kel Ahenet, die schweigend herumstanden. »Begrabt ihn!«

Er nickte Mid-e-Mid zu und wies auf das Kamel des Toten. »Steig auf. Keine Zeit für Geschwätz. Wir müssen fort.«

»Ich bleibe hier«, sagte Mid-e-Mid trotzig.

»Du mußt lernen, daß Unschuldige leiden, wenn Allah es will«, sagte Abu Bakr. »Ja, Allah wollte ihn zu sich holen. Willst du sagen, es sei ungerecht!«

Mid-e-Mid schwieg. Die Traurigkeit füllte ihn an und ließ keinen Raum für andere Gedanken.

»Du glaubst, es gäbe Gerechtigkeit, weil du gerecht sein willst? Sieh mich an, Mid-e-Mid! Als ich so alt war, wollte ich gerecht sein. Sieh mich an, was aus mir geworden ist. Glaubst du, ich wäre traurig darum? Nein, Allah wollte mich so – Allahu akbar.«

Mid-e-Mid sah den Räuber fest an. Er stand breitbeinig im Sand und hob den Kopf zu ihm empor. Er sagte: »Ich will die Gerechtigkeit, Abu Bakr. Ich will.«

»Elhamdullillah.«

»Wenn ich nicht gerecht bin, Abu Bakr, wie kann ich da Freunde haben?«

»Es gibt keine Freunde, Mid-e-Mid. Denk an deinen Vater, denk an Tuhaya!«

Die Kel Ahenet wühlten ein Loch mit ihren Händen.

Abu Bakr drängte: »Steig auf! Wir müssen weiter. Vorwärts!«

»Ich bleibe hier«, beharrte Mid-e-Mid. »Ich habe niemand etwas getan. Ich werde...«

Abu Bakrs Geduld war erschöpft. Finster stieß er hervor: »Hat dir die Ameise etwas getan, die du zertrittst? Bleib nur und lecke den Staub von Tuhayas Sandalen.«

Er schnalzte mit der Zunge, stieß die gespreizten Zehen gegen Inhelumés Hals und lenkte das Tier dem Uëd-Ausgang zu.

Mid-e-Mid schaute ihm unsicher nach. Er schluckte.

Kugeln spritzten rings um ihn in den Sand, und das Echo einer Salve brach sich vierfach in den Felswänden.

Abu Bakr trieb Inhelumé zum Galopp. Sein Burnus flatterte wie eine braune Fahne hinter ihm her und durchsichtige, gelbe Staubwölkchen wurden vom Wind hinter den Hufen des Hengstes zerblasen.

Die zweite Salve erreichte ihn nicht mehr. Er hatte einen Haken geschlagen und tauchte zwischen Gestrüpp und Strauchwerk unter.

Mid-e-Mid hatte die zweite Salve nicht abgewartet. Er wußte später nicht mehr, wie er auf den Rücken des herrenlosen Kamels gelangt war. Er saß im Sattel und folgte der Spur Abu Bakrs mit der blinden Entschlossenheit, welche die Todesangst verleiht. Sie schossen hinter ihm her. Er duckte den Kopf bis auf das Sattelkreuz und reizte das Tier durch Reiben mit der Ferse zu solcher Eile, daß der Schaum vor das Gebiß trat. Erst als ihm die Bäume Schutz vor gezielten Schüssen boten, drehte er sich um. Aber die Goumiers folgten nicht. Hamdullillah, dachte er. Sie sind zu müde. Sie sind die ganze Nacht geritten, um uns einzuholen.

Er ahnte nicht, daß es der tote Mann war, der ihm das Leben rettete. Als die Goumiers den Toten erreichten, sprangen sie von ihren Kamelen und redeten lange mit den Kel Ahenet und stellten viele Fragen, auf die keiner der Männer zu antworten wußte. Und darüber entkam Mid-e-Mid.

»Wer ist der Mann auf dem zweiten Kamel?« fragten sie.

»Das ist ein junger Bursche«, sagten die Kel Ahenet.

»Warum flieht er?«

»Ihr habt auf ihn geschossen«, sagten die Kel Ahenet.

»Wir haben auf Abu Bakr geschossen«, sagten sie laut.

»Wie heißt er?« fragten sie dann.

»Mid-e-Mid«, sagten die Kel Ahenet. »Wir hörten, daß ihn Abu Bakr so nannte.«

Da brachen die Goumiers in Rufe des Erstaunens aus. »Mid-e-Mid?« fragten sie immer wieder. »Meint ihr Mid-e-Mid, der so herrlich singt? Mid-e-Mid, Agassums Sohn? Hatte er schräge Augen? Hatte er ein Maul so breit wie ein Frosch? Hast du dich nicht verhört?«

Ein Mann drängte sich vor, der kein Goumier war. Er trug das blaue Gewand der Tamaschek und war älter als die Soldaten des Beylik. Seine Zähne standen weit im Oberkiefer vor. Er war als letzter in das Ued geritten, als Abu Bakr schon außer Sicht war und die Gewehre wieder im Sattel hingen.

Der Mann lachte hämisch und sagte: »Agassum ist ein Feind des Beylik, und Mid-e-Mid schlägt ihm nach.«

»Mid-e-Mid ist noch jung«, sagten die Goumiers. »Wir haben noch nie gehört, daß er zu Abu Bakr hält. Wir haben gehört, daß er bei seiner Mutter lebt, und wir wissen, daß er manchmal die Lager der Stämme besucht und singt.«

Tuhaya sagte: »Wißt ihr nicht, daß Abu Bakr und Agassum Blutsverwandte sind!«

»Das wußten wir nicht«, erwiderten die Goumiers.

»Jetzt wißt ihr es«, sagte Tuhaya. »Jetzt könntet ihr zwei Schakale in einer Falle fangen.«

Der Anführer der Goumiers sagte: »Wir haben Befehl, Abu Bakr zu fangen. Von Mid-e-Mid wissen wir nichts.«

Tuhaya sagte: »Warum reitet ihr nicht hinter ihm her?«

»Wir werden erst unsere Imenas tränken«, sagten sie, »dann werden wir ihn jagen.«

Die Kel Ahenet sagten: »Er hat einen Wassersack von uns gestohlen.«

Und die Frauen der Kel Ahenet kamen und bettelten um Tabak. Den gaben ihnen die Goumiers. Danach begannen sie den Kamelen Wasser zu schöpfen. Sie waren elf Goumiers und mußten elf Kamele tränken und dazu noch das Reittier Tuhayas. Um den ermordeten alten Mann kümmerte sich niemand mehr. Nur der kleine nackte Junge lief hinzu, betrachtete ihn lange und warf dann mit den Händen Sand über ihn, bis er notdürftig verscharrt war. Danach lief er wieder zum Eris und bettelte bei den Soldaten um Tabak. Sie gaben ihm reichlich, denn sie waren gutmütig und hatten erst vor einigen Tagen ihre Löhnung empfangen. Auch belustigte es sie, den Kleinen spucken zu sehen.

Als sie endlich aus Samak aufbrachen, hatten die Flüchtigen einen beträchtlichen Vorsprung; aber ihre Spur war so deutlich in den Sand geschrieben, daß die Verfolger sie ohne langes Suchen aufnehmen konnten.

Die Richtung der Spur deutete auf Tirek.

Das Leben eines Räubers

Bis zur Quelle von Tirek war es drei Tage zu reiten. Es war der einzige Fluchtweg, der Abu Bakr offenstand: Der Weg nach Norden, der Weg in das trockene Herz der Wüste. Er wußte, daß die Goumiers ihn jagen würden, wie die Tamaschek einen Löwen jagen: zu vielen vereint und Tag und Nacht und ohne Ermüden. Es waren Männer von seinem Volk, die ihm nachsetzten, wenn sie auch die Patronengürtel des Beylik trugen.

Er würde vor den Goumiers in Tirek sein. Aber sie würden ihm folgen. Er würde noch tiefer in die Wüste ausweichen, nach In Aza'ua und nach Timissao und von dort vielleicht in die Hoggar-Berge – wenn sie ihm den Weg nicht verlegten. Aber genau dies würden sie tun, denn sie wußten – wie er es wußte –, daß es keine Kamelweide gab nördlich von Tirek. Er würde bis in die Oasen Algeriens ausweichen müssen. Aber ob Inhelumé dies aushielt? Es gab eine Piste, welche die Karawanen benutzten. Aber die Karawanen gingen im Schritt, nicht mehr als vier Kilometer die Stunde und dies zwölf Stunden am Tag. Er aber ritt im Trott und ritt acht und zehn Kilometer in der Stunde und dies sieben Stunden lang.

Ja, Inhelumé würde lange durchhalten, länger als die besten Kamele des Beylik. Aber auch das stärkste Tier erreicht die Grenze seiner Kraft, wenn sein Reiter es überfordert. Und Abu Bakr wußte auch, was dann geschah. Er hatte es einige Male in seinem Leben gesehen: Das Kamel brach unter dem Mann zusammen und war tot. Es lief buchstäblich bis zum letzten Atemzug. Ja, aber dann war es tot, und der Mann – der Mann war es bald danach auch, wenn niemand kam und ihm ein anderes Kamel gab.

So weit dachte Abu Bakr, während er im gleichmäßigen Trotten den Hengst mit dem Fuß anspornte.

Am Nachmittag verfiel er auf einen Ausweg. Er drehte sich nach Mid-e-Mid um, der dicht hinter ihm ritt und Mühe hatte, Inhelumés Schritt beizubehalten. Das Tier, welches er ritt, war zu jung und wohl noch nie so gehetzt worden.

»Du kannst noch reiten?« rief er Mid-e-Mid zu.

»Ich kann noch«, rief Mid-e-Mid zurück. »Aber das Kamel ist nicht stark. Es schwitzt. Ich rieche es.« Es ist ein eigenartiger süß-traniger Geruch, der aus dem Fell der Kamele aufsteigt, wenn man sie überanstrengt.

»Wir werden ihm Ruhe gewähren«, erwiderte Abu Bakr. Er begriff, daß er Maß halten mußte, wollte er Mid-e-Mids Tier nicht zusammenbrechen sehen.

Sie fanden einen Platz, der mit trockenem Had bestanden war. Inhelumé begann sofort zu fressen. Die salzhaltige Pflanze ist von den Kamelen in frischem Zustand sehr begehrt. Trocken wird sie nur dann gefressen, wenn das Tier zuvor genügend Wasser zu sich genommen hat. Mid-e-Mids Kamel wälzte sich lange im Sand, den Kopf nach hinten gereckt, als wollte es einmal über seinen Hökker hinweg die Welt von unten anschauen. Danach blieb es liegen und betrachtete die Landschaft.

»Es hat kein Wasser in Samak bekommen«, sagte Abu Bakr, »darum frißt es das dürre Zeug nicht.«

Mid-e-Mid nickte bekümmert. Er brach auf, um Holz zu suchen.

»Bis Tirek wird es durchhalten«, fügte Abu Bakr hinzu.

Sie machten ein großes Feuer, denn die Verfolger würden nicht vor einigen Stunden eintreffen. Sie waren scharf geritten und wußten, daß die Goumiers in Samak beim Tränken Zeit verloren.

Abu Bakr schoß eine Gazelle. Es war ein kräftiger Bock. Er hatte sogar etwas Fett um den Bauch herum. Sie zogen ihm das Fell ab und schnitten das Fleisch in breiten Scheiben auseinander. Einige legten sie ins Feuer, auf die Holzbrände, andere hängten sie in einen Baum und ließen sie dörren.

»Was willst du«, fragte Abu Bakr, »den Schenkel hier oder Magen und Eingeweide?«

»Magen und Eingeweide«, sagte Mid-e-Mid. »Ich werde Abatal machen.«

»Tu das«, sagte Abu Bakr, »und vergiß die harten Worte zwischen uns.«

»Ich habe sie schon vergessen. Du hast recht gehabt. Sie haben auf mich geschossen. Ich aber hatte ihnen nichts getan.«

»Ich habe immer recht«, sagte der Räuber und warf ihm die vollen Därme und den Magen hin. Er hatte alles mit seinem Messer herausgetrennt, und sein Gewand war mit dunklem Blut bespritzt. Den schönen Kopf der Gazelle schleuderte er ins Feuer. Der Gestank der verkohlenden Hörner hing über der Ebene. Einige Raben ließen sich in Steinwurfweite nieder.

Mid-e-Mid drückte die Därme leer und legte sie in den Magen. Aus der Glut holte er heiße Steine. Diese drückte er zwischen die Eingeweide, klammerte die Magenwände mit Dornen zu und legte das Ganze in die Feuerasche. Ab und zu wendete er die schmorende und zischende Speise, damit sie gleichmäßig bräunte.

Abu Bakr hatte den Gazellenschenkel in die offene Flamme gehalten und aß das noch rohe Fleisch mit Wohlbehagen. Er war damit schon fertig, ehe Mid-e-Mid das Abatal öffnete und die Steine herausnahm.

»Willst du?« fragte Mid-e-Mid höflich.

»Ich habe genug«, sagte Abu Bakr und griff nach dem zweiten Schenkel.

So aß Mid-e-Mid das Abatal allein und fühlte sich satt und müde. Er nahm einen Dorn und bohrte die Fleischreste aus den Zähnen und schaute Abu Bakr zu, der die Knochen sorgfältig abnagte.

Die Sonne sank unter die Linie, wo Wüste und Himmel sich berührten. Inhelumé hatte sich niedergelassen, und Mid-e-Mids Kamel zupfte lustlos an dem trockenen Had. Die Hitze des Tages strahlte noch lange nach.

Sie schliefen einige Zeit. Als sie wach wurden, hatte der Mond seinen Platz am Himmel eingenommen. Sie tranken Wasser und redeten miteinander. Gegen Mitternacht wollten sie aufbrechen und Tirek am folgenden Abend erreichen.

Abu Bakr stocherte in der Glut und legte Holz nach.

Holz gab es genug in der Wüste. Bäume waren aus dem kargen Boden gewachsen, hatten sich im Untergrund festgebissen und ihre Wurzeln nach allen Seiten und tief in die Erde gebohrt. Die Tornados hatten ihre Äste gebrochen und neue waren nachgewachsen. Die Ziegen hatten ihre Zweige gefressen und die Heuschrecken ihre Blätter. Aber solange der Untergrund das Wasser der Wolkenbrüche speicherte, hatten sie sich gehalten, hatten Menschen Schutz vor der Sonne gewährt und waren zum Dank vom Feuer versengt worden. Sie hatten Karawanen vorüberziehen sehen und in der heißesten Zeit des Jahres die müden Gazellen beschirmt, die unter dem Gluthauch der Sonne litten. Aber dann waren in einem Jahr die Tornados ausgeblieben. Kein Tropfen hatte die Erde genetzt, kein Schauer sie zum Dampfen gebracht. Da hatten sie ihre Wurzeln noch ein Stück tiefer in den Boden gekrallt. Aber auch der Boden trocknete aus. Die Wurzeln verloren ihre Kraft und der Baum starb. Es gab viele solcher Bäume. Ja, die Wüste lag voll von ihnen. Und der Mensch brauchte keine Sorge zu haben, wie er sein Feuer nähren sollte.

Abu Bakr sagte: »Sie können nicht vor Mitternacht hier sein. Wenn der Mond untergeht, sehen sie unsere Spur nicht mehr.«

Mid-e-Mid nickte: »Sie haben nicht geschlafen in der vergangenen Nacht.«

Abu Bakr lachte: »Als ich jung war, habe ich vier Nächte ohne Schlaf aushalten können. Ich konnte ein Kamel zu Tode reiten, ehe ich selbst aus dem Sattel fiel.« Er schob sich Mid-e-Mids Sattel in den Rücken.

»Ja, ich habe mehr aushalten können als andere – und ich kann es heute noch.« Er zog die Füße an, denn der Wind stand gegen ihn, und die Flammenzungen leckten gegen seine Sohlen.

»Warst du immer ein Räuber?« fragte Mid-e-Mid.

»Nein«, sagte Abu Bakr. »Das bin ich erst geworden, als ich mich vom Beylik getrennt hatte.«

»Du warst ein Mann des Beylik?« Mid-e-Mid konnte sich Abu Bakr nicht in den Reihen der Soldaten vorstellen.

»Ich war nicht immer so klug, wie ich jetzt bin«, sagte der Räuber, und seine schrägen blaßgrünen Augen richteten sich auf den Jungen, als errieten sie dessen Gedanken. »Ich war mager und sehnig wie eine Gazelle auf trockener Weide, aber dumm und ohne Erfahrung.« Er kratzte sich die schwarze, ausrasierte Stirn.

»Als ich so jung war, wie du es jetzt bist, habe ich mich beim Beylik gemeldet. Die Zelte meines Vaters standen im Uëd Arli Mennen. Und der Beylik saß in Tamanrasset im Hoggar. Da habe ich einen Esel genommen und bin nach Tamanrasset geritten. Unterwegs ist der Esel verendet. Am Brunnen von Tin Rerho habe ich einen anderen gefunden. Der hat mich nach Tamanrasset getragen. Fünfzehn Tage habe ich gebraucht. In Tamanrasset sagten sie, ich sei zu schwach. Aber ich war nur schwach, weil ich drei Tage nichts gegessen hatte. Aber sie verstanden meine Sprache schlecht, und ich kehrte wieder zurück ins Uëd Arli Mennen.

Zwei Jahre später bin ich wieder nach Tamanrasset geritten. Ich brauchte diesmal nur dreizehn Tage. Der erste Esel krepierte wieder in Tin Rerho – kurz vor der Düne, wo sich das Wasserloch befindet. Ich fand einen zweiten. Der brach in Abalessa an Entkräftung zusammen. Der dritte trug mich nach Tamanrasset. Als ich ihnen erzählte, ich sei in dreizehn Tagen von Arli zu ihnen geritten, wollten sie es nicht glauben.«

Inhelumé hatte sich erhoben und stand so gegen den Mond, daß sein Schatten auf Abu Bakr fiel. Das Gesicht des Räubers blieb im Dunkeln, Mid-e-Mid hörte seine tiefe Stimme, als spräche sie aus dem Schoße der Nacht.

»Sie meinten auch, ich sei immer noch zu jung. Schließlich gaben sie mir ein Kamel. Es war kein gutes Kamel, das schwöre ich dir. Sein Höcker war nicht straff, und seine Sohlen hatte es in den Felsen verletzt, und die Wunde war schlecht verheilt.«

Er spuckte in die Glut. Ein kleiner weißer Skorpion, dem es in dem alten Holz zu heiß geworden war, lief über den Sand.

Mid-e-Mid nahm einen Ast und schlug ihn tot. Er wollte ihn ins Feuer werfen. Abu Bakr hinderte ihn.

»Einen Skorpion darfst du nicht verbrennen«, sagte er.

»Er ist doch tot«, meinte Mid-e-Mid.

»Gleichviel, wenn du ihn ins Feuer wirfst, kommen alle seine Freunde, um ihn zu betrauern und uns zu stechen.«

.... • 15 Tage Strecke ,

Abolessa
Silet
Tamanrasset

• Tirek

○ In Uxxal
○ Tin Rerho (Tod des Esels)
○ Debnat
○ In Tadeine
○ Tin Za'nxaten
○ Tin Ramir
○ Tin Azeraf
○ Ar-Li

0   50 km

○ KIDAL

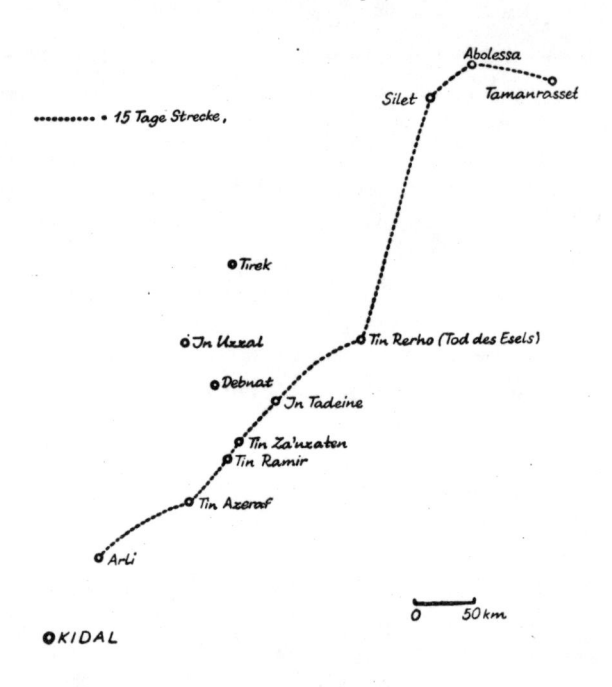

Er packte den toten Skorpion vorsichtig an seinem Giftstachel und legte ihn in ein Loch, das er mit Sand bedeckte.

»Hör zu«, sagte er. »Sie sagten mir in Tamanrasset: Da ist das Kamel und hier ist ein Sack. In dem Sack sind Briefe für den Beylik in Kidal. Reite nach Kidal und komme zurück. Wenn du es in weniger als zweiundzwanzig Tagen schaffst, kannst du bei uns bleiben und bekommst ein Gewehr und Patronen. So sagten sie.

Es sind aber zweiundzwanzig Tage auf einem guten Kamel. Das weißt du.«

»Ich weiß es«, sagte Mid-e-Mid. »Mein Vater hat einmal...«

»Laß mich ausreden«, dröhnte Abu Bakrs Stimme. »Ich habe das halbtote Kamel genommen und bin nach Kidal geritten. Am fünften Tage wußte ich schon, daß ich es mit diesem Kamel nicht unter zweiundzwanzig Tagen schaffen konnte.

Am Abend sah ich ein Feuer vor mir und ritt darauf zu. Aber ich merkte, daß es Leute waren, die in diesem Land nicht gerne gesehen sind. Es waren Ulliminden-Tamaschek.«

»Aye«, sagte Mid-e-Mid, »dann waren es Leute vom Ulliminden-Stamm der Imochar.«

»Bei Allah, so war es«, sagte Abu Bakr, und das Kamel Inhelumé ging weiter und das Gesicht des Räubers lag wieder rund und klobig im bleichen Mond. »Es waren Imochar und sie kamen von einem Rezzu. Sie hatten eine Beute von starken Kamelen bei sich. Ich schlich zu ihrem Feuer und hörte sie reden. Ich dachte, dies sei der Augenblick, etwas für mich zu tun. Ich schnallte den Sattel von meinem Tier und legte ihn auf eines von ihren Imenas. Den Sack mit den Briefen hing ich an den Sattel und befestigte den Taramt. Ich kehrte zum Feuer zurück und nahm eines von ihren Gewehren. Sie hörten mich aber. Ich schoß einen von ihnen in den Bauch. Sie ließen von mir ab, und ich ritt davon.«

»Und haben sie dich verfolgt?« fragte Mid-e-Mid erregt.

»Ich weiß nicht«, sagte Abu Bakr und räkelte sich. »Ich hatte ihr bestes Tier genommen. Ich brauchte dreizehn Tage bis Kida und gab dem Beylik die Post. Der Beylik wollte es nicht glauben, daß ich so schnell geritten war. Aber ich glaube, es stand in den Briefen geschrieben.«

»Hat der Beylik dich danach angenommen?«

»Warte! In Kidal gaben sie mir einen Sack mit Hirse und zwei Zuckerhüte und ein Kilogramm Tabak und eine Decke. Das brauchte ich nicht zu bezahlen. Es war ein Geschenk des Beylik. Und ich bin wieder in dreizehn Tagen zurückgeritten. Die Aberid aber hatte ich auf diesen beiden Ritten zum erstenmal gesehen.«

»Wie fandest du den Weg, Abu Bakr?« – Der Wind erhob sich und raschelte in den Hadpflanzen, und weiße Wolken zogen vor den Mond und trübten sein Licht.

»Am Tage richtete ich mich nach der Sonne und den Gipfeln einiger Berge, und in der Nacht suchte ich die Sterne.«

»So mache ich es auch«, sagte Mid-e-Mid eifrig.

»In Tamanrasset gaben sie mir noch einmal zwei Zukkerhüte, aber keinen Tee mehr und keine Hirse. Und sie sagten, es sei ein guter Ritt gewesen, und ich dürfe das Kamel behalten.«

Er lachte höhnisch. »So sind sie. Ich hatte das Kamel doch den Imochar abgenommen und einen Mann getötet, und sie erlaubten mir, das Kamel zu behalten. Braucht ein Mann die Erlaubnis des Beylik, um ein Kamel zu behalten, das er sich erkämpft hat? Beim Bart des Propheten! Kala! – Aber ich war zu jung, um ihre Heimtücke zu merken. Sie gaben mir Patronentaschen und Patronen, und ich mußte meinen Daumen auf ein feuchtes Tuch drücken und dann auf ein Stück Papier. Die Spur meines Daumens blieb auf dem Papier zurück. Sie war blau. Dann war ich ein Goumier. Sechs Jahre bin ich es geblieben. Ich habe mich für den Beylik in den Bergen geschlagen, die sie Tibesti nennen.«

»Von diesen Bergen habe ich noch nie gehört«, sagte Mid-e-Mid.

»Und dann gegen die Aïr-Tamaschek und dann gegen die Ulliminden am Fluß. Glaubst du, daß ich ein Feigling war?«

»Ich glaube es nicht«, sagte der Junge.

»Glaubst du, daß ich schießen kann?«

»Ich weiß es«, sagte Mid-e-Mid.

»Ich habe mehr Männer getötet als irgendein anderer Mann des Beylik. Das ist die Wahrheit.« Er holte tief Atem. Er spürte immer noch die Empörung des Mannes, dem man bitteres Unrecht getan hatte.

»Ich war der beste Goumier, und niemand kannte die Wüste wie ich. Einmal schoß ich eine Gazelle, die hatte ein Junges im Leib, und ich aß sie auf, denn ich hatte Hunger. Aber der Beylik hörte das und sagte, ich müsse bestraft werden.«

»Warum?« fragte Mid-e-Mid erstaunt.

»Ah, siehst du – das fragt jeder. Warum? Der Beylik sagte, weil die Gazelle ein Junges hatte, aber das hat noch nie einer von uns verstanden. Es gibt genug Gazellen in der Wüste – mehr als der Beylik essen kann. Wenn er Angst hat, er könne verhungern, weil ich mit einem Schuß zwei Gazellen schieße, wenn er das glaubt, dann kennt er die Wüste nicht. Es gibt genug Gazellen.«

Der Wind nahm langsam an Stärke zu, so daß sie sich fest in ihre Gewänder wickelten und näher an das Feuer rückten.

»Aber der Beylik wollte mich bestrafen. Ich glaube, ein Effri – ein böser Geist – hatte ihm das in den Kopf gesetzt, denn ich hatte kein Unrecht getan.«

»Gewiß nicht«, sagte Mid-e-Mid. »Eine Gazelle zu schießen, wenn man Hunger hat, ist kein Unrecht. Es muß ein Effri gewesen sein.«

»Sie führten mich in ein Haus, das keine Fenster hatte, und hielten mich dort fest.«

»Das kenne ich«, sagte Mid-e-Mid. »Mein Vater sitzt in einem solchen Haus. Aber es hat kein Dach – nur hohe Mauern. Sie nennen es Gefängnis.«

»Ja, so bauen sie die Gefängnisse heute, ohne Dach, daß man den Himmel sehen kann und die Sonne und die Sterne, und daß man die Luft riechen kann. Mein Haus war dunkel. Ich konnte den Himmel nicht sehen. Dort ließen sie mich zwei Tage. Daß es so lange war, habe ich mir sagen lassen. Denn in diesem Haus gab es keine Zeit, und ich wußte nie, ob es Zeit zu wachen oder Zeit zu schlafen war.« Abu Bakr wiegte seinen schweren Kopf auf dem stumpfen kurzen Nacken. Der Nachtwind spielte in seinen Locken. Sie flatterten wie schwarze Zungen.

»Ein Mann kam und brachte Wasser. Ich hob den Eimer an den Mund und trank ihn aus. Ich war durstig. Ich sah, der Mann konnte meine Türe öffnen. Er hatte Schlüssel in der Hand. Da stülpte ich den leeren Eimer über seinen Kopf und schloß ihn in dem Haus ein und ging. Ich sattelte mein Kamel und nahm mein Gewehr und ritt ins Uëd Arli Mennen zu meinem Vater.«

»Und dann bist du nicht mehr ein Mann des Beylik gewesen.«

»Nein – nie mehr«, sagte Abu Bakr sehr laut. »Ich wollte ein Hirte sein wie alle und meine Herden hüten.«

»Hat der Beylik dich nicht gesucht?«

»Alle haben mich gesucht. Der Beylik zuerst. Aber er fand mich nicht, denn ich hatte mich versteckt. Nachher hat er wohl eingesehen, daß er im Unrecht war mit der Gazelle. Einmal kam ein Goumier, der brachte mir den Sold, den ich nicht geholt hatte. Das Gewehr, das ich mitgenommen hatte, haben sie mir vom Sold abgezogen und das Geld für die Schlüssel auch. So war es nicht mehr viel. Aber ich wußte, daß der Beylik sich nun gut mit mir stellen wollte, sonst hätte er den Sold nicht geschickt, nicht wahr?«

»Nein«, sagte Mid-e-Mid zustimmend. »Aber beim Beylik weiß man nie, was er denkt. Mein Vater...«

»Laß mich ausreden«, sagte Abu Bakr. »Ich habe noch nicht alles erzählt. Aber du mußt alles wissen. Es ist gut, wenn du alles gehört hast. Ich habe es noch niemand erzählt. Der Beylik hat mich danach nicht mehr gesucht, und ich bin auch nicht zu ihm geritten. Aber eines Tages – es war ein Jahr nach dem Tod meines Vaters – kam Intallah.«

»Der Amenokal?« entfuhr es Mid-e-Mid. »Ajor Chagerans Vater?«

»Gewiß! Was ist dabei? – Er kam und wollte ein Geschenk. Du weißt, Intallah gehörte zu den Ilelan, den Vornehmen, und sie kommen von Zeit zu Zeit zu den Imrad, zu den Vasallen, zu Leuten, wie es dein Vater und mein Vater sind, und verlangen Geschenke. Das ist immer so gewesen bei uns Tamaschek. Ich gab einen fetten Hammel und ein starkes Kalb. Das ist viel, nicht wahr?«

»Sehr viel«, bestätigte Mid-e-Mid. »Wir müssen nur einen Hammel geben.«

»Ich gab einen Hammel und ein starkes Kalb. Aber Intallah war nicht zufrieden. Er forderte noch eine Kuh. Ich sagte: Intallah, was tust du für mich, daß ich dir eine Kuh geben soll?

Intallah erwiderte: Abu Bakr, wenn du einen Streit mit dem Beylik hast, wer kann dir dann helfen?

Ich sagte: Ich habe dich nicht nötig gehabt gegen den Beylik. Aber ich will dir die Kuh geben; denn es könnte sein, daß ich deine Hilfe doch einmal brauche.«

Er leckte über seine Lippen und lauschte in den Wind. Aber die Verfolger mußten noch weit sein, denn es waren keine fremden Geräusche in der Nacht. Eine Gruppe von bewaffneten Reitern hätte man gehört.

»Intallah nahm meine Kuh und zog zu seinem Hokum zurück. – Ich habe nie viel von den Ilelan gehalten. Sie sind reich, weil sie unsere Herden melken. Aber wenn sie etwas für dich tun sollen, haben sie Ausreden.

Ich hatte von meinem Vater zwei Iklan geerbt. Ich sage dir, diese schwarzen Sklaven hatten es gut in meinem Zelt.

Meine Herde war nicht sehr groß. Sie hatten wenig Mühe, meine Tiere zum Brunnen zu treiben und sie abends und morgens zu melken. Sie aßen sich satt und bekamen wenig Schläge. Aber mit den Iklan ist es wie mit dem Beylik: Du weißt nie, was in ihren Köpfen vor sich geht.

Die Iklan stahlen zwei meiner besten Kamele und ritten davon. Es kamen Männer, die sagten: Deine Iklan haben wir gesehen. Sie reiten zum Fluß.

Ich ritt ihnen nach. Aber sie waren nicht zum Fluß geritten, sondern nach Kidal, und hatten dem Beylik gesagt, daß sie fortgelaufen seien.«

»Und hat der Beylik sie bestraft?« fragte Mid-e-Mid.

»Ich dachte, er würde es tun. Aber es kam ganz anders. Der Beylik sagte: Es sei Unrecht, Iklan zu haben, und sie brauchten nicht mehr zurückzukehren in mein Hokum, und ich dürfe sie nicht bestrafen. Sie seien frei wie wir, die Imrad, ja, er sagte: Sie seien so frei wie unsere Ilelan, die Vornehmen. So sagte er.«

»Das verstehe ich nicht«, sagte Mid-e-Mid. »Aber es waren doch Schwarze, und sie waren als Sklaven geboren worden.«

»Der Beylik sagte, es sei verboten, Iklan zu haben, und ich hätte Unrecht getan. Er gab mir die gestohlenen Kamele zurück. Aber die beiden Iklan gab er mir nicht.

Ich dachte daran, daß Intallah mir seine Hilfe gegen den Beylik versprochen hatte, und ich ritt zu seinem Hokum. Ich sagte: Intallah, meine Iklan sind entflohen, und der Beylik will sie mir nicht geben. Was soll ich tun?

Intallah sagte: Vielleicht braucht der Beylik deine Iklan und gibt sie dir später zurück? Ich sagte: Du verstehst es falsch. Ich darf sie nicht schlagen und ich darf sie nicht mit Gewalt zurückholen.

Intallah schickte einen Boten zum Beylik in Kidal und fragte, ob das wahr sei, was ich ihm berichtet habe. Der Beylik antwortete, es sei wahr, und die Iklan seien schon am Fluß und kehrten nie mehr zurück.

Da sagte Intallah: Ich kann nichts für dich tun. Ich erinnerte ihn an die Kuh, die er mir genommen hatte. Aber er sagte nur: Gegen den Beylik vermag ich nichts.

Ich sagte: Dann hast du mich belogen. Da ließ er mich durch seine Iklan aus dem Hokum werfen.«

Ein Nachtvogel schrie gellend. Das Feuer fauchte unter einem heftigen Windstoß. Mid-e-Mids Mund stand offen, und seine Augen ließen den Mund des Erzählers nicht los.

»Ich kehrte in der Nacht zurück und erschlug die Iklan Intallahs. Es war keine große Arbeit. Sie waren feige wie alle Schwarzen. – Ich dachte, Intallah würde diese Tat dem Beylik berichten. Aber er kam selbst, um Rache zu nehmen, und verbrannte mein Hokum und nahm meine Herden: die Kamele, die Rinder, die Ziegen und Hammel, und sogar die Esel nahm er.«

»Hast du nichts behalten?« fragte Mid-e-Mid.

»Ich war nicht im Lager«, sagte Abu Bakr. »Ich war zum Fluß geritten, um die entlaufenen Iklan zu suchen, aber...«

»Du hast den Fluß gesehen!« rief Mid-e-Mid. »Erzähl mir: Ist es wahr, daß er das ganze Jahr über Wasser hat? Und daß Leute auf dem Fluß fahren? Und daß alle Leute dort schwarz sind wie unsere Iklan?«

»Es ist so«, sagte Abu Bakr. »Aber es gehört nicht hierher. Ich werde es dir ein anderes Mal erzählen. Ich suchte also die Iklan am Fluß. Aber es gab zu viele Schwarze dort, und ich fand sie nicht. Nachher sind noch mehr zum Fluß geflohen. Aus allen Stämmen sind sie weggelaufen und haben sich dort niedergelassen. Aber Allah wird sie strafen. Denn es ist nicht Allahs Wille, daß ein Sklave ein freier Mann sei, den Imrad gleich oder gar den Ilelan. Ich habe auch gehört, daß viele am Fluß gestorben seien. Und Intallahs Iklan – diejenigen, die ich nicht erschlagen hatte – sind später auch geflüchtet. Nur zwei alte häßliche Frauen sind bei ihm geblieben. Siehst du, darum bin ich gegen die Fürsten, die keine Macht haben, und gegen Intallah, der mein Hokum verbrannte.

Sag selbst, konnte ich etwas anderes tun, als in die Berge gehen? – Ich habe mir von diesem Tag an genommen, was ich brauchte. Und ich werde es weiter tun.«

Mid-e-Mid sagte: »Und warum hast du das Hokum des Marabus überfallen?«

»Ich hörte, daß sich Intallahs Sohn bei ihm befände, und ich sagte mir, es sei an der Zeit, Intallah zu beweisen, daß seine Macht im Norden nichts gilt. Und ich mußte dem Marabu zeigen, daß er nicht ungestraft Intallahs Sohn aufnehmen kann, solange ich lebe.«

Mid-e-Mid sagte: »Der Marabu hat kein Unrecht getan gegen dich.«

Abu Bakr brüllte: »Und ich, du Klugschwätzer, was habe ich getan? Habe ich dem Beylik Unrecht getan, der mir meine Iklan vorenthält? Habe ich Intallah Unrecht getan, der meine Kuh holt und sein Versprechen nicht hält, der mich, einen freigeborenen Mann, durch seine Iklan vor das Zelt werfen läßt? Wo ist das Recht, und wo ist das Unrecht? Denk an deinen Vater! Hat er Tuhaya Unrecht getan?!« Er schnaufte vor Ärger und Erregung.

Mid-e-Mid sagte: »Du hast viel geredet in dieser Nacht. Mein Kopf kann nicht alles fassen.«

Abu Bakr sah ihn fest an. Und seine schrägen Augen waren voll tierischer Traurigkeit. »Du hättest es verstehen müssen«, sagte er bekümmert.

Er betrachtete den Mond.

»Der Mond wird gleich untergehen«, sagte er. »Wir

wollen aufbrechen. Ich gebe dir Inhelumé. Ich selbst reite auf dem jungen Kamel.«

»Nein«, erwiderte Mid-e-Mid. »Wenn man uns verfolgt, kannst du dich auf Inhelumé retten. Das andere Tier...«

»Ich werde uns beide retten«, sagte Abu Bakr. »Wir müssen uns trennen. Ich werde auf dem jungen Kamel nach Tirek reiten, und du wirst auf Inhelumé nach Tin Za'uzaten reiten. In den Bergen bei Tin Za'uzaten sind meine Kamelherden. Du wirst dich darum kümmern, bis ich zurückkomme. So lange gehört Inhelumé dir.«

»Ja«, meinte Mid-e-Mid, »aber wenn sie sehen, daß sich unsere Spuren trennen, werden sie Inhelumés Spur folgen.«

»Das ist es ja, was ich will«, sagte Abu Bakr. »Sie werden dir folgen und dann umkehren. Es gibt kein Wasser bis Tin Za'uzaten. Die Brunnen von In Uzzal, Debnat und Tin Elha'ua sind trocken. Auf Inhelumé kannst du die Piste reiten. Inhelumé hält zehn Tage ohne Wasser aus. Aber die Kamele des Beylik halten es nicht aus. Mit deinem Wassersack kommst du bis Tin Za'uzaten.«

»Und wie werde ich die Piste finden?« fragte Mid-e-Mid.

»Ich werde sie dir in den Sand malen«, sagte Abu Bakr.

Und im Licht des scheidenden Mondes malte er die Aberid in den Sand, auch die Merkzeichen des Weges, auch die Sterne, und nannte dazu die Stunden auf dem Kamel.

Mid-e-Mid prägte sich alles ein. Er sagte: »Ich habe es mir gemerkt. Nun sag mir noch, wann du zurückkehrst.«

»Ich kehre zurück, wenn die Goumiers und Tuhaya wieder nach Süden reiten. Und das werden sie tun, wenn sie mich in Tirek nicht erreichen. Du siehst, ich habe an alles gedacht.«

»Ja, du hast an alles gedacht«, bestätigte Mid-e-Mid.

Sie holten das gedörrte Fleisch aus den Zweigen, beluden die Kamele und stiegen auf.

»Bismillah«, sagte Mid-e-Mid.

»Bismillah«, antwortete Abu Bakr.

Dann trennten sich ihre Pfade.

N Tamanrasset ●

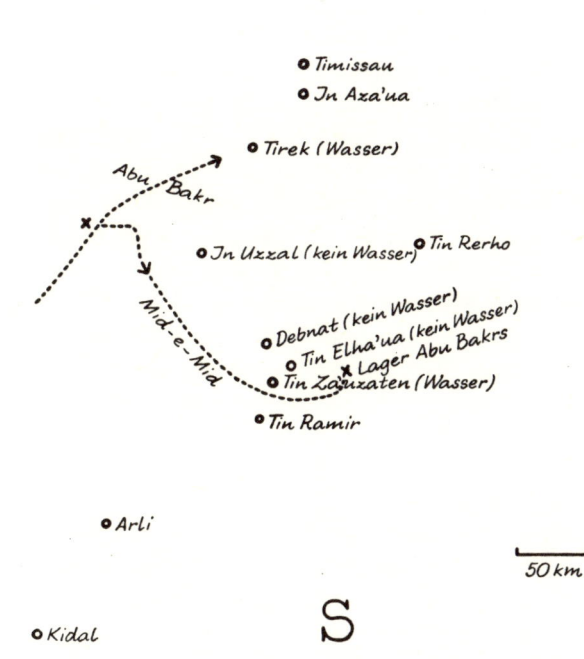

● Timissau
● In Aza'ua

● Tirek (Wasser)

Abu Bakr →

× ---→
   ↓
   Mid-e-Mid

● In Uzzal (kein Wasser) ● Tin Rerho

● Debnat (kein Wasser)
● Tin Elha'ua (kein Wasser)
× Lager Abu Bakrs
● Tin Zauzaten (Wasser)

● Tin Ramir

● Arli

|—————| 50 km

● Kidal

S

Als die Goumiers das Feuer erreichten, war die Asche schon kühl. Sie ritten weiter nach Norden und erkannten erst in der Morgendämmerung, daß sie Inhelumés Spur verloren hatten. Da teilten sie sich. Der Anführer der Goumiers und drei seiner Männer ritten weiter nach Tirek. Tuhaya aber und die sieben übrigen Goumiers kehrten um.

»Wo Inhelumé gegangen ist, ist Abu Bakr«, sagte Tuhaya. Sie ritten an die drei Stunden zurück. Da fanden sie, daß Inhelumés Spur nach Ost und dann nach Südost wies.

Tuhaya sagte: »Ich kenne Abu Bakr. Er ist nach In Uzzal, dort in den Bergen. Von In Uzzal wird er nach Debnat reiten. Wir werden ihm den Weg verlegen und ihn in Debnat abfangen.«

Der Geier

Nach seiner Schätzung befand sich Abu Bakr bei Sonnenaufgang acht Reitstunden südlich Tirek. Er konnte die hohe Felsbank, in deren Mitte der Brunnen versteckt zwischen grauen Steinblöcken lag, schon im Dunst erkennen, wenn er sein Kamel auf einen Sandhügel lenkte. Doch zwischen ihn und sein Ziel schoben sich leere Ebenen mit körnigem Sand: das Reg. Tote Dünen, orangefarben über schwarzes Gestein gebreitet, zwangen ihn, von der Nordrichtung abzuweichen. Er entsann sich, vor vierzehn Jahren das letzte Mal in diesen Einöden geweilt zu haben. Nach der Art der Wüstenbewohner ließ er die Eindrücke jener Reise vor sein Auge treten. Es war, als ob er photographische Bilder an sich vorbeiziehen ließ, um sie mit der wirklichen Landschaft zu vergleichen.

Die sanft gekurvten Dünen waren die gleichen geblieben. Die gezackt aus dem Boden bleckenden Zähne steinerner Erdfalten hatten sich nicht verändert. Da waren die wunderlichen Sandsteinsäulen, an den Windseiten ausgeschliffen und durch das schmirgelnde Schaben und Scheuern von Milliarden Körnern zu überkragenden Pilzhüten verformt. Immer noch lagen die jahrtausendealten Steingräber oberhalb vergessener Viehpfade wie gewaltige kreisrunde Räder auf dem Reg oder auf den abgetragenen Kuppen unfruchtbarer Hügelketten. Aber deutlich zeichneten ihm seine Erinnerungen auch Wechsel und Veränderung nach: Wo er in jenen Jahren seine Kamele zwischen hohen Stauden grüner Djir-Djirs und zahllosen Büscheln der salzigen Hadpflanze durchgelenkt hatte, lag nun gelber Sand, lagen rote, grüne, schwarze und weiße Steinchen. Die Wüste war marschiert. Sie hatte alles Lebendige auf ihrem Pfad verbrannt, verdorrt, erstickt. Nichts war zurückgeblieben, nur das geschälte Holz der gestorbenen Bäume.

Beim Passieren eines Felsrückens fand Abu Bakr einen toten Igel. Das Tier hatte keine Verletzung. Es war verhungert, selbst die Insekten hatten diese Landstriche geräumt, und die langbeinigen Wüstenspringmäuse waren ausgewandert. Weder die Spur der Gazelle noch die des Straußes kreuzten den Weg. Einmal sah er im Sand die gewundenen Eindrücke der Viper und die hohlen Chitin-Panzer schwarzer Käfer. Und doch verbarg sich hinter diesen Zeichen der Vernichtung noch Leben, gab es Wasser weiter im Norden und, wenn die Tornados das Land mit ihren Regenpeitschen geschlagen hatten, sogar Weide.

Abu Bakr ließ den Taramt lose hängen. Es hatte keinen Sinn, das junge Kamel anzutreiben. Gegen Morgen hatte er es durch Schläge mit dem Stock aus Ochsenleder zwingen wollen, im Paßgang zu rennen. Aber nach erschreckten Schreien und einigen geschwinden Schritten fiel es in den langsamen schaukelnden Gang des karawanengewohnten Tieres zurück.

Schimmernde, verfließende Flächen zeigten sich in der Ferne und lösten sich in Nichts auf, wenn er hinzuritt. »Teufelswasser«, murmelte er und griff nach den Lederamuletten auf seiner Gandura. Die sich erwärmende Luft stieg in zitternden Schleiern hoch und verhing den Blick auf das Massiv von Tirek. Weißliche Salzausscheidungen des Bodens blendeten seine Augen, so daß er den Tagelmust bis auf einen Sehschlitz schloß.

Er wandte sich nicht zurück, um nach Verfolgern Ausschau zu halten. Sein Vorsprung war groß. Außerdem war er sicher, daß die Goumiers der Spur Inhelumés folgten. Sollten sie sich aber geteilt haben, so war er vor den Soldaten in Tirek und konnte oberhalb der Quelle in den Felsen ein Versteck aufsuchen. Von dort war es leicht, den Zugang zum Wasser zu verwehren.

Dumm sind sie alle, dachte er. Sie werden nicht glauben, daß ich Mid-e-Mid den Hengst gegeben habe. Er dachte: Wenn der Junge der Aberid folgt, die ich ihm vorgezeichnet habe, entgeht er ihnen. Sie werden umkehren müssen und Not haben, Samak wieder zu erreichen. Ah, und die Beschämung für Tuhaya!

Er dachte: Tuhaya, du hast mich in die Wüste gejagt

und hättest dir gerne meine Herden genommen, wie du die Herden Agassums an dich gerissen hast. Aber du bist nicht der Mann, mich zu fangen, Tuhaya. Ich verspreche, dir den Hals umzudrehen, das verspreche ich dir gewiß, wenn Mid-e-Mid es nicht vor mir tut. Das ist ein Kerl, dieser Sohn meines Freundes und Bruders Agassum. Doch er ist nicht wie ich. Das Zeug zu einem Räuber hat er nicht. Sein Herz ist nicht hart genug. Mid-e-Mid, wenn du die Menschen kenntest wie ich, aber du wirst deine Erfahrungen machen. Erfahrungen, Mid-e-Mid, kann man nicht weitergeben. Man kann von ihnen erzählen, und man kann darüber nachdenken beim Reiten oder abends am Feuer, wirklich nachfühlen kann sie niemand.

Wenn ich einen Sohn hätte wie Mid-e-Mid, dachte er. – Seine Augen schlossen sich, und er versuchte sich vorzustellen, wie es gewesen wäre, hätte er eine Frau gehabt und einen Sohn. Aber die Frauen hatten Abu Bakr nicht geliebt. Er war ihnen zu grobschlächtig, zu rauh und vielleicht auch zu unstet, obgleich die Frauen der Tamaschek das unstete Leben gewöhnt sind. Er hatte zweimal um eine Frau geworben und war abgewiesen worden. Einen dritten Versuch hatte er nicht mehr gemacht. In seinem Stolz getroffen, verkapselt gegen Haß oder Liebe, hatte er sein Leben geführt. Ja, er war frei. Niemand in den Bergen von Iforas war so frei wie Abu Bakr. Aber niemand hatte auch so teuer dafür bezahlt. Gleichviel, dachte er, ich habe mir einen Namen gemacht zwischen Kidal und Tamanrasset. Ich bin mehr gefürchtet als der Amenokal und ebensosehr wie der Beylik.

Ein weißer Geier segelte im Blau. Mißtrauisch prüfte Abu Bakr die Gegend. Ein Geier bedeutete Aas, irgendwo in der Weite lag ein verendendes Tier. Ein Kamel oder gar ein Mensch oder auch eine Karawane. Aber der Geier stieß nicht herunter. Er zog in großen Kreisen und Schleifen dahin. – Seine Beute ist noch nicht tot, dachte Abu Bakr. Er würde sonst hinabstoßen. Aber ich wüßte gerne, was er dort sieht.

Der Geier schwebte nachlässig mit ausgebreiteten Flügeln, fast ohne Bewegung, in geringer Höhe über dem Reg. Auf einem Steinhaufen, wie ihn die Karawanen errichten, um bei plötzlichen Regengüssen ihre Waren vor dem Wegschwemmen in den Sturzfluten zu bewahren, ließ er sich nieder. Er faltete die Flügel nicht ein, sondern hielt sie gekrümmt wie weiße Federarme gegen die Sonne.

»Du hast Hunger, Aasfresser«, sagte Abu Bakr lachend. »Und ich fürchte, du wirst weiter hungern müssen. In diesem Land sind selbst die Mäuse gestorben, und die Igel liegen tot an den Hängen.«

Der Geier rührte sich nicht. Aber seine Augen ließen den Räuber nicht los.

»Fürchte dich nicht«, sagte Abu Bakr. »Auch wenn ich vor Hunger sterben müßte, nähme ich die Flinte nicht vom Sattel, um dein Fleisch zu kosten.«

Der Geier kratzte mit dem Hakenschnabel das Brustgefieder.

»Freund Geier«, sagte Abu Bakr, »dort gegen Osten zieht Tuhaya auf der Spur Inhelumés. Er wird umkehren und vor Durst krepieren. Wie wäre es, Freund, wenn du dich seiner annähmst?«

Es war, als ob der Geier die Ansprache verstanden hätte. Er schlug einige Male mit den Flügeln und stieg dann rasch und schwerfällig in die Luft, kreiste über dem einsamen Reiter und entfernte sich gegen Osten, ein einziger schwarzer Punkt, der bald im Dunst untertauchte.

Das ist ein gutes Zeichen, dachte Abu Bakr. Es sind noch vier Stunden bis Tirek.

Die Zeit der größten Tageshitze war gekommen. Das Kamel lief auf seinem Schatten. Abu Bakr spürte Durst. Aber bis Tirek mußte er durchhalten; der Idit hing an Mid-e-Mids Kamel.

Die Landschaft verwandelte sich. Die mächtigen Ebenen mit hartem Sand und Kies wurden von schwarzen Hängen und verwitterten Tafelbergen abgelöst. Die Tekarankart – die turmhohen, sich drehenden braunen Sandsäulen –, die hier und da wie lebende Windkreisel über das Reg getänzelt waren, wurden durch heftige Böen ersetzt. Nacktes

Gestein, schwarz, grau und violett, zerbröckelte unter den Tritten des Kamels.

Abu Bakr mußte das Tier vorsichtig über handbreite Pfade lotsen, die von den Herden afrikanischer Urvölker getrampelt worden waren und sich wie ein grobmaschiges Spinngewebe über die Bergrücken spannten. Die Füße des Kamels ließen keine Eindrücke mehr zurück. Befriedigt sah Abu Bakr, wie die Hufe seines Tieres aufsetzten, sah das federnde Falten der ledrigen Fersen, spürte das Strekken der Hinterbeine bergan und verhielt den Atem, wenn sie beim Abstieg über bucklig geschliffene Steinplatten rutschten.

In den Schluchten schlummerte die Hitze. Auf den Graten drückte der Nordostwind mit wachsender Wut gegen Mensch und Kamel. Aus den Tiefen der Sahara führte er Schwaden heißen Sandes heran und tauchte den Reiter in ein Bad schmerzhafter Nadelspitzen. Die dicht bewimperten Augen des Kamels waren fast geschlossen. Die behaarten Lider zuckten unter den peinigenden Stichen der Sandkörner. Der Himmel verschwamm in grauen und braunen Farben, und die Sicht beschränkte sich auf wenige Schritte.

Gut so, dachte Abu Bakr, ich finde den Weg nach Tirek. Es sind nur noch zwei Stunden. Aber die Goumiers werden im Sand ersticken. Sie werden die Richtung verlieren und den Mut. Es sind alles Iforas-Leute. Sie haben sich nie in die Tiefe der Wüste gewagt.

Er mußte es dem Kamel überlassen, die Bergpfade zu finden. Zwar gab ihm der Sturm selbst die rechte Richtung an, aber von der Höhe des Sattels aus war der Boden im Treiben des Sandes nicht mehr zu unterscheiden. Unter der dichten Vermummung lief Abu Bakr der Schweiß in den Bart. Unablässig trat sein Fuß gegen den Hals des Kamels. Das Tier braucht diese spürbare Anwesenheit seines Reiters. Nur so überwindet es angeborene Schreckhaftigkeit und blinde Furcht.

Je heftiger die Wucht des Windes wurde, je geballter ihn die Stöße trafen, desto fröhlicher wurde er. Hier in den

Bergen boten die Schluchten immer wieder Schirm und Atempause. Auf dem Reg war der Mensch schutzlos der Wut und dem Wirbel des Tamadalt, des stundenlang wehenden Sandwindes, ausgesetzt. Auf dem Reg aber waren jetzt die Verfolger.

Das Tier stemmte sich eine Steigung empor. Die Wucht des Tamadalt schien sich an jener Stelle noch zu verstärken. Gekrümmt saß Abu Bakr im Sattel, um nicht hinabgezerrt zu werden. Aber das Kamel schaffte den Hügel nicht. Es schrie und blieb stehen. Der Räuber ließ sich an Hals und Sattel zu Boden, griff den Taramt und zog. Er zerrte vergeblich. Er schlug mit der Lederpeitsche und trat das Tier in die Kniekehlen. Es ließ sich fallen und streckte den Kopf weit nach vorn auf die Erde.

Abu Bakr wußte, wenn sich die Kamele unter solchen Umständen legen, durfte man sie nicht zwingen aufzustehen. Sie waren störrisch, bissen und traten aus und gefährdeten den Mann und sich selbst durch unsinnige Sprünge.

Er wickelte den Taramt mehrfach um seinen linken Arm und schmiegte sich auf der windabgewandten Seite an den Tierleib; den Tagelmust hielt er verschlossen, den Kopf wie das Kamel auf die Erde gebeugt. So blieb er mehrere Stunden. Dann ließ die Heftigkeit des Sturms etwas nach. »Hamdullillah«, sagte er dankbar.

Sand knirschte zwischen seinen Zähnen. Die Lippen waren spröde wie Erdkrusten. Die Haut seines Handrückens, die er zufällig berührte, schmeckte nach Salz.

Er richtete sich auf den Knien hoch und begann trotz des noch anhaltenden Tamadalts das Nachmittagsgebet.

Abu Bakr gehörte nicht zu den frommen Moslems. Er hielt weder die Gebetszeiten noch das vorgeschriebene Fasten. Geister waren ihm ebenso wichtig wie der Prophet Mohammed; und ein weiser und gelehrter Mann, ein Marabu, nicht wichtiger als das Wohlergehen seines Kamels. Er hatte eine herzliche Verachtung für alles Gelehrte und Förmliche, und der Koran war ihm nur heilig, weil die Marabus durch Suren aus dem Koran

Krankheiten zu heilen vorgaben. Aber zu gewissen Zeiten sprach er eines der vorgeschriebenen Gebete. Wenn Gott ihm etwas gab, so gab er ihm ein Gebet zurück. Er blieb niemand etwas schuldig, aber er machte keine unnötigen Anstrengungen im Hinblick auf das Jenseits. Darunter konnte er sich nichts vorstellen oder doch nichts anderes vorstellen als eine Spiegelung dieser Erde: Dort gab es den gleichen Sand wie hier, die gleichen Kamele, die gleichen Sitten, nur das Wasser der Brunnen floß reichlicher, die Uëds waren grüner, und von einem Beylik oder gar von tributfordernden Fürsten war dort nichts bekannt.

Das Gebet war nur kurz. Er erhob sich und versuchte, in dem anhaltenden Sandtreiben zu erkennen, welchen Pfad er einschlagen sollte, um den Hügelkamm zu überwinden.

Er entschied sich für einen Weg zwischen losen Gesteinstrümmern und zog in kurzen Rucken an dem Tarant. Das Kamel schrie und reckte sich fast den Hals aus, um dem Zug am Nasenring nachzugeben. Aber es erhob sich nicht.

»Du Scheitan«, brüllte Abu Bakr erbittert, »ich werde dir Beine machen!«

Er prügelte es heftig und trat ihm in die Weichen. Das Tier versuchte, ihn zu beißen, stand dann unter wütendem Schreien auf und blieb auf drei Beinen stehen. Den linken Vorderfuß hielt es geknickt, dicht über dem Boden.

Abu Bakr glaubte zu begreifen: Es hatte sich einen Dorn in den Fuß getreten oder die Sohle durch eine Felskante aufgeschnitten. Er beugte sich über den Vorderfuß. Er konnte keine Verletzung erkennen. Aber das Tier schrie bei jeder Berührung seines Beines. Als Abu Bakr versuchte, das Bein mit beiden Händen zu packen, um es auf den Boden aufzustoßen, biß ihn das Kamel in die Schulter.

Der Biß ging nicht durch, da er von Burnus und Gandura aufgefangen wurde. Erstaunt trat Abu Bakr einen Schritt zurück: »Du willst nicht«, sagte er. »Aber ich will – und von uns beiden bestimmt nur einer. Das bin ich, Abu Bakr! Warte, ich werde es dir zeigen.«

Er kramte in seinen Taschen und holte etwas Tabakstaub aus den Nähten. »Du brauchst eine Erfrischung«, sagte er. Das Tier wandte ihm mit hochgezogener Oberlippe den Kopf zu.

»Da! Siehst du!« Er rieb ihm den Tabakstaub in beide Augen, während er mit einer Hand in die Nüstern gegriffen hatte, so daß sich das Kamel nicht losreißen konnte.

Es zwinkerte anhaltend, und große bläuliche Tränen tropften herab. Abu Bakr war überzeugt, daß dieses erprobte Mittel die gewünschte Wirkung hervorrufen würde.

Das junge Kamel aber rührte sich nicht von der Stelle, nicht durch Zerren am Nasenring, nicht durch Prügel und nicht durch freundliche Worte. Auch der Tabak verfehlte seinen Zweck.

Der Räuber betrachtete aus zusammengekniffenen Augen den Fuß. Er hing herab, als gehöre er nicht zu seinem Bein: der Fuß war gebrochen.

Abu Bakrs Stirn bedeckte sich mit perligem Schweiß. »Du Tier des Scheitans!« stieß er erbittert hervor. »Du nutzloses Vieh!«

Das Tier hörte nicht auf zu weinen, um den Tabakstaub aus den Augen zu waschen.

Abu Bakr schob eine Patrone in den Lauf seines Gewehrs und zielte auf das Ohr. Der Knall war dumpf, und die Kugel riß ein großes Loch. Das Kamel zitterte, stürzte und rutschte ein Stück den Hang hinab. Das Maul mit den gelblichen Zähnen weit aufgerissen. Die Beine zuckten. Der Sattelgurt riß entzwei.

Erbitterung im Herzen, sah Abu Bakr das Blut ausströmen und rote Rinnsale im Sand versickern. »Verflucht die Stute, die dich gesäugt!« schrie er. Aber das Tier war tot.

So rasend war sein Zorn, daß er Steine aufhob und sie auf den Kadaver schleuderte.

Ernüchtert wandte er sich ab. Er hing die Flinte um und stapfte, die Schultern gegen den Wind gestemmt, den Hang hinauf.

Ich werde Tirek auch zu Fuß erreichen, dachte er. Und dort werde ich weitersehen. Ein bewaffneter Mann ist nicht verloren. – Er wünschte, die Goumiers wären ihm dicht auf den Fersen. Er würde, so dachte er, die ersten mit wohlgezielten Schüssen aus dem Sattel holen, die anderen in die Flucht jagen und sich der ledigen Kamele bemächtigen. Aber dann wieder bezweifelte er, daß ihm jemand gefolgt sei. Ritten sie nicht alle auf Inhelumés Spur?

Der Himmel klärte sich auf. Blau schimmerte zwischen dem aufgewirbelten Staub.

Das Glück ist mit mir, dachte er. Der Tamadalt ist vorüber.

Ein winziger schwarzer Punkt erschien, wurde zusehends größer und kreiste in sich senkenden Spiralen tiefer.

»Du hast es geahnt, Bruder Geier«, murmelte er vor sich hin. »Flieg nur zu. Dort hinter den Hängen ist Fleisch.«

Der weiße Vogel war nun so tief, daß Abu Bakr die mächtige Spanne der Schwingen erkannte. In geschwindem, sanft schaukelndem Gleitflug trieb er knapp über die Felsengrate und tauchte im Rücken des Wanderers unter.

Von einer Höhe aus überzeugte Abu Bakr sich, daß er die Richtung hielt. Er sah das schwarze Massiv der Berge von Tirek wie hinter trüben Scheiben und vermeinte sogar, die weiße Düne zu unterscheiden, neben der sich die Quelle befand.

Beruhigt stieg er hinab.

Der Sandsturm sandte aufs neue graue Staubschwaden. Wilde Böen tobten durch die Senken, warfen sich gegen den einsamen Mann und überschütteten ihn mit Sand.

Abu Bakr strauchelte. Der Sand machte ihn blind. Er streckte die Arme vor und ging gebeugt wie unter einer zu schweren Last.

Ich muß warten, dachte er. Es hilft nichts. Ich muß warten. Der Tamadalt ist zu stark.

Er ließ sich fallen und bedeckte den Kopf mit der Gandura und hielt sie mit den Händen und Ellbogen fest gegen den Boden gepreßt. Er spürte das Prickeln der Körner gegen seine nackte Hüfte und das Zerren des Windes in seinen schwarzen Saruals. Tuhaya hält das nicht aus, dachte er. Ich wünschte, ich könnte ihn sterben sehen.

Wasser wäre gut, dachte er. Mit etwas Wasser wäre mir wohler. Aber Tirek ist nicht weit. Ich habe die Düne erblickt. Und die Düne ist genau neben der Quelle.

Als ich vor vierzehn Jahren in Tirek war, gab es Streit mit den Leuten einer Karawane. Jeder wollte seine Kamele zuerst tränken. Aber ich habe ihnen bewiesen, daß Wasser zuerst für die Stärkeren da ist – ja, für die Stärkeren, für mich – eine Handvoll Wasser wäre schon genug, dachte er. Ich würde den Mund ein wenig ausspülen, es in die Hände spucken und im Gesicht verreiben. Ich würde es nicht einmal trinken. Ich brauche es nicht zu trinken. Oder doch, ich würde auch einen Schluck nehmen. Ein Schluck genügt.

Einmal machte er den Kopf frei. Da glaubte er, den Geier in der Nähe hocken zu sehen. Er erschrak sehr. Er schoß nach dem Vogel. Aber als er den Hahn zog, erkannte er bereits, daß es keinen Geier gab. – Er bedeckte sich aufs neue.

Die Goumiers fanden seine Leiche drei Tage später auf dem Rückweg von Tirek. Ein Geier hatte an ihm gefressen. Sie erkannten ihn an dem unversehrt gebliebenen Kopf mit der ausrasierten Stirn. Sie erkannten die stumpfe lange Nase und das leicht zurückfliehende Kinn.

Sie suchten lange Zeit nach seinem Kamel und fanden es nicht. Sie rätselten herum, wie er wohl umgekommen sein mochte. Denn daß er dem Sandsturm erlegen sei, wollten sie einem Mann wie Abu Bakr nicht glauben.

Sie steckten seinen Kopf in eine Satteltasche, stritten sich um das Gewehr und ritten eifrig redend nach Süden.

Trotz des Beweises, den sie mitbrachten, dauerte es einige Jahre, ehe die Tamaschek glaubten, daß Abu Bakr verdurstet war.

Mid-e-Mid und der Narr

Als Mid-e-Mid sechs Tage nach seiner Trennung von Abu Bakr mit einem Rest trüben Wassers, ausgehungert und erschöpft, das Uëd von Tin Za'uzaten vor sich sah – er erkannte es an den mächtigen grünen Tamarisken, welche die Tamaschek Ebarakan, die Araber Ethel nennen –, ahnte er nicht, welche Tragödie sich hinter ihm abgespielt hatte.

Tuhaya und seine Leute waren in gerader Linie zum Brunnen von Debnat geritten. Weder unterwegs noch am Ziel fanden sie eine Spur von Inhelumé. Das lag daran, daß Mid-e-Mid nach Abu Bakrs Anweisung viel weiter südlich geritten war. Er hatte alle Wasserlöcher vermieden und war ohne Aufenthalt Tin Za'uzaten zugeeilt.

Debnat war trocken.

Tuhaya sagte: »Wir müssen hier warten. Abu Bakr glaubt, uns nach In Uzzal gelockt zu haben. Aber ich weiß, daß er hierher will.«

Die Goumiers sagten: »Abu Bakr ist mit dem Teufel im Bunde, und Inhelumé ist es auch. Wenn er einen anderen Weg genommen hat als den über Debnat, Tuhaya?«

Aber Tuhaya ließ sich von seiner Meinung nicht abbringen.

Es gab keine Weide bei Debnat. Keine gelbblühende Tamat und nicht die große Ahaksch-Akazie. Kein Alemos und kein Affasso. Nur die kugeligen Früchte des Tagilit, schwer von Fruchtwasser und an gelbe Straußeneier erinnernd, lagen hier und da herum. Allein die Esel wagen sich an diese Frucht. Alle anderen Tiere verschmähen sie, denn sie ist bitterer als Chinin.

Am zweiten Tag begannen die Kamele durch Schreie und Bisse zu zeigen, daß sie Hunger hatten. Die Tiere ertragen den Durst gut; aber um kräftig zu bleiben, bedürfen sie einer gewissen Menge Zweige, Blätter oder Gras.

Die Goumiers sagten: »Tuhaya, wir müssen umkehren. Wir glauben auch nicht mehr, daß Abu Bakr kommt.«

Tuhaya beharrte darauf, in Debnat zu bleiben. Wenigstens noch einen Tag.

»Gut«, sagten die Goumiers, »einen Tag werden es die Imenas aushalten.«

Am Nachmittag bedeckte sich der Himmel mit Wolken. Es trat Windstille ein. Das durch die Wolkendecke zerstreute Licht der Sonne schmerzte in den Augen. Es gab keine grelle Helligkeit mehr, aber es gab auch keinen Schatten. Die Hitze lastete auf Mensch und Tier. Sandnebel bildeten sich und verhüllten den Blick auf die Berge des Adrar von In Uzzal.

Am Abend begann der Streit. »Du hast uns nicht zu befehlen«, sagten die Goumiers drohend. »Du solltest uns das Lager Abu Bakrs zeigen. Das hast du nicht getan. Was sollen wir hier?«

Tuhaya antwortete: »Ich konnte nicht wissen, daß Abu Bakr so lange auf sich warten läßt. Ihr hättet ja eure Augen im Uëd Soren aufmachen können, als ich euch zu seinem Feuer führte und er uns davonritt.«

Die Goumiers wurden hitzig: »Das ist allein deine Schuld. Du hast uns schlecht geführt.«

»Ich weiß, daß er nach Debnat kommt«, wiederholte Tuhaya.

»Bis dahin sind wir verhungert und die Imenas dazu«, höhnte ein Soldat.

Ein anderer sagte: »Wir hätten auf Inhelumés Spuren bleiben sollen, statt uns in der Wüste herumzutreiben. Sag uns, was die Kamele fressen sollen? Zeig uns eine Gazelle, damit wir Fleisch haben!«

Tuhaya schwieg.

Ein Goumier sagte: »Wer bleiben will, bleibe. Ich werde das Kamel satteln und zurückreiten.«

»Bei diesen Sandnebeln kannst du nicht reiten«, versetzte ein anderer.

Aber der Mann ließ sich nicht zurückhalten. Nun zeigte sich, daß die starke Hand eines Anführers fehlte.

Einige schlossen sich demjenigen an, der zu den Kamelen ging. Andere wollten bei Tuhaya ausharren. Wieder andere schlugen vor, nach Tirek zu reiten, um die kleinere Gruppe dort zu treffen.

Sie einigten sich nicht. Im Dunkel der Nacht machten sich die ersten davon und nahmen die Wassersäcke der anderen mit.

Die Zurückgebliebenen merkten erst am Morgen, was geschehen war. In ihrer ziellosen Wut schlugen sie mit den Kamelpeitschen auf Tuhaya ein. Nur durch das beschwörende Versprechen, er werde sie unverzüglich nach Samak zurückführen, rettete er sein Leben. Aber seine Haut zeigte noch wochenlang danach am ganzen Körper grüne und blaue Striemen.

Sie sahen, daß diejenigen, welche die Wassersäcke gestohlen hatten, schnurstracks nach Süden gezogen waren. Sie wollten Tuhaya zwingen, das gleiche zu tun. Er brauchte viel Mühe, um ihnen zu erklären, daß sie dann erst in den Iforas-Bergen wieder auf Wasser stoßen würden.

Tatsächlich gelang es ihm, die von Panik erfaßten Männer in einem Gewaltmarsch, unter Verlust seines eigenen Kamels, nach Samak zurückzuführen.

Von der anderen Gruppe hörte man nichts mehr. Sie bestand aus drei Männern. Sie müssen auf dem Weg nach Süden umgekommen sein. Niemand hat sie noch einmal lebend erblickt. Auch ihre Leichen wurden nie gefunden.

Mid-e-Mids Verbleiben aber blieb lange ein Rätsel.

Es gab Hirten, die wollten ihn nachts am Brunnen von Timea'uin beobachtet haben, wie er Wasser heraufzog. Andere behaupteten, sie hätten seine Stimme gehört. Etwas Rechtes wußte niemand.

Einige brachten sein Verschwinden mit Abu Bakr in Zusammenhang. Sie meinten, der Räuber hat ihn umgebracht, denn er hat ihn aus dem Zelt des Marabus entführt.

Immer wieder befragte man die Goumiers, die ihn in Samak verfolgt hatten. Aber ihre Erklärungen und Beschreibungen führten zu keiner Klarheit. Und je seltsamer die Gerüchte waren, die sich mit Mid-e-Mid beschäftigten, desto mehr liebte man seine Lieder. Das Spottgedicht auf Tuhaya machte die Runde unter den Tamaschek, und auch das auf die Schönheit Tiu'elens verbreitete sich im Adrar von Iforas.

Tiu'elen hielt Mid-e-Mid für tot und betrauerte ihn tief. Allerdings sprach sie mit keinem darüber. Aber sie war ernster als früher, in sich gekehrt und verließ das Hokum nur, wenn die häuslichen Beschäftigungen sie dazu zwangen.

Nur eine Frau glaubte fest, daß Mid-e-Mid lebte. Das war seine Mutter.

»Er wird kommen und mir die Eselin bringen«, sagte sie, wenn man nach ihrem zweiten Sohn fragte.

»Wenn du es sagst«, nickten die Hirten. Aber sie glaubten es nicht recht.

Erst die wiederholten blutigen Auseinandersetzungen mit dem Volk der Kunta ließen die Vermutungen um Mid-e-Mid und Abu Bakr etwas in den Hintergrund treten. Am Brunnen von Asselar war es zu einer Schlacht gekommen. Die Tamaschek hatten sie verloren und sahen sich von der Benutzung des Brunnens ausgesperrt. Man forderte von Intallah, etwas für seine Leute zu tun. In diesem Zusammenhang rief er seinen Sohn Roter Mond aus dem Norden zurück. Doch davon soll später die Rede sein.

Mid-e-Mid näherte sich dem Eris von Tin Za'uzaten, sobald es dunkel geworden war. Abu Bakr hatte ihm gesagt, daß sich nur ein einziger Mensch an diesem Wasserloch aufhalte. Dieser heiße Kalil und sei ein Narr.

Mid-e-Mid sah Kalils Feuer. Er hatte sich zwischen Steinen am Ufer eine Strohhütte errichtet. In einem kleinen Garten zog er Bohnen und Zwiebeln. Er hielt auch einige Ziegen und tränkte ohne Murren alle Tiere, die vom Durst gepeinigt das einsame Uëd aufsuchten. Zum Dank dafür brachten ihm die Besitzer der Tiere gelegentlich etwas Tabak, Tee und Zucker oder getrocknete Tomaten und flüssige Butter. Aber das geschah nicht oft.

Lange Zeit hatten die Goumiers des Beylik in Tin Za'uzaten gelegen. Es war ein wichtiges Wasserloch, das reichlich Wasser gab. Auch in Jahren ohne Regen. Aber seitdem die Flugzeuge einen Brunnen viel leichter kontrollieren konnten als die Kamelreiter, hatte der Beylik seine Soldaten zurückgezogen. Es kam hinzu, daß die Weide um Tin Za'uzaten von Jahr zu Jahr spärlicher wurde. Die Tamaschek mieden daher diesen Teil.

Nur Kalil, der Narr, kümmerte sich weder um die Goumiers noch um die Trockenheit. Für ihn hatte das Uëd alles, was er benötigte – aber das war in den Augen anderer wenig genug.

Mid-e-Mid führte sein Reittier sogleich zum Wasserloch. Er fand den Boden eines Benzinfasses, das den Goumiers zum Tränken der Imenas gedient hatte. Er füllte es ohne Mühe. Das Wasser stand hoch im Eris. Er war so durstig, daß er zugleich mit Inhelumé trank. Hätte ihn jemand in der Dunkelheit beobachtet, so wäre er wohl für ein kleines Tier gehalten worden, das Kopf an Kopf mit dem Kamelhengst den Durst löschte.

Später fesselte er wie üblich die Vorderfüße Inhelumés und ließ ihn die Nacht über weiden. Er selbst legte sich in den Sand unter den mächtigen Ebarakan, deren dichte Kronen weder Sternen- noch Mondlicht durchschimmern ließen.

In dieser Nacht hatte er einen Traum.

Er stand mit einem Sack voll Hirse vor einer Steinmauer. Er hörte Stimmen hinter der Mauer, und die Stimmen riefen: »Komm!« Aber er fand keinen Eingang. Er suchte lange und entdeckte endlich ein schmales Loch, durch das er kriechen konnte. Aber da riefen die Stimmen nicht mehr. Enttäuscht legte er den Sack auf seinen Esel und ritt weiter.

Ein großer, finsterer Mann hielt ihn an. »Gib mir den Sack«, sagte er. Mid-e-Mid gab ihm den Sack. Der Mann öffnete ihn und schaute hinein: »Ach – nur Hirse«, sagte er. »Davon habe ich selbst genug. Hast du sonst nichts, was ich brauchen kann?«

»Ich besitze nichts. Wir sind arm«, sagte Mid-e-Mid erschrocken.

Da lachte der Mann schrecklich und nahm den Esel.

Mid-e-Mid schulterte den Sack und trug ihn zu einem roten Zelt. Ein Mädchen trat heraus und fragte: »Bringst du ein Geschenk für mich?«

»Ja«, erwiderte Mid-e-Mid. »Nimm, was du brauchst.«

Das Mädchen freute sich. Es nahm eine Kalebasse und begann, die Hirse mit den Händen aus dem Sack in die Kalebasse zu füllen.

Mid-e-Mid war glücklich, daß jemand seine Hirse annahm, und setzte sich und betrachtete das Mädchen.

Da kam wieder ein Mann. Sein Gesicht war nicht zu erkennen. Er trug einen Tagelmust, der den Kopf verhüllte. »Du wirst gesucht!« sagte der Mann in drohendem Ton und stieß den Sack um und verjagte das Mädchen. Die Hirse lag auf der Erde. Hunderte von Vögeln kamen und pickten sie auf und zirpten vor Eifer. Und das klang, als sängen sie: Mid-e-Mid-e-Mid-e-Mid-e-Mid.

Mid-e-Mid wurde nicht froh über das Gezirp der Vögel. Er war traurig, daß seine Hirse niemals in die Hände der Menschen gelangte, denen er sie geben wollte.

Da kam eine Frau mit gütigen Augen und gescheiteltem Haar: »Mid-e-Mid«, rief die Frau, »kommst du endlich?«

Es war seine Mutter. Mid-e-Mid sagte bekümmert: »Ich komme. Aber ich habe keinen Esel mehr. Und die Hirse ist verschüttet.«

Seine Mutter erwiderte: »Die Vögel freuen sich darüber. Und der Esel wird schon zurückkehren. Komm jetzt! Ich habe lange auf dich gewartet.« Sie zog ihn an der Hand.

Mid-e-Mid wachte fröhlich auf, denn es zog ihn wirklich jemand an der Hand. Aber es war nicht seine Mutter, sondern ein kleiner, sehr schmutziger Mann mit entzündeten und tränenden Augen und verfilzten Haaren.

Mid-e-Mid griff nach der Takuba. Aber der Mann schüttelte den Kopf und lachte lautlos. Er rückte eine große mit Kupfernägeln zusammengeklammerte Kalebasse heran, steckte den Finger hinein und leckte ihn ab. Dazu schmatzte er voll Behagen.

»Esu, esu, esu – trink!« sagte er dazu mit einer unnatürlichen Fistelstimme.

Mid-e-Mid merkte, daß es der Narr war, der ihm zu trinken anbot.

Es war Ziegenmilch, und sie hatte noch die Blutwärme des Tieres. Er trank in großen Schlucken. Kalil leerte den Rest in einem Zug.

Der Narr fragte: »Geht es dir gut? Hast du eine gute Reise gehabt?«

»Elkir ras«, sagte Mid-e-Mid.

»Dein Kamel ist gesund?«

»Es ist gesund. Es weidet irgendwo im Uëd.«

»Es weidet dort drüben«, sagte Kalil und bohrte in der Nase.

»Sind Leute im Uëd?« fragte Mid-e-Mid.

»Ja, ich, Kalil. Ich bin immer hier. Wie heißt du?«

»Mid-e-Mid ag Agassum.«

»Mid-e-Mid ... ag Agassum?« wiederholte er langsam, als müsse er sich an etwas erinnern. Da ihm der Gedanke nicht gleich einfiel, schlug er sich zu Mid-e-Mids Verwunderung mit den Fäusten heftig auf den Kopf.

»Es kommt«, schrie er dazu. »Es kommt – warte.« Er schüttelte den Kopf hin und her und kniff die Augen zusammen.

»Jetzt!« schrie er.

»Ich muß reiten«, sagte Mid-e-Mid sanft. Die Tamaschek sind dazu erzogen, mit Narren gütig umzugehen.

»Es ist da«, schrie Kalil. »Bleib sitzen: Agassum ist vom Beylik eingesperrt, ja?«

»Ewalla – so ist es«, bestätigte Mid-e-Mid erstaunt. »Woher weißt du das?«

Der Narr wieherte vor Vergnügen. »Kalil weiß. – Vor drei Tagen kam ein Kel Effele vorbei. Er hat es gesagt.« Er schlug sich mit den flachen Händen auf die Schenkel und schaukelte den Oberkörper hin und her.

»Geh«, sagte Mid-e-Mid. »Mein Vater ist seit Jahren eingesperrt. Das ist nichts Neues.«

»Er ist nicht mehr eingesperrt«, sagte der Narr fröhlich.

»Er ist frei?« Mid-e-Mid riß den Mund weit auf vor Erstaunen.

»Er ist frei, aber er ist auch tot.« Kalil wollte sich ausschütten vor Lachen.

»Das ist nicht wahr«, schrie Mid-e-Mid empört.

»Er ist frei – er ist tot«, kicherte Kalil. Er griff mit den Händen in den Sand und scharrte ein Loch. »Hier«, girrte er, »hier ist er. Kalil weiß.«

»Du Narr!« brüllte Mid-e-Mid außer sich. Er stampfte mit dem Fuß auf, und es hätte nicht viel gefehlt, er hätte den kleinen verkümmerten Mann geschlagen.

»Tot – frei«, rief der Irre. »Tot – frei!« und lachte.

Mid-e-Mids Augen füllten sich mit Tränen. »Ich glaube dir nicht, Kalil – aber wenn es wahr ist, was du sagst, werde ich Tuhaya zur Hölle schicken, so wahr ich Abu Bakrs Schwert trage.« Er klopfte gegen das Heft der Takuba.

»Abu Bakr?« rief der Narr. »Abu Bakr ist tot, hamdullillah.«

»Jetzt merke ich, daß du dummes Zeug redest«, sagte Mid-e-Mid erleichtert. »Ich habe ihn vor einigen Tagen gesund verlassen. Und du kannst ihn inzwischen nicht gesehen haben.«

»Kalil weiß«, kicherte der Narr und schnitt eine Grimasse. »Du hast ihn totgemacht. Mid-e-Mid hat ihn totgemacht, hahahaha!«

»Ich habe anderes zu tun, als mir diesen Unsinn anzuhören«, schimpfte Mid-e-Mid.

»Kalil weiß: Du hast Abu Bakrs Kamel – ja, Kalil kennt es genau.«

»Er hat es mir geliehen, Kalil – aber nun werde doch endlich vernünftig.«

»Abu Bakr... tot... tot... tot...« Der Narr stammelte das Wort immer leiser werdend und wiegte dazu den Kopf auf den Schultern. Plötzlich legte er seine Hände wie einen Schalltrichter vor den Mund, als ob er einen Ruf in die Ferne schicken müsse. Aber seine viel zu hohe Stimme flüsterte nur: »Kalil will dir ein Geheimnis verraten, aber du darfst es niemand sagen, niemand, hörst du?«

»Sag schon«, versetzte Mid-e-Mid ablehnend.

»Abu Bakr trug eine Kette um den Leib – Kalil hat sie gefühlt – eine eiserne Kette. Da konnte ihn keiner totmachen. Das war sein Geheimnis.« Er hustete heftig. Er zeigte auf Telchenjert an Mid-e-Mids Hüfte: »Aber seine eigene Takuba – die hat ihn totgemacht, die hat die Kette zerschnitten, die hat Abu Bakr ins Herz getroffen, Kalil weiß.« Sein Husten schüttelte ihn so schmerzhaft, daß er ächzte und seine rot geränderten Augen sich mit Tränen füllten.

»Agassum ist frei«, sagte er unvermittelt, »aber Abu Bakr ist nur tot.« Das große schrille Lachen überkam ihn wieder. Er klatschte in die Hände wie ein Kind, dem man ein Stück Zucker vorhält.

»Ich habe keine Zeit für deinen Unsinn«, sagte Mid-e-Mid.

Der Narr zeigte mit beiden Zeigefingern auf seine Stirn: »Versteh doch Kalil – Junge, versteh den armen Kalil. Es ist alles hier oben, aber es kann nicht heraus. Die Kette, die Eisenkette...«

»Ja«, sagte Mid-e-Mid begütigend. »Du hast Husten, aber eine Kette – ich sehe keine Kette. Gegen den Husten mußt du Milch mit rotem Pfeffer trinken. Das hilft! Ich kann dir nichts schenken. Ich habe nichts. Vergiß nicht: Milch mit rotem Pfeffer.«

»Bismillah«, murmelte Kalil traurig und sah Mid-e-Mid nicht an. Er rieb sich über die schwere dumpfe Stirn und versuchte etwas wegzuschieben, was niemand sehen konnte.

Mid-e-Mid watete durch den weichen Sand des Uëds, um sein Kamel zu holen.

»Er ist ein Narr, das ist es«, sagte er immer wieder.

Aber im geheimen mußte er doch immer wieder über Kalils seltsame Worte nachdenken. Was für eine Kette lag um Abu Bakr? Und was hatte der Kel Effele ihm wirklich von seinem Vater berichtet?

Erst als er auf Inhelumé saß und auf den Weg achten mußte, ließen sich diese Gedanken verscheuchen. Er hatte noch eine Aufgabe zu lösen, ehe er in das Zelt seiner Mutter zurückkehren würde: das Lager des Räubers bis zu dessen Ankunft zu hüten. Er hatte es versprochen. Alsdann mußte er die Eselin suchen. Vielleicht würde er auch den Marabu wiedersehen. Aber er wußte nicht, ob es die Lehren des weisen Mannes oder seine liebliche Tochter waren, die ihn dort hinzogen.

In den Felsen östlich von Tin Za'uzaten

Östlich Tin Za'uzaten türmen sich gewaltige Felsengebirge auf. Ihre drohenden Massen scheinen jeden Zutritt zu verbieten. Steile Klüfte und Spalten, Granitblöcke, größer als fünfzig Zelte, und für Kamele ungangbare Schluchten sperren dem Eindringling den Weg. Aber Mid-e-Mid hatte von Abu Bakr genaue Angaben erhalten, wo sich die Zugänge in dieses Felsengewirr auftaten. Daher ritt er, ohne zu zögern, den Bergen entgegen. Anfangs benutzte er das Uëd als Pfad. Aber bald zeigte sich eine alte Aberid, die steil emporführte und dann hinter den ersten grauen Wänden verschwand.

Das muß sie sein, dachte Mid-e-Mid, denn Inhelumé schien mit auffälliger Eile hochzusteigen, während Kamele sonst nur mit Mühe und Gewalt auf die Bergpfade zu drängen sind.

Der Tag war klar und windstill. Es war noch so früh, daß die Nachtkälte in den Schluchten hing. Mid-e-Mid zitterte und bekam eine Gänsehaut an den nackten Beinen. Da er nichts anderes tun konnte, um sich zu wärmen, fing er an zu singen. Und wie von selbst kamen ihm die Worte auf die Lippen:

»Sagt mir, ihr Männer, was denkt ihr von Tiu'elen...«

Er sang die Strophe und dichtete noch eine weitere dazu, und plötzlich sagte er: »Aber ja, es war Heiße Zeit, der ich die Hirse brachte und die sie annahm.«

Er versuchte zu erraten, was der Traum wohl bedeuten könnte. Aber er fand darauf keine Antwort.

Die Felsenpiste hatte ein Plateau erklettert. Soweit sein Auge sah, dehnten sich in ununterbrochener Folge flachgeschliffene Steinkuppen, hin und wieder von Spalten zerschnitten, die der ewige Wechsel von Hitze und Kälte in den Felsboden gesprengt hatte. Da gab es kastenförmige Blöcke, die an Hausruinen erinnerten, und schartige Säulen wie Überreste urzeitlicher Tempel. Große Eidechsen, rot und blau gemustert, mit Stachelschwänzen und basaltfarbenen Augen wachten als Drachen über diese Einsamkeit. Wenn Kamel und Reiter in die Nähe ihrer steinernen Königreiche kamen, hoben und senkten sich ruckweise ihre Köpfe, als wollten sie sich mit Luft vollpumpen, um feuerspeiend gen Himmel zu fahren.

Wilde Tauben flogen vorüber wie fliehende Pfeile, von den bogenförmigen Schwingen gefiederter Jäger verfolgt. Klippschliefer standen verstohlen vor ihren Schlupflöchern auf Schildwacht. Und die gelben Stachelköpfe des Cram-Cram zitterten auf ihren Stengeln in der Brise, als harrten sie erwartungsvoll darauf, von Fuß und Fell gestreift zu werden und sich festzuhaken. Sie liebten es, auf Mensch oder Tier zu reisen, stets in der Hoffnung, schließlich in ein wenig Erde Wurzeln zu schlagen. Die Menschen haßten diese Pflanze, deren Widerhaken in der Haut abbrachen, wenn man sie abzureißen suchte. Aber es gab auch Zeiten großer Not, da gingen die Frauen hinaus und sammelten die Samenkörner des Cram-Cram, um Mehl daraus zu stampfen, und gruben selbst die unterirdischen Gewölbe der Termiten auf und raubten ihnen die Vorräte.

Auf und nieder schwang der Kopf Inhelumés mit einer tänzerischen Beschwingtheit, die nur den Imenas edelster Rasse eigen ist. Kein Stein schnellte unter seinen hornigen Sohlen zur Seite. Er setzte die Füße hintereinander und überquer und stets so sicher, als liefe er über die harte Kruste des Reg.

Und Mid-e-Mid ritt – und Mid-e-Mid sang, und er dichtete das Lied des Hengstes Inhelumé:

»Ich trank die weißen Wasser von Telabit,
von Sandeman und In Abutut.
Aber ich fand dich nicht, Inhelumé.

Dem Feuerrauch nach zum Uëd Sadidän,
von Zelt zu Zelt zog mich deine Spur.
Aber ich fand dich nicht, Inhelumé.

Den wirbelnden Wind und den singenden Sand
hab' ich befragt nach dir – nach dir...
Aber ich fand dich nicht, Inhelumé.

Tallit, die Mondfrau, nur hört deinen Hufschlag,
wenn du die Stuten der Tamesna treibst
stürmisch von Düne zu Düne, Inhelumé.«

Als er dieses Lied gefunden hatte, war er so beglückt, daß er laut jauchzend die Arme ausstreckte, um den Kopf des Kamels zu berühren. Aber Inhelumé war solche Liebkosung nicht gewohnt. Er entzog sich den streichelnden Händen und trabte noch eifriger als vorher dem ihm wohlbekannten Lager zu.

Mid-e-Mid aber vergaß die Not der letzten Tage: Hunger, Durst und Verfolgung; und auch die verschrobenen Sprüche des Narren Kalil vergaß er. Mit dem Gesang kehrte aufs neue seine Heiterkeit zurück. Es war, als ob ihn hier auf dem narbigen Leib der Steinwüste, der furchtbaren Hamada, weit fort von den Sorgen der Sandebenen, die Luft freier atmen ließe. Bis hierhin reichte weder die Ichsucht Abu Bakrs noch die heimtückische Bosheit Tuhayas; doch auch die Zuneigung Tiu'elens, die Güte seiner Mutter und die Freundschaft der Hirten drangen nicht bis auf diese Hochfläche. Er fühlte sich auf einem Strom ungebrochener, unbändiger Freiheit dahintreiben. Und seine Lieder, die er überall sang, waren die Gaben, die er freigebig aus vollem Herzen an die Welt verschenkte: an die Menschen, an die Wüste, an Zeit und Ewigkeit.

Zwei Stunden war er singend und tagträumend geritten, als die Aberid das Plateau verließ und steil abwärts führte. Mid-e-Mid erblickte eine ungeheure Schlucht mit senkrecht abstürzenden Wänden. Sandberge, so weiß wie gebleichte Knochen, hatten sich am Grunde des Felsenbettes angehäuft und erinnerten ihn an Kopfkissen plumper Riesen, wie sie in den Sagen der Tamaschek vorkamen.

Er zügelte einen Augenblick das Kamel, um die Landschaft zu betrachten. Die Felsen waren grau und dunkelrot. Sie hatten sich an einigen Stellen von den Bergkanten gelöst und waren in der Tiefe zerborsten. Da lagen sie wie Wurfgeschosse einer Zyklopenschlacht als ungefüge Zeugen der niemals ruhenden Arbeit der Erde.

Inhelumé wartete nicht ab, bis sein Reiter alles betrachtet hatte. Mit vorsichtigen Schritten betrat er die abschüssige Piste. Mid-e-Mid lehnte sich weit gegen den Höcker zurück, um nicht kopfüber von seinem Sitz zu fallen, und stemmte seine Füße fast gegen den Schädel des Tieres.

Auf der Sohle der Schlucht war ein Trampelpfad, der anscheinend immer wieder von Menschen und Herden benutzt wurde. Rinderkot lag umher. Unter einem überhängenden Felsen erblickte er die in den Stein geritzte Zeichnung zweier springender Pferde. Diese Bilder waren vor Jahrtausenden von den unbekannten Bewohnern des Landes mit unendlicher Mühe angefertigt worden. Aber Mid-e-Mid kümmerte sich wenig darum. Die Vergangenheit bedeutete ihm nichts. Er ritt weiter und erreichte die volle Breite der Schlucht. Eine Hälfte war von der Sonne beschienen. Die andere lag im Schatten. Am Rande der Schattenseite zogen sich niedrige grüne Bäume und Sträucher hin. Auf der Sonnenseite glitzerte der weiße Sand der Düne. Und sogar die Düne war bewachsen. Die langen Wurzeln einer kleinen stachligen Pflanze spannten sich wie Drähte kreuz und quer über den Sandrücken. Überall waren die Abdrücke von Schafen und Kühen, von Kamelen mit ihren Jungen und von vielen Eseln.

Nach einer Biegung der Schlucht stand Mid-e-Mid vor dem Lager des Räubers: dem hohen roten Zelt unter den Zweigen eines alten Adjar-Baumes. Er hörte das Meckern der Ziegen und das dumpfe Brüllen der Rinder, sah aber niemand.

Abu Bakr hatte ihm gesagt: Es sind zwei Diener im Lager. Sie werden dir helfen, das Wasser zu holen. Sie heißen Amadu und Dangi. Mid-e-Mid wußte, daß es Schwarze waren. Die Tamaschek tragen solche Namen nicht.

Er ließ Inhelumé niederknien und sprang zu Boden.

»Ho«, rief er. »Amadu! Dangi! Ho!«

Er erhielt keine Antwort. Neugierig schlenderte er zum Zelt. Matten lagen auf dem Boden, und andere waren an den Zeltstäben aufgehängt. Ein hölzerner Mörser lag umgekippt vor dem Eingang. Und ein Delu war zum Trocknen darübergebreitet. In einer Ecke lehnten zwei neue Speere mit blinkenden Eisenblättern. Ein abgedecktes Feuer verriet, daß die beiden Schwarzen nicht weit sein konnten.

Mid-e-Mid schaute nach den Tieren. Die Kühe und Kälber standen im Schatten einer Felswand. Die Schafe lagerten eng aneinandergedrängt im Schatten des Adjar, gleich hinter dem Zelt. Nur die Ziegen, darunter viele Jungtiere, hatten vorspringende Felsen erklettert und blickten von da mit gesenkten Köpfen und großen gelben Augen auf den Besucher hinunter. Kamele waren nicht zu sehen.

Ich werde warten, dachte Mid-e-Mid. Er legte sich auf eine Matte im Zelt, nachdem er den Idit in den Ästen des Baumes festgezurrt hatte, damit das Wasser frisch blieb.

Er hörte die Stimmen der Schwarzen schon von weitem. Sie kamen eilig durch den Sand gestapft und hielten auf den Köpfen mit beiden Händen gelbe runde Kalebassen mit Milch.

Als sie Mid-e-Mid im Zelteingang sitzen sahen, blieben sie stumm und erschrocken stehen, unschlüssig, ob sie fortrennen oder näherkommen sollten.

»Dort ist Inhelumé!« rief ihnen Mid-e-Mid statt einer Begrüßung zu und zeigte auf das Kamel.

Noch immer ängstlich, traten sie heran. Die Milch schwappte über und rieselte auf ihre Bäuche.

Es waren junge Burschen, nicht älter als Mid-e-Mid, schwarz wie Holzkohle, mit geschorenen Köpfen und vollen roten Lippen. Sie trugen kurze blaue Bubus – weit geschnittene, ärmellose Hemden – und einfache Armringe aus Stein.

»Ich bin Mid-e-Mid«, sagte Mid-e-Mid. »Ich werde hier bleiben, bis Abu Bakr heimkehrt.«

Eine andere Erklärung gab er nicht ab, denn wenn er auch nur zu den Imrad gehörte und aus armem Zelt stammte, so stand er doch turmhoch über den beiden Iklan, die der Räuber irgendwo in einem Dorf entführt haben mochte.

Sie schoben ihm die Milchkalebassen zu und sahen zu, wie Mid-e-Mid trank.

Amadu war der ältere der beiden. Er faßte sich zuerst ein Herz, denn für einen Akli gehört viel Mut dazu, einen Tamaschek anzusprechen. Aber Mid-e-Mids freundlichhäßliches Gesicht und der fröhlich wippende Haarkamm machten ihm Mut.

»Wirst du uns viel schlagen, Mid-e-Mid?« fragte er.

»Ein bißchen nur«, erwiderte Mid-e-Mid und mußte lachen. Diese Frage hörte er zum erstenmal in seinem Leben. Und er lachte so herzlich, daß auch Amadu und Dangi laut lachen mußten.

Die beiden Iklan faßten Vertrauen zu Mid-e-Mids Lachen, zu seinem breiten Mund, zu seinen lustigen schrägen Augen.

Dangi sagte eifrig: »Du mußt nämlich wissen, daß Abu Bakr uns jeden Tag schlägt. Jeden Morgen, wenn er wach wird. Er sagt, es täte uns gut. Wir würden davon stark wie die Löwen. Aber ich will gar nicht so stark wie ein Löwe werden, wenn es weh tut.«

Diesmal lachte Mid-e-Mid so heftig, daß er sich auf dem Boden wälzen mußte und dazu seinen Bauch festhielt. Als er sich wieder aufrichtete, war er beschämt. Er besann sich darauf, daß ein Tamaschek weder Freude noch Trauer zeigen darf, und schon gar nicht, wenn Iklan dabei sind. Amadu, der klügere, erriet diese Gedanken seines neuen jungen Herrn. Er überlegte, wie er ihn bei guter Laune halten könnte. Er lief weg und kam mit zwei Kalbfellen wieder. Eines spannte er über die leere Kalebasse und befeuchtete es mit Wasser. Das andere warf er Dangi zu.

»Balek! – paß auf!« rief er. »Wir werden dir die tanzende Kuh vorführen.«

Er hockte sich vor die Kalebasse und trommelte.

Dangi hatte sich das Fell über den Kopf gehängt und spielte ein störrisches Kalb. Er hüpfte herum, scheute, lief auf allen vieren, trat aus, griff Amadu mit gesenktem Kopf an und sprang im letzten Augenblick wieder zurück.

Das Kalb blökte und bleckte dazu seine herrlich weißen Zähne und tanzte zum Takt der Trommelschläge.

»Ich werde das tanzende Kalb fangen«, rief Mid-e-Mid begeistert und alle Würde vergessend. Er versuchte nach Art der Hirten einen Fuß des ungebärdigen Kalbes zu fassen. Aber das war nicht einfach. Dangi bockte, warf, auf den Händen stehend, beide Füße hoch, rollte sich im Sand, wirbelte Staub auf und benahm sich so schlecht, wie es junge Kälber eben tun.

Es war ein wundervolles Spiel. Amadu erhielt einen Kopfstoß, daß er mitsamt seiner Trommel umpurzelte, und Mid-e-Mid fiel rückwärts in die zweite, noch volle

Milchkalebasse. Die Milch spritzte nach allen Seiten. Mid-e-Mids Gandura wurde völlig durchnäßt. Er schimpfte und wollte Dangi packen, der an diesem Mißgeschick schuld war. Aber die beiden schwarzen Burschen nahmen Reißaus und wollten sich in sicherer Entfernung totlachen. Dann aber zog sich Amadu seinen Bubu aus, so daß er nackt war, und lief zu Mid-e-Mid hin: »Zieh das an – es ist noch trocken«, sagte er, immer noch kichernd, und warf Mid-e-Mid das Gewand zu.

Mid-e-Mid schlug das Angebot nicht aus. Bald danach saßen sie wieder zusammen um das Zelt und hörten zu, wie der Hirsebrei im Kessel zischte. Amadu berichtete über das Leben mit Abu Bakr.

Es gab ein wenig Weide am Westausgang, wo die Felsen ein breites Uëd freigaben. Dorthin führten die Knaben täglich die Tiere. Auch Wasser gab es dort. Es sikkerte während der Nacht hervor und füllte einen flachen Tümpel, der ausreichte, um Rinder und Ziegen und die kleinen Grauesel zu tränken. Die Kamele aber wurden alle acht Tage nach dem abgelegenen Brunnen Tin Ramir geführt. Auch die Esel zogen mit dorthin, denn sie mußten die Idit mit frischem Wasser tragen. Das Sickerwasser war nämlich bitter und für Menschen schlecht geeignet. Nur nachts suchte Abu Bakr den Brunnen auf. Er fürchtete, dort mit Goumiers zusammenzutreffen. So kam es, daß Amadu und Dangi nie einen anderen Mann zu Gesicht bekamen als den Räuber und von der Welt außerhalb ihres Felsenkessels wenig wußten.

»Morgen müssen wir zum Brunnen ziehen«, schloß Amadu seinen Bericht. »Wirst du mit uns gehen, Mid-e-Mid?«

»Das werde ich tun«, erwiderte er. »Wieviel Zeit brauchen wir für den Ritt?«

»Einen Tag und einen halben«, sagte Dangi. »Aber die Aberid ist gut.«

Sie aßen den Brei und schliefen dann. Am Abend gingen sie alle drei die Kamele melken. Auch jede Kuh gab einen Liter Milch. Sie tranken nicht alles auf, sondern ließen ein wenig zurück, um Butter zu machen. Dazu war ein Ledersack vorhanden, in dem man die Milch so lange schüttelte, bis sich Butterklümpchen bildeten. Aber diese Arbeit überließ Mid-e-Mid den Iklan.

Die Nacht kam sehr früh in diese Schlucht. Die hohen Kanten der Felsen glühten noch wie geputztes Kupfer, während es in der Tiefe schon dunkelte. Aber die Wärme des Tages blieb zwischen den Steinwänden.

Am Morgen trieben sie das Vieh auf die Weide. Die Kamele knüpften sie aneinander, so daß sie eine lange Kette bildeten, und ließen nur die Esel mit den Wassersäcken und die Kamelfüllen frei laufen. Die Esel kannten den Weg und trappelten und führten eifrig nickend den Zug an. Die jungen Kamele liefen klagend neben ihren Müttern und versuchten die Euter zu erreichen. Aber Dangi und Amadu hatten die Euter mit kleinen geflochtenen Körbchen verdeckt, die mit Riemen auf dem Rücken der Stuten befestigt waren. Es wäre sonst unmöglich gewesen, die Karawane ohne Aufenthalt über die Piste zu führen. – Mid-e-Mid ritt am Schluß auf Inhelumé.

Sie marschierten einen Tag über die Hamada und rasteten von Abend bis Mitternacht in einem schmalen Uëd. Das Wasserloch von Tin Ramir, das am Fuße eines Berges mitten in einem trockenen Flußbett liegt, erreichten sie am zweiten Tag vor Sonnenaufgang.

Der Brunnen von Tin Ramir ist nicht sehr tief. Ja, er ist nicht einmal ein Brunnen. Er ist nicht aus geschichteten Steinen gebaut, sondern in den harten Erdboden getrieben. Früher soll er ein flaches Wasserloch gewesen sein, in das die Hirten nur hinabzusteigen brauchten, um das Wasser mit der Hand zu schöpfen. Aber jetzt mußte man den Delu sieben Meter hinablassen.

Die Nacht lag noch über dem Uëd. Nur im Osten schimmerte es grau. Der Tag war nicht mehr fern. Sie beeilten sich, die Tiere zu tränken, ehe die Hirten von ihren Lagern aufbrachen und dem Brunnen zustrebten. Denn man konnte die Stelle schon von weitem einsehen, da sie etwas tiefer lag als das angrenzende Land und von Baum und Strauch entblößt war.

Ein Balken war quer über den Brunnen gelegt. Darin waren tiefe Kerben, welche die Seile gescheuert hatten, wenn sie mit dem überschwappenden Delu hochgezogen wurden.

Sie teilten sich die Arbeit. Amadu und Dangi hievten das Wasser aus der Tiefe, Mid-e-Mid packte den Ledersack und goß das Wasser in ein Fell. Die Kamele drängten sich gierig um die Tränke und stießen und bissen einander, wenn sie dadurch einen Vorteil erringen konnten. Es war eine mühselige Arbeit. Die Stuten schlürften achtzig und hundert Liter Wasser und die Füllen ungefähr zwanzig. Es waren aber mit Inhelumé neun große Tiere und vier kleine. So mußten sie an die tausend Liter aus dem Brunnenschacht emporziehen, und mit den Wassersäcken waren es noch mehr. Das bedeutete, daß der Delu zweihundertmal in die Tiefe gelassen werden mußte und auch zweihundertmal gefüllt wieder hochzuziehen war. Endlich verlangten auch die Esel ihren Teil.

Hin und wieder mußte Mid-e-Mid mit einem Stock zwischen die Tierköpfe schlagen, wenn die Stärkeren gar zu ungestüm die Schwächeren verdrängten. Die durstigen Tiere brachten sich mit ihren stumpfen Mahlzähnen gefährliche Bißwunden bei und schonten dabei auch die Füllen nicht, die dann schreiend zu ihren Müttern rannten, um sich zu beklagen.

Sie waren gerade mit ihrer Arbeit fertig, hatten die Idit zugebunden und unter die Eselleiber gehängt, als eine große Hammelherde von einer Frau dem Brunnen zugetrieben wurde.

Die Iklan seilten die Kamele aneinander und prüften noch einmal, ob die Wassersäcke sich auch nicht lösen konnten. Sie sahen die Frau erst, als sie schon neben Mid-e-Mid stand.

»Salam aleikum«, rief sie.

»Aleik essalam«, antwortete Mid-e-Mid.

Die Frau sah ihn aufmerksam an. Nach den üblichen

Fragen und Antworten über Gesundheit, Kamele und Weide sagte sie: »Ich hab' dich noch nie gesehen. Bist du zum erstenmal in Tin Ramir?«

»Ja«, sagte Mid-e-Mid mit halb abgewandtem Gesicht. Abu Bakr hatte ihm eingeschärft, keine Auskünfte zu geben, wenn er mit Fremden zusammenträfe. Alles, was du sagst, so hatte er sich ausgedrückt, kann dem Beylik zugetragen werden, und der Beylik wird nichts unversucht lassen, mich zu fangen.

»Sind das deine Tiere?« fragte die Frau weiter.

»Wessen Tiere sollten es sonst sein?« erwiderte Mid-e-Mid.

»Du hast ein sehr schönes Reittier«, sagte die Frau und deutete auf Inhelumé.

»Lob es nicht zuviel«, sagte Mid-e-Mid. »Lob bringt Unglück.«

»Ich meine es nicht böse«, versetzte die Frau. »Es bringt auch nicht jedes Lob Unglück. Du darfst nur nicht zuviel loben. Wenn mir jemand sagte: Du hast zu viele Hammel, dann müßte ich einen Marabu bitten, das Lob fortzunehmen. Es würden gewiß viele Hammel sterben.«

»Du hast recht«, sagte Mid-e-Mid, und im stillen verwünschte er die Geschwätzigkeit der Frau. »Welche Neuigkeiten weißt du?«

»Ach«, seufzte die Frau. »Da ist wenig Gutes zu berichten. Die Weide ist sehr schlecht um diese Zeit. Aber im Süden, bei Kidal, da soll sie gut sein.«

»Ja, das hab' ich gehört«, sagte Mid-e-Mid.

»Hast du auch gehört, daß der Mann gestorben ist, den der Beylik ins Gefängnis gesetzt hat, weil er zu viele Gewehre besaß?«

»Wen meinst du?« fragte Mid-e-Mid erschrocken.

»Ich kenne ihn nicht«, sagte die Frau. »Ich hab' nur gehört, daß es ein Mann namens Agassum war. Hast du den Namen gehört oder ist dir der Mann bekannt gewesen?«

Mid-e-Mid drehte sich herum und spuckte in den Sand, um der Frau seine Tränen nicht zu zeigen, und wischte sich mit dem Arm über das Gesicht. Ohne sie anzusehen, fragte er: »Den Namen hab' ich gehört, ja, ich weiß, wen du meinst. Kannst du mir sagen, wie der Mann gestorben ist?«

Die Hammel drängten sich um das Wasserloch, und die Frau mußte sie mit ihrer Gerte zurücktreiben, denn in ihrer Unvernunft wollten die hinten stehenden Tiere die vorderen in die Tiefe stoßen.

»Ach, er war nicht krank«, kehrte die Frau sich wieder zu ihm hin. »Ich weiß nicht viel darüber. Der Mann, der es mir erzählte, sagte, er sei am Heimweh gestorben. Aber der Mann wußte es auch nicht genau. Es sterben so viele Leute in letzter Zeit.«

Mid-e-Mid dachte: Muß ich von einer fremden Frau hören, daß mein Vater gestorben ist?

Er erinnerte sich an die Worte des Narren Kalil. Ach, Kalil, dachte er, ich habe dir Unrecht getan. Du hast die Wahrheit gesagt. Denn tot und frei – für einen Mann im Gefängnis, für einen Mann der Wüste – tot und frei, ja, das ist dasselbe.

Die Frau schwätzte weiter: »Auch sind einige Goumiers tot, die Abu Bakr fangen wollten.«

»Abu Bakr hat sie getötet?« fragte Mid-e-Mid.

»Das weiß man nicht«, sagte die Frau. »Sie sind nicht zurückgekehrt.«

»Und Abu Bakr? Was weißt du von Abu Bakr?«

»Ich weiß nichts. Es ging ein Gerücht, er sei tot und die Goumiers hätten dem Beylik seinen Kopf gebracht. Aber das glaub' ich nicht. Wir alle glauben das nicht. Abu Bakr gibt seinen Kopf nicht her. Wenn sie einen Kopf haben, wird es ein fremder Kopf sein. Wir haben viel Unrecht von Abu Bakr erfahren.« Sie deutete auf die Hammel. »Den schönsten Bock, einen Bock, so feist wie ein Kalb, hat er mir genommen. Und meinem Bruder hat er ein Kamel gestohlen. Ach ja, er ist ein böser Mensch. Aber daß sie seinen Kopf haben, nein, das glaub' ich wirklich nicht.«

»Das glaub' ich auch nicht«, sagte Mid-e-Mid.

»Das sind keine guten Neuigkeiten. Aber ich weiß keine besseren. Hast du ein wenig Tabak für mich?«

»Nein. Ich muß erst nach Kidal reiten und Tabak kaufen. Ich habe schon lange nichts mehr.«

»Ja«, sagte die Frau, »niemand hat mehr Tabak. Wir müssen alle warten, bis die Tornados kommen und Regen bringen und das Vieh fette Weide findet. Man hat mir gesagt: In Kidal gäben sie in den arabischen Läden nur noch ein Kilo Tabak für einen Hammel. Sie sagen, die Hammel seien zu mager.«

»Ja«, sagte Mid-e-Mid, »ja, hast du sonst noch etwas gehört?«

»Oh, ich höre viel. Alle Hirten, die zum Brunnen kommen, erzählen etwas. Hast du gehört, daß ein Krieg ausgebrochen ist?«

»Das ist neu«, sagte Mid-e-Mid überrascht. »Wer führt den Krieg?«

»Es ist schon ein alter Krieg. Aber jetzt ist er sehr blutig geworden. Die Kunta haben unsere Leute überfallen und viele getötet.«

»Wo ist das geschehen?«

»Das geschah am Brunnen von Asselar. Einundzwanzig Männer sind erschlagen worden. Es wagt sich niemand mehr dorthin. Und das Vieh hätte den Brunnen so nötig. Du weißt, daß es ein Salzbrunnen ist, und daß er das Vieh stark macht.«

»Das weiß ich«, sagte Mid-e-Mid. »Aber sag mir, was wird jetzt geschehen?«

»Allah allein weiß es. Ich glaub', es hat niemals so kriegerische Zeiten gegeben wie jetzt. Ich hörte, daß Intallah seinen Sohn zurückgeholt hat.«

»Ajor Chageran?«

»Ja. Er ist zu seinem Vater gerufen worden. Man sagt, es sei wegen Asselar. Man sagt auch, er sei gerufen worden, um den Krieg gegen die Kunta zu führen. Denn Intallah ist alt.«

»Aber Ajor ist zu jung«, warf Mid-e-Mid ein.

»Ach, in diesen Zeiten sind die Jungen oft früher reif.

Es soll einen Burschen geben, nicht viel älter als du, dessen Lieder singen sie überall in den Bergen von Iforas.«

»Nenn mir seinen Namen«, sagte Mid-e-Mid.

»Eliselus«, sagte die Frau. »Das heißt, sein richtiger Name ist das nicht. Aber man nennt ihn so.«

»Eliselus?« sagte Mid-e-Mid erstaunt. »Was für ein seltsamer Name.«

»Sein richtiger Name ist auch seltsam: Mid-e-Mid.«

»Ah, und was sagt man von ihm?« Mid-e-Mid unterdrückte nur mit Mühe ein breites Grinsen.

»Man sagt, er singe so herrlich wie kein anderer, aber Abu Bakr soll ihn entführt haben.«

»Da kann ich eine bessere Nachricht geben, und vielleicht könntest du sie weitersagen, damit sie seine Mutter erfährt. Sie wird sich Sorgen um ihn machen.«

»Du kennst ihn gar?« fragte die Frau und hätte gerne viel über ihn gehört.

»Ich habe von einem, der ihn gut kennt, erfahren, daß er gesund ist und keine Not leidet. Er wird bald zu seiner Mutter zurückkehren.«

»Das ist eine gute Neuigkeit«, sagte die Frau. »Ich würde ihn gern singen hören. Aber ich komme nicht in das Uëd, wo sein Zelt steht.«

»Vielleicht kommt er einmal hier vorbei«, sagte Mid-e-Mid bedächtig.

»Er muß singen wie der Wind, wenn er über die Felsen braust.«

»Das ist sicher übertrieben.«

»Nein, es ist die Wahrheit. Alle Welt singt eines seiner Lieder, es geht so:

Sagt mir, ihr Männer, was denkt ihr von Tiu'elen,
wenn sie die Lider der Augen mit Antimon färbt...

Ich singe es schlecht, aber ich kann es auswendig.«

»Es hat dir also gefallen?«

»Wem würde es nicht gefallen! – Und denke: Die jungen Leute schwingen sich auf ihre Kamele und reiten fort, um Tiu'elen zu sehen.«

»Oh«, sagte Mid-e-Mid erschrocken. »Tun sie das wirklich?«

»Sogar von Tin Ramir ist ein Mann aufgebrochen und hat Zucker und Tee mitgenommen und seine schönsten Kleider und will Tiu'elen sehen.«

»Das sollten sie nicht tun«, sagte Mid-e-Mid mit Nachdruck.

»Warum nicht? Wäre ich Tiu'elen – ich würde mich über jeden freuen, der kommt, und mir von allen Geschenke geben lassen und den heiraten, der mir das größte Geschenk bringt.«

»Und was denkst du, ist das beste Geschenk?« Mid-e-Mid sah so gespannt in das Gesicht der Frau, als hinge sein Leben von ihren Worten ab.

»Das ist eine dumme Frage«, sagte die Frau kichernd. »Kamele natürlich oder gar Pferde. Es geht ein Wort hier um, das heißt: Niemand reite zu Heiße Zeit, es sei denn auf sechs Pferden zugleich. Du verstehst, wie das gemeint ist?«

»Ja«, sagte Mid-e-Mid und wandte sich um und ging mit eiligen Schritten zu Inhelumé. – Nur ein Fürst hatte sechs Pferde.

»Du bist so eilig?« rief die Frau hinter ihm her.

»Du siehst, meine Tiere sind schon außer Sicht. Bismillah! Und Dank für deine Neuigkeiten. Bismillah!«

»Balafia«, rief die Frau. Sie schaute ihm kopfschüttelnd nach, nahm den Delu und ließ ihn in das Wasserloch. »Ah«, sagte sie zu sich selbst, »wenigstens eine Neuigkeit habe ich erfahren: Mid-e-Mid ist gesund und leidet keine Not.« Dann begann sie die Hammel zu tränken.

Mid-e-Mid trat den Hengst so kräftig in den Nacken, daß dieser sich im Galopp auf die Piste begab und die Karawane in wenigen Minuten eingeholt hatte.

Noch einmal bewegte er im Herzen alles, was er vernommen hatte: den Tod seines Vaters, den Krieg mit den Kunta, die Gerüchte über ihn und den Bericht über die Freier für Heiße Zeit.

Und er war abwechselnd zu Tode betrübt und vor

Freude übermütig. Er sah weder die Landschaft noch die Höcker und Hälse der Kamele vor sich, weder die fleißig nickenden Esel noch Amadu und Dangi, die barfuß neben dem Leittier liefen. Er hing seinen Gedanken nach. Manchmal glaubte er, er habe noch nie in seinem Leben so viel denken müssen.

Ich werde warten müssen, bis Abu Bakr zurückkehrt, sagte er sich. Aber wenn es wahr ist, daß er tot ist? Was hatte Kalil gemeint? Das mit der Kette? Ach, Kalil war ein Narr. Doch von meinem Vater hatte er die Wahrheit gewußt. Und wenn er die Wahrheit wußte über Abu Bakr? – Warten. Warten.

Er war gewiß, daß seine Mutter die Nachricht über ihn erhielt. Nachrichten reisten schnell in diesem Land. – Ich hätte auch Heiße Zeit eine Nachricht schicken sollen, dachte er plötzlich. Aber die konnte ich der Frau nicht anvertrauen.

Und was sollte er tun, wenn die Hirse im Lager Abu Bakrs zu Ende ging? Wenn es keinen Zuckerhut mehr gab? Keinen Tee? Er konnte nicht wie der Räuber in ein Zelt treten und sich holen, was er brauchte. Nein, das brachte er nicht fertig. Er würde Schafe oder Ziegen gegen diese Dinge tauschen müssen. Aber wenn die Schafe gestohlen waren und der Besitzer erkannte sie wieder? Dann würde er Tee und Zucker heimlich holen und ein Schaf dafür hinlegen. Ja, das würde er tun. Er trug die Verantwortung für Abu Bakrs Tiere, aber auch für Amadu und Dangi.

Es wird sich alles zum besten wenden, dachte er.

»Ho, Amadu! – Dangi, ho! Treibt die Tiere an. Wir haben keine Zeit zu verlieren. Gegen Mittag müssen wir im Schatten des Uëds sein. Es ist zu heiß auf der Hamada.«

Die Iklan spornten die Kamele an. Die Esel liefen von selbst schneller. Das Wasser gluckerte in den Idit, und die Stuten riefen warnend ihre Jungen.

So stiegen sie ins Gebirge, die Sonne im Rücken und vor sich die gleißenden Felsentürme. Und gegen Mittag erreichten sie den Rastplatz, den sie gegen Mitternacht verlassen hatten. Aber im hellen Licht des Tages schien Mid-e-Mid diese Landschaft seltsam unbekannt. Nur an der Form der Felsen erkannte er sie wieder.

Es ist mit der Landschaft nicht anders als mit den Menschen: Gehalt und Gestalt ändern sich nur auf lange Zeiträume gesehen; aber das Bild, das wir von ihnen bewahren, unterliegt dem Geist der Stunde. Der Fels ist rot und gelb bei Aufgang der Sonne und violett oder blau am Abend. Aber er bleibt ein Fels, bis ihn die Sonne im Laufe von Jahrtausenden in Geröll und Staub verwandelt. Auch die Menschen ändern sich scheinbar nur wenig; doch im Licht starker Sterne glühen sie auf, werden angezogen oder abgestoßen, geraten in Bewegung. Und mit dem Untergang des Planeten stürzen sie verwandelt fremden Sternen zu.

Hätte Mid-e-Mid zu seinem Verstand noch das dunkle Ahnen des Narren Kalil besessen, so wäre ihm gewiß die Veränderung bewußt geworden, die in diesen Tagen bei den Tamaschek vor sich ging.

Ein großer, aber finsterer Stern begann zu erlöschen. Sie hatten diesen Stern mit Furcht und Entsetzen aufgehen sehen und waren sich nicht sicher, ob er für immer versunken sei. Abu Bakr hieß der Name des Sterns.

Am Horizont aber stieg ein neuer Komet empor, gefährlich und stark: das war das Volk der maurischen Kunta. Dieser Komet ging im Westen auf, über dem Brunnen von Asselar; doch sein roter Schweif drohte bis Tin Ramir im Osten der Iforas-Berge.

Es gab auch zwei junge, vielverheißende Sterne, die noch kaum Licht ausstrahlten, aber bereits von den Tamaschek genannt wurden: Ajor Chageran hieß der eine. Er war ihre große Hoffnung.

Und Tiu'elen hieß der andere. Dem galt die Bewunderung aller jungen Männer zwischen Timea'uin und Kidal und von Aguelhoc bis Tin Za'uzaten.

Vielleicht mußte noch ein dritter Name am Himmel der neuen Sterne genannt werden – der Name Eliselus.

Und wenn der neue Komet mit Schrecken, die beiden Jungsterne mit Bewunderung gesehen wurden, so sah man das Sternchen Eliselus mit Lachen und Fröhlichkeit. In Roter Mond erkannten die Tamaschek ihre Kraft, in Heiße Zeit die Schönheit ihrer Frauen. Eliselus aber bedeutete ihnen die Freude am Leben. Und in allen dreien sahen sie sich selbst.

Alles dies wußte Mid-e-Mid nicht. Er stellte nur die Veränderungen fest, die an einem Ort zwischen Nacht und Tag sein können. In die Zukunft konnte er nicht blicken, und das ahnungsvolle Herz des Narren Kalil besaß er nicht. Daher erkannte er auch die menschliche Milchstraße nicht und begnügte sich mit derjenigen, die Allah zur Freude aller am nächtlichen Himmel geschaffen hatte. Diese aber sollte er wieder und wieder betrachten in der Zeit, die noch bis zu seiner Heimkehr verstrich. Er wartete nämlich lange vergeblich auf die Rückkehr des Räubers.

Die weisen Lehren des Amenokal

Intallahs Hokum war nicht größer als die Zelte der übrigen Tamaschek. Aber es war neu und an keiner Stelle geflickt. Seine letzte Frau hatte es mit in die Ehe gebracht. Sie achtete darauf, daß es bei den Wanderungen des Stammes sorgsam behandelt wurde. Und ehe die Zeit der furchtbaren Tornados nahte, lag sie dem Amenokal so lange mit Bitten in den Ohren, bis er sich entschloß, aus Zweigen und Ried ein tonnenförmiges Strohzelt zu errichten. Das rote Lederzelt aber wurde zusammengefaltet und vor der Feuchtigkeit geschützt aufbewahrt. Erst Ende September wurde es wieder aufgestellt. Das war dann jedesmal wie der Einzug in ein neues Haus.

Ajor Chageran war der jüngste Sohn des Amenokal. Aber ihn hatte er zu seinem Nachfolger bestimmt. Das war gegen die Sitte. Wäre Intallah nicht ein sehr angesehener Fürst gewesen, so hätte er seinen Willen nicht durchsetzen können. Aber unter den Vornehmen ragte er durch Alter und Frömmigkeit hervor. Und von den Häuptlingen der sieben Tamaschekstämme im Adrar von Iforas trug er als einziger den Titel Amenokal. In Dingen, die alle Tamaschek angingen, verhandelte er allein mit dem Beylik. Bei Streitigkeiten rief man seine Entscheidung an.

Trotzdem wäre es vielleicht nicht gelungen, die Zustimmung der übrigen Fürsten zur Wahl Ajor Chagerans zu erhalten, wenn Intallah nicht vor einigen Jahren seine Beliebtheit durch einen aufsehenerregenden Entschluß ungemein gefestigt hätte.

Eines Tages fragte nämlich der Beylik: Da dein Sohn Roter Mond das nötige Alter erreicht hat, willst du ihn nicht in eine unserer Schulen senden?

Intallah antwortete: »Roter Mond wird tun wie sein Vater.«

Der Amenokal hatte aber nie eine Schule besucht, sondern war bei einem weisen Mann in den Lehren des Korans unterrichtet worden. Er mochte die Schule des Beylik nicht; und wie Intallah dachten alle Tamaschek ohne Ausnahme.

Es gehörte großer Mut dazu, dem Beylik diese Antwort zu geben. Der Beylik war viel mächtiger als ein Amenokal. Seit seine Soldaten vor vielen Jahrzehnten gegen die Tamaschek gekämpft und sie besiegt hatten, konnte er ohne langes Federlesen einen Fürsten absetzen, der ihm nicht in allen Dingen gehorchte.

Alle hatten erwartet, daß der Beylik auch so mit Intallah verfahren würde. Aber es war nichts geschehen. Viele glaubten, dies sei das Verdienst Tuhayas. Es war bekannt, daß Tuhaya ein Freund des Beylik war, und es war aufgefallen, daß er seit jener Zeit im Hokum des Fürsten ein- und ausging. Genaues hatte jedoch niemand erfahren.

Wenn Tuhaya auch viel redete, in Angelegenheiten, die mit dem Beylik zusammenhingen, schwieg er. Er verstand die Pflichten eines Mannes, der auf zwei Schultern trug.

Die Tornados hatten noch nicht eingesetzt, als Ajor beim Strohzelt seines Vaters eintraf. Seine junge Stiefmutter begrüßte ihn als erste.

»Wie stark du geworden bist, Ajor. Als du vor vier Jahren fortgingst, um weise zu werden, warst du noch ein Junge. Jetzt bist du ein Mann.«

»Man wird nicht jünger mit den Jahren«, erwiderte er ruhig.

»Das ist gut so. Du wirst alle Kraft und alle Klugheit brauchen. Schwere Zeiten sind angebrochen.«

»Ich sehe keine Hungersnot. Das Vieh ist fett, und die Brunnen führen reichlich Wasser«, sagte Ajor.

»Du siehst nur, was jeder sieht. Als Amenokal mußt du in die Ferne blicken und die Zukunft erraten.« Sie spielte mit den Surba, dem Silberschmuck, auf ihrer Brust. »Es könnte sonst sein, daß Fremde die Milch unserer Kamelstuten trinken und unsere Zelte nicht mehr auf den Weiden von Iforas stehen.«

Roter Mond betrachtete nachdenklich das Gesicht seiner Stiefmutter. Sie war nur wenig über dreißig Jahre. Ihre Züge waren klar und regelmäßig, und Mund und Kinn verrieten große Entschlossenheit. Sie gehörte nicht zu den Kel Effele, sondern war aus einem vornehmen Zelt der Ibottenaten. Ihr Leibesumfang war beträchtlich. Nach der Sitte ihres Stammes war sie als junges Mädchen mit Milch gemästet worden. Sieben und acht Liter am Tag hatte sie trinken müssen, bis sie so fett war, daß sie sich kaum noch ohne fremde Hilfe bewegen konnte. Nun galt sie bei den Ibottenaten als eine Schönheit. Von weither kamen die Männer, um ihr Lob zu singen oder um ihr Geschenke zu bringen. Als Intallahs zweite Frau starb – Ajor Chagerans Mutter –, war sie dem Amenokal der Kel Effele angetraut worden. Niemand hatte sie um ihre Zustimmung zu dieser Heirat gefragt. Sie hatte aber auch nicht erwartet, daß man sich nach ihrem Willen erkundigte.

Ihre Ehe war glücklich geworden, vor allem, als sie nach sieben Jahren noch eine Tochter zur Welt brachte. Sie hatte seitdem sehr an Gewicht verloren und wog kaum noch zweihundert Pfund. Außer ihren Verwandten bedauerte niemand diesen Verlust.

Ihr Einfluß auf Intallah war groß, und Roter Mond hatte früher vollkommen unter ihrem Zauber gestanden, denn sie war eine ungewöhnlich kluge Frau.

»Du sprichst von schweren Zeiten«, sagte Ajor. »An was denkst du?«

»Dein Vater ist krank«, sagte sie. »Seine Sorgen sind groß, und seine Berater sind schlecht.«

»Wer berät ihn?« fragte Ajor gespannt.

»Ein Mann namens Tuhaya – du mußt ihn noch kennen.«

»Ich kenne ihn«, sagte Ajor.

»Nicht genug. Er ist mehr ein Mann des Beylik als ein Sohn seines Volkes. Hätte er deinen Vater nicht schlecht beraten, hätten wir die Kunta aus Asselar verjagt.«

»Die Kunta sind stark«, erwiderte Ajor fest.

»Nicht stärker als wir. Aber Tuhaya hat deinem Vater gesagt, daß der Beylik seine Soldaten schicken würde, wenn wir zu den Waffen griffen.«

»Vielleicht ist das die Wahrheit«, sagte Ajor.

»Hat der Beylik seine Soldaten geschickt, als einundzwanzig unserer Männer an den Wasserlöchern von Asselar erschlagen wurden? Er hat gesagt: Er werde alles untersuchen.«

»Ist das geschehen?«

»Ich weiß nicht. Aber ich weiß, daß wir die Brunnen nicht mehr betreten dürfen. Muß ich dir mehr sagen?«

Roter Mond sagte: »Ich bin dir dankbar für deine Nachricht.«

»Früher hättest du gefragt: Was soll ich tun? Und ich hätte dir einen Rat gegeben«, sagte sie ärgerlich.

»Ich werde immer gerne deinen Rat hören. Aber du

verstehst, daß ich mit meinem Vater zuerst reden muß. Wie geht es meiner kleinen Schwester Takammart?« brach er das Gespräch ab.

»Sie spielt dort vor dem Zelt«, sagte sie betroffen. Sie hatte begriffen, daß Ajor sich ihrem Willen nicht mehr unterwerfen würde.

Takammart war sieben Jahre und spielte mit kleinen Strohpuppen. Eine alte Sklavin Intallahs hatte die Puppen angefertigt. Sie stellten Kamelreiter und -reiterinnen dar und waren mit Fetzen blauen Tuchs bekleidet. Takammart war ein häufiger Name bei den Ibottenaten. Er bedeutete »Käse aus frischer Milch«. Und wirklich besaß das Kind die weiße, nur leicht bräunliche Hautfarbe, die bei den Tamaschek als schön gilt und an die Farbe des Ziegenkäses erinnert.

Ajor kam nicht dazu, »Käse aus frischer Milch« zu begrüßen. Ein Mann erschien und bat ihn, zu seinem Vater in das Strohzelt zu kommen.

Eine angenehme Kühle herrschte unter dem Stroh. Intallah saß auf einem Lederkissen, über das eine hellblaue Decke gebreitet war, den gebeugten Rücken gegen einen Zeltstab gelehnt. Die Füße steckten in breiten Temba-Temba, farbigen Ledersandalen, wie sie in Agadès hergestellt werden.

Roter Mond sah auf den ersten Blick, daß sein Vater sehr gealtert war. Die hohe Gestalt – er war fast zwei Meter groß – war zusammengesunken. Die Augen lagen tief in den Höhlen, und das Gesicht war von Falten und Runzeln durchpflügt. Der Tagelmust war unordentlich um den Kopf gewunden und bedeckte weder Kinn noch Mund. Der Bart schimmerte silbern. Als Ajor das väterliche Zelt vor einigen Jahren verlassen hatte, waren in Intallahs Bart keine weißen Fäden gewesen.

Mit einem flüchtigen Blick umfaßte Ajor das halbdunkle Lager seines Vaters, die alte Munitionskiste zu seiner Rechten mit den Geschenken fremder Besucher: der Photographie eines Mannes im Silberrahmen hinter zerbrochenem Glas; dem kupfernen Teekessel mit dem

Löwenkopf als Deckelknauf, dem braunen Kasten mit dem aufgesteckten Trichter, aus welchem früher einmal arabische Musik zu hören gewesen war, und der Kukkucksuhr mit dem vergoldeten Pendel, die nur wenige Male ihren Stundenruf von sich gegeben hatte: nämlich als ein junger Geologe sie dem Amenokal als Gegengeschenk für ein fettes Schaf überließ. Danach war dem Kuckuck der Sand in die Kehle gekommen. Er blieb hinter verschlossenen Flügeltüren in seinem Schwarzwaldhäuschen und schwieg für immer.

Alles dies waren altvertraute Dinge. Und trotzdem war etwas Neues, etwas Fremdes anwesend. Ajor empfand es deutlich. Aber er konnte nicht sagen, was es war.

»Willkommen, mein Sohn«, sagte Intallah und streckte ihm beide Hände entgegen. »Ich habe lange auf dich gewartet.«

Ajor umarmte seinen Vater, wie es die Araber tun, und wie er es bei dem Marabu gelernt hatte. »Ich hörte, du seiest krank, Vater.«

»Meine Zeit kommt«, sagte Intallah seufzend. »Ich werde bald die Freuden des Paradieses kennen.«

»Du darfst uns noch nicht verlassen«, sagte Ajor bedrückt. »Wer sollte wie du die Stämme regieren und Gerechtigkeit schaffen.«

»Meine Hoffnungen ruhen auf dir, mein Sohn«, erwiderte der Amenokal bedächtig. Seine Hände lagen auf den Knien und waren zu müde, die Fliegen von seinem Mund zu scheuchen. »Ich habe dich zu einem Marabu geschickt, damit du die Wahrheit des Propheten lernst.«

»Ich habe mich bemüht, alles zu lernen, was er mir sagen konnte, Vater.«

»Ich weiß, ich habe gute Nachrichten über dich gehört, jedesmal, wenn ein Hirte vom Norden kam. Aber ein Mann lernt nie aus, bis ihn die Kraft verläßt. Vergiß das nicht, mein Sohn.«

»Deine Worte bleiben in meinem Herzen.«

Die alten Augen Intallahs suchten in dem Gesicht seines Sohnes. Sie tasteten es ab wie mit Fühlern.

»Du warst immer klüger als deine Brüder, mein Sohn. Darum wird dir auch die Herrschaft anvertraut. Aber zum Herrschen brauchst du mehr als den Verstand: Du brauchst ein Gesetz. Das ist der Grund, warum du so lange Zeit die Lehren des Korans studieren mußtest.«

»Vater, ich werde das Gesetz halten. Und ich werde Gerechtigkeit üben und Recht sprechen nach dem Koran, wie ich es gelernt habe.«

»Das ist nicht genug, mein Sohn«, sagte der Fürst. »Mohammed, der Prophet, sein Name sei gelobt, hat den Koran geschrieben, um die Menschen glücklicher zu machen. Daher ist sein Gesetz für die Menschen gemacht und nicht gegen sie.« Er reichte seinem Sohn einen roten Beutel mit Tabak.

Sie nahmen beide, mischten den Tabak mit Toka und kauten. Roter Mond sah, wie sich die Haut der Wangen ledern faltete und spannte. Er sah die gesprungenen Lippen und die messerscharf hervorstehende Nase, und zum erstenmal begriff er, daß sein Vater siebzig Regenzeiten erlebt und vierzig Jahre Ehre und Last der Herrschaft getragen hatte.

»Ich höre«, sagte er wie erstickt.

»Ich habe, wenn ich Recht sprach, stets daran gedacht, glücklicher zu machen, Zufriedenheit zu schenken, Zorn zu besänftigen, Gegner zu versöhnen. Die Ehre des Amenokal, mein Sohn, ist nicht sein Schwert, sondern das Glück und der Wohlstand seines Volkes.«

Er spuckte den Priem aus. »Nicht einmal der Tabak schmeckt mir noch«, sagte er und versuchte ein Lächeln. Aber nur die Haut seines Gesichtes verzog sich. »Ich habe dies nicht immer gewußt. Ich habe vor langen Zeiten den Tamaschek unnachsichtlich die Tiussé abgefordert, weil ich dachte, das sei das Recht des Amenokal. Und ich forderte mehr Tribut, als mir zustand. Ich glaubte, sie würden daran meine Macht erkennen und mich fürchten. Aber ich habe damit einen Mann von mir getrieben, der einer der Größten des Stammes hätte sein müssen.« Er seufzte und räusperte sich mehrere Male.

»Wen meinst du?« fragte Ajor verwundert.

»Abu Bakr«, sagte Intallah. »Ich habe sein Vieh genommen und ihm Versprechungen gemacht, die ich nicht halten konnte. Wir sind Feinde geworden. Wir hätten Freunde sein sollen.«

»Abu Bakr«, fuhr Ajor auf, »das ist der Mann, der mich im Zelt des Marabus überfiel und so heftig schlug, daß mein Kopf viele Tage geschwollen war, und ich nicht zu dir reiten konnte.«

»Wenn er dich geschlagen hat, so tat er es wegen der alten Feindschaft zwischen ihm und mir. Aber nun ist er tot.«

»Ist das wahr?« fragte Ajor. »Ich habe unterwegs davon gehört. Aber ich kann es nicht glauben.«

»Es ist wahr«, sagte Intallah. »Ich habe seinen Kopf gesehen. Er ist tot – Tuhaya hat ihn zu Tode gejagt.«

»Tuhaya?«

»Ich habe die Goumiers angespornt und auf seine Fährte geführt«, sagte eine Stimme aus dem dunkelsten Winkel des Strohzeltes.

Ajor fuhr herum, als habe ihn jemand mit einer Nadel in den Rücken gestochen. Und er wußte nun, warum er etwas Fremdes im Zelt gespürt hatte.

»Wer ist noch in diesem Zelt?« rief er und legte die Hand auf seine Takuba.

»Es ist nur mein Freund Tuhaya«, sagte der Fürst. »Du hast ihn nicht gesehen, als du hereintratest, und er wollte unser Gespräch nicht stören. Begrüße ihn freundlich, mein Sohn. Er hat große Verdienste um uns.«

»Meine Verdienste sind nur gering«, sagte Tuhaya. Er kam hervor und reichte Ajor die Hand.

Aber Ajor nahm die Hand nicht. »Dies ist nicht dein Gespräch. Geh aus dem Zelt, und beeile dich, ehe ich zornig werde. Geh, geh!«

»Ajor«, rief Intallah mäßigend.

»Verzeih, Vater, ich ehre deine Freunde, aber dies sind Worte zwischen dir und mir. Sie gehen niemand etwas an.«

Tuhaya zögerte, das Zelt zu verlassen. Aber als der Amenokal ihn nicht aufforderte zu bleiben, sagte er: »Ich wurde von deinem Eintritt überrascht, Ajor Chageran. Ich bitte um Verzeihung.«

Als er draußen war, sagte Roter Mond ruhig: »Lernte er nicht den Gehorsam von mir, müßte ich ihn gehorchen lehren. Ich werde ihn rufen, wenn ich es für gut finde.«

»Jetzt erkenne ich mich selbst in meinem Sohn«, sagte Intallah. »Darum widerspreche ich nicht. Aber sei nicht zu rasch in deinen Worten, und in deinen Taten sei langsam, damit sie dich nicht reuen. Es ist leichter, Freunde zu verlieren, als sie zu gewinnen.«

»Man sagt, ich habe heißes Blut, aber einen kühlen Kopf.«

»Die Leute sagen die Wahrheit von dir«, erwiderte der Amenokal. »Aber sie sagen sie nicht ganz.«

»Wie soll ich das verstehen, Vater?« Er spürte eine erregende Unruhe in sich, wie sie ein Mensch empfindet, wenn er fremde Meinungen über sich hört.

»Sie vergessen zu sagen, daß Blut und Kopf noch nicht den Menschen ausmachen. Das Herz muß hinzukommen. Und dein Herz, mein Sohn, ist meine Sorge.«

Roter Mond schwieg und biß die Zähne aufeinander. Der Wind raschelte im Stroh. Von draußen drangen die Stimmen der Diener herein, und das Klopfen der Hirsemörser zerteilte den Nachmittag.

»Du hast das Herz deines Vaters, Ajor. Mein Herz aber – ich habe es lange nicht erkannt, jetzt kenne ich es – mein Herz empfindet nicht viel. Es teilt keine Geheimnisse mit. Aber es empfängt auch keine. Ich glaube, darum kann es auch nicht aufhören zu schlagen. Es liegt hinter sieben Wandungen, Allah hat es so gemacht.«

»Vater«, sagte Ajor, »ich ...«

»Und doch ist es ein gutes Herz für einen Amenokal. Und wenn es Verstand besitzt, so sucht er sich solche Ratgeber, die ihm helfen, sein stummes Herz zum Sprechen zu bringen. Mein Sohn, höre, was ich dir rate: Ich habe drei Frauen gehabt in meinem Leben. Die erste hat mir mein Vater ausgesucht, die beiden letzten habe ich mir selbst gewählt. Und alle drei haben mir an Stelle meines Herzens geraten, wenn mein Kopf eine Dummheit begehen wollte. Die Tamaschek nennen mich weise. Sie sagen, ich sei ein Marabu. Sie wissen nicht, daß meine Weisheit auch aus den Herzen meiner Frauen kommt.«

Er lehnte sich vor und griff die Hände seines Sohnes. »Du hast das Herz deines Vaters, Ajor, darum will ich, daß du eine rechte Frau nimmst. In wenigen Tagen werden die Fürsten der Tamaschek kommen und schwören, daß sie dich nach meinem Tode zum Amenokal wählen. Wenn du aber der Amenokal bist – es wird nicht mehr lange dauern –, so mußt du eine Frau haben, damit du gerecht regierst, denn man kann auch das Gesetz erfüllen und trotzdem Unrecht tun.«

»Du wirst noch lange Jahre Amenokal sein«, sagte Roter Mond heftig. »Ich brauche deine Erfahrung und deinen Rat. Was eine Frau angeht...«

»So habe ich eine für dich ausgesucht und werde ihr nun die Geschenke schicken«, sagte Intallah freundlich.

»Nein«, sagte Ajor und errötete.

»Du sagst, du brauchst meinen Rat, und wenn ich dir rate, verwirfst du ihn.«

Er hatte seine Hände wieder zurückgezogen. Sie lagen leblos und wie tot auf seinen Knien. Seine Augenlider waren halb geschlossen, und Ajor spürte, daß ihn das Gespräch anstrengte.

»Verzeih, Vater«, sagte er. »Mein Herz ist voll von einem Mädchen.«

»Wer ist es?« fragte Intallah.

»Sie heißt Tiu'elen und ist die Tochter des Marabus, bei dem ich lernte. Sie ist sehr schön.«

»Ah«, erwiderte der Amenokal. »Dein Blut sagt: Sie ist sehr schön. Aber was sagt dein Kopf, mein Sohn?«

»Ich verstehe nicht, Vater.«

»Hat dein Kopf nicht gesagt: Dieses Mädchen ist nicht aus einem Zelt der Ilelan? Hat dein Kopf nicht gesagt:

Meine Frau muß ein Mädchen aus edlem Zelt sein? Hast du vergessen, daß wir Abkömmlinge des ersten Cherifs von Timbuktu sind und somit aus der Familie des Propheten. Du sagst: Sie ist schön. Das ist wenig genug. Schönheit welkt! Sieh mich an: Es gab eine Zeit, da kamen die Frauen und Mädchen von Iforas gegen das Verbot der Männer zu meinem Zelt geritten, um mich zu sehen. Was siehst du jetzt: Einen Greis, der ohne Kraft ist und auf den Boten Allahs wartet.«

Er hob eine Hand hoch wie ein müdes Signal. »Hüte dich vor der Schönheit, mein Sohn, wenn kein warmes Herz in ihr schlägt.«

»Sie hat ein Herz, Vater«, sagte Roter Mond eifrig. »Aber es ist scheu und bekennt sich nicht. – Ich errate ihren Sinn nicht. Sie hat nur wenige Worte mit mir gesprochen. Ich weiß nicht, was sie von mir denkt.«

»Das werde ich bald erfahren«, sagte Intallah ruhig. »Aber sie ist nicht aus edlem Zelt. Ihr Vater ist ein Marabu; aber er gehört zu den Imrad und nicht zu den Ilelan. Die Frau, die ich dir ausgesucht habe, gehört zum Stamm der Idnan. Es ist der reichste und größte Stamm nach uns, den Kel Effele, und sie ist die Tochter des Fürsten. Du sollst sie als erste Frau heiraten. Die Tochter des Marabus magst du als zweite halten, wie es der Koran gestattet.«

»Niemals«, sagte Ajor laut. »Tiu'elen oder keine.«

Es entstand eine lange Pause. Man hörte das Summen der Fliegen und die helle Stimme der kleinen Takammart.

»Ich werde darüber nachdenken«, sagte Intallah endlich. »Aber vergiß nicht, daß ein Amenokal nicht der freieste Mann unter den Männern ist, sondern der am meisten gebundene. Und seine Kraft beruht auf dieser Bindung.«

»Ich werde warten«, sagte Ajor. »Du solltest dich ausruhen, Vater. Wir haben viel gesprochen.«

»Nicht genug, mein Sohn. Wir haben von dir gesprochen und von mir. Aber nun müssen wir von den Tamaschek sprechen und vom Beylik. Und ich bitte dich,

Tuhaya wieder zu rufen. Denn er kennt sich in diesen Dingen aus.«

»Ja«, sagte Ajor, »wenn du es wünscht.«

Als die drei Männer zusammensaßen, betrat Tadast, Ajors Stiefmutter, das Strohzelt. Trotz ihrer Leibesfülle war sie sehr gewandt. Sie stellte eine Schale mit glühenden Holzkohlen auf den Boden und setzte eine kleine Zinnkanne mit Wasser darauf. Dann brachte sie ein Tablett mit Gläsern, davon eines mit grünem Tee gefüllt, einen Zuckerhut und einen Zuckerhammer aus Eisen, mit Kupfer beschlagen.

Sie kniete und blies in die Glut, damit das Wasser früher kochen sollte. Zugleich versuchte sie, Ajor ein Zeichen zu geben, er solle sie bei dem Gespräch zuhören lassen.

Aber er tat so, als ob er sie nicht verstehe, und sagte sogar: »Du kannst alles hierlassen. Ich werde den Tee selbst aufgießen. Wir haben miteinander zu sprechen.«

Da verließ sie in beredter Stummheit das Zelt.

Intallah sagte: »Du hast gewiß vernommen, daß die Tamaschek den Brunnen von Asselar nicht mehr betreten dürfen und daß einundzwanzig von ihnen dort erschlagen liegen.«

»Ich habe es gehört«, sagte Ajor.

»Das Uëd von Asselar, mein Sohn, ist aber stets von unseren Herden aufgesucht worden. Es sind fast dreißig Wasserlöcher dort im Boden. Alle von unseren Stämmen gegraben.«

»Die Kunta haben auch Wasserlöcher gegraben«, warf Tuhaya ein.

»Das ist wahr«, sagte Intallah. »Es ist Wasser genug für alle im Uëd. Du kannst mit hundert Kamelen nach Asselar reiten und wirst für alle hundert reichlich haben.«

Ajor warf den Tee in das sprudelnde Wasser.

Der Amenokal fuhr fort: »Ich brauche dir nicht zu sagen, daß Asselar für uns Tamaschek unentbehrlich ist. Es gibt kein Wasser, das so kräftig auf die Därme wirkt wie dieses, und es gibt auch keines, das dem Vieh und den

Kamelen so wohl tut. Erst wenn sie von Asselar und den frischen Hadweiden dort in unsere Berge zurückkehren, bekommen die Rinder festes Fleisch und die Kamele einen straffen Höcker.«

»So ist es«, versicherte Tuhaya. »Und es ist auch so, daß wir seit vielen hundert Jahren ein Recht auf Asselar haben. Ganz sicher haben wir es seit dem Großen Wunder.«

Ajor blickte auf und richtete seine Augen auf Tuhaya. Dieser gab den Blick höflich zurück und lächelte verhalten, wodurch sich seine Zähne über die Unterlippe schoben und ihm das Aussehen eines Raubtieres verliehen.

»Von welchem Wunder sprichst du?« fragte Ajor.

»In Asselar ist ein Wunder geschehen«, erwiderte Tuhaya. »Das war vor langer Zeit, als das Wasser im Uëd versiegte. Neunundneunzig Jahre sind alle Brunnen trocken gewesen. Dann erschien ein Marabu und betete so lange, bis das Wasser zurückkehrte. Seit jener Zeit hat es niemals mehr Mangel in diesem Uëd gegeben, weder an Wasser noch an Weide. Und unsere Herden haben nie vergeblich den langen Weg durch die Dünen des Timetrin zurückgelegt, um das wunderbare Wasser von Asselar zu trinken. Nun aber ist es wieder, als sei das Wasser aufs neue versiegt. Nicht für die Kunta, nur für die Tamaschek.«

Intallah sagte: »Wir brauchen einen Marabu, der auch für uns wieder Wasser herbeiruft. Aber unsere Gebete sind nicht so stark wie die in alter Zeit. Wir denken zu wenig an Allah und zu viel an uns.«

Der Tee hatte gezogen. Ajor goß ihn in die Gläser und reichte sie. Dann zerschlug er den Zucker für das zweite und dritte Glas.

Tuhaya nickte. »Dein Vater sagt es: Es fehlt ein Marabu.«

Ajor setzte ärgerlich sein Glas hin: »Wir sollten uns nur auf unsere Kraft besinnen und die Kunta vertreiben. Sind unsere Takuba stumpf oder unsere Arme lahm? Haben wir keine Kamele zum Reiten?«

Intallah sagte: »Auch in diesen Worten erkenne ich mich selbst. So habe ich vor vierzig Jahren gesprochen, mein Sohn. Aber damals gab es keinen Beylik in diesem Land, oder wenn es ihn gab, so reichte doch seine Macht nicht über Kidal hinaus. Unsere Männer haben die Takuba gezogen, als ihnen die Kunta ihre alten Wasserlöcher streitig machten. Aber die Kunta waren in der Übermacht und haben unsere Männer getötet.« Er seufzte. »Weißt du, daß mir viele Tamaschek daraus einen Vorwurf machen, mein Sohn? Sie sagen: Warum hat unser Amenokal nicht den Krieg ausgerufen gegen die räuberischen Kunta! Der Amenokal nimmt unsere Hammel und unsere Kühe, aber er leiht uns nicht sein Schwert! So sprechen sie, ich weiß es wohl, ich kenne sie genau. Sie haben vergessen, daß ich nichts tun kann, ohne den Beylik gegen mich zu haben. Der Beylik aber hat versprochen, diese Sache zu untersuchen. Das dauert lange. Es dauert schon vier Wochen.«

»Ich bin für deinen Vater zum Beylik geritten und habe ihm alle diese Sorgen gesagt«, griff Tuhaya ein. »Ich habe ein offenes Ohr beim Beylik gefunden.«

»Dann hast du nur das linke Ohr offen gefunden, Tuhaya. Das rechte scheint den Kunta zuzuhören!« spottete Ajor.

Tuhaya faßte sich schnell. »Es ist genau, wie du sagst, Sohn Intallahs. Der Beylik ist nämlich der gleiche für die Kunta wie für die Tamaschek, und er braucht daher lange Zeit, um die Wahrheit zu finden.«

»Und welches ist die Wahrheit?« rief Ajor.

»Die Wahrheit ist«, sagte Tuhaya bedächtig, »daß unsere Hirten den Streit begonnen haben. Der Streit begann über einen entlaufenen Esel und endete mit dem Kampf um die Wasserlöcher.«

»Ah«, unterbrach Ajor, »und das hast du dem Beylik gesagt, daß wir den Streit begonnen haben?«

»Er wußte es bereits«, sagte Tuhaya.

»So hast du unsere Sache vertreten, indem du etwas zugabst, was erst hätte bewiesen werden müssen! Wie konnte es aber bewiesen werden? Gar nicht! Denn die Zeugen sind erschlagen worden. Hab' ich recht?«

»Du bist zu stürmisch, mein Sohn«, sagte Intallah. »Du bist hitzig wie ein Hengst, der mit einem anderen um die Stute streitet. Lerne, daß in einem Kampf am Ende nur die Wahrheit siegen kann. Niemals die Lüge.«

»Aber hier siegt die Lüge! Die Kunta haben geraubt, was ihnen nicht gehört!«

Da richtete sich Intallah so hoch auf, wie es seine Kräfte erlaubten: »Verläßt du die Wahrheit, verläßt du Allah. Und wenn du ihn verläßt, bist du verloren. Kämpfe wie ein Löwe, aber bleibe bei der Wahrheit.« Er sank wieder in sich zusammen und schloß die Augen.

»Ich werde tun, wie du sagst«, sagte Ajor erschüttert.

»Intallahs Sohn«, sagte Tuhaya leise. »Du darfst mir glauben, daß ich unsere Sache so vertrat, als wäre der Amenokal selbst nach Kidal geritten. Aber im Augenblick läßt sich nichts tun als abwarten. Ich kenne den Beylik. Er läßt mit sich sprechen, wenn man verhandelt. Aber wenn du ihn zwingen willst, zwingt er dich.«

Er schlürfte den Tee aus und setzte das leere Glas langsam vor sich auf den Boden, dabei dachte er: Dieser jüngste Sohn Intallahs ist wie ein Baum mit viel Laub und vielen Dornen. Aber die Imenas werden doch das Laub fressen und die Dornen zwischen ihren Zähnen zerreiben. – Es hat Mühe und Schweiß gekostet, Agassum zu jagen, der nicht mit mir teilen wollte. Aber ich habe ihn gejagt. – Es war harte Arbeit, Abu Bakr zur Strecke zu bringen. Aber es ist gelungen. Und wieder wird es Mühe kosten, diesen Hengst zu zähmen.

»Es ist, wie Tuhaya sagt«, meinte der Fürst. »Es wird gut sein, wenn er wieder nach Kidal reitet und mit dem Beylik redet, damit unser Anliegen nicht in Vergessenheit gerät.«

»Schick Tuhaya nach Kidal. Das ist ein guter Gedanke«, erwiderte Ajor höflich. »Aber es wird notwendig sein, daß du mich zu den Zeltlagern der Tamaschek sendest. Ich werde den Männern erklären müssen, warum wir keinen Krieg führen können. Wenn dies nicht geschieht, werden sie ihr Vertrauen in den Amenokal verlieren; und sie werden zu unrechter Zeit losschlagen.«

»Ich folge deinem Rat, mein Sohn«, antwortete Intallah, »und nun wollen wir hinausgehen und das Gebet sprechen. Die Sonne wird bald untergehen.«

Tuhaya stützte den Amenokal. Das Aufstehen bereitete ihm Mühe. Ajor sah, daß sein Vater übermäßig abgemagert war. Die Knöchel an den Handgelenken stachen heraus, und die Beine waren nur wie dürre Stöcke.

Beim Verlassen des Strohzeltes fiel Ajors Blick auf die Tobol, die große schwarze Trommel, die nur in den Hokum der Fürsten steht. Sie wird geschlagen, wenn die Männer in den Krieg gerufen werden.

Es wurden Teppiche für die Männer ausgebreitet. Die Frauen und Kinder des Lagers blieben zurück. Intallah sprach die Gebetsformeln und die anderen sprachen sie nach. Sie verneigten sich gegen Mekka und warfen sich zu Boden, um ihre Demut zu zeigen. Sie beteten laut und lange. Solche gemeinsamen Gebete, so lehrte der Koran, hatten größere Wirkung als die der einzelnen Gläubigen.

Nachher wurde Intallah, auf seines Sohnes und Tuhayas Schultern gestützt, in das Hokum zurückgeführt.

Als Ajor wieder herauskam, winkte ihm Tadast, seine Stiefmutter.

»Ajor Chageran«, sagte sie, »ich habe deine Stimme im Rat gehört.«

»Du hast gelauscht?«

»Nein«, sagte sie. »Du sprachst sehr laut. Es war gut, was du sagtest. Und ich verstand auch, daß du gegen Tuhaya sprachst.«

»Er hat uns nicht in der rechten Weise verteidigt, fürchte ich.«

»So ist es«, sagte Tadast.

»Aber nun ist beschlossen, was als nächstes zu tun ist. Tuhaya wird wieder nach Kidal reiten. Ich selbst werde die Stämme der Tamaschek aufsuchen und mit ihnen sprechen.«

»Das ist gut«, erwiderte Tadast lebhaft. »Und du wirst bei allen Stämmen gegen Tuhaya sprechen, damit dein Vater ihn fortschickt.«

»Du trägst doch deinen Namen nicht zu Unrecht«, lachte Ajor. »Bedeutet Tadast nicht: die stechende Mücke?«

»Ewalla«, sagte sie. »Der Name weist mir die Pflicht. Wenn die Männer zu schwach sind, in den Kampf zu ziehen, so muß ich sie stechen, bis sie lieber unter dem Schwert fallen, als noch länger meine Reden zu ertragen.«

»Du wirst mich nicht stechen«, sagte Ajor trocken. »Stichst du, breche ich dir den Stachel. Aber du wirst tun, was ich von dir verlange.«

Er hatte sich straff hochgerichtet, und sie mußte zu ihm hinaufschauen.

Sie sagte: »Du hast viel gelernt, Ajor – auch wie man mit Frauen umgeht.«

»Ich wünschte, es wäre wahr«, sagte er. »Höre: Ich werde kein Wort gegen Tuhaya sagen in fremden Zelten, denn ich weiß noch nicht, wo seine Freunde sind und wo seine Feinde. Aber ich werde fordern, daß die Tamaschek ihren Streit untereinander begraben und sich zusammenschließen gegen die Kunta. Und ich werde den Beylik zwingen, uns Asselar herauszugeben. Wenn die Tornados losbrechen, und die Flugzeuge des Beylik nicht fliegen und seine Autos nicht fahren können, wird es soweit sein. – Du aber, Tadast, wirst mit den Frauen am Brunnen sprechen. Du wirst sie lehren, ihre Männer und Söhne meinen Wünschen gefügig zu machen. Es muß wie ein Feuer sein, das auf trockener Weide von Gras zu Gras springt, bis der Wind hineinfährt und die Flammen rot gegen den Himmel schlagen.«

Sie sagte bewundernd: »Du wirst ein großer Mann unter den Tamaschek werden. Ich werde alles tun, was du mir aufträgst.«

An diesem Abend standen zum ersten Male schwarze Regenwolken über dem Uëd. Aber es fiel kein einziger Tropfen. Es war noch zu früh. Doch die dumpfe Schwüle blieb bis in die Nacht. Die Tiere schrien viel, und die Menschen stöhnten im Schlaf.

Am nächsten Morgen ritt Tuhaya auf einem Kamel des Amenokal nach Südosten, um mit dem Beylik zu reden. Roter Mond aber brach nach Westen auf, um die Runde bei den Stämmen zu machen.

Als er sich verabschiedete, sagte Intallah: »Seit deiner Heimkehr ist mir wohler, mein Sohn. Ich habe meine Sorge auf deinen Rücken geladen. Da sitzt sie nun wie ein Reiter und führt dich am Zügel. Aber zeig ihr, daß du sie abwerfen kannst. Und, wenn du von dieser Reise zurückkehrst, werde ich dir sagen können, was ich von diesem Mädchen denke. Bismillah, mein Sohn.«

Die Fürstenwahl

Die Fürsten der Tamaschek kamen zu Intallah. Von den Idnan kam Bi Saada ag Rhakad. Die Kel Telabit sandten Ramzata ag Elrhassan. Die Kel Tarlit und die Tarat Mellet schickten ihre vornehmsten Männer. Als letzte kamen die Fürsten der Ibottenaten und Iforgumessen. Diese erschienen so spät, weil sie den längsten Anmarsch hatten. Ihre Zelte standen im Norden und Osten der Tamesna, wo ihre großen Kamelherden jahrein, jahraus Weide zwischen den Dünen fanden. Sie brauchten siebzehn Tage bis zu Intallahs Hokum. Obwohl sie die ärmsten waren, wurden sie am herzlichsten empfangen und eine Woche lang bewirtet.

Es waren anstrengende Tage für den Amenokal. Aber die Rückkehr seines Sohnes hatte ihn frischer gemacht; auch stand ihm Tadast zur Seite. Vielleicht lag es an ihr, daß den Männern der Tamesna-Wüste so unbegrenzte Gastfreundschaft geboten wurde.

Es wurden viele Gespräche geführt, aber auch manches in den Wind gesprochen. Einige der Fürsten hielten sich für große Redner und wußten doch nichts zu sagen.

Intallah, Fürst der Kel Effele und Amenokal aller Tamaschek-Stämme im Bergland von Iforas, hielt seine Ansprache am dritten Tag. Er saß, von vielen Kissen gestützt, nur wenig erhöht, im Kreis der Männer. Diesmal schwiegen sie alle, um sich kein Wort entgehen zu lassen.

Intallah blickte lange in jedes Gesicht. Da waren die verwitterten Züge des Idnan Bi Saada, eines Fürsten, der in seiner Jugend, allein mit dem Schwert bewaffnet, Löwen gejagt hatte und davon eine breite Narbe auf der rechten Schulter trug. Da war der immer lustige Ramzata mit dem runden, kahlen Kopf und den vorgestülpten Lippen. Da saß der Fürst der Iforgumessen, dessen Geschlecht so vornehm war wie das des Amenokal. Einige waren mager und hatten ausgemergelte Windhundgesichter und liebten lange Karawanenritte. Andere waren plump gebaut und prächtig gekleidet und deuteten schon von ferne den Reichtum ihrer Herden an. Sie waren so verschieden wie saftiges Gras und dürrer Strauch, wie weiches Fell und trockenes Leder. Aber zweierlei war ihnen gemeinsam: sie sprachen die gleiche Sprache und liebten das gleiche Land. Wer immer sie waren: sie haßten die Stadt und das feste Haus, sie verachteten die Schwarzen am Fluß und kannten nichts Schöneres auf der Welt, als auf schnellen Kamelen über den samtenen Sand zu reiten.

Intallah sagte: »Wenn der Vater aus dem Zelt tritt, so vertraut er es den Söhnen an. Aber er wird es nicht dem schwächsten und nicht dem dümmsten übergeben, sondern dem stärksten und klügsten.«

»Ewalla«, murmelten die Fürsten und nickten.

»Ich habe viele Söhne von meinen Frauen, und ich liebe sie alle. Aber nur einer kann das Zelt bewachen und die Herden hüten. Darum habe ich unter meinen Söhnen einen ausgewählt.

Ich bin alt geworden und werde bald nicht mehr in meinem Hokum schlafen und nachts die Schreie der Kamele hören. Darum mußte ich Vorsorge treffen, daß meine Rinder alle Tage zu den Brunnen geleitet werden.«

»Ewalla«, pflichteten die Fürsten bei. Und Bi Saada sagte: »So bestellt ein weiser Mann seine Sache. Wahrhaftig, du bist ein Marabu, Intallah.«

Intallah sagte: »Vor einigen Jahren habe ich alle Söhne um mich versammelt und ihnen diese Frage vorgelegt: Wer hinterläßt die herrlichste Spur?«

Die Männer sahen einander an. Es reizte sie selbst, dieses Rätsel zu lösen. Aber sie schwiegen, um Intallah nicht zu unterbrechen.

Intallah sagte: »Ich hatte einen Sohn, der antwortete: Vater, es ist die Gazelle. Keine Spur im Sand ist wie die der Gazelle. – Ein anderer Sohn erwiderte: Die Spur des Mufflon, des wilden Bergschafes. Sie ist noch schöner. Keine ist ihr vergleichbar.«

Bi Saada hätte gerne gesagt: Nein, die Spur der Löwin, wenn sie zum Sprung ansetzt. – Aber er schwieg aus Höflichkeit.

Intallah sagte: »Ein dritter Sohn meinte: Gewiß ist es die Spur des Perlhuhns. Sie ist zierlich und ohne Fehl.«

Der Fürst der Iforgumessen konnte sich nicht mehr zurückhalten. »Intallah«, rief er, »nannte denn keiner die Spur des jungen Kamels im roten Sand der Düne?«

Intallah sagte: »Wieder ein anderer Sohn hielt die Spur des Straußes für die schönste, weil sie am seltensten von allen sei.«

Die Männer schüttelten zu dieser Antwort den Kopf.

Intallah sagte: »Aber einer meiner Söhne sagte: Vater, die herrlichste Spur, die ich kenne, ist die Spur des Adjinna, des großen Tornados. Seine Spur heißt Wasser, heißt Weide, heißt Wohlstand.«

»Aye«, riefen die Fürsten. »Das war der klügste, der klügste von allen.«

Intallah sagte: »Diese Antwort gab mein Sohn Ajor Chageran!«

Map

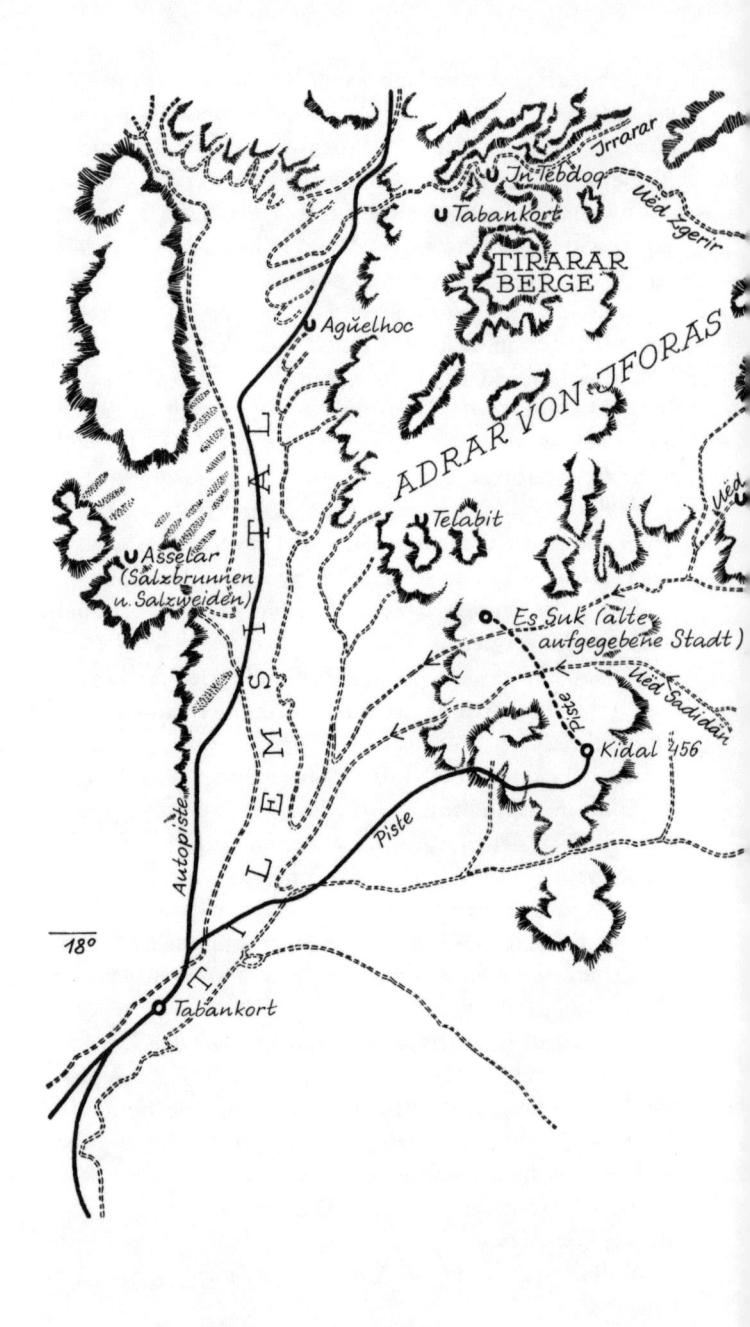

- Irrarar
- Tit Tebdoq
- Tabankort
- Uëd Zgerir
- TIRARAR BERGE
- Agüelhoc
- ADRAR VON IFORAS
- Uëd
- Asselar (Salzbrunnen u. Salzweiden)
- Telabit
- Es Suk (alte aufgegebene Stadt)
- Uëd Sadi dâr
- Kidal 456
- Piste
- Autopiste
- T I L E M S I T A L
- 18°
- Tabankort

o Tin Za'uxaten
u Tin Ramir

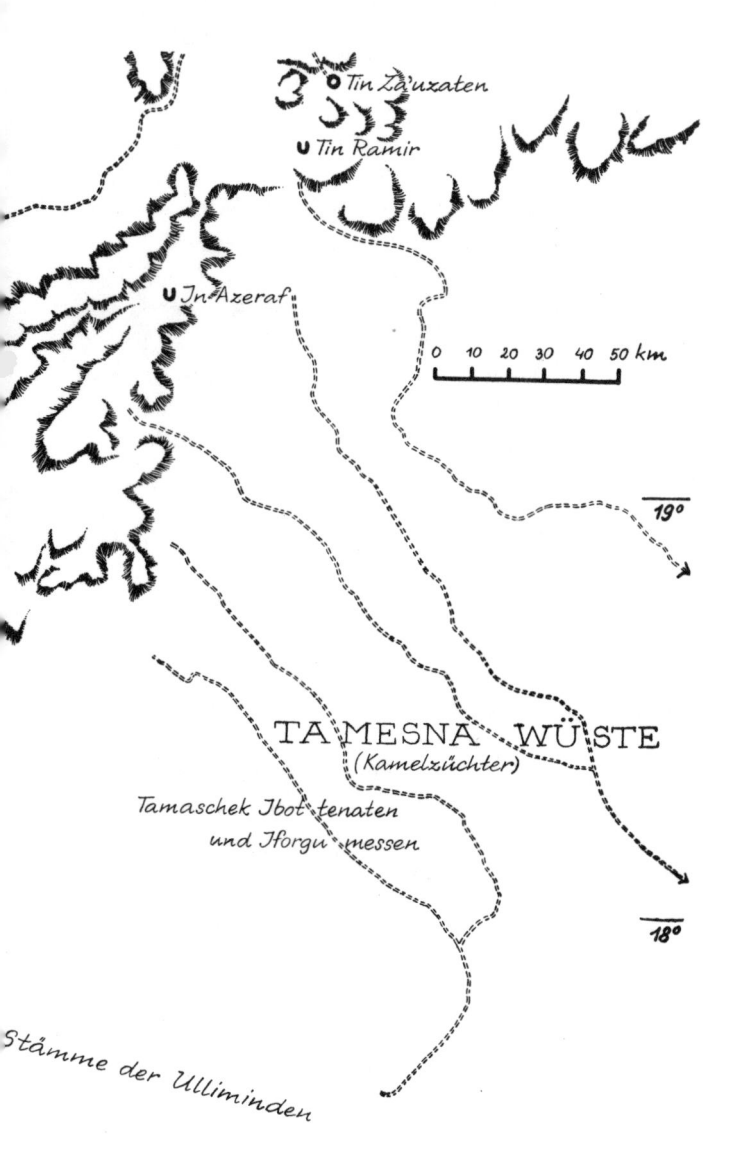

u In-Azeraf

0 10 20 30 40 50 km

19°

TA·MESNA··WÜSTE
(Kamelzüchter)

Tamaschek Jbot·tenaten
und Jforgu·messen

18°

Stämme der Ulliminden

ADRAR-SÜDBLATT

Da riefen sie: »Er ist würdig, dein Hokum zu hüten und deine Herden zu mehren. Ewalla – so ist es!«
Intallah sagte: »Er soll der Amenokal sein, wenn ich ins Paradies eingehe.«
Sie antworteten: »Es gibt ältere Männer unter uns und solche aus gleich vornehmem Geschlecht. Aber wir wollen deinen Sohn Roter Mond zum Amenokal haben, wenn du diese Weide verläßt.«
Intallah sagte: »Schwört bei der Heiligkeit des Korans und beim Bart des Propheten, sein Name sei gelobt. Schwört, daß ihr es so halten wollt und daß nichts euch von diesem Entschluß abbringen wird. Schwört, daß mein Sohn Ajor Chageran der Amenokal sein wird, komme, was mag.«
Das schwörten sie alle.
Tadast brachte Gläser mit frischem Tee, und die Diener verteilten Tabak und Toka. Auf einem Spieß wurde ein Hammel gebraten. Der Duft stieg in ihre Nasen und löste ihre Zungen. Nur Intallah hatte sich erschöpft in die Kissen zurückfallen lassen, sagte wenig und verschmähte den Tabak. Aber er war im Herzen zufrieden.

Während dies im Lager Intallahs geschah, zog Roter Mond von Zelt zu Zelt, von Uëd zu Uëd, von Brunnen zu Brunnen. Wo er von seinem Reittier sprang, war ihm freundlicher Empfang gewiß. Viele Gläser Tee mußte er täglich trinken und viele Fragen beantworten. Männer und Frauen baten ihn zu bleiben. Aber seine Zeit war bemessen. Oft ritt er die Nächte durch, um am folgenden Morgen die Hirten an einem abgelegenen Eris zu treffen.
Die Mädchen bewunderten seine schlanke Gestalt und seinen ungewöhnlichen Geist – aber das erstere mehr als das letztere. Und manchmal vergaßen sie, das Kopftuch tief ins Gesicht zu ziehen, sondern betrachteten ihn unverwandt. Aber er gönnte ihnen keinen Blick. Er wandte sich nur an die Männer und jungen Burschen. Er war besessen von seinem Willen, die Niederlage von Asselar auszuwetzen. Er reizte und stachelte mit seinen Reden, bis

sie so in Weißglut gerieten, daß sie sogleich mit ihm aufbrechen wollten und sich am Wein ihrer eigenen Worte berauschten.

Nie erwähnte er in seinen Reden einen Stamm. »Wir, die Tamaschek«, waren stets seine sich wiederholenden Worte. Und wenn sie dann fragten: »Werden auch die Ibottenaten mit uns ziehen?« oder »Können wir Seite an Seite mit den Kel Telabit reiten, mit denen wir doch einen alten Streit noch auszutragen haben?«, dann versetzte er scharf: »Ich habe diese Namen noch nie gehört. Wenn ihr aber fragt, ob alle Tamaschek aufbrechen werden, dann sage ich euch: alle! Sie werden von Tin Ramir kommen und von Tin Za'uzaten, von Kidal und von Aguelhoc, vom Uëd Sadidän und vom Brunnen Sandeman. Sie werden von Sonnenaufgang und von Sonnenuntergang kommen.«

»Wann wird das sein?« fragten sie und hielten den Atem an.

Roter Mond erwiderte: »Wenn der erste Tornado das Land gepeitscht hat, sollt ihr keinen Tag länger zögern und zum Hokum meines Vaters ziehen. Ihr sollt eure stärksten Imenas reiten und die Schwerter schleifen, bis sie die Schärfe der Dolche haben. Ihr sollt eure Lanzen mitbringen und eure schönsten Ganduras tragen. Aber die Schilde laßt in den Zelten. Wir brauchen sie nicht.«

Sie sagten: »Wir können schon vorher kommen. Wir werden diese Herden den Frauen und Mädchen und den alten Männern übergeben.«

Roter Mond schüttelte den Kopf: »Keiner soll früher und keiner soll später kommen. Achtet auf den Adjinna. Wenn seine Wolken sich am Himmel zu schwarzen Bergen türmen: kommt. Wenn der Regen fällt: kommt. Wenn die Blitze zucken: kommt.«

Einige meinten: »Aber um diese Zeit werden die Uëds Wasser führen. Es wird schwierig sein, die Kamele hindurchzubringen.«

Roter Mond versetzte beißend: »Wer nicht reiten kann, bleibe im Zelt und esse Hirse.«

Sie lachten, und er hatte gewonnen.

Wo er nicht selbst alle Zelte besuchen konnte, ritten sie ihm entgegen. Sie hielten ihn unterwegs an, um ein Wort von ihm zu hören. Er sagte: »Verratet unsere Absicht nicht den Kunta und nicht den Leuten des Beylik.«

Sie sagten: »Wir können schweigen wie die schwarzen Felsen im Adrar von Iforas, wie der Sand über den Gräbern der Toten.«

Die Schmiede, die an den Wasserlöchern ihre Zelte aufgebaut hatten, mußten von früh bis spät mit den Blasbälgen in die Feuer pusten, um das Eisen der Takuba neu zu schmieden. Der Wind trug das Klingen der Hämmer in die Stille der Uëds. Die roten Sättel wurden instandgesetzt, und die Frauen flochten Gurte aus den Haaren der schwarzen Ziegen.

Roter Mond trug ein himmelblaues Gewand und einen weißen Tagelmust und ritt auf einem schwarzen Kamel. Sein roter Sattel kam aus Agadès und seine bunte wollene Decke aus Timimun. Ein silbernes Amulett hing auf seiner Brust.

Alle, die ihn sahen, wollten es ihm an Kleidung gleichtun oder doch ihm wenigstens nahekommen. Daher mußten die Mädchen färben und Leder nähen. Lange aufgesparte Schätze wurden aus den großen, braun und blau bemalten Taschen der Frauen hervorgeholt: violette Tücher, die durch Schlagen mit Eisen einen fettigen Glanz bekommen hatten, stark abfärbten und nun den Söhnen als Tagelmust übergeben wurden – Lederamulette, die gegen Wunden schützen sollten, wurden bei den Marabus bestellt und von den Töchtern der Schmiede gefärbt.

Die Knaben zogen durch die Uëds und suchten Holz für die Lanzenschäfte. Denn nicht alle waren reich genug, eiserne Schäfte zu erwerben. Und die Männer redeten Tag und Nacht von nichts anderem als von der Wahl des Kamels, das sie auf diesem Zug reiten würden.

Dazu stieg der Haß auf die maurischen Kunta bis zur Siedehitze, und der Name Asselar wurde zur Parole, an der sich die Tamaschek erkannten.

Roter Mond ritt von West nach Nord und von Nord nach Ost und schmiedete mit seinen Worten die Einheit der Stämme. Viele hatten schon erfahren, daß er zum Amenokal bestimmt war. Daher wurde er oft mit Ehren empfangen, die nur seinem Vater zukamen: Sie ritten Attacken, daß den Kamelen der Schaum über den Zügel tropfte, und rissen die Tiere kurz vor dem Zusammenprall mit ihm zur Seite. Wer ein Gewehr hatte, verfeuerte Patronen und knallte gefährlich an seinem Kopf vorbei. Die Frauen legten die flachen Hände vor den Mund und stießen schrille Schreie aus. Und die Kinder riefen: »Egida – halt!«, wenn er vorüberritt, denn sie wollten ihm die Hand reichen. Die Marabus sprachen Segenswünsche und flehten den Segen Allahs herab. Nur die Iklan standen in stummer Bewunderung seitab. Für sie gab es keinen Aufbruch. Sie gehörten zum Zelt wie Mörser und Matte und hatten sich um das Vieh zu kümmern, wenn ihre Herren abwesend waren.

Es gab ein Uëd im Norden, das Roter Mond auf seinem Ritt nicht aufsuchte. Das war das Uëd Tin Bojeriten, wo der Vater von Tiu'elen sein Hokum hatte. Eine Scheu, die er selbst nicht verstand, ließ ihn einen großen Bogen um diese Gegend schlagen.

Was soll ich Heiße Zeit sagen? dachte er.

Würde er sie selbst bitten, seine Frau zu werden, so müßte sie ihn auslachen, denn es sah so aus, als ob er keinen Werber für sich finden könne. Außerdem hatte er keine Geschenke gesandt.

Dann wieder dachte er: Warum soll ich nicht eine Nacht in einem Zelt bleiben, wo ich vier Jahre gelebt habe? Ich brauche nicht mit Heiße Zeit reden, ich werde mit dem Marabu über Asselar sprechen.

Aber sein Stolz hielt ihn davon ab, diesem letzten Gedanken nachzugeben. Er blieb dem Uëd Tin Bojeriten fern und beschloß, Heiße Zeit später durch prächtige Geschenke zu überraschen. Sie ist eine Frau, die mir wohl ansteht, dachte er, und nicht wenige werden mich darum beneiden.

Es war nun sehr heiß geworden, und die Zeit der Tornados stand unmittelbar bevor. Über den versandeten Ausläufern der Iforas-Berge im Norden und über den Granitfelsen der Steinwüste im Süden tanzten rosarote und orangefarbene Staubquirle ihre unberechenbaren Tänze. Die Luft flimmerte über dem Reg, und in vielen Brunnen war das Wasser versiegt. Tote Kälber, von Hyänen und Schakalen angefressen, lagen auf den vertrockneten Weiden. Diese jungen Tiere hatten noch nicht die Kraft, lange heiße Tage ohne Wasser zu überstehen. Menschen und Kamele sehnten den Adjinna, den großen Regen, herbei und suchten den Himmel nach Anzeichen ab.

Roter Mond hatte seinen Ritt beinahe beendet und lenkte sein Reittier auf die Aberid, die zum Zelt seines Vaters führte. In den letzten Tagen war seine Aufgabe leicht gewesen. Er hatte ein Gebiet erreicht, wo die Frauen schon von Tadast unterrichtet worden waren, und wo der Name Asselar in aller Mund und der Ritt gegen die Kunta beschlossene Sache war.

»Tadast hat mit uns geredet«, sagte man ihm. »Du brauchst uns nur zu rufen.«

»Kommt, wenn der erste Adjinna einsetzt«, erwiderte er. »Und hütet eure Zungen vor den Leuten des Beylik!«

»Wen meinst du?« wurde er gefragt.

»Ich nenne keine Namen«, sagte er. »Ihr kennt sie besser als ich.«

Sie sagten: »Der einzige Mann, der mit dem Beylik umgeht, ist Tuhaya.«

Roter Mond erwiderte: »Ihr müßt es wissen. Hütet eure Zungen.«

Als er noch zwei Tagereisen von Intallahs Lager entfernt war, beauftragte er einen angesehenen Mann der Kel Effele, den Amenokal der Kunta in einem Ort namens Burem aufzusuchen.

»Du wirst dem Amenokal bestellen: Intallah und Roter Mond senden ihm ihre Grüße«, sagte er. »Sie wollen mit dem Fürsten der Kunta vieles besprechen, das nicht durch Boten gesagt werden kann. Aber da Intallah krank ist, kann er nicht nach Burem reiten. Daher bitten wir die Kunta, uns vertrauenswürdige Leute zu senden, die das Recht haben, für alle Männer zu sprechen. Es wäre das beste, wenn der Amenokal selbst käme. Aber wir wollen ihm die weite Reise nicht zumuten.«

Er überlegte eine Weile und fügte dann hinzu: »Wenn sie Furcht haben, durch unser Land zu reiten, wirst du ihnen sagen: Intallah sichere ihnen freies Geleit zu.

Wenn sie antworten: Ja, wir kommen, aber wir wollen erst nach den Tornados mit den Tamaschek reden, mußt du erwidern: Es kann sein, daß Intallah um diese Zeit nicht mehr lebt, und es ist nicht sicher, ob ein anderer in gleicher Weise für alle Stämme im Adrar des Iforas sprechen kann. Darum ist es notwendig, daß man ohne Zögern diese Gesandten schickt.

Hast du mich verstanden?«

Der Kel Effele sagte: »Ich habe mir jedes Wort gemerkt. Du kannst dich auf mich verlassen.«

Roter Mond besann sich eine Weile.

»Ich habe noch einen Auftrag für dich«, sagte er. »Mache dem Amenokal der Kunta deutlich, daß es reiche Männer sein müssen, mit vielen Herden, Männer von hohem Ansehen. Keine jungen Leute, deren Besitz wenig mehr als ein Kamel zählt. Sie sind in solchen Gesprächen zu hitzig und wagen zu viel. Aber diesen letzten Satz sagst du den Kunta nicht.«

Der Mann sattelte sein Kamel und ritt in größter Eile nach Burem. Er konnte von dort nicht zurück sein, ehe ein halber Mond vergangen war. Daher hatte Ajor eine Atempause.

Er fand bei seiner Rückkehr Tuhaya vor, der einen Tag vorher aus Kidal gekommen war.

Tuhaya fing ihn noch vor dem Strohzelt ab und sagte: »Ich beglückwünsche dich, Intallahs Sohn! Es hat keinen Streit um deine Wahl zum Amenokal gegeben – das ist ein gutes Zeichen.«

Roter Mond dankte höflich und fragte: »Welche Neuigkeiten bringst du aus dem Hause des Beylik?«

Tuhaya kniff die Augen zusammen und verzog den Mund, als blende ihn die Sonne, oder als habe er in eine bittere Frucht gebissen.

»Es ist schwieriger, als du denkst. Der Beylik hat vor, die Tamaschek und die Kunta zu trennen, damit kein Streit mehr zwischen ihnen entstehen kann. Er will Asselar den Kunta überlassen und das Tal von Tilemsi zur Grenze machen. Darüber hinaus sollen die Tamaschek nicht mehr mit ihren Herden ziehen.«

Roter Mond schwieg, aber die Ablehnung war im Ausdruck seines Gesichtes zu lesen.

Tuhaya sagte schnell: »Hör mich noch an. – Ich habe dem Beylik geantwortet: Wenn das geschieht, wird es Unzufriedenheit geben. Niemand kann sagen, was die Tamaschek tun werden. Der Beylik läßt dir daher sagen: Behalte diesen Plan für dich. Es wird nichts geschehen, bis der Beylik selbst zu deinem Zelt kommt und mit dir spricht. Das wird nach der Regenzeit sein.«

»So habe ich es mir gedacht«, sagte Ajor bitter. »Um dem Beylik Unbequemlichkeit zu ersparen, sollen wir uns das Wasser von Asselar nehmen lassen. Er wird seine Soldaten in das Tal von Tilemsi senden und uns daran hindern, diese Grenze zu überschreiten.«

»Du bist bitter«, sagte Tuhaya. »Aber ich habe viel geredet, und wenn ich nicht gekommen wäre – das kann ich dir im Vertrauen berichten –, hätte der Beylik den Tamaschek noch eine Strafe auferlegt, weil sie den Streit am Brunnen begonnen haben. Ich habe das verhindert. Aber ich will davon nicht viel reden. Doch ich bitte dich, laß keine Unruhe entstehen. Ein Gerücht ist mir zu Ohren gekommen, daß du viele Reden in den Zelten gehalten hast. Ich denke, du hast die Stämme zum Frieden gemahnt, wie wir es besprochen haben?«

Ajor sagte: »Ich muß dir sehr danken für deine Mühe. Ich kann deinen Rat in den nächsten Wochen nicht entbehren. Darum ist es wichtig, daß du jeden Tag in meiner Nähe bist und das Lager Intallahs nicht verläßt, bis die schwierigsten Wochen überstanden sind. Ich habe bei meinen Besuchen in den Zelten nicht alle davon überzeugen können, daß wir keinen Krieg führen dürfen.«

Tuhaya schluckte diese Lüge mit Behagen. Lob und Ansehen waren ihm ebenso wichtig wie Hirse und Reis gegen den Hunger und Wasser gegen den Durst.

Seinem Vater aber sagte Ajor: »Ich habe gehört, daß eine Gesandtschaft der Kunta kommen wird, um mit dir zu sprechen. Ich bitte dich, die Leute freundlich zu empfangen. Aber die große Rede sollst du mir überlassen.«

Intallah sagte: »Das ist eine gute Nachricht, mein Sohn. Aber ich fürchte, du bist zu hitzig in deiner Rede, und ich habe von Tuhaya erfahren, daß der Beylik auf der Seite der Kunta ist. Da werden sie auf deine Worte hitzig antworten. Es wird Streit geben, und sie werden den Beylik um Hilfe bitten, und es wird ein schlechtes Ende für uns nehmen.«

Ajor sagte: »Mit den Kunta werde ich so ruhig sprechen, wie ich auf diesem Ritt mit den Stämmen der Tamaschek gesprochen habe.«

Das überzeugte Intallah. »Es wird nicht mehr lange gehen mit mir«, sagte er düster. »Ich fühle es. Und darum ist es gleichgültig, wer von uns beiden spricht. Du bist der Amenokal. Darum mußt du auch alles tragen, was aus deiner Rede kommt. – Setz dich zu mir, Sohn. Ich habe dir zu berichten.«

Roter Mond setzte sich errötend. Er ahnte, daß es seinem Vater diesmal nicht um Politik ging.

»Ich habe eine Nachricht für dich aus dem Uëd Tin Bojeriten. Das Mädchen, von dem du mir sprachst, scheint nicht ungeeignet für dich zu sein. Die beiden Leute, die ich zu meinem Freund, dem Marabu, schickte, haben mir einen guten Bericht gegeben. Sie meinen, daß das Mädchen einem Amenokal wohl anstehe. Sie sagten aber auch, daß es Mädchen aus edlerem Zelt gäbe als dieses und daß Schönheit Geburt nicht ersetzt.«

»Für mich gibt es nur Tiu'elen«, erwiderte Roter Mond.

»Für dich, mein Sohn. Aber es scheint für dieses Mädchen auch andere Männer zu geben.«

»Wie meinst du das, Vater?«

»Sie hat mit keinem Wort nach dir gefragt und keine Grüße für dich mitgegeben. Auch schien ihre Mutter nichts von einer Verbindung zwischen unseren Zelten zu ahnen. Da ist aber noch etwas: Es kommen fast jeden Tag junge und alte Männer ins Uëd Tin Bojeriten geritten, um Heiße Zeit zu sehen und um ihr Geschenke zu bringen.«

»Das kann nicht sein«, fuhr Ajor auf. Und das Rot in seinen Wangen war so heftig, daß es Intallah auffiel.

»Ein Tamaschek bleibt gleichmütig«, sagte er mit seiner brüchigen Stimme. »Es ist so, wie ich dir sage. Meine Vertrauten erzählten, diese Besuche seien durch ein Lied gekommen, das man an allen Feuern singe.«

»Oh, dieses verfluchte Lied«, sagte Roter Mond. »Der Bursche, der es gedichtet hat, ist ein Imrad, der kein Kamel sein eigen nennt.«

»Wer ist es?« fragte Intallah.

»Mid-e-Mid ag Agassum«, sagte Ajor wegwerfend. »Ein dummer Junge, ein eitler Honigträufler. Er hat doch nur gesungen, um einen Topf mit Essink ausschlecken zu dürfen. Nachher ist er Abu Bakr in die Hände gefallen und keiner hat mehr von ihm gehört.«

»Du bist erregt, mein Sohn«, meinte Intallah mit dem weisen Lächeln des alten Mannes. »Es ist nicht bekannt, daß dieses Mädchen bisher einem Mann den Vorzug vor anderen gegeben hätte. Ich werde darum als dein Werber Geschenke an den Marabu senden und die Mitgift mit ihm absprechen. Ich werde das gleich morgen tun.«

»Nein«, widersprach Roter Mond. »Nicht vor dem Ende der großen Regen, nicht vor dem letzten Adjinna!«

»Aber warum? Zuerst willst du dieses Mädchen keinem anderen überlassen, und jetzt willst du mit der Werbung warten. Du brauchst sie nicht gleich zu heiraten. Das hat Zeit bis nach meinem Tode.«

»Vater!« sagte Roter Mond. »Du sollst so nicht sprechen. Ich habe andere Gründe.«

»Ich höre«, sagte Intallah.

»Ich will nicht werben, ehe ich einen Namen unter den Tamaschek habe. Heiße Zeit soll wissen, daß sie mit einem Mann verheiratet ist, der von allen geachtet wird.«

Intallah schüttelte verwundert den Kopf. »Und das – denkst du – wird nach der Regenzeit sein?«

»Inchallah«, sagte Ajor verlegen. »Frag mich nicht weiter.«

»Du gehst früh eigene Wege, mein Sohn«, murrte der Amenokal.

»Nur dieses eine Mal, Vater.«

»Das Ziegenlamm ist bereits klüger als der erfahrene Bock«, sagte Intallah ärgerlich. »Aber das ist der Lauf der Welt. Geh jetzt! Ich bin müder als du ahnst.«

Ajor ging hinaus.

Vor dem Zelt lief ihm »Käse aus frischer Milch« entgegen und hängte sich an seine Kleider. »Ajor«, sagte das Kind, »ich spiele Heiße Zeit.«

»Was?« fragte er verwundert. »Woher kennst du den Namen?«

»Er kommt in dem Lied vor, das wir singen«, plapperte die Kleine, die wie alle Kinder der Tamaschek unbekleidet herumlief. Sie summte:

»Sagt mir, ihr Männer, was denkt ihr von Tiu'elen...«

»Und das willst du spielen?« mußte er lachend fragen.

»Ja, Ajor, ich will, daß du mich auch mit Antimon färbst wie Tiu'elen.«

»Schön«, sagte er, »ich werde dich schmücken. Hol Farbe bei deiner Mutter.«

Das Kind kam mit einem Antimonstift zurück, und Ajor hockte sich hin und malte ihm die Augenlider und auch ein wenig den Mund dunkelblau.

Der Tornado

Die Gesandtschaft der Kunta traf ein, als die Hitze ihren Höhepunkt erreichte. Es war, als ob die Luft kochte. Die Felsen konnte man nicht berühren, ohne sich Brandblasen zuzuziehen. Das Vieh blieb den ganzen Tag regungslos im kargen Schatten der Dornbäume und fraß nur des Nachts. Die Stämme hatten sich mit ihren Herden zu den wenigen wasserführenden Brunnen begeben. Dort wurde Tag und Nacht Delu um Delu hinabgelassen, um das warme, schmuddelig-braune Wasser zu schöpfen. Die Hirten warteten oft drei volle Tage, bis sie an die Reihe kamen, und nicht immer waren die Wassermengen für alle ausreichend. Da brachen dann Rinder, Schafe, junge Kamele und Esel vor dem Wasserloch zusammen und konnten sich nicht mehr erheben. Die Geier waren so vollgefressen, daß sie nicht mehr aufflogen, wenn ein Mensch vorbeiging. Und die Raben holten nur die leckersten Bissen: Augen, Leber und Därme, aus den lebenden Tieren.

Auch die Kinder litten schrecklich unter der Hitze. Und die Milch mußte früh am Morgen, gleich nach dem Melken, getrunken werden, da sie schon nach einer halben Stunde sauer wurde.

Der Himmel war bedeckt und strahlte blendendes Licht aus, da die Wolken die Strahlen der Sonne auffingen und sie so streuten, daß kein Schatten mehr war.

Intallah hatte den Kunta seine Freunde entgegengeschickt, um sie in gebührender Weise zu empfangen. Die Gesandtschaft bestand aus sieben Männern, darunter einem Bruder ihres Amenokal.

Gingen die Tamaschek gerne bis auf die Augen verschleiert, so trugen die Kunta den Kopf frei und zeigten die Pracht ihrer langen schwarzen Locken. Sie waren zierlicher als die Tamaschek und besaßen feine Glieder und schmale Köpfe. Ihre Augen waren oval und ihre Nasen leicht nach unten gebogen. Spärlicher Bartwuchs bedeckte die Wangen, und viele trugen hübsche Ohrringe.

Der Amenokal und sein Sohn empfingen sie vor dem Strohzelt, das für sie aufgebaut worden war. Die Begrüßung dauerte sehr lange und hätte vielleicht noch länger gedauert, wenn sich Intallah nicht mit seinem Alter entschuldigt und alle aufgefordert hätte, auf den Teppichen Platz zu nehmen, die im Schatten des Zeltes ausgelegt worden waren.

Sie tranken Tee und kauten fleißig den immer wieder herumgereichten Tabak. Es gab ein langes Gespräch über Kamele und Weiden, dann über die Teuerung und die niedrigen Preise für Hammel, schließlich über die Mitgift für heiratsfähige Mädchen. Nur über Asselar sprach niemand. Tuhaya berichtete, was er Neues in Kidal erfahren hatte, und Ajor Chageran mußte die Glückwünsche der Kunta zu seiner Wahl zum Amenokal entgegennehmen. Aber über Asselar sprach keiner.

Ajors Bote hatte seine Sache gut gemacht. Es ergab sich bald aus dem Gespräch, daß alle Kunta reiche Leute waren. Einige besaßen mehr als hundertfünfzig Kamele und über dreihundert Rinder, von Schafen, Ziegen und Eseln gar nicht zu reden.

Am Nachmittag wurden gewaltige Schüsseln mit Reis und Butter vor die nackten Füße der Gäste gesetzt, und die Iklan trugen geröstete Hammel, noch heiß vom Feuer, herein.

Die Kunta rissen mit den Fingern große Fleischstücke aus den Rippen und Schenkeln und stopften sie in den Mund. Das Gespräch verstummte ganz. Man hörte nur das Splittern der kleinen Knochen und das laute Schmatzen der Münder. Fett tropfte auf blaue Gewänder und bunte Teppiche. Braune Hände griffen in die Reisberge, die zusehends in sich zusammenfielen. Es gab neue Schüsseln und neue Hammelbraten, diesmal gekocht und in kleine Stücke geschnitten und mit rotem Pfeffer so stark gewürzt, daß einigen Gästen das Wasser in die Augen trat. Frische Butter wurde über den Reis gegossen und große weiß-rote Zwiebeln dazugelegt.

Intallah bat die Kunta, ihm doch nicht die Schmach

anzutun und etwas übrigzulassen. Sie stöhnten, daß sie auch mit Gewalt nichts mehr in ihre Mägen zwingen könnten, leerten aber die Schüsseln doch bis auf das letzte Reiskorn und zeigten durch erlösendes Rülpsen, daß es ihnen geschmeckt hatte. Man führte ein lebendes Schaf herein, an dem sie sich die von Fett triefenden Hände abwischen konnten, und bereitete zugleich frischen Tee mit Minze, um die überanstrengten Magenwände zu beruhigen. Allen lief der Schweiß über die Stirn und verklebte ihnen die Augen.

Tadast verteilte Dornen des Teborakbaumes. Sie begannen sich damit die Zähne zu säubern und spuckten die gefundenen Reste auf den Teppich. Es war ein Mahl, das Freundschaften besiegelte und Todkranke ins Leben zurückrief. Intallah schlief darüber ein, denn er war ein sehr alter Mann. Aber das störte niemand, denn Ajor führte die Unterhaltung an seiner Stelle und glänzte durch seine vorzügliche Kenntnis des Arabischen.

Es war gegen fünf Uhr, als sich jeder auf sein Lager begab, um zu schlafen. Die Luft war schwer, als laste der ganze Himmel darauf. Es war kein anderes Geräusch zu hören, als das wispernde Sägen der Termiten im Strohdach und das Rascheln der Eidechsen, wenn sie eine Fliege schnappten, die, träge von Hammelsoße, Rast gemacht hatte.

Hatte bisher Windstille geherrscht, so sprang kurz vor Einbruch der Dämmerung ein böiger Wind auf. Er blies aus Südsüdwest und trieb Wolken rosafarbener Heuschrecken vor sich her. Auch winzige Vögel, zu schwarzen Schwärmen geballt, geisterten in unruhigen Schwirrflügen über das wie tot liegende Land. Die graue Decke des Himmels wurde von Riesenhänden gelüftet und in unsichtbare Färbebottiche getunkt, aus denen sie finsterblau und mit ausgezackten Rändern wieder auftauchte. Zugleich schoben sich Wände rötlichen Staubes über das Uëd und wurden von Saugrohren höher ziehender, schneller Luftmassen emporgerissen, so daß sie wie entfesselte Hexenbesen an den Wolkentürmen entlangquirlten. Trockener Djir-Djir, die harten gelben Blätter noch fest an den Zweigen, brach mit lautem Rascheln aus seinen Standorten auf und torkelte radschlagend über Stein und Geröll. Dieser Vorhut tanzender Pflanzen eilte die Hauptmacht knirschend und knisternd nach, verhedderte sich in Dornen und Stacheln anderer Gewächse, ließ sich vom Wind die Blattpropeller abdrehen, geriet ins Gedränge nachrückender Stauden und stürzte sich mit gebrochenen Stengelarmen erneut in die Schlacht. Schlangen, die zischenden Mäuler erregt gegen den Wind gehoben, hielten nach Unterschlupf Ausschau. Ihre Spuren prägten sich bedrohlich in die Sandaufschüttungen der Afasso-Strünke.

Aber erst das krachende Brechen einer alten morschen Tamat-Akazie löste das Lager aus dem Schlaf. Kamelmütter riefen mit grollenden Warnrufen ihre Jungen. Die Hammel senkten die Köpfe auf den Boden und blieben regungslos stehen, während die Ziegen sich meckernd um ihre Leittiere zusammendrängten, und die jungen Böcke einander mit gesenkten Hörnern zu forkeln versuchten. Das Brüllen der Kühe und Kälber schwoll zu einem nicht mehr abreißenden Angstchor an. Mit Stöcken und Lederpeitschen hieben die Männer auf das störrische Vieh, um es höher gelegenen Plätzen zuzutreiben. Immer wieder brachen Kühe aus dem Strom der braunen und weißen Leiber aus und suchten zwischen den Strohhütten Schutz, wo sie von den Frauen mit hochgeworfenen Händen und gellenden Schreien zurückgescheucht wurden. Dama-Gazellen preschten in hohen Fluchten wie Segeljachten bei stürmischer See quer gegen den Wind und erschreckten ein Mädchen, das seine Lämmer einem überhängenden Felsen zutrieb. Nur die feigen, gelbbraunen, bis auf die Rippen abgemagerten Hunde ließen sich durch den Aufruhr nicht von den Resten der geschlachteten Hammel vertreiben und zerrten knurrend an den abgenagten Knochen.

Die Kunta und Tamaschek beobachteten mit prüfenden Blicken die blauen und schwarzen Wolkenfetzen, die sich über- und untereinanderschiebend dem ständig umschlagenden Wind anpaßten. Die langen blauen Gewänder flatterten um die mageren Gestalten wie zerrissene Fahnen, die erneut ins Gefecht geführt wurden. Man hatte Sand auf die Feuer geworfen, um die Zelte vor Brand zu bewahren. Die neugeborenen Tiere waren an den Stämmen der Bäume angeseilt und die zum Trocknen ausgebreiteten Häute mit Steinen beschwert worden.

Genau von Süden trieb eine aschgraue Mauer heran und verschmolz mit Erde und Wolken zu einem einzigen staubigen Tuch, dem die plötzlich durchstechende Abendsonne rostige Flecken verlieh. Der Wind schwieg, als hole er Atem, um gleich danach aus berstenden Lungen und röchelnder Kehle den Tornado auszurufen.

Die Menschen flüchteten unter die Strohdächer und zogen die Schleier dicht an die Augen. In den warmen Staub, der dem Regen voran über das Ued gepudert wurde, schlugen die Blitze, schmetterten die Schläge des Donners. Aus der hereinbrechenden Nacht ließen die fahlen Lichter des Gewitters die Dornzweige der Bäume als grausame Greifer herausstechen, mit denen die Erde den Himmel zu sich niederriß. Das Wasser stürzte wie tausend Fallbeile auf den verkrusteten Grund, zerhackte den Sand, zerhieb das welke Gras und hämmerte es in den Schlamm. Es klatschte auf die Rücken der Tiere, peitschte ihre geschlossenen Augenlider, erdrückte Berge und Dünen mit naß-glasigen Tüchern und erstickte die Blitze hinter trüben Vorhängen.

Auf dem Boden der Zelte wuchsen warme Lachen, stiegen und füllten die kleinen Unebenheiten, schufen sich Abflüsse und Kanäle, stauten sich vor hornigen Füßen, durchfeuchteten Matten und verschütteter Hirse, quollen über und flossen auf schrägen Flächen noch freien Senken zu. Es träufelte von dem schützenden Stroh auf die Menschen, sickerte in ihre Gewänder und färbte ihre Haut mit Indigo, der sich aus den Stoffen gelöst hatte. Schlammbäche stiegen zu Tal, vermischten sich im Ued zu seichten Teichen, strömten über und ergossen sich über die ganze Breite, fluteten zu den tiefsten Stellen und stürzten endlich als Mahlstrom in die Nacht. Granitblöcke hüpften wie Kiesel, von triftendem Holz brüderlich geprügelt, zum Takt der Donnerschläge. Berge wurden abgetragen, zernagt, zerrissen, plattgewalzt. Die am Ufer des Flußbettes wurzelnden Bäume brachen aus ihren Verankerungen und trieben mit Nestern und Blüten dem Bodenlosen zu. Nachschiebende Wassermassen der kleineren Ueds ließen den großen Strom anschwellen, drückten ihn randwärts in die Sandlöcher der Springmäuse und die winzigen Höhlen der Käfer, erstickten, ertränkten, begruben, verschlangen.

Unaufhörlich trommelten Milliarden Tropfen in die Finsternis, löschten die letzten Feuerfunken und stürmten vom Wind getragen gegen die Strohwände der Zelte. An den zitternden Leibern klebte das Zeug. Auf den bunten Sandalen zerliefen die Farben. Kein Licht erhellte die Nacht. Nur am Dunst der Körper erahnte jeder den Nächsten. Frierend, ohne Sprache, hockten sie im Dunkel und sehnten den Tag herbei. Es gab keinen trockenen Ort, an dem sie hätten schlafen können.

Nach zwei Stunden ging der Adjinna in sanftes Rieseln über. Da wußten sie, daß seine Kraft gebrochen war. Aber sie wagten sich nicht ins Freie, denn sie hörten ringsumher das Schlürfen und Schluchzen der Wasser und spürten die Kälte des Windes, der sie frieren machte.

Übernächtig erhoben sie sich von ihren Sitzen auf Sätteln und Kisten, als die Sonne endlich wie eine orangefarbene Scheibe über die Sintflut blickte. Der große Strom war verebbt. Ein brauner Gießbach gurgelte in der tiefsten Rinne des Ueds. Nasse, zerstückelte Äste starrten halb begraben aus dem feuchten Sand. Zwei Kälber standen blökend auf einer Insel. Bläuliche Tropfen schimmerten an den Sträuchern, hingen an Locken und Bärten der Männer und am Saum der Ganduras.

Mit dem Licht kam die Wärme, umarmte die neugeschaffene Welt und nahm in schimmernden Dünsten zurück, was die Erde nicht getrunken hatte.

Ein Feuer quälte sich am nassen Holz. Dichter weißer Rauch waberte am Boden dahin und kroch warm und wohltuend in die nassen Kleider. Männer und Frauen hielten die Hände über den Brand, lachten grundlos und sahen mit erwartungsvollem Behagen dem Kessel zu. Bald würde es Tee geben. Intallah hatte man in eine durch Zufall trocken gebliebene Decke eingeschlagen. Er zitterte am ganzen Leib und hustete entsetzlich.

»Es geht gleich vorbei«, sagte er. Aber Ajor und Tadast betrachteten ihn mit besorgtem Zweifel.

Ajor sagte: »Die fruchtbare Zeit ist angebrochen. Wenn die Nebel sich heben, wird das frische Alemos aus dem Boden sprießen. Auch wir sollten neu beginnen und unseren alten Streit begraben.«

Der vornehmste der Kunta, der Bruder des Amenokal, erwiderte: »Dazu sind wir gekommen. Aber du darfst nicht vergessen, daß ein abgehauener Baum keine Wurzel mehr schlägt. Wir wollen über den Frieden sprechen. Aber nicht über Asselar.«

»Wenn wir nicht über Asselar sprechen, kann kein Frieden werden«, versetzte Ajor fest und blickte mit Gleichmut in die grauen Schwaden, die über dem Uëd wogten. »Wir Tamaschek wollen nur Gerechtigkeit.«

»Ja«, sagte Intallah, zwischen zwei Hustenanfällen mühsam Atem schöpfend. »Gerechtigkeit ist der Same des Friedens, und der Frieden ist die Wurzel des Wohlstandes.«

Einer der Kunta erwiderte: »Wir haben den Streit nicht vom Zaun gebrochen. Eure Hirten sind es gewesen! Sie haben dafür teuer bezahlt. Aber wenn wir auch Asselar nicht zurückgeben dürfen, damit kein neuer Streit entsteht und wiederum Männer erschlagen werden, wollen wir doch den Beylik bitten, euch nicht zu bestrafen. Wir verlangen keine Sühne für euren Angriff. Wir sind zufrieden, wenn wir unsere Herden ohne Furcht durch das Tal von Tilemsi treiben können, und wir versichern euch, keines eurer Zelte anzutasten.«

Der Bruder des Amenokal von Burem fügte hinzu: »So

ist es. Wir wollen den Frieden beschwören und die Dinge so lassen, wie sie jetzt sind.«

Ajor lachte schallend: »Die Räuber wollen den Raub behalten. Sie erzählen den Ausgeplünderten, daß sie ihnen eine Gnade erweisen.«

Nun mischte sich Tuhaya ein: »Wir sollten uns nicht streiten, Freunde. Intallahs Sohn hat gesprochen, wie es die Jugend tut. Nun laßt auch die Weisheit zu Wort kommen. Macht uns einen Vorschlag, ihr Kunta, der allen gefällt.«

Die Kunta sagten: »Wir schlagen vor, den Frieden zu beschwören. Mehr können wir nicht tun. Vielleicht weißt du nicht, Tuhaya, daß der Beylik auf unserer Seite ist? Wir tun viel für euch, wenn wir den Beylik bitten, euch nicht zu bestrafen für euren Überfall.«

Tuhaya nickte Ajor zu, diesen Worten der Kunta zuzustimmen. Aber dieser sagte mit erzwungener Sanftmut: »Wenn dies euer letztes Wort ist, wird es Krieg geben. Das wollen wir nicht.«

»Wir fürchten den Kampf nicht«, sagten die Kunta. »Wir haben ihn noch nie gefürchtet.«

»Ihr sollt ihn haben«, drohte Roter Mond und schürzte die Unterlippe.

»Mein Sohn«, sagte Intallah. »Du vergißt, daß wir als Freunde zueinander sprechen wollen. Die Kunta werden einsehen, daß wir unseren Teil an Asselar haben müssen. Geben sie das zu, so wollen wir Frieden schließen und ihn hier mit Eiden beschwören.«

Die Kunta tuschelten miteinander, schüttelten dann die Köpfe und erwiderten: »Asselar ist für euch verloren.«

»Ich habe euch freies Geleit zugesichert«, schrie Ajor sie an. »Das Versprechen gilt. Aber wehe euren Herden, euren Kamelen, euren Rindern, wehe euren Zelten! – Da, dreht euch um!«

Sie wandten sich blitzschnell um. Aus den Nebeln im Uëd stiegen Reiter, ritten als graue Schatten auf das Feuer zu. Schleier wehten im Wind. Lanzen blinkten und zuckten. Kamele schnaubten. Gesichter wurden deutlich, zeigten sich naß von Tau und Dunst. Eisen klirrte an Eisen, und Leder scheuerte an Leder.

Tuhaya sagte: »Ajor – was hast du getan?«

Ajor erwiderte: »Das ist noch nicht alles. Das ist nur der Anfang. Dieses Uëd wird heute überquellen von Kriegern.«

Intallah sah starr auf das Schauspiel, und niemand wußte, was er dachte. Die Kunta standen eng zusammengedrängt, die Zähne aufeinandergebissen, die Hände auf den Schwertgriffen.

Die ersten Tamaschek hatten das Feuer erreicht. Sie ließen sich von den Kamelen gleiten, begrüßten den Amenokal durch leichtes Berühren mit den Fingerspitzen, begrüßten dann Ajor, warfen drohende Blicke auf die kleine Gruppe der Kunta und übersahen Tuhaya, der den Tagelmust über Mund und Nase gezogen hatte.

Roter Mond sagte: »Lagert euch und haltet euch bereit.«

»Wir wollen aufbrechen«, sagten die Kunta. »Wir haben hier nichts mehr zu tun.«

»Nein«, fuhr sie Ajor an. »Ihr werdet gehen, wenn es mir gefällt. Nicht früher, nicht später.«

Die Tamaschek kamen in kleinen Gruppen und langen Zügen. Halbwüchsige Burschen erschienen auf jungen, kaum gezähmten Kamelen und würdige Männer im Schmuck der Waffen. Es kamen Reiter mit Gewehren und solche, die nur einen Dolch besaßen. Aber als die Stunden vergingen, und die Nebel sich hoben und die Sonne auf Tümpel und Moraste brannte, schwärmten sie von allen Seiten zum Lager des Amenokal. Die Hufe drückten tiefe Kerben in den vom Regen noch feuchten Grund. Die Füße der Männer zeichneten wirre Muster in den Schlamm. Das Getöse der Stimmen, die orgelnden Schreie der Kamele, das Brechen der Äste, die für die Feuer gekappt wurden, mischten sich zum drohenden Chor.

Es war schon Nachmittag geworden, und immer noch

strömten Männer über die Ebene: Idnan und Kel Telabit, Kel Effele und Tarat Mellet.

Ajor sagte: »Morgen kommen die Ibottenaten und übermorgen die Iforgumessen. Und wir werden nicht nach Asselar reiten, sondern nach Burem!«

Die Kunta waren verstummt. Sie hielten die Köpfe gesenkt und wagten nur verstohlene Blicke auf das sich immer mehr füllende Heerlager. Es gab keinen Zweifel mehr: Roter Mond hatte alle Stämme der Tamaschek aufgeboten, um die Toten zu rächen. – Aber es gab noch eine Hoffnung für die Kunta: den Beylik. Er konnte nicht dulden, daß sie und ihre Zelte und ihre Herden überfallen wurden. Er würde eingreifen mit seinen Soldaten, seinen vielen Gewehren, seinen Kanonen und seinen Autos.

Es war, als ob Roter Mond ihre Gedanken erraten hätte.

»Tuhaya«, sagte er. »Ich habe einen wichtigen Auftrag für dich.«

»Du läßt alle Tamaschek ins Verderben reiten«, sagte Tuhaya. »Der Beylik ...«

»Der Beylik«, unterbrach ihn Ajor ruhig, »der Beylik ist auf meiner Seite.«

»Das ist nicht wahr!« sagte Tuhaya laut und bleckte seine vorstehenden Zähne. »Wenn du das glaubst, belügst du dich selbst.«

»Hör zu, Tuhaya: Nimm das schnellste Kamel und reite nach Kidal und sprich mit dem Beylik.«

Tuhaya sah ihn entgeistert an.

»Sag ihm, daß morgen früh der Krieg gegen die Kunta und für Asselar beginnen wird.«

»Ich verstehe dich nicht, Intallahs Sohn. Du triffst in aller Heimlichkeit deine Vorbereitungen für den Kampf, und nun willst du den Beginn dem Beylik selbst verraten. Er wird früh genug merken, was du tust, und dich und deine Reiter wie tollwütige Hunde töten.«

»Halt den Mund«, sagte Roter Mond, »und gehorche: Du sagst dem Beylik: Ich, Ajor Chageran, werde einen

Krieg um Asselar entfesseln, der alles Land von hier bis zum Fluß verwüsten wird. Ich werde die Brunnen zuschütten und die Herden auf den Weiden schlachten. Bis nach Burem hin werden die Zelte der Kunta brennen.«

»Sohn!« rief Intallah.

»Dies ist meine Rede«, sagte Ajor mit einer Stimme, in der die mühsam zurückgehaltene Erregung zitternd mitklang. »Sag dem Beylik: Wenn er sein Wort gibt, daß Asselar wieder den Tamaschek gehört, und daß den Familien der erschlagenen Hirten eine angemessene Entschädigung durch Vieh und Kamele gegeben wird, dann will ich mein Volk zurückrufen. Aber ich verlange ein Papier, auf dem dies alles steht. Sag ihm das, Tuhaya. Kommst du nicht mit der rechten Antwort zurück, so wage dich nicht in mein Zelt. Noch etwas, Tuhaya, der Beylik könnte es vergessen: Sag ihm, der Adjinna habe alle Wege für Autos unbefahrbar gemacht. Vergiß das nicht. Er wird darüber nachdenken. Ich werde nun mein Versprechen einlösen und unseren Feinden das Geleit bis zum Tilemsital geben.«

Er wandte sich den Tamaschek zu, die am nächsten standen: »Besteigt die Tiere. Wir brechen auf nach Burem!«

Die Kunta begriffen, daß Roter Mond zu seinem Wort stand. Aber sie verstanden auch, daß er den Krieg wollte und ihn vorbereitet hatte. Und sie waren klug genug zu begreifen, daß nur ein Wunder ihre Herden – ihren Reichtum – vor der Zerstörung bewahren konnte. Sie waren überspielt von einem jungen Mann, dessen Namen sie vorher kaum gekannt hatten.

Ajor trat zu seinem Vater: »Ich wage es, Vater«, sagte er. »Es gab keine Wahl. Ich konnte unserem Volk nicht sagen: Verzichte auf Asselar.«

Intallah hielt die Augen geschlossen. »Tuhaya hat es gesagt: Der Beylik... Der Beylik, Sohn...« Er hustete und preßte die magere Greisenhand auf die Brust.

»Wenn der Beylik sieht, daß ich ein Gegner bin, den er mehr zu fürchten hat als die Kunta, wird er meine Forderungen erfüllen. Der Beylik will den Frieden. Und um den Frieden zu haben, hat er den Kunta nachgeben wollen. Daran mußte ich ihn hindern, Vater.«

Intallah sagte: »Und die Fürsten? Warum sind die Fürsten nicht gekommen? Hast du sie nicht aufgefordert?«

»Ich habe es unterlassen«, sagte Roter Mond. »Sie wären mir nicht gefolgt. Sie fürchten den Beylik. Darum habe ich nur zu ihren Leuten gesprochen, Vater. Ihre Leute fürchten den Beylik nicht.«

»Du hast dir die Fürsten zu Feinden gemacht«, erwiderte Intallah.

»Habe ich Erfolg, werden sie alle meine Freunde sein. Mißlingt mein Plan, so würde mir auch ihre Freundschaft nichts nützen.«

Intallah antwortete nicht. Er atmete mühsam. Tadast brachte ihm Milch. Er trank in vorsichtigen Schlucken.

»Sag mir, Sohn«, flüsterte er plötzlich, »sag mir die Wahrheit! Was trieb dich zu diesem Spiel, die Gerechtigkeit? Ja? Oder war es der Ehrgeiz? – Die Wahrheit, mein Sohn.«

Ajor beugte sich an sein Ohr: »Wenn zur Gerechtigkeit nicht der Ehrgeiz tritt, schlägt sie keine Wurzeln, treibt sie keine Blätter, Vater. Verzeih, daß ich dich nicht wissen ließ, was ich tat.«

Intallah stieß ihn mit einer Handbewegung von sich. »Allah wird dir beistehen. Er liebt die Kühnen. Ich verstehe, warum du dies tust, aber ich verzeihe dir nicht, daß du mir kein Vertrauen schenktest. Das verzeihe ich nicht, geh!«

Ajor richtete sich auf und zeigte auf den davonreitenden Tuhaya. »Das ist der Grund, Vater. Er stand zu nah an deinem Mund.«

»Geh«, murmelte Intallah.

Roter Mond ging auf die Kunta zu: »Wir brechen auf. Steigt auf die Imenas.«

Und ohne sich weiter um sie zu kümmern, sprang er auf sein Reittier, rief den Tamaschek zu, ihm zu folgen, und ritt allen voran nach Süden in Richtung auf Burem.

Aus der Ebene stiegen die Schreie der Kamele zum Himmel, als Hunderte von Männern die Beine über die Sattellehnen schwangen und die Füße auf den Hals der Tiere setzten.

Tausend Hufe trabten über den Sand. Ein wogendes Meer von nickenden Köpfen und wehenden Schleiern, von Sattelkreuzen und bunten Decken. Die roten Scheiden der Takuba glänzten wie Feuerzeichen an der Hüfte zur Linken, locker in den Händen lagen Lanzen und Taramt. Immer noch tauchten im Gelände neue Scharen auf, trabten herzu und reihten sich ein. Sie umschlossen die kleine Gruppe der Kunta wie Wasserfluten treibendes Holz.

Ajor sagte zu den Männern der Gesandtschaft: »Wie viele Kamele hast du?«

»Einhundertzwanzig.«

»Und du?«

»Zweihundert.«

»Und du?«

»Zweihundertzehn.«

»Dreißig – sechzig – einhundertelf – neunzig.«

»Ich werde sie schlachten«, sagte Ajor ruhig und ritt wieder voran.

Als sie am Abend Rast machten, näherte sich der Bruder des Amenokal und fragte: »Was forderst du noch, wenn wir Asselar herausgeben?«

»Zwanzig Kamele für jeden erschlagenen Mann«, sagte Ajor.

»Das ist zuviel«, sagte der Mann.

»Gut. Sagen wir zwölf, wenn ihr sofort zustimmt.«

»Das können wir nicht, wir müssen mit dem Amenokal in Burem sprechen.«

»Du bist sein Bruder«, sagte Ajor. »Morgen, wenn die Sonne aufgeht, magst du vorausreiten und ihm melden, daß ich komme. Will er den Krieg, wird er ihn haben, ehe fünf Tage um sind. Will er den Frieden, schickt er dich mit den Kamelen meinen Kriegern entgegen.«

Der Kunta ging bekümmert.

»Sag ihm auch, daß er dem Beylik berichten muß, er habe die Wasserlöcher im Uëd von Asselar an die Tamaschek zurückgegeben«, rief ihm Ajor nach.

Am Mittag des folgenden Tages belief sich die Zahl der Tamaschek im Gefolge von Intallahs Sohn auf eintausendzweihundert, und es fehlten noch immer die Stämme der Tamesna. Doch sie waren im Anmarsch.

Am Nachmittag erschien in niedriger Höhe von Süden kommend ein schwarzer Punkt am Himmel, näherte sich schnell und kreiste lange über den Reitern.

Ajor sagte: »Kümmert euch nicht um das Flugzeug. Beachtet es nicht. Zieht ruhig weiter.«

Das Flugzeug verschwand, wie es gekommen war, und kehrte am Nachmittag des nächsten Tages, als sie das Tal von Tilemsi erreichten, wieder zurück. Wieder kreiste es über den Tamaschek. Diesmal so niedrig, daß sie den Piloten in der Kanzel erkennen konnten.

Aber es geschah nichts, und die Maschine flog mit bösem Brummen auf Kidal zu.

Sie fanden auf einer Weide ein kleines weißes Kamel, das am Hals die Brandzeichen der Kunta trug. Ajor ließ das Tier einfangen und vor die Gesandtschaft der Kunta führen.

»Gehört es euch?« fragte er.

»Ja«, sagten sie. »Es trägt unser Brandzeichen.«

»Gut«, sagte Ajor und befahl seinen Männern, das Tier zu töten.

Sie schnitten ihm den Hals durch und ließen es ausbluten. Die Kunta mußten zusehen.

Ajor sagte: »Das war nur das erste. So wird es mit allen euren Kamelen geschehen. – Der Beylik kommt zu spät für euch. Ihr habt nur noch drei Tage Zeit. Reitet jetzt voraus. Kehrt keiner von euch aus Burem zurück und bringt den Frieden, wird es euch gehen wie diesem Tier.«

Sie ritten aufs höchste bestürzt weg, zwangen ihre Tiere zum Galopp und gönnten ihnen am Tag keine Stunde Rast, bis sie in Burem eintrafen.

Am dritten Tag des Marsches stießen die letzten Nachzügler zu ihnen: Ibottenaten und Iforgumessen. Es waren nun eintausendvierhundert Männer und ebenso viele Kamele. In den Zeiten der Trockenheit hätten so viele Tiere niemals zusammenbleiben können. Kein Brunnen gibt genügend Wasser für eine so hohe Zahl. Aber nach dem Adjinna fanden sie Wasser in jedem Uëd und litten keine Not.

Sie waren bereits im Gebiet der Kunta, aber wohin sie kamen, waren die Lagerplätze verlassen, das Vieh fortgetrieben. Verlorene Zeltstöcke ragten aus dem Sand.

Gegen Abend erschien wiederum das Flugzeug, zog eine flache Schleife über ihnen und warf eine Nachricht ab. Sie lautete: »Bleibt, wo ihr seid, und wartet den Boten ab.«

Es war ein Brief des Beylik und mit seiner Unterschrift. Aber Ajor sagte niemand, was darin stand, und verbot dem Mann, der es ihm übersetzt hatte, es die anderen wissen zu lassen. So ritten sie weiter und kümmerten sich nicht um die Nachricht.

Der Bote traf am vierten Tag bei ihnen ein. Es war Tuhaya. Er war abgehetzt, übermüdet vom scharfen Ritt und hatte tiefliegende Augen.

»Salam aleikum, Ajor Chageran.«

»Aleik essalalam – was bringst du?«

»Ich habe einen Brief des Beylik für dich.«

»Ist es ja oder nein?« fragte Ajor.

»Es ist ja«, sagte Tuhaya. »Aber glaub mir, daß ich in meinem ganzen Leben nie so viel habe reden müssen wie dieses Mal.«

»Es ist besser, du redest zwei Wochen, als daß wir Asselar verlieren«, erwiderte Ajor. »Übersetze mir den Brief.«

Tuhaya las: »Mit dem Vorbehalt, daß der Amenokal der Kunta dieser Lösung zustimmt und Intallah seine Krieger unverzüglich entläßt, werden die früheren Wasserlöcher der Tamaschek im Uëd von Asselar ab sofort wieder freigegeben.

Ajor Chageran ag Intallah wird gewarnt, im Tal von Tilemsi weiter vorzurücken. Die Soldaten des Beylik stehen bereit.«

Ajor sagte: »Ich werde so lange weiterziehen, bis ich die Antwort aus Burem habe. Der Beylik hat nur dreißig Goumiers in Kidal. Er tut mir nichts, und ehe er Verstärkung sammelt, habe ich mein Ziel erreicht.«

Tuhaya warnte: »Reize den Beylik nicht weiter. Er ist sehr ärgerlich auf dich.«

»Er darf ruhig ärgerlich auf mich sein«, erwiderte Roter Mond stolz, »wenn ich nur Asselar zurückgewinne.«

Am fünften Tag morgens trafen sie auf eine lange Karawane unter der Führung des Bruders des Amenokal. Er brachte zweihundertzweiundfünfzig Kamele und einen Brief in arabischer Sprache. In dem Brief war der Frieden enthalten.

Ajor las den Brief laut vor und hatte große Mühe, in dem einsetzenden Jubel noch einige Sätze hinzuzufügen. Endlich schaffte er sich Gehör.

»Bringt die Kamele den Frauen der Toten«, sagte er, »und reitet mit mir nach Asselar. Wir wollen, allen sichtbar, wieder in Besitz nehmen, was man uns vorenthalten hat.«

Nicht alle Männer ritten mit nach Asselar in den Dünen des Timetrin. Die älteren trieben die Beutekamele zurück und begaben sich wieder zu ihren Herden. Es waren meist jüngere Männer, die Ajor folgten.

Auch Tuhaya blieb bei Ajor. Er hatte begriffen, daß es besser war, sich von jetzt an auf die Seite dieses aufsteigenden Sterns zu stellen, wenn er seinen Vorteil finden wollte.

Intallah und Roter Mond

Roter Mond und seine jungen Krieger blieben mehrere Wochen in den Dünen des Timetrin. Sie tränkten ihre Kamele an den Wasserlöchern von Asselar und sandten sie auf die großen Hadweiden, die nun frisch und grün waren und das Land meilenweit wie ein Teppich bedeckten.

Inzwischen hatten sich die Berichte über den Erfolg des zukünftigen Amenokal von Mund zu Mund im Bergland von Iforas verbreitet. An allen Lagerfeuern hörte man den Namen Roter Mond. In allen Zelten redete man von dem Sieg über die Kunta. Und je mehr darüber gesprochen wurde, desto strahlender erschienen Ajors Klugheit, sein Mut, seine Zähigkeit. Die Männer, die mit ihm in das Tal von Tilemsi geritten, aber nach dem Sieg sogleich zurückgekehrt waren, beschrieben in weitschweifigen Schilderungen Ajors Aussehen, seine Bewegungen, erklärten immer aufs neue seine Worte und vergaßen darüber, daß Intallahs Sohn auch das Glück zur Seite gestanden hatte.

Am meisten aber lobten ihn die Frauen. Sie dichteten Lieder über ihn und sprachen verächtlich von den Männern, die sich an dem Kriegszug nicht beteiligt hatten.

Dazu gehörten alle Stammesfürsten. Zwar war ihnen Ajor Chagerans Tun nicht verborgen geblieben, aber sie hatten sich taub gestellt und den Ausgang der Unternehmung abgewartet. Es schien ihnen unklug, die guten Beziehungen mit dem Beylik aufs Spiel zu setzen.

Und Ramzata ag Elrhassan, der Fürst der Kel Telabit, spottete, man solle den Krieg als die Schlacht um das weiße Kamel bezeichnen, weil nur ein solches Tier das Leben habe lassen müssen.

In den Wochen, die dem Sieg folgten, begriffen sie aber, daß Roter Mond nicht nur die Kunta überwunden, sondern auch ihnen einen Schlag versetzt hatte: In den Augen ihrer Stämme hatten sie an Ansehen verloren. Es sollte

Jahre dauern, ehe sie diese Einbuße wettmachen konnten; und ganz gelang es ihnen nie.

Sie steckten sich aber hinter den alten Intallah, und so kam es, daß Roter Mond bei seiner Rückkehr in das väterliche Lager nur kühl empfangen wurde.

Der Amenokal schien sich von seiner Schwäche erholt zu haben. Er stand oft mit eingefallenen Schultern, aber aufrecht, vor dem Strohhaus und blickte in die Richtung, aus der sein Sohn kommen mußte.

Ajor hatte seine Männer entlassen, denn in dieser Zeit der großen Tornados wurden alle Hände benötigt, um die Viehherden in die Gebiete mit salziger Erde zu treiben. Mit dem Ende der Wassernot und des Durstes begann die Zeit des goldenen Überflusses. Und es gab Menschen, die wurden krank durch zu viel Milch, zu viel Butter und zu viel frischen Käse.

Intallah verlor kein Wort über die Kunta, als Roter Mond in sein Lager ritt. Von Asselar sagte er nur: »Ich bin froh, daß dieses Uëd wieder frei ist. Du bist lange dort geblieben, Sohn!«

»Ich mußte den Kunta zeigen, daß ich Asselar wieder in Besitz genommen habe – darum.«

Ajor war in der Zeit seiner Abwesenheit kräftiger geworden. Sein Gesicht wirkte nicht mehr so jung wie vorher, und seine Sprache war ruhiger und überlegter.

»Du hast dir nicht viele Freunde unter den Fürsten gemacht«, fuhr Intallah fort. »Sie haben mich gefragt, ob sie dich deshalb zum Amenokal bestimmt hätten, damit du sie übergehst.«

Ajor versetzte: »Sie tun mir Unrecht: Zuerst kommt das Wohl unseres Volkes, dann das der Fürsten. Ich habe sie nicht aufgefordert, mit mir zu ziehen, weil sie dem Beylik mehr gehorchen als mir.«

»Ich habe dich für klüger gehalten, mein Sohn«, sagte Intallah tadelnd. »Du hast für einen kleinen Vorteil einen großen Nachteil eingehandelt. Du hast den Sattel von dem Kamel genommen, das du reitest.«

»Ich verstehe dich nicht«, sagte Roter Mond erstaunt.

»Wenn du älter bist, wirst du mich gut verstehen. Du hast allen Tamaschek gezeigt, daß sie ohne ihre Fürsten etwas tun können. Aber auch du, mein Sohn, bist ein Fürst. Du bist der Fürst der Kel Effele nach meinem Tod. Diese Krieger, die mit dir gezogen sind, haben gelernt, ihre Stammesfürsten zu verachten. Wehe, wenn sie dich einmal verachten. Wenn der Löwe lernt, wie einfach es ist, Menschen zu fressen, blickt er die Rinder nicht mehr an. Wenn das Kamel sieht, daß es ohne seinen Hirten Wasser finden kann, kehrt es nicht mehr zum gewohnten Brunnen zurück.«

Er seufzte, denn er las aus dem Gesicht seines Sohnes, daß dieser seine Befürchtungen nicht teilte.

»Ajor Chageran«, sagte er, »du hast die alte heilige Ordnung der Tamaschek zerstört.«

»Ich habe nichts gegen die Fürsten unternommen.«

»Sohn«, sagte Intallah eindringlich: »Als der Beylik in dieses Land kam und sagte: Alle Iklan sind frei — da ist der erste Schlag gegen uns geführt worden. Daran sind wir fast zugrunde gegangen. Die Iklan sind weggelaufen, haben unser Vieh gestohlen und uns ihre schwere Arbeit aufgebürdet. Nun hast du den zweiten Schlag getan. Die Imrad aller Stämme haben, durch dich aufgestachelt, die Waffen genommen und sind ohne ihre Fürsten gegen die Kunta gezogen und haben sie besiegt.«

»Weil ich sie führte, Vater.«

»Das werden sie einmal vergessen. Aber sie werden nie vergessen, daß dies gelang ohne die alten Geschlechter der Iforas-Stämme — nie! Du hast einen Felsblock zum Wanken gebracht und weißt nicht, wohin er stürzt. Und du weißt nicht, ob du nicht mit in den Abgrund gerissen wirst.«

»Was willst du, daß ich tue?« fragte Roter Mond.

»Versöhne dich mit den Fürsten. Gib ihnen von der Beute an Kamelen ab, die du gemacht hast.«

»Das geht nicht«, antwortete Roter Mond. »Und ich will es auch nicht. Die Beute ist für die Frauen der Erschlagenen von Asselar.«

»Die Beute gehört den Fürsten«, sagte Intallah. »Das ist immer so Brauch gewesen. Die Fürsten geben, was ihnen gut dünkt, an ihre Männer. Willst du auch unsere Sitten ändern, Sohn?«

»Bismillah«, erwiderte Ajor, »ich werde vieles ändern. Dies war nur ein Anfang. Ich werde eine Tochter der Imrad zur Frau nehmen und keine aus den Geschlechtern der Ilelan. Und ich werde noch mehr tun: Ich habe in den Jahren bei dem Marabu gelernt, daß unser Volk nicht allen Vorschriften des Korans gehorcht und nicht alle Gebote des Propheten hält. Darum werde ich dem Namen Allahs neuen Glanz in unserem Volk verschaffen. Und auch das ist noch nicht genug. Als ich in den Dünen von Asselar weilte, habe ich Tag und Nacht daran gedacht, wie ich uns, die Tamaschek, wieder zu einem großen Volk machen werde. Die Tamaschek sind die Kamelstute, die ich reite. Die Fürsten sind der Sattel. Aber ich werde diese Stute auch ohne Sattel besteigen, wenn der Sattel nicht will, oder mir einen Sattel machen.«

Intallah sagte: »Die Sache mit den Kunta ist dir zu Kopf gestiegen. Es wird Zeit, daß du auf andere Gedanken kommst. Ich werde deine Heirat betreiben. Vielleicht wirst du vernünftiger werden, wenn du eine Frau in deinem Zelt hast.«

In seinem Herzen aber dachte er: Wenn dieser Sohn sich nicht ändert, wird er größer werden als ich oder untergehen.

Er dachte auch: Ich bin zu alt, ihm den Weg zu weisen. Ich habe die Kraft nicht mehr, und mein Kopf wird immer müder. Allahu akbar – Gott ist groß – er wird tun, wie es ihm gefällt.

Er rief Tuhaya zu sich und sagte: »Ich glaube nicht, daß du der Freund meines Sohnes bist. Er hat einen harten Kopf und sucht sich selbst die Aberid, auf die er sein Füße setzen will. Aber ich will dir helfen, auch sein Vertrauter zu werden.«

»Ich habe wenig Hoffnung, daß er auf meinen Rat in irgendeiner Sache hört«, klagte Tuhaya.

»Tue, was ich dir sage, und du wirst sein Freund werden. Wirb für ihn um ein Mädchen.«

»Nein«, erwiderte Tuhaya. »Das ist ein gefährliches Spiel. Ist er mit der Werbung zufrieden, ist es gut. Wenn er aber unzufrieden ist, und es Streit gibt zwischen ihm und dieser Frau, wird er es mir nicht vergessen. Und ich werde mein ganzes Leben den Schaden davon haben.«

Ein Lächeln spielte über die Runzeln und Falten in Intallahs Gesicht.

»Roter Mond kennt das Mädchen und will es zur Frau nehmen. Du sollst nur die Werbung überbringen. Er wird dir sehr dankbar sein.«

»Wer ist es?« fragte Tuhaya neugierig.

»Die Tochter des Marabus, bei dem er lernte. Sie wird Heiße Zeit genannt und soll schön sein, wie man mir berichtet hat.«

»Sie gehört nicht zu den Töchtern der Vornehmen, Amenokal. Es wird Streit geben. Das sehe ich schon. Diese Hochzeit wird Feindschaft schaffen zwischen deinem Zelt und den Zelten der Ilelan. Sie werden fragen: Sind unsere Töchter nicht gut genug für den Abkömmling der Cherifen von Timbuktu? Sie werden sagen: Wir wollen nicht, daß die Tochter eines Imrad den Amenokal der Tamaschek berät!«

Tuhaya blickte zu Boden und fuhr fort: »Du weißt, daß unsere Frauen mehr Macht über unsere Herzen und Köpfe haben, als wir gestehen wollen. Sie belauschen unsere geheimen Träume und drängen uns, dies zu tun und jenes zu lassen.«

Er wagte nicht, bei diesen Worten den Amenokal anzuschauen; denn Intallah hatte zeit seines Lebens immer auf den Rat seiner Frauen gehört und gehorchte trotz seines Alters in vielen Dingen der jungen Tadast.

Intallah seufzte. »Roter Mond ist entschlossen, dieses Mädchen zur Frau zu nehmen. Sorg dich nicht um das, was daraus kommt. Es liegt alles in Allahs Hand, sein Name sei gelobt. Doch wenn du die Werbung nicht überbringen willst, wird es ein anderer tun müssen.«

»Wenn du mich bittest, muß ich es tun. Aber ich sage dir: Aus dieser Hochzeit wird Unglück kommen – für deinen Sohn oder für mich. Aber ich will deinen Wunsch erfüllen. Wann soll ich reiten?«

»Kehr jetzt in dein Lager zurück und hüte deine Herden«, erwiderte Intallah. »Noch zweimal wechselt der Mond, ehe der letzte Adjinna über die Uëds gestürmt sein wird. Dann ist es Zeit. – Ich werde dir Geschenke für den Marabu mitgeben, und du wirst in meinem Namen mit ihm über die Gaben sprechen, die er für seine Tochter verlangt.«

»Ja«, sagte Tuhaya, »es wird alles geschehen wie du sagst. Aber was soll ich tun, wenn die Werbung nicht angenommen wird?«

Intallah fuhr auf: »Den Mann möchte ich sehen, der eine Werbung des Amenokal ausschlägt!«

»Ich dachte nicht an den Mann, sondern an Heiße Zeit.«

»Vor der Hochzeit hat eine Frau keinen Mund«, sagte der Fürst scharf. »Ein Mädchen ist wie eine Kamelstute, die man gegen etwas anderes eintauscht. – Ich habe genug gesagt. Geh und hüte deine Herden und kehr zu mir zurück, wenn das Vieh fett ist vom frischen Gras.«

Und Tuhaya ging.

Mit dem Ende der Regenzeit kehrten die Tamaschek aus den Gebieten der Salzerde auf ihre früheren Weiden zurück. Statt des Grases fraßen die Kamele nun die Zweige und Blätter der Bäume. Ihre Höcker waren straff und prall und ihr Fell glänzte wie Seide. Auch die Zebu-Rinder hatten gewaltige Buckel angesetzt, wie sie dieser Rasse eigentümlich sind, und die Haut spannte sich faltenlos über ihre Leiber. Die roten Lederzelte wurden hervorgeholt, geflickt und an Stelle der Strohhütten aufgeschlagen. Milch gab es so reichlich, daß einige der Stämme sogar ihre kostbaren Pferde mit in den Norden nahmen – wo das Wasser knapp ist – und sie dort mit Kamelmilch tränkten, wenn kein Brunnen in der Nähe war. Die Nächte begannen wieder kühler zu werden, und die

Winde bliesen am Tag stetig und warm von Nordosten.

Roter Mond weilte in Kidal, um sich mit dem Beylik zu besprechen. Es stand die Zeit bevor, in der die Steuern eingetrieben wurden, und der Beylik verlangte von allen Fürsten lange Listen über die Zahl der Männer und Frauen, der Kinder und Iklan und vor allem der Herden. Wenn es um die Steuern ging, war der Beylik sehr genau. Die Steuern mußten in Geld bezahlt werden. Daher waren die Familien gezwungen, Kamele, Hammel und Rinder am Fluß zum Kauf anzubieten. Die Tamaschek stöhnten sehr unter diesen Steuern, denn sie waren unerträglich hoch. Der Verkauf der Tiere brachte nur wenig ein. Denn wenn sie die vierhundert Kilometer von der Südgrenze des Iforas-Berglandes bis zum Fluß getrieben worden waren, schauten die Rippen wieder unter dem Fell hervor, und das Fleisch war mager und ohne Fett.

Tuhaya traf eines Tages im Lager des Amenokal ein und beriet sich mit Intallah und Tadast über die Geschenke für den Marabu.

Tadast sagte: »Ein Hammel ist genug, denn dieses Mädchen gehört nicht zu einer Familie der Ilelan.«

Aber Intallah widersprach: »Die Imrad geben einander einen Hammel als Geschenk. Aber du vergißt, daß mein Sohn kein Imrad ist. Wir wollen ein junges, ungezähmtes Kamel schenken.«

Tuhaya nickte beiden zu, sagte aber: »Ein Hammel scheint mir zu gering, und ein Kamel zu viel. Gebt mir zwei kräftige Kälber mit.«

»Ja«, sagte Intallah, »das will ich tun. Aber nun: Wie viele Tiere wird der Marabu für seine Tochter verlangen? Der Brautpreis ist nicht gering in diesem Land, und jedes Jahr wird mehr für eine Tochter gefordert. Und da ich der reichste Mann bin, wird man von mir das meiste fordern.«

»Intallah«, sagte Tadast eifrig, »du solltest einen guten Preis zahlen, aber du solltest nicht so viel geben, wie du für mich gegeben hast. Ich bin aus einem vornehmen

Zelt. Dieses Mädchen aber hat nichts anderes als ein hübsches Gesicht. Ich fürchte sogar, sie ist mager. Weißt du noch, wie viele Kamele du an meinen Vater sandtest, Intallah?«

»Ich weiß es sehr genau«, erwiderte der Alte. »Es waren sieben schöne Stuten, nicht älter als vier Jahre, und zwanzig schwarze Ziegen, ein neues Gewand und eine silberne Spange für deine Mutter und für dich ein silberner Mongasch.«

Tadast lächelte geschmeichelt: »Den Mongasch habe ich heute noch. Jedesmal, wenn ich damit die Dornen aus meinem Fuß ziehe, denke ich an den Tag, als ich ihn erhielt.«

»Ich werde so handeln, als ob es die Frau für meinen eigenen Sohn wäre«, versicherte Tuhaya, »obgleich ich diese Werbung nicht gerne unternehme.«

»Wenn du mit guter Nachricht zurückkehrst, gebe ich dir ein Geschenk, einen neuen Ressui und einen Armreif«, sagte Intallah.

»Auf keinen Fall darfst du mehr versprechen, als für mich gegeben wurde«, sagte Tadast noch einmal und betrachtete ihre mit Henna rot gefärbten Fingernägel. Sie waren sehr lang, denn Tadast brauchte nicht zu arbeiten.

Tuhaya nahm sein Kamel und zwei kräftige Kälber, Tabak, Toka, Datteln und Reis sowie einen neu gepichten Idit und brach nach Norden auf. Der Weg war lang. Mit den beiden Kälbern konnte er keine langen Strecken marschieren. Er würde nicht vor Ende des Jahres zurück sein. Bis dahin waren es noch drei Monate.

Trotz seiner Vorbehalte ritt er gern. Er glaubte, nun einen Weg zu wissen, das volle Vertrauen des jungen Amenokal einzuhandeln und damit der einflußreiche Mann zu bleiben, der er im Schatten Intallahs war.

Tuhaya liebte die Macht. Um sie zu erobern, war ihm jeder Weg recht, mochte er gerade oder krumm sein, lang oder kurz. Er war im Laufe seines Lebens ein reicher Mann geworden, und viele Hirten hüteten seine Herden. Niemand wußte genau, wie er zu seinem Reichtum gelangt war, denn er stammte aus armer Familie. Er hatte viele Neider und versteckte Feinde unter den Tamaschek. Aber da er ein Freund des Amenokal geworden war und undurchschaubare Beziehungen zum Beylik besaß, wagte niemand, offen gegen ihn aufzutreten. Diejenigen, die es gewagt hatten – Agassum und Abu Bakr –, waren dabei umgekommen. Es gab nur einen Mann, der ihm hätte gefährlich werden können. Das war Ajor Chageran. Und diesen wollte er für sich gewinnen.

Das große Ahal

Mid-e-Mid war groß und kräftig geworden in diesem Jahr. Schwarzer Flaum bedeckte seine Oberlippe und zog sich als dunkler Schatten über seine Wangen. Die Regenzeit hatte er in den Bergen verbracht, denn an Wasser litten seine Herden nun keine Not.

Als Abu Bakr aber auch im Oktober nicht eintraf, vertraute er Amadu und Dangi die Tiere an und ritt nach Westen, um zu hören, was im Lande vor sich ging. Außer den beiden Iklan hatte er lange keinen Menschen mehr gesehen, und er sehnte sich danach, eine andere Stimme zu hören. Es kam hinzu, daß er an Tee, Zucker und Tabak Mangel litt. Am meisten entbehrte er aber das Salz. Daher nahm er eines von Abu Bakrs Kamelen mit, um es gegen diese Waren einzutauschen. Er hatte aber Sorge, daß der frühere Besitzer das Tier wiedererkennen würde. Es konnte dann möglich sein, daß man die Goumiers auf ihn hetzte. Der Gedanke beunruhigte ihn sehr. Aus diesem Grund ritt er nicht nach Süden, wo er am Wasserloch von Tin Ramir auf Hirten stoßen mußte, sondern schlug die Aberid nach Tin Za'uzaten ein. Vielleicht würde der Narr Kalil ihm Nachrichten geben.

Es waren nicht nur diese Dinge, die ihn beschäftigten. Er hätte gern gewußt, wie es seiner Mutter ging. Auch war er begierig, etwas über Tiu'elen zu erfahren, denn er hatte nicht vergessen, was ihm die Frau in Tin Ramir berichtet hatte.

Der Weg nach Tin Za'uzaten schien ihm diesmal sehr lang. Doch das lag daran, daß ihn seine Ungeduld drängte, und auch daran, daß er ein zweites Kamel am Sattel Inhelumés angebunden hatte. Dieses Tier war nicht gewöhnt, am Leitseil geführt zu werden. Es zog und zerrte und verlangsamte den Marsch beträchtlich.

Als er von der Hamada in das Uëd hinabstieg, sah er schon von weitem eine Karawane, die eben Tin Za'uzaten verließ. Es war eine Kamelkarawane, von sieben Kamelen begleitet. Mid-e-Mid wußte, daß sie nach Norden ziehen würde. Die Hammel wurden auf den Märkten Algeriens verkauft. Die Karawanenleute handelten dafür Datteln in den Oasen des Tuat ein und brachten sie in schweren Ballen auf dem Rücken der Kamele zurück, um sie am Fluß zu verkaufen.

Sonst war das Uëd leer.

Mid-e-Mid traf den Narren am Wasserloch, wo er Dornenzweige über die Öffnung breitete. Er war so vertieft in diese Arbeit, daß er erst aufschaute, als Mid-e-Mid seine Tiere niederknien ließ.

»Mattulad? – Wie geht es dir?« rief Mid-e-Mid.

Kalil legte eine Hand schützend vor die Augen und betrachtete ihn stumpfsinnig. Plötzlich ging ein Aufleuchten über seine Züge. Er streckte Mid-e-Mid beide Hände entgegen. »Mid-e-Mid ag Agassum!« schrie er. »Sohn der Tränen und des Lachens.«

Er wackelte mit dem Kopf, um seiner Freude Ausdruck zu geben. »Kalil kennt dein Kamel – ja, Kalil kennt es gut.«

»Welches?« fragte Mid-e-Mid erschrocken, denn er dachte an das Tier, das er eintauschen wollte.

»Dieses!« sagte Kalil und zeigte auf den Hengst Inhelumé.

»Ah – gewiß, du kennst es«, sagte Mid-e-Mid. »Da habe ich noch ein Kamel, Kalil. Sieh es dir an.«

»Ich sehe«, rief der Narr. »Es ist stark und hat viel Fett im Höcker.«

»Ich lasse es dir hier. Wenn eine Karawane in dieses Uëd kommt, frag sie nach Tabak, Tee, Zucker und Salz und biete ihnen dieses starke Kamel dafür. Frag aber nur Karawanen, die aus dem Norden kommen. Denn deren Tiere sind schwach. Sie werden froh sein, ein gutes Kamel zu bekommen. Hast du mich verstanden?«

»Kalil versteht«, antwortete der Narr; und um ihm zu zeigen, wie gut er es verstanden hatte, schlug er sich mit den flachen Händen mehrmals gegen die niedrige Stirn und die abstehenden Ohren.

Mid-e-Mid sagte: »Wenn du das Kamel gut an den Mann bringst, gebe ich dir von allem etwas ab.« Er ließ sich im Sand nieder und schaute den Narren an, der sich ebenfalls hingehockt hatte und unter seiner zerrissenen Gandura nach Läusen suchte.

»Hast du Neuigkeiten?« fragte Mid-e-Mid nach einer Weile.

Der Narr schüttelte den Kopf.

Mid-e-Mid sagte: »Hast du von einem Mädchen gehört, das man Heiße Zeit nennt?«

»Heiße Zeit? Kalil weiß!«

»Was weißt du von Heiße Zeit, Kalil?«

»Aye, sie wartet auf den Mond.«

»Auf Roter Mond, Kalil?« fragte Mid-e-Mid.

»Roter Mond – weißer Mond, das ist eins.«

»Warum wartet sie auf den Mond?« fragte Mid-e-Mid und dachte, vielleicht hat er mich nicht verstanden. Vielleicht weiß er nicht, wovon ich rede.

Der Narr feixte. Er riß den Mund auf und sang: »Lala lalala tumtumtiritum.«

»Sonst weißt du nichts?« sagte Mid-e-Mid enttäuscht.

»Doch. Kalil weiß.« Er hielt seine Fäuste vor die Augen und sah hindurch, den Kopf schief gelegt. Dann hielt er die Fäuste vor den gespitzten Mund: »Uf uf uf«, machte er dazu und tat so, als blase er.

»Ich höre, du machst Musik«, sagte Mid-e-Mid geduldig. »Aber sie ist nicht schön. Sie ist gar nicht schön, Kalil. Ich fragte dich nach einem Mädchen, und du machst dumme Musik.«

Kalil nahm die Fäuste vom Mund und hämmerte damit auf seine Knie. Er warf den Kopf in den Nacken und schloß verzückt die Augen.

»Dumedumedumedumedume«, flüsterte er dabei und trommelte weiter.

»Ach, ich verstehe dich: Sie macht Musik? Heiße Zeit macht Musik!«

»Wenn der Mond kommt, Kalil weiß«, lachte der Narr.

»Bei Allah, welcher Mond?«

Kalil deutete zum Himmel, wo ein blasser Mond in den Morgen blinzelte.

Er streckte seinen linken Arm angewinkelt von sich und geigte mit dem rechten wie mit einem unsichtbaren Bogen auf einem unsichtbaren Amzad, dem einsaitigen Musikinstrument der Tamaschekfrauen.

Ein Ohr hielt er auf den Arm gesenkt, die entzündeten Augen zusammengekniffen, als lausche er verzückt unhörbaren Tönen.

Der Wind pfiff über das Uëd und bewarf die Männer am Wasserloch mit feinem Sand.

»Jetzt hab' ich dich verstanden, Kalil: Heiße Zeit gibt ein Ahal.«

Der Narr griff das Wort auf: »Ahal! Ahal, wenn der Mond kommt. Ahal, Ahal.«

»Bist du sicher, daß es nicht ein Roter Mond ist, auf den sie wartet?«

»Heiße Zeit wartet auf den Mond, roter Mond – weißer Mond, alle Monde.« Er kicherte. »Alle Männer kommen – alle, Großes Ahal, wenn der Mond kommt.« Und er fiedelte noch einmal auf seinem Arm und wiegte sich dabei in den Hüften.

Mid-e-Mid dachte: Ich muß das wissen. Ich muß bei

diesem Ahal sein. Wenn es Roter Mond ist, auf den sie wartet – dann, ja, dann muß ich es wissen.

Er fühlte sein Herz klopfen. Ein Ahal war ein seltenes Ereignis im Adrar von Iforas. Wenn ein Ahal angesetzt war, kamen die Männer von weither, um die Frauen auf dem Amzad spielen zu hören.

Auf einem Ahal taten sich die jungen Männer durch Gesänge hervor. Und manchmal kam es zu Schwertkämpfen. Immer versuchten sie, einander zu übertrumpfen durch die Pracht der Kleider, den Schmuck der Kamele, die Kunst des Reitens. Je mehr sie sich hervortaten, desto größer die Belohnung: ein freundlicher Blick, ein anerkennendes Wort, ein Händeklatschen.

Es kam auch vor, daß ein Mann, der sich auf dem Ahal ausgezeichnet hatte, ermuntert wurde, sich um die Hand des Mädchens zu bewerben. Es kam nicht oft vor. Aber es galt als der höchste Preis.

»Kalil«, sagte Mid-e-Mid, »achte auf mein Kamel. Ich will jetzt reiten. Wenn ich zurückkomme, hole ich die Waren ab, die du für das Kamel eingetauscht hast.«

Der Narr nickte. »Mid-e-Mid«, sagte er, »der Mond ist auf die Kunta gestürzt und hat sie erdrückt.«

»Der Mond! Immer der Mond!« erwiderte Mid-e-Mid unwirsch. »Das kann kein Mensch verstehen.«

Kalil sah ihn traurig an und ließ die Arme herabbaumeln. »Der Mond scheint im Süden und speit kaltes Feuer. Wo ist die Sonne, Mid-e-Mid? Warum wärmt die Sonne nicht im Norden?«

»Die Sonne im Norden, welch ein Unsinn!« versetzte Mid-e-Mid und ging zu seinem Reittier. Kalil folgte ihm, und als er aufsitzen wollte, stieß er ihm mit dem Zeigefinger vor die Brust. »Da drinnen wartet die Sonne, Mid-e-Mid. Laß sie heraus – mich friert.«

Und Kalil tat, als ob ihn friere, zitterte, schlug mit den Armen um sich, hielt die Hände über ein Feuer, hauchte hinein und sprang von einem Bein aufs andere.

Mid-e-Mid schwang sich hoch und riß den Hengst empor.

»Gib mir deine Sonne, gib!« schrie der Narr.

»Wenn dir kalt ist, wickle dich in eine Decke, Kalil«, rief Mid-e-Mid.

Der Narr hielt die Hände bettelnd vorgestreckt: »Sonne! Gib mir mehr Sonne!«

So stand er noch, als Inhelumé schon das jenseitige Ufer des Uëds erklettert hatte.

Es war ein langer Weg zum Uëd Tin Bojeriten. Es war ein Weg über viele kleine Uëds und einige große. Mittags rastete Mid-e-Mid im Schatten der Dornbäume, und abends schlief er auf freiem Reg, in Sandmulden oder zwischen den Gräsern am Rand der schwarzen Felsen.

Mid-e-Mid vermied die Lager der Tamaschek, die hier und da flach und rot aus dem Grün der Kamelweiden leuchteten. Er wollte nicht nach Woher und Wohin gefragt werden, nach dem Warum der Reise. Er hätte nur verworrene Antworten geben können.

Im Uëd Tin Bojeriten war es nicht schwierig für ihn, das Zelt des Marabus zu finden. Aber er blieb in einem Zufluß des großen Trockenflusses bis zum Anbruch der Nacht, legte Inhelumé die Fesseln an und ging zu Fuß weiter.

Unterwegs sah er Kamelreiter, die anscheinend ebenfalls dem gleichen Lager zustrebten. Sie waren prächtig gekleidet und ritten gute Tiere. Einer von ihnen sprach Mid-e-Mid an.

»Gehst du auch zum Ahal?« fragte er.

»Nein«, sagte Mid-e-Mid, »ich wollte sehen, ob ich irgendwo etwas Tabak finde. Mein Beutel ist leer.«

»Tabak wirst du dort finden. Es kommen viele Männer zusammen. Ja, Tabak wird man dir schon geben. – Hast du deine Herde dort drüben?«

Mid-e-Mid nickte. »Ziemlich weit von hier. Sag mir doch, wessen Ahal ist das, zu dem du gehst?«

»Das weißt du nicht?« staunte der Fremde, ein junger Mann mit eitel in Zöpfen geflochtenen Haaren. »Es ist Vollmond heute, und Tiu'elen hat für diesen Tag ein Ahal angesetzt.«

»Tiu'elen?« fragte Mid-e-Mid. Aber sein Herz klopfte, als der Fremde den Namen nannte.

»Du warst wohl lange nicht im Norden«, sagte der andere überrascht, »weil du den Namen dieses Mädchens nicht kennst. Sie ist die Schönste von allen. Sie ist die Tochter des Marabus. Es gibt viele, die sich um ihre Hand bewerben.«

»Hat sie sich für einen entschieden?« fragte Mid-e-Mid.

»Ich hoffe nicht«, sagte der Reiter. »Ich selbst will es tun. Aber natürlich werden noch viele andere das gleiche versuchen. Sitzt mein Tagelmust richtig? Ich fürchte, er ist beim Reiten verrutscht.«

»Er sitzt richtig«, erwiderte Mid-e-Mid.

»Dann ist es gut. Ich möchte nicht wegen schlechter Kleidung auffallen. Man sagt, sie soll sehr darauf achten. Aber ich wundere mich wirklich, daß du noch nie von diesem Mädchen gehört hast. Es gibt doch ein Lied von ihr, das alle Welt singt: Sagt mir, ihr Männer, was denkt ihr von Tiu'elen...«

»Ja, ich glaube, ich kenne dieses Lied«, sagte Mid-e-Mid. »Wenn sie so schön ist, wie dieses Lied sagt.«

»Sie ist schöner, ich schwöre es dir. Schau sie dir an. Wir sind gleich da. Dort drüben das Feuer brennt vor dem Zelt ihres Vaters. Aber ich muß jetzt gehen, denn ich möchte nicht im Schritt reiten, wenn ich dort ankomme.«

Er schlug sein Kamel mit der langen Lederpeitsche über die Kruppe. Es schoß mit einem Satz vorwärts, den Kopf gegen den nachtdunklen Himmel gereckt, und erreichte nach wenigen Minuten das Lager.

Mid-e-Mid brauchte noch eine Viertelstunde für den Weg. Als er eintraf, fand er zahlreiche Männer vor, die sich im Halbkreis um das Feuer niedergelassen hatten. Und immer noch trafen weitere ein. Auch die Mutter Tiu'elens saß am Feuer, zusammen mit zwei anderen Frauen, die Mid-e-Mid nicht kannte. Heiße Zeit war nicht zu sehen.

Weil er ohne Kamel eintraf, nahm niemand von Mid-e-Mid Notiz. Er hatte den Tagelmust vorgezogen und war in der Dunkelheit nicht zu erkennen. Er setzte sich still in die letzte Reihe, jedoch so weit seitab, daß er den Kreis um das Feuer überblicken konnte, wenn die Flammen nicht zu hoch schlugen.

Mid-e-Mid erinnerte sich nicht, jemals ein so großes Ahal gesehen zu haben. Er betrachtete die Gesichter: Sehr viele waren ihm bekannt, nur wenige fremd. Die meisten waren junge Männer der Kel Effele. Aber es gab auch einige Tarat Mellet unter ihnen. Sie sprachen laut miteinander. Einige prahlten, wie gut sie das Schwert zu schwingen wüßten. Andere redeten lange von ihren Kamelen oder lobten ihre Sättel und nannten die Dinge, die sie im Tausch dagegen hatten geben müssen.

Sie saßen Ellbogen gegen Ellbogen und Rücken gegen Knie. Sie kauten Tabak, spuckten, kauten weiter, scherzten, stritten sich, stimmten ein Lied an, brachen ab und blickten erwartungsvoll auf das verschlossene Zelt, hinter dem sie Heiße Zeit vermuteten.

Tiu'elen kam, als der Mond sich über die fernen Berge hob und milchiges Licht über Zelt und Feuerplatz und über die blauen Ganduras der Männer und Frauen streute. Reden und Lachen verstummten, und alle Augen richteten sich auf die mädchenhafte Gestalt, die mit langsamen Schritten, den Ftas – das weitfallende Kleid der Frauen – über den Kopf geworfen, zum Platz ihrer Mutter trat und sich dort niederließ.

Im Flackern der Flammen wirkte ihr Gesicht bald klar und scharf, bald unruhig und verschattet. Weitgeschwungene Brauen über nachtdunklen Augen; ein weicher, leicht geöffneter Mund, der das Weiß der Zähne ahnen ließ, und über der Stirn der Ansatz des Scheitels in den glatt nach hinten gekämmten Haaren. Wenn das Feuer vom Nachtwind geduckt wurde, hatte ihre Haut perlmuttartigen Glanz und jene Elfenbeinfarbe, die die Tamaschek über alles schätzen.

Mid-e-Mid schluckte, als er sie sah. Sie war schöner, als er sie in Erinnerung hatte, schlichter und königlicher zugleich. Niemals zuvor empfand er so schmerzhaft wie in diesem Augenblick, daß er in dem Halbrund aufgeputzter, junger, gut gewachsener Männer wohl der ärmste war. Er als einziger ritt ein geliehenes Reittier und hütete die Herden eines fremden Mannes. Nur Telchenjert an seiner Seite, die mächtige Takuba Abu Bakrs, war sein eigen. Und es war ihm plötzlich, als müßte er aufspringen und alle zum Schwertkampf herausfordern, um wenigstens in dieser einen Kunst die anderen zu übertreffen und sich vor Heiße Zeit hervorzutun. Aber der Gedanke ging, wie er kam, und ließ ihn bedrückt zurück.

Die Frau des Marabus reichte ihrer Tochter das Amzad. Es war ein großes lautenförmiges Instrument, mit hellbraunem Ziegenleder umnäht und mit einer Saite aus Pferdeschwanzhaar bespannt. Es war so still geworden, daß man das Rauschen des Feuers hörte und das leise Aufsetzen des Bogens, als Heiße Zeit ihr Spiel begann. Der Bogen streichelte die Saite. Die schmalen Finger legten sich gehorsam um den Hals des Instrumentes, und die Töne strahlten rein und zart in die Nacht.

Die Blicke der Männer galten bald Tiu'elens Händen, bald ihrem Gesicht. Ihre Köpfe waren vorgebeugt, ihre Münder offen, als wollten sie den Schmelz der Töne mit der Zunge kosten, mit den Lippen streicheln.

Heiße Zeit gab ihre Blicke zurück. Sie schaute ohne Scheu in die Gesichter. Aber sie zeigte mit keiner Bewegung, wen sie erkannte, wen sie mochte. Gleichmütig, fast so, als spiele sie vor erstarrten und verzauberten Wesen, glitten ihre Augen von Kopf zu Kopf. Aber während die beiden vorderen Reihen der Männer im Mondlicht deutlich hervortraten, verschwammen die Köpfe der dahintersitzenden zu dunklen Silhouetten. Außer den tanzenden Flammen waren Tiu'elens Hände das einzige, das sich rührte. Die Schar der Sitzenden blieb ohne Bewegung. Das Feuer warf huschende Lichtpunkte in ihre weit geöffneten Augen.

Die Musik brach ab, setzte noch einmal an. Monotone Klänge zitterten nach. Dann verstummte sie ganz.

Heiße Zeit stützte das Instrument auf ihr Knie.

Die Erstarrung war gebrochen. Die Gesichter lachten, strahlten. Stimmen sprachen durcheinander. Ein Mann erhob sich, zeigte mit den Armen, setzte sich wieder hin.

»Noch einmal«, riefen einige Stimmen. »Gib uns mehr, Tiu'elen.«

Heiße Zeit schüttelte den Kopf. »Nachher werde ich wieder spielen. Laßt mich jetzt hören, wie ihr singt«, sagte sie mit ihrer hellen Stimme.

»Was sollen wir singen?« fragten sie.

»Was ihr wollt«, erwiderte Heiße Zeit.

»Ich werde Amenehaya singen«, rief ein stämmiger Tarat Mellet und begann auch sogleich mit kräftiger Stimme:

»Inalaran, Lanzenträger, und du Sohn von Intebram,
kommet zur Zeit, wenn das Vieh das Salz schleckt,
kommet zum Brunnen von In Tirgasal.«

Er sang vier Strophen. Er sang sie gut. Aber Mid-e-Mid dachte: Er singt es zu hart. Er singt, weil er es kann; aber er singt es nicht, wie er es fühlt.

Ein junger Mann mit stark vorspringender Adlernase rief: »Gib mir die letzte Strophe zu singen, Heiße Zeit!«

Das Mädchen nickte: »Singe, Mohammed ag Infirgan.«

Und Mohammed sang. Seine Stimme war rauh und seine Aussprache war nicht deutlich, aber er legte sein Herz in das Lied:

»Selbst der greise Magidi läßt den Kamelhengst
um die Trommel der Mädchen tanzen.
Nachts vor dem Feuer singen die Krieger
Inalaran und Intebrams Sohn.
Singen das Lied der freien Männer
am alten Brunnen von In Tirgasal.«

Er erhielt viel Beifall und senkte glücklich die Augenlider.

»Laß mich singen – nein mich, Heiße Zeit«, bettelten andere. Nun wollten sich alle hervortun. Alle gierten nach Anerkennung, einem zustimmenden Wort, einem aufmunternden Blitzen der Augen.

»Ich kenne ein neues Lied«, sagte ein untersetzter Mann mit breit vortretenden Backenknochen.

»Wenn es neu ist, will ich es hören«, entschied Tiu'elen. »Wer hat es gemacht?«

»Ich selbst«, sagte der Mann. Von seinem eigenen Mut überrascht, fuhr er fort: »Es ist keine große Kunst darin. Aber ich habe es für dich erfunden, Heiße Zeit.«

Tiu'elen lachte: »Ich hoffe, du hast dich angestrengt, Bocha. Singe nur!«

Bocha sang:

> »Ratet: wer ist diese Frau?
> Ihr Haar ist mit gelber Butter gefettet
> und spiegelt Sonne und Mond.
> Ihr Auge ist rund wie ein Kreis
> auf dem Wasser, wenn der Stein es zerteilt.
> Wie Kamelhufe sind ihre Füße,
> und ihre Finger...«

Aber weiter kam er nicht. Ein Sturm des Gelächters fegte die weiteren Worte weg.

»Füße wie Kamelhufe!« schrien sie.

»Bocha, schneide dir die Zunge ab und verbrenne sie!«

»Stell dich auf deine Hufe, Bocha, und trabe zu deinem Zelt!«

Heiße Zeit hatte ihr Gesicht verhüllt, um ihr Lachen zu verbergen. Bocha aber wurde so wütend, daß er aufsprang und mit der Takuba auf die ärgsten Schreier los wollte. Aber sie entwaffneten ihn, drückten ihn zu Boden und drohten, sie würden ihn totschlagen, wenn er keine Ruhe hielt.

Das Amzad klang auf und überbrückte den Zwischenfall. Reden und Lachen brachen ab.

Als Heiße Zeit geendet hatte, und die Männer murmelnd ihre Bewunderung äußerten, sagte der Fremde mit den Zöpfen: »Erlaube mir, Heiße Zeit, daß ich ein Preislied auf ein Kamel singe.«

Er wartete ihre Aufforderung nicht ab, sondern begann mit heller, sich einige Male überschlagender Stimme das Lob einer Stute zu singen, die sich im Krieg gegen die Kunta hervorgetan haben sollte.

Die Meinungen waren geteilt: Einige fanden das Lied gut. Andere meinten, es sei im Takt schlecht geraten und hätte auch besser gesungen werden können. Aber Tiu'elen nickte ihm lächelnd zu. Und das war mehr Belohnung, als der Sänger erwartet hatte. Er riß sich ein silbernes Armband vom Handgelenk und warf es Heiße Zeit zu.

Das Mädchen betrachtete es aufmerksam und legte es dann ihrer Mutter in den Schoß, denn sie wollte nicht Anlaß zu neuem Streit bieten.

»Wer wird jetzt singen?« fragte sie.

Da stand in der letzten Reihe ein Mann auf, dessen Gesicht durch den Tagelmust verhüllt war. Da die meisten sein Aufstehen nicht bemerkten, gebot Heiße Zeit Stille.

»Laßt den Verschleierten singen«, sagte sie mit fester Stimme.

Alle drehten sich um, konnten aber nicht viel erkennen außer einem schmalen schwarzen Schatten, denn der Mond wurde von Wolken verschlungen, und das Feuer brannte niedrig.

Der Mann sagte leise, doch so, daß es alle hörten: »Das Lob der Stute ist schon gesungen – ich will das Lob eines Hengstes singen.«

»Sing nur«, riefen sie, »aber laut genug, daß wir dich verstehen.«

Da sang Mid-e-Mid das Lied von Inhelumé:

> »Ich trank die weißen Wasser von Telabit,
> von Sandeman und In Abutut.
> Aber ich fand dich nicht, Inhelumé.«

»Er singt von Abu Bakrs Kamel«, flüsterten sie. Alle kannten den Namen des berühmten Tieres.

Und Mid-e-Mid sang:

»Dem Feuerrauch nach zum Uëd Sadidän,
von Zelt zu Zelt zog mich deine Spur.
Aber ich fand dich nicht, Inhelumé!«

Unter dem Tagelmust klang Mid-e-Mids Stimme gedämpft, doch so klar und wohllautend, daß alle bewegt waren, und die Gesichter – zu ihm hingewendet – schwiegen. Heiße Zeit aber meinte, sie habe diese Stimme schon einmal gehört. Sie glaubte den Tonfall wiederzuerkennen. Aber durch das ihr unbekannte Lied ließ sie sich täuschen und erriet den Namen des Sängers nicht.

Und Mid-e-Mid sang:

»Den wirbelnden Wind und den singenden Sand
hab' ich befragt nach dir – nach dir.
Aber ich fand dich nicht, Inhelumé.

Tallit, die Mondfrau, nur hört deinen Hufschlag,
wenn du die Stuten der Tamesna treibst
stürmisch von Düne zu Düne, Inhelumé.«

Als er geendet hatte, blieb es still. Und keiner wagte als erster die Stille zu brechen. Da reichte die Frau des Marabus das silberne Armband ihrer Tochter, und Heiße Zeit warf es dem Sänger zu, der es geschickt auffing und sich wortlos setzte.

Nun erst toste der Beifall. »Ho!« riefen sie, »Sänger, ho! Wer hat dich das Lied gelehrt? So hat noch keiner gesungen.« Sie ruhten nicht eher, bis er versprach, ein zweites Lied zu singen.

»Sänger, komm zum Feuer«, sagte Heiße Zeit, »damit wir dich sehen, wenn du singst. Setze dich mir gegenüber auf den Sand.«

Mid-e-Mid ging zum Feuer. Aber er ließ den Tagelmust nicht fallen. Und immer noch wußte keiner, wer er war, denn Mid-e-Mid war in die Höhe geschossen seit der Zeit, als er einer verlorenen Eselin nachritt. Seine Schultern waren breiter geworden und seine Stimme tiefer als je zuvor.

So sang er denn ein zweites Lied: Der Mond von Irrarar.

»Über den Bergen von Irrarar stand der Mond so gelb.
Aber mein Herz blieb schwarz wie der Fels,
wie der Brunnenschacht von Aït Nafan
und trauriger als der Blick der Gazelle, wenn der Jäger
sie schächtet.
Denn ich dachte an dich.

Kläfft nur den Mond an, ihr Hunde; winselt, ihr Schakale, und heult:
Lieber ist mir der Laut als Amzad
und Flöte und Lerchengesang am Morgen
und lieber auch als das Gestöhn meiner grasenden
Rinder am Abend.
Denn ich denke an dich.

Stürzten die Steine von Irrarar stumm zu Füßen dem
Mond –
rührten sie auch Sand, Sterne und Wind:
Ich werde niemals mehr fröhlich lachen,
es sei denn, du kehrtest zu mir zurück, ehe der Tag uns
scheidet.
Doch ich dächte an dich.«

Als er die letzte Zeile sang, zog er den Tagelmust herab.
Heiße Zeit erkannte Mid-e-Mid.
Die Männer sprangen auf und schrien: »Es ist Eliselus!
Er ist zurückgekehrt!«
Alle Würde vergessend, liefen sie zu ihm, legten ihre Hände auf seine Schultern und riefen: »Kennst du mich noch, Agassums Sohn? Hast du nicht oft an meinem Feuer gesessen? Und an unserem? Und in meinem Zelt geschlafen? Mit uns Wasser geschöpft am Brunnen? Mit meinem Bruder die Ziegen gehütet? Erinnere dich, schnell!«
Und sie gaben ihn erst frei, als Heiße Zeit hinzutrat und seine Hände berührte: »Ich habe lange auf dich gewartet, Mid-e-Mid«, sagte sie.
Er antwortete: »Ich habe immer an dich gedacht.«
Tiu'elen sah die vielen Gesichter um sich herum, freudig erregte Gesichter, Münder, die neidlos bekannten: So

wie Eliselus singt keiner im Lande. Sie sagte: »Geht jetzt. Das Ahal ist zu Ende. Ich danke euch, daß ihr gekommen seid.«

Sie nahm Mid-e-Mid und führte ihn zu ihrer Mutter.

Die Männer gingen zögernd zu ihren Tieren. Sie hätten gerne Mid-e-Mids Geschichte gehört. Auf ihrem langen Ritt durch die mondhelle Nacht sprachen sie von nichts anderem als von seiner glücklichen Heimkehr und seinen unvergleichlichen Liedern.

In den folgenden Tagen durcheilte diese Nachricht den Adrar von Iforas von Timea'uin bis Kidal, von Tin Ramir bis zum Tal von Tilemsi. Sie löste großen Jubel aus. Und »Der Mond von Irrarar« und »Das Lied auf Inhelumé« wanderten von Mund zu Mund.

Die Werbung

Mid-e-Mid mußte viel erzählen in dieser Nacht: Von seiner Gefangennahme durch Abu Bakr, von seiner Flucht vor den Goumiers, vom Narren Kalil und von der Zeit mit Amadu und Dangi in der Felsenschlucht. Tiu'elen und ihre Mutter hingen an seinen Lippen und unterbrachen ihn nur, um ihm zu sagen, was sie vom Tod Abu Bakrs erfahren hatten. Nun erst glaubte Mid-e-Mid, daß der Räuber nicht mehr lebte.

»Was wißt ihr von meiner Mutter?« fragte er dann.

»Es geht ihr gut«, sagte die Frau des Marabus. »Sie hat nie geglaubt, daß du tot wärest.«

»Morgen wird mein Vater zurückkehren«, sagte Heiße Zeit. »Du mußt ihm alles noch einmal berichten. Er war sehr bekümmert, daß du damals nicht in seinem Zelt geblieben bist. Er suchte einen Schüler, als Ajor zu seinem Vater ging.«

»Ach«, sagte Mid-e-Mid, »was weißt du von Roter Mond?«

»Er ist berühmt geworden«, sagte Tiu'elen gleichmütig. »Er hat einen Krieg gegen die Kunta geführt und Asselar zurückgewonnen. – Sieh hier: Ich habe noch das Fläschchen mit dem Rosenöl, das er mir geben ließ. Aber ich habe es nicht mehr benutzt, seit du fortbliebst.«

Über diese Antwort errötete Mid-e-Mid sehr.

»Es ist Zeit zu schlafen«, sagte die Frau des Marabus. »Ich habe eine Matte für dich ausgebreitet, Mid-e-Mid.«

»Ich werde nicht schlafen können«, sagte Mid-e-Mid.

Er legte sich auf die Matte und trank einen Tonkrug mit Milch leer, den ihm Heiße Zeit brachte. »Ich habe noch mit dir zu reden«, sagte er und hielt ihre Hand.

»Morgen, Mid-e-Mid«, sagte sie, entzog sich ihm und verschwand hinter den Zeltwänden.

Als die Frau des Marabus noch einmal nach dem Feuer sah, fand sie Mid-e-Mid bereits in tiefstem Schlaf.

Der Marabu kam zeitig am Morgen. Er hatte nicht weit von seinem Lager die Nacht verbracht und führte zwei junge Ziegen und einen Ziegenkäse mit. Es waren Geschenke, die er für eine Teufelsaustreibung erhalten hatte.

Er war gerufen worden, weil auf einer Weide nacheinander drei junge Kamele eingegangen waren. Der Eigentümer glaubte, dies ginge nicht mit rechten Dingen zu. Die Weide müsse von Teufeln bewohnt sein.

Da hatte denn der Marabu einige Gebete gesprochen, einen Hammel geschlachtet, das Blut auf die Weide gegossen und das Fleisch an fremde Zelte verteilen lassen.

»Ich hoffe«, sagte der Marabu, »daß die Teufel nicht wiederkehren. Aber einige sind sehr hartnäckig.«

Mid-e-Mid hatte aufmerksam zugehört und sagte: »Meine Mutter meint, wenn junge Kamele eingingen, so läge es in den meisten Fällen daran, daß man auf einem alten Lagerplatz das Zelt aufgeschlagen habe oder sogar über einem Grab.«

»Gräber und Lagerplätze sind schlecht für den Menschen«, bestätigte der Marabu. »Aber es gibt Amulette dagegen und gute Gebete. Nun, Mid-e-Mid, erzähle von dir.«

Und Mid-e-Mid mußte noch einmal berichten. Er tat es gern, denn es fiel ihm vieles ein, das er vergessen hatte.

Der Marabu fragte: »Wirst du dort in den Bergen für längere Zeit bleiben und die Herden des Räubers übernehmen?«

»Nein«, sagte Mid-e-Mid, »wenn ich zurückkehre, werde ich die Herden zu den Brunnen treiben und die gestohlenen Tiere an die Eigentümer zurückgeben. Aber es werden viele Tiere übrigbleiben, denn sie sind in Gegenden geraubt worden, die weit von hier liegen. Das habe ich an den Brandzeichen erkannt. Es sind auch junge Tiere da, die keine Zeichen tragen.«

Der Marabu nickte: »Behalte sie, Mid-e-Mid. Das ist nicht gegen Allahs Willen.«

Mid-e-Mid sagte: »Aber zuvor muß ich wissen, ob ich noch von den Goumiers gesucht werde. Sie haben in Samak nach mir geschossen. Vielleicht denken sie, ich sei ein Gehilfe Abu Bakrs. Ich habe seine Herden gehütet, weil ich es versprochen hatte, das ist wahr. Aber ich habe nichts gestohlen.«

Der Marabu zog ein bedenkliches Gesicht. »Ich habe etwas gehört in dieser Sache, aber du solltest es nicht zu schwer nehmen. Die Goumiers haben die Leiche Abu Bakrs gefunden. Aber sie konnten nicht feststellen, ob er verdurstet ist oder ob ihn ein Fremder erschlagen hat. Sie wissen, daß du zuletzt mit ihm zusammen warst. Sie werden von dir wissen wollen, ob du ihn getötet hast.«

»Ich?« fuhr Mid-e-Mid auf.

»Wir sagen das nicht, Mid-e-Mid. Aber der Beylik will es wissen, er hat sich nach dir erkundigt. Ich rate dir gut: Trag Telchenjert nicht und reit nicht auf Inhelumé. Sie könnten es falsch auslegen.«

»Telchenjert ist ein Geschenk. Und Inhelumé reite ich, weil Abu Bakr ihn mir geliehen hat bis zu seiner Rückkehr. Da er aber tot ist, will ich ihn behalten. Es gibt keinen besseren Kamelhengst in diesem Land.«

Der Marabu nickte. »Wir glauben dir, Mid-e-Mid. Aber du kannst den Beylik nicht zwingen, es zu glauben. Darum rate ich dir, sei vorsichtig, mit wem du umgehst, und zeige dich noch nicht allen Leuten, bis du gewiß bist, daß der Beylik nichts von dir will.«

»Ja«, sagte Mid-e-Mid. »Das ist ein guter Rat. Ich will mich danach richten.«

Gegen Mittag kam die Frau des Marabus und sagte: »Ich habe einen Fremden gesehen, der zu unserem Lager reitet. Mid-e-Mid, geh in das kleine Zelt, wo die neugeborenen Lämmer sind, und bleibe dort, bis wir wissen, warum er kommt.«

Mid-e-Mid war zufrieden, denn er wünschte nicht, diesen Leuten ungelegen zu sein. Er begab sich in das kleine, etwas abseits gelegene Zelt, streckte sich dort auf einer Matte aus und schlief ein.

Der Fremde ritt ein edles Kamel und war reich gekleidet. Er begrüßte den Marabu höflich und bat darum, zwei Kälber anbinden zu dürfen.

Der Marabu erwiderte: »Die Frau wird ihnen Wasser geben und sie anbinden, kümmere dich nicht darum und tritt in mein Zelt.«

Der Fremde sah sich um und zögerte etwas. »Marabu«, sagte er dann, »ich habe eine Sache zu besprechen, die ist nicht für alle Ohren. Können wir allein miteinander reden?«

»Tritt nur ein«, meinte der Marabu. »Das Zelt ist leer. Die Frau macht das Essen, und meine Tochter ist im Uëd die Schafe hüten. Wir haben keine Iklan, um diese Arbeit zu machen.«

Der Fremde lächelte, und es war nicht zu erraten, ob es freundlich gemeint war oder Geringschätzung bedeuten sollte. Er betrachtete alle Dinge im Zelt sehr genau und fragte lange nach den Herden des Marabus.

Endlich sagte er: »Ich muß dir meinen Namen nennen. Ich bin Tuhaya. Hast du von mir gehört?«

Der Marabu sagte: »Ich habe gehört, daß du Abu Bakr gejagt hast, der mir viel Schaden verursachte.«

»Ja, ich habe ihn gejagt und zu Tode gebracht. Hast du das auch gehört?«

Der Marabu sagte: »Ich habe zwar gehört, daß Abu Bakr tot ist, aber ich wußte nicht, daß du ihn getötet hast.«

»Ich hatte mir in den Kopf gesetzt, ihn zu töten. Und was ich mir in den Kopf setze, erreiche ich auch«, sagte Tuhaya.

Der Marabu bereitete Tee. Während er aus dem Idit Wasser in die Kanne ließ, fragte er: »Ich hörte, bei Abu Bakr sei ein Mann namens Mid-e-Mid gewesen. Hast du auch von ihm gehört?«

»Mid-e-Mid ag Agassum? Ja, den kenne ich. Diese freche Kröte spielte einen harmlosen Hirten. Aber für mich steht fest, daß er mit dem Räuber gemeinsame Sache machte. Der Beylik wird sich noch mit diesem Burschen befassen, wenn er wieder im Land ist. Hätte er ein gutes Gewissen, hielte er sich nicht versteckt. Aber ich komme wegen anderer Dinge zu dir: Ich habe Grüße für dich von Intallah.«

»Ich danke dir«, sagte der Marabu. »Ist er gesund?«

»Er ist gesund an einem Tag und krank am nächsten. Sicher wird er nicht viel älter werden, als er ist. Daher hat auch diese Sache, wegen der ich zu dir komme, große Eile.«

»Ich höre«, sagte der Marabu und stellte die Kanne mit Wasser ins Feuer. »Jetzt habe ich Zeit, bis das Wasser kocht.«

»Intallahs Sohn Ajor Chageran ist von den Fürsten zum Amenokal gewählt worden, obwohl er der jüngste von Intallahs Söhnen ist.«

»Er hat es verdient, Tuhaya. Er war der klügste und gelehrigste Schüler, den ich jemals hatte. Er ist wirklich klüger als andere.« Er geriet in Eifer und lobte Ajor über alle Maßen.

»Ich höre das gern«, sagte Tuhaya befriedigt. »Roter Mond hat – so scheint es – Gefallen an deiner Tochter gefunden. Und der Amenokal ist seit kurzem einverstanden, daß er sie zur Frau nimmt. Ich habe lange reden müssen, um Intallahs Widerstand gegen diese Heirat zu überwinden. Er wünschte, Roter Mond solle eine Frau aus vornehmem Zelt wählen. Aber ich bin Ajors Freund und zugleich der Vertraute des Amenokal. Und da ich viel Gutes über deine Tochter hörte, so habe ich mich selbst angeboten, den Werber zu machen. Was sagst du, Marabu?«

»Nichts, Tuhaya, ich sagte nichts. Du mußt verstehen, daß es sehr unerwartet für mich kommt.«

»Hat Roter Mond niemals ein Wort davon mit dir gesprochen, während er dein Schüler war?«

»Nein. Weder er noch Heiße Zeit. Sie müssen sehr geheim miteinander darüber gesprochen haben. Ich bin sicher, daß es meine Frau nicht weiß.«

»Das spricht für Ajor Chageran. Er verrät seine Pläne niemals vorher. Ich will dir verraten, daß Intallah so wenig mit deiner Tochter einverstanden war, daß er dir nur einen mageren Hammel senden wollte. Aber Ajor bestand darauf, daß es ein gutes und starkes Kalb sein müsse. Ich habe so lange mit Intallah über die Vorzüge deiner Tochter gesprochen – sie soll sehr schön sein! –, bis er zwei Kälber als Geschenk bewilligte. Sie stehen vor deinem Zelt.«

Tuhaya ließ den Marabu nicht aus den Augen. Es entging ihm nicht, daß dieser von einem so großzügigen Geschenk beeindruckt war, und die Ehre, die ihm durch Ajors Wahl widerfuhr, war wohl mehr, als er in den kühnsten Träumen erwartet hatte.

Tiu'elens Vater war ein angesehener Marabu, doch durch Geburt nicht ausgezeichnet, arm an Vieh und Kamelen und ohne Hoffnung, jemals ein reicher Mann zu werden. Nun würde er der Schwiegervater des Amenokal sein. Das war viel. Das war sehr viel. Das war Allahs Dank für ein entbehrungsreiches Leben, für Frömmigkeit und strenges Einhalten der Fastenzeit. Hamdullillah.

»Wenn ich diese Werbung annehme, Tuhaya, werde ich mir nicht Intallah zum Feind machen, da er so wenig einverstanden ist?«

»Du hast es falsch verstanden: Er war nicht einverstanden. Ich habe ihm aber jeden Tag vorgestellt, daß Schönheit ebenso schwer wiegt wie Geburt. Und jetzt will er selbst, daß diese Hochzeit zustande kommt.«

»Dein Verdienst daran ist nicht gering«, sagte der Marabu, »und ich weiß dir nicht einmal dafür gebührend zu danken.«

»Ich verlange keinen Dank, Marabu. Mein Leben lang habe ich anderen Freundesdienste erwiesen. Ich bin gut dabei gefahren. Nur zweimal habe ich bitteren Undank geerntet. Das eine Mal von Mid-e-Mids Vater; das andere Mal von Abu Bakr, den ich vor dem Beylik schützen wollte. Aber Allah liebt die Gerechten, meine Feinde sind umgekommen. Hamdullillah.«

Der Marabu nickte zu diesen Worten. Es war die Wahrheit: Tuhaya war ein großer Mann unter den Tamaschek geworden. Der Segen Allahs ruhte sichtbar auf allen Dingen, die er anfaßte. Ein Teil von diesem Segen würde auch auf ihn und seine Tochter übergehen. Gesegnet der Tag, an dem Ajor dieses Zelt betreten hatte. Gesegnet der Tag, der Tuhaya in sein Lager führte. Welch unerhörtes Glück für Tiu'elen!

»Ich nehme Intallahs Werbung für seinen Sohn an.«

»Gut«, erwiderte Tuhaya, »so bin ich beauftragt, mit dir über das Vieh zu sprechen, das Ajor dir für deine Tochter schuldet.«

Der Marabu goß den Tee in die Gläser. Er tat es langsam, denn er brauchte Zeit, um nachzudenken. Es geschieht nicht oft im Leben, daß man eine Tochter aus dem Haus gibt. Und daß sie die Frau des Amenokal wurde, machte das Nachdenken noch schwieriger.

»Du mußt wissen, Tuhaya: Ich habe viel Mühe mit dieser Tochter gehabt. Ich habe sie selbst unterrichtet. Sie kann lesen und schreiben. Sie kennt das Tifinagh, die Schrift unseres Volkes, und die Schrift der Araber.«

»Das ist gut«, sagte Tuhaya. »So ist sie anderen Frauen überlegen und braucht sich nicht ihrer Herkunft zu schämen.«

»Ja. Das ist wahr«, sagte der Marabu mit Nachdruck. »Sie kann stolz sein auf alles, was ich ihr gezeigt habe. Sie weiß auch sehr schöne Lederarbeiten zu machen, und du solltest die Häute sehen, die sie gerbt. Ich will gar nicht davon sprechen, daß sie eine gute Hand mit den kleinen Ziegen und Schafen hat. Kein Tier geht ihr ein. Ach, und was das Essen angeht: Selbst meine Frau versteht es nicht besser.«

»Sie wird Dienerinnen haben, die ihr das Essen machen. Du vergißt, daß die Frau des Amenokal nicht arbeitet. Sie ist nur für ihren Mann da.«

»Ja, das ist gut«, sagte der Marabu. »Da sie nicht arbeitet, wird sie lange schön bleiben, und sie ist sehr schön, wie alle sagen. Es fehlt nicht an Freiern, Tuhaya, glaube es mir. Wenn ein Ahal ist, kommen sie von weither, um sie zu sehen und ihr Spiel auf der Amzad zu hören. Sie spielt besser als irgendeine Frau, die ich kenne, und ich sage das nicht, weil sie meine Tochter ist.«

»Man hat mir davon erzählt, Marabu. Aber du mußt nun sagen, wie viele Tiere du für sie verlangst.«

Die Frau des Marabu wollte den Gast begrüßen. Als ihr Mann sie kommen sah, stand er auf und ging ihr entgegen.

»Ich habe eine Sache von großer Wichtigkeit zu besprechen«, sagte er. »Du kannst jetzt das Zelt nicht betreten. Warte, bis ich dich rufe.«

»Ist es etwas Böses, das uns bedroht?« fragte die Frau.

»Nein. Es ist eine sehr gute Nachricht. Aber warte, bis ich dich rufe, und bereite inzwischen das Essen. Es muß ein reichliches Essen sein. Wir haben einen hohen Gast.«

Sie ging. Er kehrte ins Zelt zurück und bereitete den Tee für das dritte Glas.

»Hast du es überlegt?« fragte Tuhaya.

Der Marabu hielt den Zuckerhut in der Hand und zerschlug ihn mit der Unterkante des Teeglases.

»Eine Hochzeit ist eine schwere Bürde für den Vater der Braut. Ich muß ihr ein neues, ungebrauchtes Zelt geben. Und ein solches Zelt ist teurer als ein Kamel von edelster Rasse – du weißt es. Ich muß ihr einen Frauensattel anfertigen lassen. Die Inharden, die Schmiede, verlangen dafür zwei Hammel, Tee, Zucker und Tabak. Ich muß ihr ein gutes Kamel aus meiner Herde geben und so viele Ziegen, Schafe und Esel, daß sie nicht als Bettlerin zu ihrem Mann in das Zelt tritt. Sie braucht Sandalen und ein neues Ftas. Und ich muß ihr zwei Idit überlassen aus frisch gegerbter Bockshaut. Und was die großen Ledertaschen betrifft, so werde ich sie von den Inharden nur erhalten, wenn ich ein Kalb dafür tausche. Es ist viel Arbeit an diesen Taschen. Das Leder muß sauber geschabt sein, innen und außen. Es muß geritzt und gefärbt werden. Die Quasten aus Leder darfst du nicht vergessen! Ja, und die Tigete'uin – die Zeltstäbe, Tuhaya, jeder Stab gehörig geschnitzt. Die Ziegenhaarseile und die Decken aus dem Tuat: die Dokkali, die Abroch und die Tasselsi – ach, ich weiß kaum, wie ich das aufbringen soll. Ich werde ein armer Mann sein nach dieser Hochzeit. Und wenn Roter Mond nicht wie mein eigener Sohn wäre, würde ich es gar nicht tun. Das darfst du mir glauben, Tuhaya.«

Tuhaya hatte zu der langen Rede geschwiegen. Er schlürfte den Tee und rieb seine Hände.

»Du glaubst, das sei viel, Marabu, denke an Ajor! Er muß das Essen geben. Weißt du, daß einige hundert Gäste kommen werden? Daß er Geschenke verteilen muß an die Frauen, die das Kalbfell schlagen? Geschenke an Tiu'elen, an ihre Mutter, an dich? Er muß neue Kleider beschaffen, Rosenöl und Tabak.«

»Ja, ich weiß«, erwiderte der Marabu. »Aber ich muß Heiße Zeit das Kupfertablett für die Teegläser geben, die Teekannen und Kessel, den Holzmörser samt Stößel, Kalebassen, Tonkrüge und Sitzmatten.«

»Roter Mond muß dir das Vieh geben, Marabu, und eigentlich hätte er dem Werber ein Geschenk zu machen. Aber ich nehme nichts an, da ich diese Reise zu dir aus Freundschaft zu ihm unternahm.«

»Töchter sind eine Plage«, philosophierte der Marabu.

»Sie verlangen mehr Geduld als Söhne und kosten viel, wenn man sie aus dem Zelt gibt. Und man weiß nicht einmal, ob sie nicht wieder zurückkommen. Denn wenn sie keine Kinder zur Welt bringen, kann der Mann sie verstoßen, und der Vater muß sie aufnehmen und trägt die Last aufs neue.«

»Wir kommen nicht weiter mit diesen Reden«, unterbrach ihn Tuhaya. »Sag mir jetzt, wieviel Stück Vieh du haben willst für Tiu'elen.«

Der Marabu kratzte sich hinter dem Ohr. »Sag mir, was Ajor geben will.«

»Das ist einfach, Ajor bietet dir fünf junge Kamele und zehn Ziegen. Du weißt, daß die Imrad selten mehr als zwei Kamele erhalten.«

»Das ist kein Tausch für Heiße Zeit«, bemerkte der Marabu. »Dafür kann ich sie dir nicht lassen. Du wirst das Doppelte geben müssen.«

»Daran ist nicht zu denken – nicht einmal, wenn du einer der Ilelan wärest, würde man dir das Doppelte geben. Du mußt vernünftig bleiben und nicht nach den Wolken greifen wollen.«

»Wenn ich Heiße Zeit für das weggebe, was du mir bietest, werden mich alle Tamachek für einen Dummkopf ansehen. Aber ich will dir entgegenkommen: Ich verlange nur acht Kamele und zwanzig Ziegen sowie ein neues Ftas für ihre Mutter und einen Sack Tabak für mich.«

»Die zwanzig Ziegen darf ich dir zugestehen. Und ich werde darauf sehen, daß es schöne schwarze, langhaarige Tiere sind. Aber es muß bei den fünf Kamelen bleiben. Über das Kleid für deine Frau und Tabak für dich will ich noch reden.«

»Das ist zu wenig«, sagte der Marabu wieder. »Wenn es nur fünf Kamele sind, muß Ajor mir Kühe dazu geben: vier Kühe mindestens.«

»Ich sehe, wir einigen uns nicht«, erwiderte Tuhaya. »Ich werde zurückreiten und berichten, daß ich von mir aus über das Angebot hinausgegangen bin. Aber du seist unvernünftig gewesen.« Er stand auf und ordnete seine Kleider und tat so, als ob er aufbrechen wolle.

»Bleib«, versetzte der Marabu und zog ihn wieder auf seinen Platz. »Wir müssen nur noch über die Kühe reden. Ich will mit drei Kühen zufrieden sein.«

»Ich habe keinen Auftrag, dir Kühe zuzugestehen. Aber damit du siehst, daß ich dein Freund bin: Ich werde Ajor überreden, dir zwei Kühe und ein Kalb zu überlassen. Schlage ein, Marabu.«

»Fünf Kamele, zwanzig Ziegen, zwei Kühe, ein Kalb, ein Ftas, ein Sack Tabak für Tiu'elen. Es fällt mir schwer, Tuhaya, das darfst du glauben, denn sie ist eine sehr gute Tochter. Aber ich will sie glücklich verheiratet sehen. Ich schlage ein.«

Sie reichten sich die Hände.

»Sie wird sehr glücklich sein«, sagte der Marabu.

Heiße Zeit trieb ihre Lämmer zum Lager zurück. Es begann heiß zu werden, und die Tiere verlangten nach Wasser.

»Wo ist Mid-e-Mid?« fragte sie ihre Mutter, die vor dem Feuer saß und den Hirsebrei umrührte.

»Ich glaube, er schläft – aber du kannst ihn jetzt wecken und ihm einen Napf mit Essink bringen. Dein Vater hat einen hohen Gast und will mit ihm allein sein. Da kann er nicht mit ihm essen.«

»Wer ist der Gast?« wollte Heiße Zeit wissen.

»Ich weiß es nicht, Tochter. Aber dein Vater sagt, daß er gute Nachrichten bringe. Geh jetzt und trag den Napf in das kleine Zelt.«

Tiu'elen tränkte die Lämmer und ging dann mit dem Essink zu Mid-e-Mid. Sie fand ihn noch immer schlafend auf seiner Matte. Er hatte sich die Gandura ausgezogen und sie unter dem Kopf zu einem Kissen gerollt.

»Mid-e-Mid«, rief Heiße Zeit leise.

Aber er wachte nicht auf. Sein Haar stand struwwelig ab. Seine Knie hatte er an den Leib gezogen. Die weiten Saruals bauschten sich um seine Beine.

Sie setzte den Napf nieder und berührte ihn an der Schulter.

»Mid-e-Mid!«

Er gähnte und schlug die Augen auf. Er erkannte das Mädchen und stützte sich auf die Ellbogen. »Ich habe eben mit dir gesprochen«, sagte er, »und du warst einverstanden.«

»Einverstanden womit?« Sie ließ sich neben ihm auf die Matte nieder, so daß sie sich mit dem Rücken gegen seine Knie stützen konnte.

Mid-e-Mid fuhr sich verlegen durch das Haar.

»Ach, es ist eine lange Geschichte, und sie ist wohl nur in den Träumen wahr. Darum will ich sie besser für mich behalten.«

»Nein, du mußt sie mir erzählen, Mid-e-Mid.« Sie ließ das Tuch von ihrem Kopf gleiten. Das Licht fiel durch die Zeltöffnung auf ihr glatt gestrichenes Haar und rahmte es mit einem Lichtschleier ein. Ihre Augen waren groß und dunkel auf ihn gerichtet. Ihre Hände lagen offen im Schoß.

»Ich weiß nicht mehr, wie es begann, aber ich ritt auf Inhelumé durch das Uëd Tin Bojeriten, und du rittest auf einem jungen weißen Kamel an meiner Seite und sahst mich an – so wie du mich gestern nacht ansahst, als ich den Tagelmust fallen ließ.«

»Weiter, Mid-e-Mid, erzähle weiter.«

Der Essinkbrei dampfte schwach, und die Butter schimmerte auf seiner Oberfläche und verbreitete den angenehmen Duft, der an den Geruch des frischen Käse erinnert.

»Ach, es ist schwer zu erzählen, Tiu'elen. Laß mich den Essink essen. Dann will ich es noch einmal versuchen.«

»Ja«, sagte sie, »ekch!« Sie schob ihm den Napf zu und wandte den Kopf ab, denn die Frau soll nicht zusehen, wenn ein Mann ißt.

Er griff mit der rechten Hand in den Brei und aß. Butter tropfte auf seine braune Brust. Die klagenden

Schreie der Lämmer drangen gedämpft durch die Mittagsstille.

Die Mutter rief einmal nach Heiße Zeit. Aber sie hörte nicht darauf und lauschte auf die kleinen Laute, die Mide-Mids Mund machte, und träumte vor sich hin und spürte die Wärme im Zelt und den Druck der Knie in ihrem Kreuz.

Der Marabu hatte sich zu seiner Frau an das Feuer begeben.

Er sagte: »Ich habe eine gute Nachricht und eine schlechte. Aber ich will dir die schlechte zuerst berichten: der Beylik sucht Mid-e-Mid. Es wird gut sein, wenn er ungesehen unser Lager verläßt.«

»Ist das wahr?« sagte die Frau erschrocken.

»Es ist wahr. – Ich will mich nicht in diese Sache einmischen. Aber es hängt mit Abu Bakrs Tod zusammen. Der Beylik glaubt, Mid-e-Mid habe ihn getötet und dann beraubt.«

»Das glaube ich niemals«, sagte die Frau.

»Ich kann es auch nicht glauben. Aber er muß das Lager verlassen und wieder in die Felsen gehen und warten, bis diese Geschichte vergessen ist. Ich fürchte, er wird sonst im Gefängnis enden wie sein Vater. Ich werde gleich zu unserem Gast zurückkehren und mit ihm essen. Du wirst indessen Mid-e-Mid heimlich aus dem Lager führen.«

»Das ist hart für ihn«, sagte die Frau, »und ich mag nicht glauben, daß er das getan hat, was der Beylik ihm vorwirft.«

»Gleichviel«, erwiderte der Marabu, »tue, was ich dir sage. – Du wirst überrascht sein, wenn ich dir sage, welche Nachricht ich habe: Heiße Zeit wird heiraten. Ich habe alles abgemacht.«

»Was!« rief die Frau. »Und du hast mit keinem Wort darüber mit mir gesprochen!«

»Es ist auch für mich überraschend. Aber ich habe es abgemacht. Du wirst zufrieden sein. Höre: Der Amenokal selbst wirbt für Ajor. Ajor wird der Nachfolger seines Vaters und Heiße Zeit wird die Frau des neuen Amenokal sein, obgleich wir doch nur zu den Imrad gehören und nicht zu den vornehmen Geschlechtern.«

Die Frau wischte sich mit dem Kleid über das Gesicht. »Ist das die Wahrheit?«

»Die Wahrheit – nichts als die Wahrheit – und wir erhalten fünf Kamele, zwanzig Ziegen, zwei Kühe, ein Kalb, einen Ftas für dich und einen Sack Tabak für mich. Das hätten wir nie für diese Tochter bekommen, wenn ich nicht Ajors Lehrer wäre.«

»Ach«, sagte die Frau, »es ist zuviel auf einmal. Ich freue mich. Aber mein Herz ist auch schwer. Heiße Zeit hat niemals mit mir über Ajor gesprochen. Ich wußte nicht, daß ein Einverständnis zwischen ihnen war.«

»Ja, sie haben es sehr heimlich gehalten. Aber du weißt, daß er ihr durch dich ein Fläschchen mit Rosenöl schenkte. Ich hätte darüber nachdenken sollen.«

»Sie hat es nicht mehr benutzt«, erwiderte die Frau sinnend.

»Das zeigt, wie hoch sie es schätzte. Aber höre: Ich will dir genau erzählen, was mir der Bote gesagt hat und was ich gesagt habe, damit du alles verstehst und Heiße Zeit in der rechten Weise auf die Hochzeit vorbereitest.«

Und er wiederholte umständlich, was er mit Tuhaya besprochen hatte.

Tuhaya hatte das Zelt verlassen, um sich die Beine zu vertreten. Er umschritt das Lager in großem Bogen und näherte sich ihm wieder von Süden und wollte ebenfalls zum Feuer gehen, als er aus einem kleinen Zelt zwei Stimmen hörte. Er blieb stehen, um zu hören, was dort gesprochen wurde. Als er die Worte verstand, hielt er an und rührte sich nicht.

Da war die Stimme eines jungen Mannes, die sagte: »Es war Mittagszeit, und wir suchten Schatten. Mid-e-Mid, sagtest du, dort ist ein Ahaksch mit viel Schatten. Laß uns dort absteigen. Ich sprang von meinem Tier und half dir aus dem Sattel. Ich fegte den Boden frei von Dornen und breitete die Decke aus. Wir saßen nebeneinander, so wie wir jetzt sitzen. Ja, genau so, Tiu'elen, genau so.«

Die Stimme eines Mädchens erwiderte: »Und ich machte das Essen für dich, Mid-e-Mid?«

»Nein, wir wollten nichts essen. Wir wollten uns anschauen, immer und immer wieder. Und es fielen mir Lieder ein und bedrängten meinen Kopf. Aber sie wollten nicht über meine Lippen, denn meine Zunge war wie gelähmt.«

»Auch mir fällt nichts ein, wenn ich dich sehe, Mid-e-Mid. Seit du das erstemal in unserem Lager warst – damals, als Ajor noch hier war –, seitdem habe ich an dich gedacht. Aber es ist da nichts zu sagen. Es ist so, daß ich dich sehe – auch wenn du nicht da bist –, und das füllt mich so an, daß ich weinen und lachen möchte.«

»Wir saßen unter dem Ahaksch, und ich wollte deine Hände nehmen. Aber meine Hände waren gelähmt wie meine Zunge. Da warst du es, die meine Finger berührte. Du sagtest: An was denkst du, Mid-e-Mid?

Da konnte ich wieder sprechen. Ich sagte: Ich denke an dich, Tiu'elen. Tag und Nacht, immerzu. Ich sagte: Ich habe keine Herden, ich habe keine Zelte, ich bin von niedriger Herkunft. Ich habe nur meine Lieder, und das ist wie Staub, den der Wind hochwirbelt und forttreibt.«

»Was sagte ich, Mid-e-Mid?«

»Du schautest mich nur an und hieltest meine Hände, Heiße Zeit. Ich spürte die Wärme deiner Hände, und deine Augen waren so schwarz und tief wie der Brunnen von Tin Azeraf.«

»Du bist ein Dichter, Mid-e-Mid, wozu brauchst du Herden und Zelte. Alle lieben dich und geben dir zu essen.«

»Ja, und doch konnte ich nicht anders als dich fragen.«

»Du fragtest, was? Was fragtest du, Mid-e-Mid? Sag es, schnell.«

»Ich sagte – ich sagte: Willst du meine Frau sein, Heiße Zeit?«

»Und was habe ich geantwortet?«

»Ich will es nicht wiederholen. Es war ja nur ein Traum und wird niemals Wirklichkeit werden.«

»Ich sagte: Das will ich, Mid-e-Mid. Ja, das sagte ich gewiß.«

»Wie kannst du das wissen — aber natürlich, ja, du sagtest es, im Traum, Heiße Zeit, im Traum.«

»Ich sag' es jetzt, Mid-e-Mid. Ich sag', ich will es sein. Bist du glücklich?«

»Es ist unbeschreiblich in mir. Ich bin wie das Alemos, wenn der Adjinna es nach einem Jahr der Trockenheit berührt.«

Tuhaya schlich sich fort. Als er genügend weit von dem kleinen Zelt entfernt war, eilte er auf das Feuer zu.

Ohne die Frau zu beachten, sagte er: »Ich habe noch mit dir zu reden, Marabu. Und ich möchte es gleich tun. Es ist sehr wichtig.«

Der Marabu erhob sich erstaunt und begleitete seinen Gast wieder zum Zelt.

»Hast du deine Meinung geändert?« fragte er besorgt.

»Nein. Aber wir haben die Gazelle geschlachtet, ohne sie vorher zu jagen!«

»Wie meinst du das, Tuhaya?«

»Es ist mir eingefallen, daß du deine Tochter nicht gefragt hast, ob sie einverstanden ist.«

»Das brauch' ich nicht. Sie ist einverstanden. Sie wird glücklich sein, ihren geheimen Wunsch erfüllt zu sehen.«

»Davon bin ich nicht überzeugt, ehe ich es nicht aus ihrem eigenen Mund gehört habe.«

»Ich werde sie sofort rufen, damit du es hörst.«

»Sprich zuerst mit ihr allein und rufe mich, wenn sie dir geantwortet hat. Es ist nicht notwendig, ein junges Ding nach ihrem Willen zu fragen, aber es erspart manchen Ärger nachher.«

Der Marabu war erstaunt über den scharfen Ton in den Worten Tuhayas, ging aber sogleich und rief nach seiner Tochter, während sein Gast das Zelt verließ.

»Ja, Vater«, sagte Tiu'elen, leichte Röte im Gesicht.

»Ich habe mit dir zu reden. Setz dich.«
Sie setzten sich.
»Ich habe einen Boten hier, Tochter. Er ist deinetwegen gekommen und bringt Geschenke für dich.«
»Für mich?« Sie war erstaunt und unruhig.
»Ahnst du, von wem sie gesandt sind, Tochter?«
»Kala«, sagte sie und schüttelte den Kopf. »Was für Geschenke sind es?«
»Es sind zwei starke Kälber, und der Bote ist von Ajor Chageran gesandt.«
Sie wurde bleich, denn sie begriff, was dieses Geschenk bedeutete.
»Ich sehe dir an, daß dieses Geschenk dich bewegt, Tochter. Und ich habe noch mehr gute Nachrichten für dich: Ajor ist zum Amenokal gewählt. Du wirst die Frau des Amenokal sein, Tochter.«
»Nein«, rief sie.
Sie verhüllte das Gesicht und beugte den Kopf auf die Knie.
»Tochter«, sagte der Marabu, »ich selbst habe es kaum fassen können. Er gehört zu den größten unter den Ilelan, und wir sind nur Imrad und arm. Aber es ist die Wahrheit. Ich habe schon mit dem Boten vereinbart, wie viele Kühe und Kamele ich für dich erhalte. Du darfst dich freuen.«
»Nein«, rief sie, warf das Kopftuch zurück und blickte ihren Vater aus vorwurfsvollen Augen an. »Ich will ihn nicht. Ich will nicht seine Frau sein. Nie, nie, nie!«
Der Marabu begriff nicht, wie ihm geschah.
»Die Frau des Amenokal, Tiu'elen! Hast du mich verstanden?«
»Ich bitte dich: Zwinge mich nicht, diesen Mann zu nehmen. Ich will ihn nicht.«
»Kind«, sagte der Marabu. »Ajor ist jung, er sieht gut aus, er ist klug, er ist berühmt geworden durch seinen Sieg über die Kunta, er ist der wahre Führer aller Tamaschek, und er hat dich gern. Würde er sonst daran denken, um dich zu werben?«

»Ich bitte dich, weise die Geschenke zurück. Es kann nicht sein. Es gibt genügend Mädchen in den Zelten. Er wird eine finden, die besser zu ihm paßt als ich.«

»Keine«, sagte der Marabu. »Sag mir jetzt, daß ich dem Boten deine Zusage geben kann.«

»Ich will nicht«, beharrte Heiße Zeit, und Tränen rannen aus ihren Augen.

»Du bist ungehorsam, Tochter, und vergißt jeden Anstand. Ich habe auch bereits mein Wort gegeben und alles abgemacht. Du kannst dich nicht weigern.«

Als sie weinte, sagte er: »Denkst du nicht an die Unehre, die du mir bereitest? Willst du einen Wortbrüchigen aus mir machen? Willst du die Gesetze des Korans umstoßen, die den Töchtern Gehorsam gegen die Väter auferlegen? Ich fürchte, einer der jungen Leute hat dir beim Ahal den Kopf verdreht. Aber ich sage dir, ehe ich diese Geschenke zurückweise, verfluche ich dich und stoße dich aus meinem Zelt.«

Er stand vor ihr, die Fäuste geballt und den Mund verzerrt und stieß die Worte zwischen zusammengepreßten Zähnen hervor.

Sie hielt sich die Ohren zu und senkte den Kopf tief in den Schoß.

Ihre Mutter kam angelaufen. Sie hatte die zornige Stimme des Marabus gehört.

»Diese Undankbare«, schrie er erbost, »wagt sich ihrem Vater zu widersetzen.«

Die Frau beugte sich zu Heiße Zeit und schlug das weite Tuch ihres Kleides um sie. »Geh jetzt«, sagte sie zu ihrem Mann, »sie wird dir gehorchen. Aber du hättest mit mir sprechen sollen.«

Heiße Zeit schluchzte unaufhörlich, und das Tuch wurde naß von ihren Tränen und färbte ihr Gesicht blau.

»Tochter«, sagte die Frau, »denke nicht schlecht von deinem Vater. Er war so glücklich, daß du erwählt worden bist vor allen Töchtern der Tamaschek. Du mußt ihn verstehen. Er ist ein guter Mann und glaubte, es sei alles heimlich abgesprochen zwischen Roter Mond und dir.«

Aber Heiße Zeit weinte.

Die Mutter sagte: »Dachtest du an Mid-e-Mid, meine Tochter?«

Heiße Zeit schluchzte heftiger.

»Ich habe es geahnt, als er gestern für dich sang. Warum hast du nicht mit mir gesprochen, Tochter?«

»Ich habe heute zum ersten Male mit ihm gesprochen«, sagte Heiße Zeit, den Kopf an die Schulter ihrer Mutter geschmiegt.

»Er kommt zu spät, Tiu'elen. Allah hat es anders bestimmt. Du bist sehr jung, noch keine sechzehn Sommer. Du denkst nicht daran, daß Mid-e-Mid weder Herden noch Zelt besitzt. Und er ist nicht der Mann, der im Zelt bei seiner Frau bleibt. Er ist unsteter Art. Seine Lieder treiben ihn durch die Welt. Aber eine Frau kann nicht so leben. Eine Frau will den Mann für sich allein haben. Glaube mir, Tochter, du würdest nicht glücklich sein bei Mid-e-Mid. Er würde von Hokum zu Hokum ziehen und seine Lieder singen und alle Mädchen würden nach ihm schauen und dich würde er darüber vergessen.«

»Nein«, rief Heiße Zeit. »Nie, nie.«

Die Frau streichelte leise über Tiu'elens Schulter und fühlte, wie das Mädchen bebte.

»Mein Kind«, fuhr sie fort. »Überall in der Welt suchen die Väter nach guten Männern für ihre Töchter und sind froh, wenn sie einen finden, der nicht gar zu schlecht ist. Aber dein Vater hat einen Mann gefunden, der dich gern hat und der doch zugleich der größte und angesehenste Mann unter den Tamaschek ist. Konnte er es besser machen?«

»Nein«, sagte Heiße Zeit. »Aber ich will Mid-e-Mid haben.«

»Tochter, du mußt es so sehen: Die Ehen sind nichts anderes als die Freundesbande zwischen den Familien und Stämmen. Wir, die Frauen, sind das Pfand dieser Freundschaften. Ich glaube, wir sind es, die diese Welt zusammenhalten, wenn wir es auch nicht sagen und wenn es die Männer auch nicht sehen. Wir und unsere Kinder sind es. Alle Männer wären einander feind, wenn wir nicht wären. Das denke ich oft. Aber ich habe lange gebraucht, um es einzusehen. Wir, die Schwestern, die Töchter, die Frauen, wir, die Schwiegertöchter, die Bräute, die Mütter – wir allein sind es. Allah weiß, daß wir nicht zu unserer Freude heiraten. Er weiß, daß wir leiden, daß wir uns opfern für den Frieden zwischen den Männern und zwischen den Familien und Stämmen und Völkern. Als Töchter tauschen sie uns gegen Kamele und Ziegen, und als Mütter lieben sie nur unsere Kinder. Und doch wissen sie, was wir bedeuten: Niemals können sie ohne uns sein. Wir sind das Salz in ihrem Essen und der Trost ihrer Augen. Aber sie sagen es nicht. Niemals wirst du gefragt; und doch denken die Männer stets an dich bei ihren Handlungen, obwohl sie es nie zugeben. Meine Tochter, begreife doch, daß du nichts bist ohne deine Familie, ohne deinen Vater und seine Brüder und meine Brüder. Immer stehen wir hinter dir. Wir sind deine Zuflucht, wenn du in Not bist, wenn dein Mann dich schlägt, dich beschimpft, dich aus dem Zelt weist, sich von dir scheidet. Glaub mir, Tiu'elen: Die Familie ist wichtiger als der Mann, und deine Kinder sind wichtiger als der Mann. Komm, meine Tochter, laß deine Mutter nicht mehr lange reden. Komm, sag deinem Vater, daß du einwilligst.«

Heiße Zeit schluchzte.

»Mid-e-Mid ist fortgegangen«, sagte die Frau.

»Warum?« fragte Heiße Zeit und hob den Kopf.

»Ich mußte ihn fortschicken, der Beylik sucht ihn. Er soll an Abu Bakrs Tod mitschuldig sein.«

»Das ist nicht wahr!« rief Heiße Zeit. »Niemals ist das wahr!«

»Nein, ich glaube es auch nicht. Aber wenn er bleibt, könnten die Goumiers kommen und ihn holen und ihn wie seinen Vater in das Gefängnis werfen. Ein Totschlag ist ein Totschlag für den Beylik. Er fragt nicht, ob ein Räuber oder ein Gerechter getötet wurde. Nur er allein hat das Recht, andere zu töten.«

»Mid-e-Mid hat nichts getan«, sagte Heiße Zeit mit glühenden Wangen.

»Es mag sein, Tochter. Und doch wird der Beylik ihn jagen, wie er Abu Bakr gejagt hat. Er wird lange Zeit nicht Ruhe noch Rast kennen. Und eine Frau wäre ihm eine Last.«

»Ich habe versprochen, nur ihn zu wählen«, sagte Heiße Zeit.

»Wähle ihn mit dem Herzen, Kind. Aber heirate den anderen, wie es dein Vater verlangt. Du weißt, daß das Wort eines Mädchens keinen Wert hat, nicht einmal den Wert eines halben Männerwortes, es steht so im Koran. Aber ich will dir raten, Tochter, wenn du etwas für Mid-e-Mid tun willst, so kannst du es nur tun als die Frau des Amenokal. Nur er hat die Macht, für Mid-e-Mid beim Beylik zu sprechen. Und Ajor wird für ihn sprechen, wenn du ihn bittest. Bitte ihn, Tiu'elen. Er wird dir keinen Wunsch abschlagen, denn er hat dich gern.«

Heiße Zeit schaute auf. »Glaubst du das wirklich, Mutter?«

»Ja – das glaube ich. Ich kenne die Männer. Einer jungen Frau schlagen sie nichts ab. Sie kann die Früchte des Paradieses verlangen. Tu dies für Mid-e-Mid, und du hast mehr für ihn getan, als seine eigene Mutter für ihn erreichen könnte.«

Sie wischte mit ihrer Hand über das Gesicht des Mädchens, verrieb die Spuren der blauen Farbe, strich ihre Haare zurück und sagte: »Ich werde deinen Vater rufen. Du brauchst nur mit dem Kopf zu nicken. – Es wird auch noch einige Zeit vergehen, ehe du zu Ajors Familie gebracht wirst.«

Heiße Zeit nickte schwach.

Als der Marabu seinem Gast die Zustimmung des Mädchens überbrachte, sagte Tuhaya: »Nun erst ist alles klar zwischen dir und mir. Es sind diejenigen Mädchen, deren Herz man brechen muß, die nachher die besten Frauen werden. Ich werde Ajor berichten, daß Heiße Zeit sich auf die Hochzeit vorbereitet. Gib ihr viel Milch zu trinken,

Marabu, daß sie fett wird und der Familie des Amenokal keine Schande bereitet. Denn sie erwarten alle eine schöne und schwere Schwiegertochter.«

Der Marabu begleitete ihn ein Stück und war mit diesem Tag sehr zufrieden.

Mid-e-Mid aber ritt in dem Glauben nach Tin Za'uzaten, daß Heiße Zeit eines Tages seine Frau werde. Und die Drohung des Beylik kümmerte ihn so wenig wie die Fliege auf dem Schwanz seines Kamels. Er sang den ganzen Weg und ließ dem Narren Kalil die Hälfte aller Waren, die dieser für das Kamel eingetauscht hatte.

Der Streit der Frauen

Mit den Hochzeiten ist es wie mit den Liedern, sie sprechen sich schneller herum, als sie zustande kommen. Am Brunnen von In Tebdoq, wo Intallah sein Lager aufgeschlagen hatte, traf man die Vorbereitungen für die Vermählung. Und auch im Uëd Tin Bojeriten betrieb der Marabu mit Eifer seine Zurüstungen. Aus den Zelten der Idnan, der Kel Telabit, der Tarat Mellet und Iforgumessen kamen Boten und fragten, für welchen Tag die Hochzeit angesetzt sei, und kündeten gleichzeitig das Erscheinen der Familienoberhäupter an.

Fast täglich erschienen vor dem Zelt des Marabus die Inharden, zeigten ihm halbfertige Sättel, angefangene Ledertaschen, kunstvolle Metallschlösser, an denen noch die Beschläge fehlten, versprachen ihm schnelle Beendigung ihrer Arbeiten und verlangten als Vorschuß auf den ausbedungenen Lohn Tabak, Datteln, Pfeffer, Butter, Milch, Ziegenlämmer und junge Hammel.

»Sie werden mich ärmer machen, als ich je gewesen

bin«, stöhnte der Marabu. Und das war keine Lüge. Nur um das neue rote Lederzelt für Heiße Zeit zu bezahlen, mußte er zwanzig fette Schafe und ein Kilogramm Tee geben. Für eine hübsche Dose aus Silber tauschte er vier Ziegen ein. Der Frauensattel kostete ihn ein fünfjähriges Reitkamel, und ein zweites Kamel mußte er opfern, um einige bunte Decken, Dokkali und Tasselsi von einer Karawane aus dem Tuat einzuhandeln. Je näher der Tag der Abreise rückte, desto schmählicher erpreßten ihn die Inharden. Er mußte für ein besonders schönes Muster auf einer Tasche zusätzlich Butter und Milch geben. Auch die kleinsten und unscheinbarsten Dinge hatten ihren Preis: Fußfesseln für die Kamele, grüne und rote Lederbänder für den Taramt; Ledertroddeln für den Sattelgurt; ein neuer Idit aus feinstem braunem Bocksleder; Sandalen und Ohrringe; Schüsseln aus Emaille und Teekannen aus Kupfer und Zinn.

Er mußte den Inharden so viele Tiere als Bezahlung geben, daß er Gefahr lief, in der trockenen Zeit des Jahres für sich und seine Frau nicht mehr genügend Milch zu haben. Noch in den letzten Tagen vor der Abreise erschien ein Enad, ein schwarzhäutiger Schmied, und bot ihm einen herrlichen Halsschmuck aus Kupfer für seine Tochter an. Da er ihn nicht mehr bezahlen konnte, erwarb er ihn gegen die Zusage, dem Enad den ganzen Sommer hindurch Milch und Butter zu liefern.

Als endlich die Reiter erschienen, die Intallah seiner Schwiegertochter entgegengeschickt hatte und die sie und ihren Vater nach In Tebdoq begleiten sollten, waren die Mittel des Marabus erschöpft, und er war glücklich, aufbrechen zu können. Die schwarzen Gesichter der Inharden erregten in ihm körperlichen Widerwillen und erinnerten ihn schmerzhaft an seine Ausplünderung.

Heiße Zeit hatte alle Vorbereitungen gleichgültig über sich ergehen lassen. Nur einmal zeigte sie Bewegung. Das war, als ihr Vater ihr das Kamel zeigte, das er ihr als Reittier mitgeben würde und das ihr Eigentum blieb – auch im Lager des Mannes. Es war ein großes, schneeweißes

Tier mit glänzenden braunen Augen und schlanken, fast zierlichen Beinen. Sie glaubte sich nämlich zu erinnern, daß Mid-e-Mid von einem solchen Tier berichtet hatte, als er ihr von seinem Traumritt erzählte.

Sie weinte schon lange nicht mehr, und die Worte ihrer Mutter bewirkten, daß sie fest daran glaubte, ihre Hochzeit sei der einzige Weg, Mid-e-Mid aus den Händen des Beylik zu befreien. Sie sah daher dem bevorstehenden Fest mit einem gewissen Eifer entgegen, und der Gedanke an Roter Mond schuf ihr nicht mehr dieses Unbehagen wie in den ersten Wochen nach Tuhayas Besuch. Sie hatte damals nächtelang nicht geschlafen und viel geweint, wenn sie mit den Lämmern durch das Uëd zog. Jetzt war sie gefaßt und entschlossen, ihre neue Aufgabe zu erfüllen, alle Opfer auf sich zu nehmen und ihren Kummer im innersten Herzen zu verschließen. Aber das Bild Mid-e-Mids war ihr immer gegenwärtig, wanderte mit ihr auf ihren Ritten und Wegen, und immerfort glaubte sie seine Stimme zu vernehmen, die leise und zärtlich das Lied über den Mond von Irrarar für sie sang.

Gegen ihren Vater empfand sie keinen Groll mehr, denn sie sah, wieviel Mühe er sich gab, ihre Hochzeit so großartig wie möglich zu begehen. Ende Januar nahm sie Abschied von ihrer Mutter und zog, von ihrem Vater und vier Reitern begleitet, südwärts, dem Brunnen von Tin Tebdoq zu. An ihr weißes Reittier waren vier hochbeladene Lastkamele angebunden. Sie selbst war in neue, dunkelviolette Gewänder gekleidet, und schafwollene rote Decken hingen von ihrem Sattel herunter. An ihren Handgelenken funkelten goldene Armbänder – ein Geschenk Ajor Chagerans und seines Vaters.

Überall, wo sich die Karawane langsam durch die Uëds bewegte, kamen die Männer und Frauen, um Heiße Zeit zu beglückwünschen. Und es kamen auch Männer, die zur Hochzeit geladen waren und sich dem Zug anschlossen. Für den Marabu ergaben sich daraus neue Sorgen, denn diese Begleiter ließen sich selbstverständlich von ihm verpflegen. Die Vorräte waren jedoch nur für die kleine Karawane berechnet. So mußte er auf dem Weg noch Schulden machen, denn die Höflichkeit verbot, diese unerwarteten Besucher abzuweisen.

Es kamen aber auch solche jungen Männer, die noch einmal Heiße Zeit sehen wollten. Es waren Hirten, die beim Ahal an ihrem Feuer gesessen hatten, die ihr Spiel auf dem Amzad liebten und ihre Schönheit bewundert hatten. – Unter diesen war auch Bocha, der Mann mit dem flachen, mondförmigen Gesicht und den vorstehenden Backenknochen, der den unglücklichen Vergleich ihrer Füße mit Kamelhufen vorgetragen hatte und dafür ausgelacht worden war. Er kam und ritt eine Zeitlang stumm und mit niedergeschlagenen Augen neben ihr her. Heiße Zeit versuchte, ein Gespräch anzufangen. Er antwortete einsilbig, drückte ihr plötzlich etwas in die Hand, rief: »Der Segen Allahs sei immer mit dir!« peitschte sein Kamel und raste in wildem Galopp davon. Heiße Zeit fand ein großes, gelbes Lederamulett, das gegen den bösen Blick schützte und mit winzigen Ornamenten verziert war. Sie wollte ihm ihren Dank nachrufen. Aber er war schon über einen Hügelkamm verschwunden, eine durchsichtige weiße Staubwolke auf der Aberid zurücklassend.

Auch der junge Mohammed ag Infirgan, mit der scharfen Adlernase und den fröhlich leuchtenden Augen, kam zu ihr, sprach davon, daß auch er sich bald verheiraten werde, wünschte ihr zahlreiche Söhne und ein hohes Alter und ritt winkend und lachend wieder davon.

Niemals aber, hieß es im Adrar von Iforas, niemals habe es ein schöneres Paar gegeben als Roter Mond und Heiße Zeit und wohl auch niemals ein glücklicheres. Und das war so wahr und so falsch wie alle Allgemeinheiten, besagte alles und nichts und stellte darum jedermann zufrieden und ließ die jungen Mädchen und Männer von ähnlichem Glück träumen.

Roter Mond war beinahe verzweifelt über das langsame Vorwärtskommen der Karawane. Er sandte seine Freunde auf Eilritten dem Marabu entgegen und ließ sich berichten, wo sich Heiße Zeit befände, wie viele Tage sie wohl noch brauche, wie sie aussähe und was sie gesprochen habe; er wollte wissen, ob ihr Kamel auch noch durchhalte, ob sie seinen Goldschmuck trüge, seinen Namen genannt habe, ob sie viel mit anderen Männern spräche oder nur mit ihrem Vater, wer ihr vom Kamel helfe und wer die Decken für sie ausbreite; kurz, er fragte das Sinnvolle und das Unsinnige, tat klare Schlüsse und verwarf sie zugleich wieder, versuchte durch verschlossene Miene seine Aufregung zu verbergen und verriet sie dadurch erst recht. Und immer wieder fragte er seine Freunde: »Sagt mir die Wahrheit: Gefällt sie euch? Ist sie schön? Sehr schön? Glaubt ihr, daß sie zu mir paßt? Wird sie die Frau eines Amenokal sein können?«

Und weil sie alles bestätigten, glaubte er ihnen nicht und suchte in ihren Antworten nach versteckten Anspielungen auf irgendwelche ungünstigen Eindrücke und trieb sich und seine Umgebung zur Verzweiflung.

Als die Karawane in In Tebdoq ankam, befand sich Roter Mond nicht im Lager. Er hatte sich am frühen Morgen auf das Kamel geschwungen und blieb bis abends fern. Intallah und Tadast empfingen ihre Schwiegertochter mit Zurückhaltung, denn sie wollten nicht verwischen, daß diese zu den Imrad gehörte.

Tadast trat dicht an sie heran und flüsterte so hörbar, daß die Umstehenden es hören konnten: »Ich dachte, du wärest schöner. Aber du hast ja kein Fett auf den Armen. Du scheinst aus einem hungrigen Land zu kommen.«

Intallah war freundlich nach seiner Art. Er erkundigte sich nach dem Verlauf der Reise, führte den Marabu in sein Zelt, vertraute Heiße Zeit den Dienerinnen seiner Frau an und beauftragte einige Iklan, Tiu'elens Hokum aufzuschlagen.

Heiße Zeit war beklommen durch Tadasts Begrüßung. Sie hatte niemals daran gedacht, daß sie nicht nur einen Mann, sondern auch eine Schwiegermutter haben würde; und wenn ihr dieser Gedanke gekommen war, so hatte sie doch nicht an die darin liegenden Möglichkeiten gedacht.

Kaum war sie in ihrem Zelt und konnte ihre Taschen

ausschütten, als Tadast im Eingang erschien. Ohne um Erlaubnis zu fragen, trat sie ein, setzte sich nieder und wühlte wortlos in Tiu'elens Habseligkeiten.

»Ist das alles?« fragte sie. »Bringst du nicht mehr mit in das Lager meines Stiefsohnes? Hast du sonst keinen Schmuck? Keine Kleider?«

Heiße Zeit brachte kein Wort hervor und schüttelte nur den Kopf.

Tadast kniff sie in die die Arme und in den Leib und sagte laut: »Es ist zu spät, dich für die Hochzeit zu mästen. Aber ich will dir jeden Tag dreimal Milch schikken, damit du bald wieder zu Kräften kommst. Ich verlange, daß du diese Milch alle austrinkst. Ich darf ja nicht dabei sein, wenn meine Schwiegertochter etwas zu sich nimmt. Aber ich werde meine Iklan beauftragen, dich zu überwachen. Auch will ich dir einige abgelegte Kleider überlassen, sie sind nicht zerrissen. Aber ich brauch' sie nicht. Ich hab' genug.«

Als Heiße Zeit auch darauf nichts erwiderte, sagte sie: »Es ist gut, wenn du stumm bist. Neben dem Amenokal und Ajor gibt es nur einen Mund, der hier spricht!« Und sie zeigte auf ihren Mund.

Heiße Zeit sah zum erstenmal aufmerksam in das Gesicht ihrer Schwiegermutter. Sie gab zu, daß es ein schönes und kluges Gesicht war, vom Alter nicht angetastet und nicht so übermäßig fett wie der übrige Körper. Aber sie sagte sich im gleichen Augenblick auch, daß sie nun etwas tun müsse, wenn sie nicht hoffnungslos unterliegen wollte.

Es war wohl keine Überlegung in dem, was sie tat, denn sie holte aus und schlug Tadast auf den Mund. In diesem Schlag war ihre ganze unterdrückte Wut, ihr ganzer aufblitzender Haß gegen diese Frau. Alles Unrecht, das man ihr angetan hatte, entlud sich in diesem Schlag. Er war so heftig, daß Tadast rückwärts hinschlug und wegen ihres Körpergewichtes nicht mehr hochkam.

»Damit du weißt, wieviel Münder hier zu sprechen haben!« schrie sie. »Hüte dich, mir deine Milch zu schikken. Ich werde die Kalebassen über die Köpfe deiner Iklan ausleeren. Hüte dich, mir deine alten Lumpen zu schicken, ich werde sie vor deinem Zelt verbrennen. Hüte dich, noch einmal dieses Hokum zu betreten, und wag es nicht, bei Ajor etwas gegen mich zu sagen.«

Ihre Stimme überschlug sich. »Ich zerkratze dein Gesicht, bis Intallah dich nicht mehr erkennt. Lauf!« Und sie hielt der immer noch Liegenden Bochas gelbes Amulett entgegen, denn sie fürchtete den bösen Blick Tadasts. »Lauf!« Und sie stieß ihr, damit sie sich bewegte, gegen das Bein.

Tadast kroch aus dem Zelt, zitternd vor Zorn, aber stumm wie ein Fisch, verhüllte ihr Gesicht und lief, so schnell ihre Füße den schweren Körper tragen konnten, zu ihrem Zelt.

Weder Milch noch Kleider wurden für Heiße Zeit gebracht. Sie fühlte sich erleichtert und dachte kaum noch an diesen Vorfall.

Am Nachmittag wurde Tuhaya in Tadasts Zelt gerufen. Die schwere Frau hatte sich den Mund verbunden und sprach so undeutlich, daß der gerissene Unterhändler sie kaum verstand.

»Tuhaya«, sagte sie, »dieses Weib hat mich mißhandelt. Sie hat mich, die Frau des Amenokal, geschlagen. Sie hat mich beschimpft, bedroht, meine Geschenke in den Schmutz gezerrt, mir ihr Zelt verboten und mir untersagt, mit meinem Stiefsohn zu sprechen. Oh, wäre ich doch nicht darauf eingegangen, ein Mädchen aus so erbärmlich niedrigem Zelt in dieses Lager zu holen. Wäre doch nur Roter Mond hier, damit er sie züchtigen und dann samt diesem schmutzigen Marabu zurückweisen könnte. Rate mir, Tuhaya, was soll ich tun? Ich werde Intallah veranlassen, diese Hochzeit zu verbieten, oder noch besser: Ich werde sie vergiften. Ich kenne ein Gift... ich...«

»Du bist zu erregt, Tadast«, sagte Tuhaya. »Wo ist deine Klugheit, mit der du alle Herzen gewinnst? Warum wütest du, statt mit Überlegung zu kämpfen?«

Sie wurde so ruhig, daß selbst dieser erfahrene Mann einen solchen Wechsel der Stimmung nicht für möglich gehalten hätte.

»Was würdest du mir raten, Tuhaya? Ich will meine Rache, aber rate mir, was ich tun soll. Soll ich mit Ajor reden? Ich weiß, er hört gerne auf mich.«

»Du wirst bei Ajor jetzt nichts erreichen. Er ist in dieses Mädchen verliebt und hört so wenig wie ein Stier, der aus der Hürde ausbricht. Und es nützt auch nichts, mit Intallah zu reden. Er ist alt und liebt den Streit nicht und geht ihm aus dem Weg. Wenn du Gewalt anwendest und sie schlägst oder schlagen läßt, wirst du dir Ajors Feindschaft zuziehen. Und in dem Gemütszustand, in dem er sich befindet, könnte er sich bis zur blutigen Raserei erbosen.«

»Also, ich soll nichts tun und diese Schmach hinnehmen? Willst du mir das raten, Tuhaya?«

»Hast du mich jemals vergeblich um Rat gefragt, Tadast, du Tochter aus reichem Zelt? Hat dir Tuhaya jemals eine Bitte abgeschlagen?«

»Du hast recht. Ich höre und vertraue dir.«

Tuhaya fuhr sich mit der Zunge über die Lippen und seine vorstehenden Zähne entblößten sich gefährlich.

»Benutze die Hochzeit, Tadast. Demütige sie in ihrer stolzesten Stunde. Demütige sie vor allen Gästen, aber so, daß du Ajor auf deiner Seite hast.«

»Wie soll ich das tun?« Sie riß sich den Verband vom Mund und zeigte eine leicht geschwollene Oberlippe.

»Ich will dir ein Geheimnis verraten, das nur ich allein kenne. Mit diesem Geheimnis hast du sie in der Hand. Es liegt dann nur bei dir, wann du dein Wissen enthüllst und sie bloßstellst.«

»Sag mir alles, was du weißt, Tuhaya. Du sollst es nicht bereuen.«

Tuhaya sagte: »Als ich im Lager des Marabus war, habe ich ohne mein Wollen ein Gespräch zwischen Heiße Zeit und Mid-e-Mid belauscht.«

»Wer ist das? Ich habe den Namen noch nie gehört.«

»Aber den Namen Eliselus kennst du gewiß? Es ist der gleiche Mann.«

»Ah, der Sänger, und weiter, was sagten sie? Beeil dich doch!«

»Sie lagen in einem Zelt zusammen, und ich hörte, daß Heiße Zeit sagte: ›Ich will deine Frau werden, Mid-e-Mid.‹ Und er antwortete: ›Ich bin wie das Alemos, wenn der Adjinna es berührt nach einem Jahr der Trockenheit.‹«

»Sieh an, dieser Windbeutel wagt es, sich mit Ajors Frau abzugeben. Das ist gut, das ist mehr, als ich zu hoffen wagte.«

»Warte doch, Tadast. Es gehört noch etwas dazu. Als der Marabu schon der Hochzeit zugestimmt hatte, weigerte sie sich mit Tränen und Schreien, ihrem Vater zu gehorchen und von Mid-e-Mid zu lassen. Sie hat so getobt – ich hörte es genau –, daß ihre Mutter sie beruhigen mußte. Ajor weiß nicht, was er sich da gewählt hat. Ich für mein Teil hätte diese Imrad-Tochter niemals ausgesucht. Ich war von Anfang an dagegen, aber auf meinen Rat hat niemand gehört. Die Jugend hat hier das Wort. Die Alten taugen nur noch dazu, die Feste zu bezahlen.«

»Du glaubst nicht, wie gut mir deine Worte tun, Tuhaya«, sagte Tadast und richtete sich von ihrem Lager auf. »Sie sind wie heilende Erde, die man auf schwärende Wunden streut.«

»Du mußt noch eines wissen, Tadast: Dieser junge Bursche – Eliselus, wie du ihn nennst – wird wegen des Raubes an einem Räuber vom Beylik gesucht. Er ist es nämlich gewesen, der Abu Bakr ermordete und ausplünderte, ehe meine Takuba ihn erreichte. Ich habe lange dazu geschwiegen, aber seit ich hörte, daß der Beylik es erfahren hat, kann ich diesen Mann nicht mehr schützen. Er ist verloren, aber Heiße Zeit wollte sich ihm an den Hals werfen. Sie zog seine Gesellschaft der des zukünftigen Amenokals vor. Mußt du noch mehr wissen?«

Tadast war aufgestanden. Ihr Gesicht glühte, und ihre Augen leuchteten.

»Niemals hat ein Freund mir besseren Trost gespendet als du, Tuhaya. Ich werde ihr diesen Schlag zurückgeben, daß sie ihn ihr ganzes Leben lang spürt. Ich werde dir zwei Iklan schenken für diese Worte, Tuhaya.«

»Ich brauch' sie nicht, Tadast«, sagte er fest. »Deine Freundschaft ist mir mehr wert als alle Sklaven in meinem Zelt.«

Und er ging aus Tadasts Hokum mit dem Gefühl des Jägers, der eine Eisenfalle so gestellt hat, daß der Schlagring das Bein des Wildes zerschmettern muß.

Roter Mond kehrte bei Nacht zum Lager zurück. Auf der weiten Ebene zwischen den Bergen des Uëds In Tebdoq glühten die roten Augen der Feuer, an denen die Reiter lagerten. Es war, als sei die Kruste der Erde an vielen Stellen zugleich durchbrochen und biete die geheime flüssige Glut dem Sternenhimmel zur Kühlung dar. Das Singen und Rufen der Männer, die orgelnden Schreie der Kamele, und das Lachen der Hyänen füllten die Dunkelheit und verstummten erst bei Anbruch des Morgens, als die ersten Rinderherden in langen Reihen strahlenförmig dem Brunnen zustrebten.

In dieser Nacht schlief Ajor nicht. Er wälzte sich unruhig mit offenen Augen auf seinem Lager und sehnte Tag und Stunde herbei, wenn Heiße Zeit, von seinen Freunden geführt, das Zelt betreten würde. Er, der so klug Menschen zu lenken wußte und so kühl mit ihren Empfindungen rechnete, wurde von unbegründbaren Ängsten verzehrt. Und als am folgenden Tag durch einen fremden Marabu der Ehevertrag zwischen Tiu'elens Vater und Intallah geschlossen, unterzeichnet und mit Gebeten besiegelt wurde, war er zwar körperlich anwesend, mit dem Geist jedoch der Zeit um einen Tag voraus.

Die Hochzeit

Die Sterne zögerten noch, dem graublauen Licht des Tages zu weichen. Die Schakale hockten nach Hundeart auf den erhöht liegenden Steingräbern der Vorzeit und lauerten auf voreilige Lämmer. Ihre spitzen Schnauzen hoben sich schnuppernd in den Wind und prüften die Düfte von Tier, Mensch und Gras, die er ihnen zutrieb. Sie erblickten als erste das gähnende Erwachen der Lager: sich öffnende Zelte und zusammenrollende Matten. Sie hörten das schnalzende »dak!«, mit dem Mädchen und Frauen die Ziegen lockten, und schmeckten den Holzrauch der Feuer, der in schrägen, glasigen Türmen aus dem Uëd stieg.

Ein alter Steinwall, der in den Zeiten der Rezzus Hirten und Herden, Hab und Gut vor Angriffen der räuberischen Regibat-Krieger beschirmt hatte, war das Ziel feierlich gekleideter Männer. Ihre breiten Sandalen knirschten auf dem nachtharten Sand. Der Saum ihrer Ganduras streifte flüchtig die Erde und schmückte sich mit den gelben Stachelsternen des Cram-Cram. Frauen, in ihren schlichten blauen Gewändern wie Schwestern eines einzigen großen Ordens aussehend, blieben an der hoch geschichteten Umwallung zurück. Die Männer aber in ihrer feierlichen Kleidung sammelten sich in der Mitte des Platzes, streiften die Sandalen von den Füßen und reinigten mit nackten Zehen den Boden vor sich von Kamelkrotten.

Schlank und stumm, wie ein einsam in die Gegend gestoßener Lanzenschaft, stand Ajor allein, das Gesicht gegen die Ostflanke der Berge gerichtet, wo purpurner Schein den Auftritt der Sonne verkündete. Als der rote Rand der Kugel sich über die grauen Kuppen schob, hob er die Arme, wusch sich mit Sand und sprach das Gebet. Und hinter ihm stand die Mauer der Tamaschek: die Männer seiner Familie, die Freunde und Gäste, die Fürsten mit ihrem Gefolge, die Hirten der Ibottenaten und

Tarat Mellet, der Kel Effele und Iforgumessen, standen Imrad und Ilelan, standen – in weitem Abstand – die schwarzen Iklan und die ebenso schwarzen Inharden und endlich, bescheiden zusammengedrängt, das Häuflein der Frauen.

Und zwischen den Frauen, unauffällig und doch von vielen neugierigen Blicken gestreift, das bleiche und ernste Gesicht bis auf die Augen verhüllt: Heiße Zeit.

Die Gebetsrufe Ajors hallten langgezogen über die Ebene und wiederholten sich im Chor der Männer. Das Rauschen der Stimmen wurde zum murmelnden Sprechgesang bei den Anrufen Allahs und verstummte bis zur Unhörbarkeit, wenn die Beter niederfielen und mit dem Kopf den harten Boden berührten. Fromme und Unfromme wurden gleichermaßen von der Gewalt der Stunde mitgerissen und tauchten ein in das gemeinsame Empfinden von Kraft und Hingegebenheit, während der goldene Ball der Sonne über die Felsgrate rollte und sich verfärbend emporschwebte. Allah akbar – Gott ist groß und nirgendwo größer als in den rauhen Bergtälern der Wüste...

In kleinen Gruppen kehrte man zu den Zelten zurück. Tuhaya hielt sich ständig in Ajors Nähe. Seit seiner Werbung um Heiße Zeit hatte sich zwischen dem jungen Fürsten und dem vielgewandten Mann eine Art Freundschaft ergeben. Es lag keine Zuneigung darin, jedoch wechselseitige Anerkennung und Achtung. Ajor Chageran bewunderte Menschenkenntnis und Verhandlungstaktik des Älteren, und Tuhaya sah seinen Vorteil darin, sich auf die Seite des zukünftigen Amenokal aller Iforas-Tamaschek zu schlagen. In ihrem Charakter unterschieden sie sich wie List und Hinterlist, wie Klugheit und Schlauheit. Auch war Ajor tief von den Lehren des Islam überzeugt und hielt sich für berufen, alle Stämme mit neuem Eifer für die Sache des Propheten zu erfüllen. Tuhaya betrachtete religiösen Eifer nur als Mittel, sehr irdische Ziele zu erreichen. Ajor dachte stets an die Größe seines Volkes,

Tuhaya an die eigene Größe. Den Sohn des Amenokal bewunderte man. Der verschlagene Unterhändler wurde gefürchtet und von vielen gehaßt. Es war ein seltsames Paar.

Die Fürsten, die sich dicht bei dem alten Intallah hielten, beobachteten die beiden mit unverhohlenem Mißtrauen. Ihnen war Roter Mond zu schnell groß geworden, und sie glaubten, Tuhaya habe dazu durch seinen Ritt zum Beylik während des Krieges gegen die Kunta beigetragen. Ohne es auszusprechen, bedauerten sie, daß sie sich von Intallah zur Wahl dieses Sohnes hatten überreden lassen. Ein dümmerer und weniger tatkräftiger Mann wäre mehr nach ihrem Sinn gewesen.

Anfangs hatten sie vorgehabt, nicht zur Hochzeit zu kommen. Sie hatten Ajors Verhalten ihnen gegenüber während des Marsches ins Tilemsital nicht vergessen. Aber Intallahs Bitten und das Gefühl, sie müßten gemeinsam etwas gegen Tuhaya unternehmen – um damit gleichzeitig Roter Mond zu treffen –, hatten sie veranlaßt zu kommen.

So bestanden unter den Gästen dieser Hochzeit vielerlei Spannungen, Vorbehalte und Feindschaften. Die beiden Hauptpersonen dieses Tages begriffen das am wenigsten. Weder Heiße Zeit noch Roter Mond ahnten diese Gegensätze. Jeder war mit eigenen Sorgen, Erwartungen und Befürchtungen angefüllt und sah nichts anderes mehr.

Doch der große Tag nahm seinen Verlauf, unbekümmert von Weh und Wohl der Menschen, über deren Geschicke Allah allein bestimmt.

Ajor hatte einen Preis ausgesetzt für denjenigen, welcher den Festochsen aus der Herde zum Feuer treiben und töten würde.

Die Rinderherden weideten auf der Nordseite des Uëds In Tebdoq. Es war schwierig, ein einzelnes Tier herauszuholen. Und es war noch schwieriger, es über die Felsbarriere zu jagen, die das Uëd begrenzte.

Die jungen Hirten aller Stämme, die sich hier hervortun wollten, bestiegen auf ein Zeichen von Roter Mond ihre Kamele und galoppierten mit grellen Schreien und kreiselnden Peitschen nach Norden. Von den Zurufen ihrer Freunde angespornt, trieben sie ihre ängstlichen Kamele über die Felsen hinüber und auf der anderen Seite mitten in die Herde der Kühe und Kälber hinein. Diese geriet in Bewegung und versuchte als geschlossene Masse den Ausbruch nach rechts oder links. Sie wurde durch die Kamelreiter mit Peitschenhieben zurückgeworfen. Eine ungeheure Staubwolke wirbelte hoch. Reiter stießen zusammen und stürzten aus den Sätteln. Kühe schrien, stemmten sich gegen den Strom, um ihre zu Boden gerissenen Kälber zu schützen, wurden überrannt, fielen, traten und wurden getreten. Jungstiere, durch Schläge der Hirten in panischen Schrecken versetzt, stießen in die lebenden Hindernisse hinein, stellten sich auf die Hinterbeine, tänzelten und rammten aufs neue den Knäuel aus Leibern, Hufen und Hörnern.

Endlich einigten sich die Treiber auf einen mächtigen, hochbuckligen Stier und sonderten ihn von der Herde ab. Doch die Gruppe der Reiter hatte sich schon beträchtlich gelichtet. Viele waren gestürzt, andere drifteten eingekeilt in dem wild bewegten Meer der Rinder und standen Todesängste aus, auf die niemand achtete. Es war ein Trupp von sieben Männern, die, gekrümmt auf ihren Kamelen hockend, den rotbraunen Stier über die Felssteine dem Lager zu hetzten.

Das entsetzte Tier bewältigte die Steinpfade schneller als die nachfolgenden Kamele und stellte sich den Angreifern mit dem Rücken gegen einen Felsblock. Ein junger Tamaschek, der es dort durch einen zwischen die Hörner gezielten Hieb verjagen wollte, wurde durch den Gegenangriff aus dem Sattel gehoben und von dem verletzten Kamel geschleift. Auf seine Schreie antwortete nur das Hohngelächter der übrigen, die die Hatz mit verdoppeltem Eifer betrieben. Es gelang ihnen, den Stier wieder in Richtung auf die Zelte zu treiben. Jedoch brach er bald aus, wendete und konnte erst an den Felsen abgefangen werden.

Der dritte Anlauf brachte ihn zum Lager, wo er mit Rufen, Klatschen und Hieben empfangen wurde. Aber die Freude wandelte sich in panischen Schrecken, als er Töpfe und Kalebassen, Zeltpfosten und Hammelherden über den Haufen rannte. Er stürmte schnaubend auf die Gruppe der Frauen ein, deren flatternde Gewänder ihn gereizt haben mochten, und ließ die Männer gänzlich unbeachtet. Die Frauen stießen gellende Schreckensrufe aus, retteten sich in Dornbüsche und warfen sich flach auf den Boden. Der Stier blieb stehen und schien sich zu besinnen. Ein junger Tarat Mellet benutzte diesen Augenblick; er sprang vom Kamel und hieb mit der Takuba in den Nacken des Tieres. Es schaute den Angreifer stumpf an, zitterte, warf den Schädel ruckartig hoch und brach auf der Stelle zusammen. Blut schoß in mächtigem rotem Strahl aus der Wunde. Die Beine zuckten, und der Schwanz schlug noch einige Male, ehe das Leben ganz entwichen war.

Ajor übergab dem Tarat Mellet eine neue Takuba als Lohn. »Möge es den Feinden der Tamaschek wie diesem Stier ergehen«, sagte er. Dann rief er die Iklan, die das Tier zerlegten und mit der Vorbereitung des Mahles begannen. Das Vergnügen an dieser Stierhetze war allgemein. Nur ein Mann war mißvergnügt: Tuhaya. Er hatte durch Zufall neben dem Tier gestanden, als der Hirte es fällte, und ein Schwall von Blut hatte sich über ihn ergossen und seine Gandura besudelt. Es war nicht die Beschmutzung des Gewandes, die ihn bedrückte – er besaß genügend andere –, sondern das böse Vorzeichen, das er in diesem Vorfall erkannte. Denn er war abergläubisch wie alle Tamaschek und fürchtete Geister auf Erden mehr als den Teufel. »Blut will Blut«, sagte er düster.

Am Nachmittag begann das Tindé.

Die Fürsten und die Alten hatten sich auf eine Anhöhe zurückgezogen, so daß sie das Feld gut überblicken konnten. In einer großen Gruppe saßen die Frauen zusammen. Heiße Zeit verhüllt in der Mitte, die übrigen dicht gedrängt um sie herum. Neben ihr hatten drei Mädchen die große Kalebasse mit dem nassen Kalbfell aufgestellt, hockten sich davor und schlugen die Trommel in eintönigem Rhythmus.

Die jungen Männer aber, in ihre schönsten blauen Gewänder gekleidet, ritten auf ihren Kamelen, die Köpfe der Tiere an das Sattelkreuz gezogen, daß es aussah, als stießen hochbordige Schiffe in den unendlichen Ozean des blauen Himmels vor. Vom Sattel aus betrachtet, erschien die Schar der Frauen wie ängstlich geduckte Hühner, die von den Hufen der Kamele zermalmt werden würden. Und wirklich bogen sie die Köpfe zurück, wenn die Reiter gar zu nahe vorüberritten und versuchten, den Schritt der Tiere dem Takt des Tindé anzupassen.

Steigerte sich die Schnelligkeit der Trommelschläge, dann trabten auch die Kamele eiliger. Ihre braunen und schwarzen Augen drückten Unruhe und Erregung aus. Sie ließen die Unterlippe hängen. Schaumflocken tropften grün und gelb auf die Erde. Die Reiter saßen kerzengerade, die Augen ins Nichts gerichtet, die Hände leicht und locker am Taramt, so als wären sie aufgeputzte Puppen, und die Tiere von sich aus auf den Einfall gekommen, an den Frauen vorüberzureiten.

Die Mädchen schlugen das Kalbfell schneller und schneller. Die Kamele galoppierten so dicht an den Hokkenden vorüber, daß einige der Frauen die Augen schlossen. Aber die Alten stachelten die Jüngeren an.

»Als wir jung waren«, riefen sie, »haben wir andere Dinge gemacht. Zeigt das Iludjan, ja, zeigt das Iludjan.«

Ajor selbst ließ es sich nicht nehmen, das Iludjan anzuführen, den Höhepunkt des Tindé. Die Reiter schlossen sich zu einer langen Reihe zusammen und umzirkelten in immer enger werdenden Spiralen die Gruppe der Frauen, bis die Hufe der Kamele nur noch eine Handbreit neben den Knien aufsetzten, und die Tiere Kopf an Schwanz lagen. Die Mädchen hämmerten stakkato auf ihrer Trommel, und die Frauen stießen jene furchterregenden und grellen Schreie aus, bei deren Ton die Kamele ihre Ohren entsetzt hochstellen.

»Schneller!« riefen die Alten. »Schneller!«

Aber sie hatten bald keinen Grund mehr zu rufen. Sie sahen atemlos und mit offenen Mündern, wie die Kamele sich leicht nach innen legten, um die kurze Rundung zu durchlaufen, wie auch die Reiter immer tiefer der Innenseite zuneigten — fast als ob sich ein kreisrundes Zelt aus lebenden Tier- und Menschenleibern über den Sitzenden bilde —, und wie dieses Karussell mit unglaublicher Geschwindigkeit um die Frauen rotierte.

Und alle, die außen saßen, waren aufgesprungen und schrien: »Das Iludjan, das Iludjan!« und die Kalebassentrommel dröhnte. Die nickenden Kamelköpfe duckten sich unter den in den Wind gehaltenen nackten Schwertern, die mit den Reitern zu glitzernden Kreisen zu verschmelzen schienen. Und doch war in dieser wogenden und drehenden Masse noch eine abweichende Bewegung, zufällig vielleicht und doch das Ende auslösend. Tiu'elens Kopftuch fiel zurück und gab für einen Augenblick ihr Gesicht frei. Und dieser Augenblick genügte Roter Mond, sich ihr wachsbleiches Gesicht tief einzuprägen, die vom Antimon blau geschatteten Augen, den weichen und vollen Mund, das gescheitelte schwarze Haar und das schmale, energische Kinn. Und es war ihm, als habe sie sich nur ihm zuliebe enthüllt, beschützt durch den Wirbel der tanzenden Tiere. Er riß eine silberne Kette von seinem Hals und warf sie ihr in den Schoß und jauchzte über den Lärm hin, daß es bis zu den Ohren der Fürsten drang, und glaubte, einen dankbaren Blick aufzufangen, und brach mit einem gewaltigen Satz aus dem Iludjan aus.

Noch viele Jahre später, als er längst zum bedeutendsten Fürsten der Tamaschek zwischen dem Hoggar und dem Großen Fluß geworden war, gestand er sich, daß er niemals vorher und niemals später wieder eine Sekunde so unerhörten Glücks erfahren habe, wie in diesem Augenblick. Und vielleicht hat dieses Geständnis auch Heiße Zeit dem jungen Amenokal näher gebracht, als es Geschenke und Ehren je vermocht haben würden.

Jetzt aber löste sich das Iludjan auf. Frauen und Mädchen erhoben sich, um zu den Zelten zu schreiten, und die Reiter ließen ihre abgehetzten Kamele über die Ebene traben, um ihnen nach dem irrsinnigen Kreisen Auslauf zu verschaffen.

Obschon bei den Tamaschek Männer und Frauen nicht tanzen – sie allenfalls ihre Tiere im Iludjan tanzen lassen –, wandte sich die Aufmerksamkeit der Männer den Iklan zu. Die schwarzen Sklaven tanzten für sich ihre alten afrikanischen Tänze, stürmischer und stampfender in ihren Rhythmen als die Musik der Tamaschek. Sie hüpften und sprangen, drehten und wirbelten im Kreis, zum Takt der klatschenden Hände und der dröhnenden Schläge eines Tobols, das sie aus Holz und Leder angefertigt und vor dem Spiel an den Feuern gewärmt hatten.

In den Gesichtern der Hirten waren Neugier und Verachtung über diese Künste der Iklan zu lesen, eine vergnügte, aber herablassende Duldung, wie sie Menschen gegenüber dressierten Affen zeigen. Es ist spaßig anzusehen, dachten sie, aber auch würdelos und dumm. Sie rissen Witze über die Verrenkungen der Tänzer und blickten hochmütig über die schwarzen Frauen hinweg, die unermüdlich klatschend und sich in den Hüften wiegend die Tanzenden umstanden.

Am späten Nachmittag begann das Hochzeitsmahl und dauerte bis in die Nacht.

Sie vertilgten nicht nur den ganzen Stier, sondern auch Hammel und Kälber in solchen Mengen, daß noch kurz vor Abend weitere Tiere geschlachtet werden mußten. Dazu aßen sie Reis mit flüssiger und meist ranziger Butter, scharf mit rotem Pfeffer gewürzt, und tranken aus reihum gehenden Kalebassen und Bechern Rejira, ein erfrischendes Getränk aus gestampften Datteln, Hirse und Wasser. Es gab nicht wenige, die so unmäßig schlangen, daß sie sich erbrachen – Grund genug, den Magen unverzüglich aufs neue zu füllen. Sie schwelgten in Fett und Milch und Fleisch und ruhten nicht eher, bis die Knochen abgenagt und die Schüsseln leergekratzt waren. Sie, die an Hunger, an karge, magere und eintönige Kost gewöhnt waren, wollten diesmal das Gefühl des strömenden Überflusses haben. Mit verschwitzten und verschmierten Gesichtern, mit tropfenden Bärten, die Kinder mit bekleckerten Bäuchen und Ärmchen, die bis zu den Ellbogen von Butter glänzten, beendeten sie das Mahl. Da gab es niemand, der nicht das hohe Lob Intallahs und Tadasts sang und nicht durch Schnalzen und Rülpsen sein Wohlbehagen ausdrückte. Es war ein Fest nach dem Herzen der Tamaschek, herrlich, unbeschreiblich und beinahe wie in Allahs Paradies. Hamdullillahi! Mit den Dornen des Adjar-Baumes in den Zähnen bohrend, murmelten sie glückverheißende Sprüche für das junge Paar, wünschten ihm zahlreiche Söhne und so viele Kamele wie Sand im Tanesruft, wünschten ihm immergrüne Weiden und überquellende Brunnen und bekräftigten ihr Wohlwollen durch Spucken in alle Windrichtungen und durch dankbares Stöhnen und immer neue Seufzer »Hamdullillahi!«

Es war, als ob der Geruch gebratener Hammel weitere Scharen in das Uëd locke. Noch bis zum Beginn der Nacht trafen ungeladene Gäste im Uëd In Tebdoq ein: Männer, Frauen und Kinder ließen sich in der Nähe der Schmausenden nieder und hofften auf unbenagte Rippen und nicht ganz ausgeleckte Kalebassen.

Als die großen Holzstöße aufflammten, sammelten sich die Frauen, die abseits gespeist hatten, wieder in der Nähe der Männer. Der Höhepunkt des Festes rückte heran.

Im roten Schein der Feuer rückten die Männer dicht an den dicken lustigen Ramzata ag Elrhassan heran, den Fürsten der Kel Telabit. Er war ihr Vorsänger, wenn er auch nur krähte wie ein Hahn. Aber er hatte eine durchdringende Stimme und wußte sich Gehör zu verschaffen. Die Frauen hingegen scharten sich um Tadast und begaben sich somit gleichsam in den Schutz ihrer scharfen Zunge.

Roter Mond und Heiße Zeit mußten zwischen den beiden Lagern nebeneinander auf einem Bett aus gestampfter Erde sitzen. Sie durften einander nicht ansehen und kein Wort sprechen. Ajor nahm das leicht und ertrug diesen Zustand ohne Mühe. Tiu'elen aber litt trotz der Verhüllung durch ihre Gewänder. Sie fühlte die Blicke der anderen wie Pfeilspitzen und ahnte einen heimtückischen Angriff Tadasts, gegen den sie sich nicht wehren konnte. Sie wußte nicht, wer ihr Freund war und wo ihre Gegner saßen. Sie glaubte sich ausgeliefert und verlassen und empfand die Nähe von Roter Mond zum erstenmal wie Trost in ihrer Not. Sie spürte die Wärme seiner Schulter in der Kühle der Nacht und lehnte sich unmerklich dagegen. Wenn dies nur vorüber wäre, dachte sie. Aber ich tue es um Mid-e-Mids willen. Und ich werde mit Ajor über ihn sprechen, wenn wir allein sind. Und sie dachte: Was wird Mid-e-Mid von mir denken, wenn er von dieser Hochzeit erfährt? Die Vorstellung erschreckte sie, und zugleich meinte sie, sein Gesicht unter den Gästen Intallahs zu erkennen. Aber da saßen nur die Vornehmen und Tuhaya und ganz am Rand der Gruppe ihr Vater. Alle anderen waren ihr fremd.

Ramzata sang ein Spottlied:

> »Es zog ein Stier durch das frische Gras
> und suchte seine Kühe.
> Doch er fand nicht eine im frischen Gras
> und tröstete sich bei einem Schaf
> im frischen Gras ... im frischen Gras ...«

Die Männer schüttelten sich vor Lachen. Sie hatten die Anspielung auf die niedere Herkunft Tiu'elens verstanden. Und es waren die Ilelan, die am stürmischsten die Wiederholung des Verses verlangten. Nur Intallah runzelte die Stirn, und der Marabu bedeckte seine Augen mit der Hand. Tuhaya erhob sich.

»Wer singt ein Lied auf den Marsch nach Tilemsi?« fragte er, um weitere Spottlieder auf das Brautpaar zu verhindern. Er hatte nämlich erfahren, daß einige junge Männer den Zug gegen die Kunta besingen wollten.

Es meldeten sich zwei. Aber ihre Lieder waren nicht gut. Sie wurden ausgelacht.

Aber es gab auch Bewunderer Tiu'elens unter den Gästen. Sie stimmten das Lied an, das man im Uëd Tin Bojeriten zum erstenmal vernommen hatte: Über den Bergen von Irrarar stand der Mond so gelb... Und sie sangen es so, daß alle verstanden: Heiße Zeit war gemeint.

Roter Mond drückte seine Schulter kräftiger gegen die Tiu'elens, um ihr sein Glücksgefühl auszudrücken. Aber Heiße Zeit erwiderte den Druck nicht. Das Lied hatte nur noch stärker die Erinnerung an den Mann berührt, der dieses Gedicht für sie gemacht hatte. Sie senkte den Kopf.

In diesem Augenblick hörte sie eine Stimme, die sie aus tausend anderen herausgekannt haben würde, obgleich sie diese Stimme sanft und weich kannte und nicht scharf und schneidend, wie sie jetzt an ihr Ohr drang.

Mid-e-Mid hatte sich nach vorne gedrängt. Niemand hatte ihn vorher gesehen. Er trug den Kopf unbedeckt. Heiße Zeit sah scharfe Linien um seinen Mund. Die schrägen Augen schienen ihr geschwollen, der Blick verächtlich. Nein, dachte sie, er kann es nicht sein. Aber es war seine Stimme, die sagte: »Ich werde singen.«

Sie glaubte, sie müsse umsinken. Blutwellen schossen in ihre Stirn. Sie bebte. Sie hörte nicht das Rufen: »Es ist Eliselus! Eliselus ist gekommen!« Sie war taub und stumm und abwechselnd bleich und schamrot. Sie unterdrückte ihre Tränen und konnte es nicht verhindern, daß einige in ihren Schoß fielen. Sie wollte sprechen, ihn bitten, das Fest zu verlassen, sie nicht zu quälen. Sie wollte aufspringen und ihm alles erklären. Aber sie blieb doch nur schweigend auf dem Erdbett, bis zur völligen Starre gelähmt.

Mid-e-Mid hielt die Augen auf sie gerichtet, als er sang:

»Bahu hieß mein Pferd:
feurig sein Auge, stählern die Sehnen,
und seine Mähne wehte und wogte,
flog es im Winde über das Reg.«

Ein Murmeln wanderte durch die Zuhörer, denn der Name des Pferdes war seltsam: Bahu hieß Lüge.

Und Mid-e-Mid sang:

> »Bahu hieß mein Pferd:
> täglich am Brunnen schöpfte ich Wasser,
> tränkte die Stute, stammelte heiße Liebesworte
> ihr in das Ohr.
>
> Bahu hieß mein Pferd:
> rot war sein Sattel, rot war die Decke,
> roter noch schimmerten Nüstern und Augen,
> trug es singend mich und mein Glück.«

Sie schrien: »Eliselus!« Sie glaubten, das Lied sei zu Ende. Aber Mid-e-Mid schaffte sich mit einer Handbewegung Stille und sang mit geschlossenen Augen den letzten Vers:

> »Bahu hieß mein Pferd:
> doch als der Hengst rief, nächtlich am Berge,
> blieb nur der Hufschlag, Spuren im Sande,
> glückliches Schnauben, fernab im Tal.
> Bahu hieß mein Pferd!«

Der alte Intallah murmelte: »Welch ein Lied. Dieser junge Mann singt besser als alle, die wir bisher hörten.«

Der Beifall brauste über das Feld und brach sich als Echo an den Bergen. Aber Heiße Zeit krampfte sich das Herz zusammen, denn sie wußte wohl, wer mit Bahu gemeint war. Und es gab noch zwei Menschen, die es wußten: Tuhaya und Tadast.

Tuhaya bereute es, der Frau des Amenokal das erlauschte Gespräch berichtet zu haben. Sie würde sprechen. Aber der Augenblick war falsch gewählt. Nach diesem Lied schlugen alle Herzen für Mid-e-Mid, und man konnte ihm nichts anhaben. So würden Tadasts Worte zwar Tiu'elen tief verwunden, aber Ajor zu seinem Feind machen.

In seiner Besorgnis stand er auf und wollte zu Tadast hinübergehen, um sie zurückzuhalten. Ja, er versuchte, ihr durch Zeichen Schweigen zu gebieten. Aber Tadast beachtete ihn nicht. Sie schrie: »Wollt ihr wissen, Tamaschek, wer mit Bahu gemeint ist? Willst du es wissen, Ajor Chageran?«

Ihre schrille Stimme ließ den Lärm verstummen. Alle Gesichter wandten sich ihr zu.

»Willst du wissen, wer in Mid-e-Mids Armen lag und versprach, seine Frau zu werden? Willst du wissen, wer die Antwort empfing: Ich bin wie das Alemos, wenn der Adjinna es berührt nach einem Jahr der Trockenheit? Willst du wissen, wer sich für zwei Kälber bereit fand, in dein Zelt zu kommen?«

Es trat eine Stille ein, in der das Knistern des Feuers zu hören war.

Tadast zeigte auf Heiße Zeit, die den Kopf auf ihre Knie gelegt hatte und leise schluchzte. »Da – da hockt Bahu!«

Tuhaya begriff jetzt, daß er nichts mehr verhindern konnte. Roter Mond würde Tiu'elen mit Schimpf und Schande wegjagen. Aber er erkannte auch, daß Ajor ihm das durch die erfolgreiche Werbung gewonnene Vertrauen entziehen würde. Und mit einer Beweglichkeit, die diesen gerissenen Mann schon immer ausgezeichnet hatte, versuchte er, Ajor Chagerans Zorn ganz auf Mid-e-Mid zu lenken.

»Tadasts Mund spricht die Wahrheit«, rief er laut. »So wahr ich hier stehe: Ich habe diese Worte gehört, als ich im Zelt des Marabus weilte und die Werbung vorbrachte. Männer der Tamaschek: Mid-e-Mid hat dieses Mädchen betört. Mid-e-Mid ist schuld.«

Seine magere ausgestreckte Hand zeigte auf den Sänger, und alle Augen richteten sich auf das finstere Gesicht Mid-e-Mids. Und immer noch herrschte Stille. Aber es war die Stille, die bei furchtbaren Gewittern dem ersten Blitz vorangeht.

Tuhaya rief: »Männer der Tamaschek. Um Ajor Chagerans willen habe ich lange geschwiegen. Aber nun ist dieser Schakal in die Herde eingebrochen. Vor aller Ohren hat er Tiu'elens Ehre beschmutzt. Schuldig wäre ich, würde ich schweigen.«

Seine Stimme überschlug sich. Sein immer noch auf Mid-e-Mid gerichteter Zeigefinger zitterte: »Männer der Tamaschek. Ich habe Abu Bakr, euren Feind, gejagt, aber Agassums Sohn hat ihn nachts meuchlings mit seinem eigenen Schwert erschlagen und beraubt. Packt den Mörder und übergebt ihn dem Beylik!«

In das Gemurmel der Stimmen schrie der Marabu: »Ich glaub' dir nicht, Tuhaya, meine Tochter...«

Aber seine Worte gingen in einem Aufschrei unter.

Mid-e-Mid lief mit Riesenschritten auf Tuhaya zu. Telchenjert hielt er mit beiden Händen gefaßt, so daß der Bronzeknauf hoch über seinem Kopf funkelte.

»Das für meinen Vater!« Die Takuba traf Tuhayas Hände, die sich schützend über den Kopf erhoben hatten. Er sank in die Knie.

»Für Tiu'elens Ehre!« Der zweite Schlag warf den Unterhändler zu Boden.

»Dies für dein Lügenmaul!« Der Knauf traf Tuhayas Schädel und zerschmetterte ihn.

Unter den Entsetzensrufen der Tamaschek sprang Mid-e-Mid in wilden Sätzen durch die Reihen. Niemand machte den Versuch, ihn aufzuhalten.

Nur Tadast rief: »Ajor! Räche Tuhaya! Schicke Heiße Zeit dem Vater zurück!«

Aber der Sänger bestieg ungehindert sein Reittier und jagte in die Nacht.

Die Männer drängten zu der Stelle, wo Tuhayas Leiche lag. Tadasts schrille Stimme gellte über den Aufruhr: »Feiglinge seid ihr! Verfolgt denn keiner den Mörder?«

Mit Ellbogenstößen versuchte sie, sich in den Kreis der Männer zu drängen. Aber Ramzata wies sie zurecht: »Du trägst mehr Schuld als Mid-e-Mid. Geh in dein Zelt, Unheilstifterin.«

Er fand mit diesen Worten die laute Zustimmung der übrigen Ilelan. Und ein vornehmer Ibottenate aus der eigenen Familie Tadasts meinte: »Mischen wir uns nicht in diese Sache: Mid-e-Mid hat den Frieden gebrochen. Doch das betrifft Intallahs Sohn. Nicht uns.«

»Nicht euch?« geiferte Tadast. »Ein Hergelaufener erschlägt euren Freund Tuhaya, und ihr schweigt dazu?«

Die Männer murrten: »Unser Freund war er nie.«

Und Ramzata sagte: »Wer keinen Freund hat, findet auch keinen Rächer. Tuhaya geht uns nichts an. Wenn du einen Streit hast mit Tiu'elen, so geht er uns nichts an. Wenn Mid-e-Mid einen Streit hat mit Roter Mond, so geht er uns nichts an. Er muß selbst für seine Ehre sorgen.« Er faßte Tadast an der Schulter und drehte sie mit dem Gesicht zum Lager. »Schau dorthin!«

Alle wandten sich um. Sie sahen, wie Roter Mond sich bückte und Heiße Zeit auf seine Arme nahm und sie hinübertrug zu ihrem Zelt.

»Auf solche Weise schickt man Frauen nicht zu den Eltern zurück«, sagte Ramzata spöttisch.

Tadast wurde blaß. Ihre Augen traten hervor, als bekäme sie keine Luft mehr. Sie eilte wortlos zu Intallah hinüber, der als einziger noch auf seinem Platz saß. »Intallah, was wirst du tun?« fragte sie.

»Ich werde mich mit meinem Sohn beraten«, erwiderte der Alte langsam.

Da wußte sie, daß ihr Spiel verloren war. Sie forderte ihn auf, sich auf ihre Schulter zu stützen. Aber Intallah gab ihr keine Antwort. Er lehnte sich schwer auf seinen Stock und ging mit müden Schritten zu seinem Hokum. Ich muß es Roter Mond überlassen, dachte er. Es ist sein Fest. Und es ist seine Frau. – Tuhaya hat seinen Tod geahnt. Er wollte die Werbung nicht übernehmen, er hat es geahnt.

Die Fürsten kamen und setzten sich zu ihm.

Er fragte: »Was würdet ihr tun, wenn ihr an meiner Stelle wäret?«

Sie antworteten: »Überlaß es Roter Mond, Amenokal. Wenn er diese Frau fortschickt, so ist es gut. Wenn er sie behält, so ist es auch gut. Aber es scheint uns nicht so, als ob er sie fortschicken wollte.«

Intallah nickte. »Ich denke wie ihr. Aber was soll man tun, wenn der Beylik erfährt, daß ein Mann erschlagen wurde, und seine Goumiers zu uns schickt?«

Ramzata meinte: »Tuhaya ließ Agassum töten. Und Agassums Sohn tötete Tuhaya. Das war sein gutes Recht. Das ist das Recht der Tamaschek. Warum sollen wir unser Recht beugen und dem Beylik helfen, einen von unserem Volk zu jagen!«

Die übrigen Fürsten sprachen laut ihren Beifall aus. Intallah begriff, daß Tuhaya unter ihnen keinen Freund hatte. Er fühlte sich erleichtert, weil man ihm nicht zumutete, den Sänger zu verfolgen. Aber er sagte doch: »Es könnte sein, daß mein Sohn den Friedensbrecher jagen wird.«

Sie erwiderten: »Wir können ihn nicht daran hindern. Aber wir leihen ihm dazu nicht unsere Hände. Möge Allah ihm Weisheit schenken, das Rechte zu tun.«

Intallah war mit dieser Meinung der Fürsten sehr zufrieden. Er hatte in seinem langen Leben viel Streit und Unruhe erlebt. In seinem Alter schätzte er den Frieden über alles. Und wenn er dem Streit aus dem Weg ging, so geschah es nicht aus Schwäche, sondern aus Weisheit und im Vertrauen darauf, daß Allah allein die Geschicke der Menschen bestimme und die Menschen nur seine Werkzeuge seien.

Er forderte einen der Iklan auf, Tee zu machen und Holz in das Feuer zu werfen.

»Der Tee wird uns gut tun«, meinten die Fürsten. Und nach einiger Zeit sagten sie: »Es war ein herrliches Fest.« Und das war das Zeichen dafür, daß sie über Tuhayas Tod nicht mehr reden wollten.

Die übrigen Gäste aber sprachen noch lange davon. Und ihre Gespräche endeten stets mit den Worten: »Laßt uns abwarten, was Ajor Chageran tun wird.«

In dieser Nacht leuchteten vor allen Zelten die Feuer bis in den Morgen.

Nachtwachen

Die Lederbedeckungen des Hokums waren herabgelassen und breite Matten vor den Eingang geschoben. Die Luft stand still im Zelt. Die Zeit wurde mit Herzschlägen gemessen.

Tiu'elen lag ausgestreckt auf einer Decke. Unterdrücktes Weinen war das einzige Geräusch in der Dunkelheit.

Roter Mond hielt ihre Hand.

»Ich glaube keines von Tadasts Worten«, sagte er. »Du sollst wissen, daß ich ihr nicht glaube.«

Er schwieg. Er erwartete eine Antwort. Aber die Antwort kam nicht. Die Hand zwischen seinen Fingern war kalt und gab kein Zeichen.

»Tadast fürchtete um ihren Einfluß. Darum hat sie dich verdächtigt. Heiße Zeit, sag mir nur ein Wort. Sag, daß sie gelogen hat, Heiße Zeit.«

Ein Käfer raschelte. Es war, als ob er ein Loch bohren wollte und das harte Holz Widerstand leistete.

Er fühlte die Knöchel auf Tiu'elens Hand und legte seine Finger dazwischen. Ich hätte ahnen müssen, daß Tadast gegen diese Heirat war und sie hintertreiben wollte, dachte er. Sie trägt ihren Namen zu Recht: Stechmücke.

Er tastete über Tiu'elens Gesicht. Es war feucht von Tränen, und ihre Lippen zuckten.

»Hast du kein Vertrauen zu mir, Heiße Zeit?« fragte er sanft.

Die Stimme Tiu'elens war wie von Tüchern erstickt. »Du bist mein Mann«, stammelte sie.

»Ja«, erwiderte er. »Das ist wahr. Aber es ist nicht genug. Du mußt Vertrauen zu mir haben. – Sprich.«

Ihre Hand krampfte sich zusammen. Eine Matte knisterte.

»Schick mich zu meinem Vater zurück«, schluchzte sie. »Ich kann nicht bei dir bleiben. Tadast hat die Wahrheit gesagt.«

Sie schlug mit den Fäusten auf den harten Boden.

»Die Wahrheit, Roter Mond. Auch Mid-e-Mid hat die Wahrheit gesagt.«

Sie wälzte sich stöhnend auf die Seite und entzog Ajor ihre Hand. Er hörte sein Herz klopfen.

»Es kann nicht sein«, murmelte er.

Sie flüsterte gepreßt: »Wenn du willst, daß ich die Wahrheit sage...«

»Sprich«, murmelte er. Er wischte sich den Schweiß von der Stirn.

»Ich habe dich nicht gewollt, Roter Mond.«

Er sagte: »Aber hast du nicht mein Abschiedsgeschenk angenommen, als ich das Hokum deines Vaters verließ? Du tatest das Rosenöl in dein Haar. Entsinnst du dich?«

»Ich tat es einmal, Roter Mond. Ich wollte dich nicht kränken. Nur einmal. Das Fläschchen steckt in meiner Satteltasche. Es ist noch voll.«

»Aber als ich um dich werben ließ, hast du mich nicht abgewiesen«, sagte er.

»Doch«, erwiderte sie heftig. »Aber ich mußte meinem Vater gehorchen. Das Herz eines Mädchens gilt nichts bei den Tamaschek. Seine Schläge sind so leise, als könne niemand sie hören.«

»Das wußte ich nicht«, sagte er verstört. »Du hattest dich Mid-e-Mid versprochen?«

»Wenn du die Wahrheit hören willst?«

Er wagte nicht zu antworten. Aber es schien ihm, als müsse sein Herz vor Traurigkeit zerspringen.

Sie sagte: »Seit dem Tag, da Mid-e-Mid in unser Lager ritt, habe ich nur an ihn gedacht. Er war arm wie ich – aber er schenkte mir seine Lieder. Wie hätte ich an dich denken können, Roter Mond?«

Er atmete tief. »Und jetzt? Was denkst du jetzt, Heiße Zeit?«

»Allah wollte, daß ich deine Frau wurde, aber ich bitte dich, mich zurückzuschicken. Ich habe dir Unehre gemacht.«

Die Stille im Zelt war wie eine Mauer zwischen ihnen.

»Ich kann dich nicht halten, wenn du fortgehen willst«, sagte er schließlich. »Aber ich bitte dich, bleib bei mir.«

Sie richtete sich auf. »Du willst, daß ich bleibe, Ajor?«

»Ja«, sagte er. Er hielt den Atem an. Er hörte sein Blut rauschen.

»Es ist gegen die Sitte«, flüsterte sie. »Nach allem, was geschah.«

»Ich habe die Sitte verletzt, als ich die Töchter der Ilelan ausschlug. Glaubst du, ich fürchte mich, die Sitte ein zweites Mal zu brechen, Heiße Zeit?«

»Und, Roter Mond, wenn ich bei dir bliebe – hättest du Vertrauen zu mir? Hättest du Vertrauen zu einer Frau, die einen anderen Mann noch nicht vergessen kann?«

Ihre Augen versuchten die Dunkelheit zu durchdringen. Aber die Nacht war um sie wie eine warme nachtschwarze Höhle, und das Atmen des Mannes war darin wie der Laut eines unbekannten Tieres, lähmend, verheißungsvoll, lauernd, lauschend und von unbegreiflicher Stärke. Doch es war ihr auch, als ob ein neuer Ton in diesen Atemzügen wäre, ein glückverheißender und kraftvoller Ton, der die Schatten auf ihrer Seele verscheuchte.

Sie harrte auf die Antwort Ajors, wie ein Mensch in großer Not auf die Ankunft des Helfers hofft. Ihre Hände lagen auf den Knien und ihr Mund war leicht geöffnet und ihr Herz pochte wie der Schnabel eines kleinen Vogels, der durch die Eierschale in die Welt schlüpfen will.

Roter Mond dachte lange nach. Es war eine Prüfung, die er sich selbst auferlegte. Er wußte, dies war die Stunde der Entscheidung zwischen ihm und Heiße Zeit. Aber es war auch die Stunde, die darüber befand, ob ein Mensch wie ein dürrer Riedstock zerbrochen oder wie eine zarte Wurzel in neue Erde gepflanzt werden sollte. Recht und Sitte, Zeit und Ort häuften alle Macht auf Ajor Chageran und alle demütige Schwäche auf Tiu'elen.

Und in dieser Stunde und in dieser Nacht erfocht ein junger Mann einen Sieg über sich selbst. Und der Sieg war ebenso herrlich wie das schmerzhafte Ja, mit dem sich das Mädchen dem Willen des Vaters opferte. Und in dieser Stunde und in dieser Nacht wurden Heiße Zeit und Roter Mond einander wert.

»Ich vertraue dir, wie ich meinem eigenen Herzen vertraue«, sagte Ajor. »Und damit du siehst, wie ich es meine: Nimm mein bestes Kamel und brich auf und such Mid-e-Mid. Ich biete ihm meine Freundschaft und ich will, daß er wieder singt an meinem Feuer – und an allen Feuern im Adrar von Iforas.«

Da tastete sie mit den Händen nach seinen Schultern und legte sie um seinen Hals. Und sein Gesicht war dicht vor dem ihren, das noch immer von Tränen feucht war.

»Reite, Heiße Zeit. Sag ihm, daß er unter meinem Schutz steht, wenn der Beylik nach ihm sucht. Sag ihm, daß er in meinem Hokum willkommen ist und sag ihm auch, daß dies um deinetwillen geschieht. Reite, Heiße Zeit.«

Sie senkte den Kopf auf seine Schulter und weinte. Aber es war ein gelöstes Weinen. Und es war ihr, als ob Roter Mond einen Riegel von ihrem Herzen gestoßen habe. Dieser Riegel hatte davorgelegen, seit Tuhaya aus dem Lager ihres Vaters geritten war.

Ajor schlug die Decke um sie und schob ihr ein Kissen in den Nacken. »Ich gehe«, sagte er. »Ich bin glücklich. – Ich will mich an das Feuer setzen und auf den neuen Tag warten und dann auf alle Tage bis zu deiner Rückkehr.«

»Inchallah«, sagte Heiße Zeit leise, mit einem Lächeln um den Mund. »Ich bin dein.«

Ein Zeltpfahl knarrte. Leder schlug im Wind. Ein Kiesel knirschte unter Ajors Sohlen.

Der Holzstoß war dunkle Glut mit weißer Asche bedeckt.

Ajor kniete und blies. Blaue Flammen leckten hoch. Er legte Holz nach. Die Äste knackten und wanden sich in der Hitze. Funken stoben auf und trieben mit dem Wind davon. Er schmeckte den bitter-süßen Rauch. Um seinen Mund träumte ein Lächeln.

Ich brauche das Feuer nicht, dachte er. Es ist warm in mir.

Am Morgen wartete Ajors Reittier vor Tiuʻelens Zelt. Ein breiter Frauensattel lag auf dem Höcker, und blaue und gelbe Decken hingen tief herab. Als Heiße Zeit aus dem Hokum trat, flüsterten die Iklan: »Gewiß hat er zu ihr gesagt: ›Dein Antlitz ist mir der Rücken‹, denn er schickt sie zu ihrem Vater zurück.«

Sie liefen zu Tadast, um ihr die Nachricht zu bringen, Ajor habe die Scheidung ausgesprochen.

Tadast lachte hart auf: »Ich muß es selbst sehen«, sagte sie.

Sie warf sich ein Kleid über und ging zu Tiu'elens Zelt. Auf halbem Wege blieb sie stehen: Sie sah, wie Roter Mond seiner jungen Frau in den Sattel half, und sie sah auch, daß der Sattel nicht auf jenem Kamel lag, das Heiße Zeit mit in die Ehe gebracht hatte, sondern auf Ajors bestem Reittier.

Die Iklan begriffen nicht, warum sie von Tadast geprügelt wurden.

Heiße Zeit aber ritt in den Morgen, um Mid-e-Mid zu suchen.

Die Tränen der Nacht hatten ihre Spuren hinterlassen. Tiu'elens Antlitz war blaß und blank, die Augen wie von tiefer Klarheit geweitet. Ihre Lippen waren geschlossen, doch der Ausdruck trotziger Entschlossenheit, der in den letzten Tagen darüber gelegen hatte, war zu sanftem Ernst gewandelt.

Ein Hirte, den sie im Uëd Irrarar traf, versicherte ihr, Mid-e-Mid habe vor Anbruch des Tages einige Zeit an seinem Feuer gerastet. Er sei wohl nach Norden geritten.

Sie dankte und lenkte ihr Tier über die strohgelben, baumbestandenen Alemos-Ebenen auf die schwärzlichen Steinhügel zu, die hin und wieder das Uëd durchschnitten und die Einmündung anderer Trockenflüsse verrieten. Ein Geäder von Viehpfaden hatte die Felsrücken überzogen. Dazwischen ragten wie tote Granitaugen die Umwallungen urzeitlicher Gräber: grau und braun, mit Sand angefüllt und von blau-weißen Eidechsen gehütet, die bei ihrer Annäherung blitzschnell verschwanden.

Wenn sie unter den gelb blühenden Tamat-Akazien das dunkle Rot eines Hokums erblickte, ritt sie darauf zu.

»Habt ihr einen Mann gesehen, der ein sehr schnelles Kamel ritt?« fragte sie.

Die Frauen, die um diese Zeit des Tages allein in den Zelten waren, antworteten: »Wir haben einen Reiter gehört. Mehr wissen wir nicht. – Wen suchst du?«

Und Heiße Zeit antwortete: »Ich suche Mid-e-Mid, den Sänger.«

Sie sagten: »Es ist möglich, daß es Mid-e-Mid war. Aber wir wissen es nicht.«

Dann sagten sie: »Bist du nicht Tiu'elen, die Frau Ajor Chagerans?«

»Ja – das bin ich«, sagte Heiße Zeit.

»Möge dein Leib gesegnet sein«, erwiderten die Frauen. »Mögest du ihm viele Söhne gebären.« Und sie boten ihr Milch an.

Aber Heiße Zeit trank nicht und ritt den ganzen Tag bis zum Doppelberg Tin Baduren. Dort, zwischen dem Affasso, wollte sie die Nacht verbringen. Ein Junge, der seine Rinder zum Lager trieb, hielt bei ihr an. Er grüßte sie höflich, fragte aber nichts und blieb, den linken Fuß auf sein rechtes Bein gestützt, die Hände auf einen Knotenstock gelehnt, neugierig stehen.

»Sag mir, ob du Mid-e-Mid gesehen hast«, fragte Heiße Zeit und packte ihre Tasche aus und suchte nach Datteln.

»Er ist am Wasserloch von Tadjujamet«, sagte der Junge, »und tränkt sein Kamel.«

»Ist es wirklich Mid-e-Mid?« fragte Heiße Zeit.

»Er ist es«, sagte der Junge gleichgültig. »Er reitet einen Hengst. Inhelumé heißt der Hengst. Ich kenne ihn. Er gehörte früher einem Räuber.«

»Das ist er«, nickte Heiße Zeit. »Willst du Datteln?«

Der Junge hielt die Hand auf, ohne seine Stellung zu verändern. Heiße Zeit gab ihm so viele Datteln, wie die Hand faßte. Da hielt er auch die andere Hand hin und leerte die erste in eine umgehängte Tasche.

»Wie weit ist es bis Tadjujamet?« fragte sie.

»Mit diesem Kamel«, sagte er und zeigte auf Tiu'elens Wallach, »sind es zwei Stunden. Aber es wird gleich dunkel sein. Wirst du den Weg finden?«

Heiße Zeit zögerte.

»Wenn du wartest, bringe ich meine Rinder zum Lager und komme zu dir zurück und führe dich zum Eris von Tadjujamet.«

»Ich will warten. Aber beeile dich.«

Er nickte und lief eilig davon, denn seine Tiere waren den ihnen vertrauten Pfad schon vorangezogen.

Als die Sonne untergegangen war, kam ein alter Mann mit dem Jungen zurück. Der Alte sagte: »Ich wollte nicht glauben, was dieser Junge berichtete.«

»Was hat er berichtet?«

»Er hat gesagt: Am Berg Tin Baduren sitzt eine Frau. Sie ist sehr schön. Sie sucht Mid-e-Mid. Ich will sie nach Tadjujamet führen.«

»Ja, ich suche Mid-e-Mid«, versetzte Heiße Zeit ärgerlich. »Was ist da verwunderlich?«

Der Alte zögerte mit der Antwort.

»Der Junge meinte auch, du könntest wohl Tiu'elen sein.«

»Das bin ich. Und nun laß mich mit dem Jungen ziehen. Ich habe wenig Zeit.«

Der Alte betrachtete sie erschrocken. »Bist du nicht die Frau Ajor Chagerans?«

»Ja«, sagte Heiße Zeit. »Ja, gewiß.«

»Und du reitest allein Agassums Sohn nach?«

Sie nickte.

»Das solltest du nicht tun«, sagte der Alte. »Man wird in den Zelten über dich reden. Ich meine es gut mit dir. Kehr um! Ich werde Mid-e-Mid nachreiten und ihm eine Nachricht von dir bringen, wenn du willst.«

Heiße Zeit sagte: »Ich muß es selbst tun. Da ist niemand, der es für mich tun könnte.«

»Eine Frau gehört in das Zelt, solange sie jung ist«, sagte der Alte. »Aber es ist Ajor Chagerans Sache.«

»Es ist nicht deine Sache«, sagte Tiu'elen. »Darum halte mich nicht auf.«

»Man wird über dich reden«, wiederholte der Alte kopfschüttelnd.

»Man tut es schon«, sagte sie bitter. »Was wissen die Leute in den Zelten von einem verwundeten Herzen?«

Aber das verstand der Alte nicht.

Sie stieg in den Sattel und warf dem Jungen den Taramt zu. »Führ mich«, rief sie.

Der Alte murmelte: »Es ist eine schlimme Jugend. Wie mag das enden?«

Und er humpelte, zornig vor sich hinredend, den langen Weg wieder zurück, den die Neugier ihn hatte machen lassen.

Die Nacht war lau. Der Junge lief barfuß und schien die Dornen und spitzen Steine nicht zu spüren. Einmal hielt er an und zog das Kamel einige Schritte zurück.

»Was tust du?« fragte Heiße Zeit.

»Es liegt eine Schlange auf dem Pfad«, erwiderte der Junge. »Sie zischt.«

Er ließ seinen erhobenen Stock auf die Schlange herabsausen und brach ihr das Rückgrat. Dann lief er weiter.

Die drei Wasserlöcher von Tadjujamet liegen in einem Felsenkessel, der sich nach Süden öffnet. Der Junge deutete auf eine Spur, die Heiße Zeit vom Sattel aus nicht erkennen konnte. »Das sind Inhelumés Hufe«, sagte er. »Seine Beine sind gefesselt. Mid-e-Mid ist noch hier.«

»Ich will absteigen«, sagte Heiße Zeit. »Bleib bei dem Kamel und warte.«

Das Tier ließ sich ohne Geschrei nieder. Heiße Zeit gab dem Jungen wieder einige Datteln und ging dann allein weiter.

Der Sand war kühl. Sie spürte unter den dünnen Sohlen der Sandalen die vielen harten, runden Krotten der Kamele. Die beiden ersten Wasserlöcher waren zugedeckt. Das dritte war offen. Aber es befand sich niemand dort.

Rechter Hand an den Felsen ragte ein Baum mit kahlen Ästen hoch. Sie lief darauf zu. Sie fand Mid-e-Mid auf einer Decke, den Kopf auf seinen Sattel gestützt. Er hörte sie kommen und sprang auf.

»Wer ist da?« rief er.

»Es ist nur ein Mädchen«, sagte sie.

Er erkannte ihre Stimme.

»Heiße Zeit?« fragte er ungläubig.

»Ich bin dir nachgeritten, Mid-e-Mid.«

»Du hättest dir diesen Ritt ersparen können«, antwortete er. »Ein Versprechen kann man nur einmal brechen.«

Sie stand vor ihm, ein schmaler dunkler Schatten und schwarze Augen in einem elfenbeinfarbenen Gesicht.

»Du mußt mich anhören, Mid-e-Mid«, sagte sie bittend.

»Ich habe alles gehört, was ich hören mußte. Tadast hat eine sehr laute Stimme, und meine Ohren sind nicht taub.«

»Oh, Mid-e-Mid«, sagte sie. »Du weißt nicht alles.«

»Was müßte ich noch wissen? Daß die Herden des Amenokal größer sind als meine? Daß das Wort einer Frau so gut ist wie das Lächeln eines Skorpions, bevor er sticht? Ich weiß es. Ich weiß es zu tief. Geh, Tiu'elen.«

Sie sagte: »Alle Tränen, die ich weinen konnte, habe ich geweint, seit Tuhaya in unser Zelt trat.«

»Deine Tränen bedeuten mir nichts mehr. Ja, ich verstehe, daß es besser ist, die Frau des Amenokal zu sein als die Frau eines armen Mannes.«

»Mid-e-Mid!« schrie sie auf.

Aber er fuhr ungerührt fort: »Aber warum hast du mich belogen? Warum hast du mir nicht gesagt, daß Roter Mond längst dein Wort besaß, ehe ich es bekam. Und warum hast du mir verheimlicht, daß Tuhaya in eurem Lager war? Geh, Tiu'elen, deine Reden sind für mich wie der Wind, der hier in das Hokum hereinbläst und dort wieder hinaus.«

Sie zitterte.

Er sagte: »Wenn du frierst, setze dich hier auf die Decke. Ich will Feuer machen. Aber ich werde nicht bei dir sitzen.«

»Ajor hat mehr Geduld als du«, sagte sie. »Ich brauch' dein Feuer nicht. Ich will nur, daß du mich anhörst.«

»Beeil dich«, sagte er.

»Es war der Wille meines Vaters, mich Ajor zur Frau zu geben. Ich wußte nichts davon. Glaub es mir.«

»Weiter!« versetzte er. »Es kommt auf einige Lügen nicht mehr an.«

Sie schluckte und preßte die Hände gegen die Brust. »Dann glaub doch, daß es Allahs Willen war. Ich schwöre dir, daß ich nicht wußte, was Tuhaya in unserem Lager suchte. Und ich schwöre dir, ich wußte nicht einmal, daß er gekommen war.«

»Und warum hast du deinem Vater nicht gesagt, was wir einander versprochen hatten?«

»Die Stimme eines Mädchens vermag nichts gegen die Eltern«, erwiderte sie fest.

Er schwieg, und sie schöpfte wieder Mut. »Mid-e-Mid, ich gehörte dir bis gestern nacht.«

»Oh, und doch hast du mit Tuhaya über meine Worte gesprochen, die ich dir im Zelt gab.«

»Er hat uns belauscht«, sagte sie, »und hat es Tadast verraten.«

»Es mag sein«, sagte er. »Aber ist auch gleichgültig. Bist du deswegen hierher gekommen?«

Sie konnte in Mid-e-Mids Gesicht nicht lesen, denn der Baum ließ das Licht der Sterne nicht zu ihm dringen. Aber sie spürte am Ton seiner Stimme, daß er versöhnlicher war.

»Ich bin Ajors Frau«, sagte sie. »Und er hat mich nicht zurückgeschickt, obschon er nun alles weiß. Es ist mit seinem Willen, daß ich zu dir komme.«

»Als was?« fragte er verwundert.

»Er bittet dich, nicht zu fliehen. Er bittet dich um meinetwillen, sein Freund zu sein, und in seinem Lager Schutz zu suchen. Er wird dir gegen den Beylik helfen.«

»Ich brauch' ihn nicht«, sagte Mid-e-Mid.

»So nimm seine Freundschaft«, sagte sie. »Er gibt sie dir aus freien Stücken.«

»Ich will darüber nachdenken«, erwiderte Mid-e-Mid vorsichtig.

»Aber ich komme auch zu dir, um dich zu bitten: Kehre zurück in die Lager der Tamaschek. Kehre zurück und singe in den Zelten. Roter Mond und ich bitten dich: Singe wieder für uns. Allah war gegen unsere Liebe. Aber er kann nicht gegen unsere Freundschaft sein. Ich bitte dich, Mid-e-Mid.«

Mid-e-Mid blieb lange Zeit stumm und betrachtete Tiu'elens Gesicht und sah, wie der Nachtwind sich in ihrem Gewand fing.

Schließlich stieß er hervor: »Du mußt verstehen, daß es mir schwerfällt, aber...«

»Aber?« sagte sie. »Du wirst es tun?«

»Wenn du es wünschst«, sagte er leise. »Aber laß mir Zeit. Ich brauche Zeit. Ich brauche die freie Luft in den Bergen. Vielleicht ist es gut, daß es so gekommen ist. Vielleicht wollte Allah mir sagen, daß ich nicht in das Zelt einer Frau gehöre. Vielleicht war das Allahs Wille.«

»Du hast Zeit, aber kehre zu uns zurück. Sei unser Freund, Mid-e-Mid.«

Er sagte: »Ich glaube, ich werde wieder singen können, jetzt, nachdem du gekommen bist. Ich spüre es. – Wenn die Lieder zu mir zurückkommen, werde ich auch wieder zu eurem Zelt reiten können. Gib mir Zeit, Tiu'elen.«

»Ich bin Ajors Frau«, sagte sie. »Und ich reite auf seinem besten Kamel. Ich schenke es dir und bitte dich, mir Inhelumé zu schenken.«

»Du verlangst viel, Heiße Zeit«, erwiderte er.

Sie sagte: »Ich habe viel gegeben, aber nun sollen alle sehen, daß wir Freunde sind. In allen Stämmen sollen sie wissen: Mid-e-Mid reitet auf Ajors Kamel, und Ajor reitet auf Inhelumé. Es ist meine letzte Bitte an dich, Mid-e-Mid.«

Mid-e-Mid trat aus dem Dunkel des Baumes und faßte ihre Hand.

»Komm«, sagte er. »Wir wollen Inhelumé suchen. Er muß dort irgendwo zwischen den Felsen weiden.«

Ein Lied für Kalil

Das Eris von Tın Za'uzaten ist wie ein Vorposten des Lebens in der Erstorbenheit der Sahara. Es ist die Grenze zwischen dem Bergland von Iforas und den Bergen des Hoggar, der Welt der Hirten und der Welt der Karawanen, zwischen Weide und Wüste, Kreuzpunkt der Pisten und Pfade.

Das Uëd war leer bis auf einen Schwarm grauer zwitschernder Vögel im feuchten Sand um das Wasserloch. Sie flogen auf und schwirrten taumelig zu den Ebarakan-Bäumen hinüber. Dort ließen sie sich schimpfend nieder.

»Ho, Kalil«, rief Mid-e-Mid. »Wo bist du?«

Der Narr trat hinter einem der Bäume hervor. »Mid-e-Mid ag Agassum! – Kalil hat dich nicht erkannt.« Er schnitt eine bedauernde Grimasse.

»Hab' ich mit verändert?«

»Ewalla – du hast ein fremdes Kamel.«

»Ja, du hast recht. Daran dachte ich nicht.«

»Gib mir Tabak«, sagte der Narr.

Mid-e-Mid gab ihm eine Handvoll und stieg ab. »Tränke mein Kamel, Kalil. Es hat Durst.«

Kalil tat, wie ihm geheißen, blickte aber Mid-e-Mid unentwegt an, wenn die Schöpfarbeit es ihm erlaubte.

»Es ist nicht das Kamel«, sagte er.

»Was, Kalil?«

»Was dich fremd macht.«

»So – was ist es denn? Trag' ich andere Kleider?«

Der Narr schnalzte mit der Zunge und ließ die Finger schnippen.

»Kala – das Herz ist größer!« Er tippte ihm mit seinem Daumen auf die Brust. »Größer als dein Kopf!«

Er lachte vergnügt. »Kalil sieht alles, Kalil weiß alles.«

»Ja«, sagte Mid-e-Mid. »Manchmal weißt du etwas. Es ist nur schade, daß du es nicht richtig sagen kannst.«

»Oh«, machte der Narr. »Kalil kann alles sagen. Dein

Herz war krank. Da hat es sich gestreckt. So...« Er riß die Arme auseinander. »Jetzt ist es groß, aber du mußt es aufreißen.«

»Ach«, sagte Mid-e-Mid. »Es ist schrecklich aufgerissen worden. Allah weiß es – sein Name sei gelobt.«

Der Narr schüttelte den Kopf, daß die wirren langen Haare ihm in die Stirn fielen.

»Du mußt es selbst aufreißen. Es geht ganz leicht. Schau her!«

Er zog seinen Bubu auseinander, so daß die Sonne auf seine Brust schien.

»Siehst du, so leicht geht es – so leicht. Du wirst fröhlich wie ein Esel, wenn er Wasser säuft.«

»Ich war ein Esel, Kalil. Aber das Wasser, das ich getrunken habe, war bitter wie der Saft der Tagilit.«

»Wie schön du redest, Mid-e-Mid«, erwiderte der Narr. »Du bist ein Marabu für traurige Herzen, ein Glücksbringer, ein Amulett bist du.« Er lachte laut und schob abwechselnd die rechte und die linke Schulter vor.

»Sing doch ein wenig, nur ein ganz klein wenig.«

»Ich weiß nichts«, sagte Mid-e-Mid. »Mir fällt nichts ein.«

Der Narr packte mit beiden Händen seine Handgelenke und zog daran und ging dabei Schritt für Schritt rückwärts dem Ufer des Sandbettes zu.

»Laß los«, sagte Mid-e-Mid ungeduldig. »Du hast wieder Unsinn im Kopf.«

»Kalil zeigt dir etwas. Komm nur – schnell – ganz schnell.«

Er ließ Mid-e-Mid los und lief voraus. Unter den Ebarakan hielt er still. »Komm, Mid-e-Mid, Großherz, komm.« Er winkte ihm mit gekrümmten Zeigefingern.

Widerwillig folgte Mid-e-Mid. »Nun, was ist da? – Ich sehe nichts.«

Er hatte den dichten Schatten der Bäume erreicht.

Kalil zog ihn auf den Boden. »Leg dich, Großherz – streck dich wie eine tote Laus – wie eine abgezogene Kuhhaut.«

»Ja«, sagte Mid-e-Mid. »Ich merke schon. Du treibst deinen Unfug mit mir. Du bleibst ein Narr, und ich werde auch einer, wenn ich deinen Unfug mitmache. Komm, ich muß fort.«

Kalil sah ihn liebevoll an, die rotgeränderten, leicht vorstehenden Augen weiteten sich und ließen dunkelblaue Pupillen erraten.

»Schau nach oben, Mid-e-Mid.«

Mid-e-Mid sah in das grüne Gezweig. Da saßen die vielen kleinen Vögel und putzten sich und schnäbelten und zwitscherten. Er sah die braunen erdigen Tunnels, die Termiten an den Stamm geklebt hatten, um ihre lichtempfindlichen Körper zu schützen. Er sah die roten harzigen Ausflüsse des Baumes und hörte das Summen der Bienen, die sich in seiner Höhlung ein Nest gemauert hatten. Er roch den scharfen beißenden Geruch der Ziegenlosung und erblickte zwischen den höchsten Ästen den blauen Himmel und hingetupfte weiße Wolken, die eilig vorübertrieben, als müßten sie noch vor Anbruch der Nacht einen Brunnen erreichen. Er spürte unter sich die Weichheit des trockenen Sandbodens und streckte sich wohlig aus.

»Großherz«, flüsterte der Narr. »Kannst du jetzt singen? – Kannst du für Kalil singen? Ein wenig – nur ein wenig – für Kalil?«

Mid-e-Mid erwiderte: »Warte noch ein bißchen. Vielleicht kann ich es bald.«

Der Narr setzte sich neben ihn und verschränkte seine Hände im Schoß und bemühte sich, leise zu atmen.

Nach einer Weile sagte Mid-e-Mid: »Jetzt hör zu, Kalil.«

Der Narr legte den Kopf schief und hörte zu.

Mid-e-Mid sang:

»Wenn das Gras sprießt auf den Hängen,
wenn der Tamat gelbe Blüten
windgewiegt die Bienen rufen,
wenn das Vlies der Ziegenlämmer

zwischen Djir-Djir-Stauden schimmert,
wenn der helle Ruf der Hirten
und der Baß der weißen Stuten
aus den Felsentälern schallen,
sind die schwarzen Wassermassen des Adjinna,
Donnerschlag und blaue Blitze
längst vergessen.
Unsere Mädchen reiten lachend
auf den kleinen grauen Eseln –
reiten lachend zu den Brunnen,
Wasser mit der Hand zu schöpfen.
Männer lassen die Kamele
zum Tindé ins Lager traben,
kreisen um die Schar der Frauen.
Schwester Sonne kreist in uns.«

»Aye – wie du singst, Mid-e-Mid«, rief der Narr. »Schwester Sonne kreist in uns, kreist in uns...«

Und er begann mit seiner schrillen Stimme das Lied nachzusingen, bald summend, bald sprechend, und dazu hüpfte er und bewegte die Arme wie ein junger Geier, der den Abflug vom Horst fürchtet.

Mid-e-Mid sah ihm belustigt zu und schlenderte dann zu seinem Kamel, das an den Zweigen des Ebarakan fraß.

»Bismillah, Kalil«, rief er. »Ich sehe, du bist fröhlich.«

»Aye – bismillah, Glücksbringer, Zauberer – Eliselus.«

Und er drehte sich und tanzte wie ein plumper Kronenkranich, wenn er um das Weibchen wirbt.

Mid-e-Mid saß auf und ritt gemächlich durch das Uëd. Wenn er sich umschaute, sah er den Narren unermüdlich fröhlich springen und hörte seine häßliche, rauhe Stimme singen: »Schwester Sonne kreist in uns...«

Sieh da, dachte er, ich vermag also einem armen Narren, einem unglücklichen, von Geistern behexten Bruder das Herz zu rühren. Ich kann ihn tanzen und springen lassen, und dies allein durch die Kraft meiner kleinen Lieder.

Hamdullillah, dachte er, also bin ich doch noch zu etwas nütze. Wenn auch nur für die Narren oder vielleicht gar für die Mutlosen, die Sehnsüchtigen, die Traurigen, die Liebenden. Jetzt verstehe ich den Traum, dachte er: Meine Hirsekörner, das sind die Lieder, die ich in die Welt streue.

Und er dachte: Wozu brauche ich Herde und Zelt, wenn ich dies vermag? Ich habe anderes zu tun, als Milch zu melken und Kühe zu hüten. Ich muß sie fröhlicher machen: die Kel Effele, die Idnan, die Kel Telabit, die Ibottenaten und die Iforgumessen, die Mädchen an den Brunnen und die Männer in den Zelten, den Amenokal in seiner Einsamkeit und den Narren in seiner Verlorenheit und Heiße Zeit, denn sie braucht mich wohl, wie ich sie brauchte, um wieder singen zu können.

Mid-e-Mid ritt zu seinem Hokum und sagte Amadu und Dangi, daß sie von nun an frei seien. Er gab ihnen Jungvieh und ein Kamel und ließ sie ziehen, wohin sie wollten. Die Tiere Abu Bakrs gab Mid-e-Mid an die Bestohlenen zurück oder verschenkte sie. Nur für seine Mutter hielt er eine schöne, hellgraue Eselin zurück.

Er selbst aber nahm sein unstetes Leben wieder auf. Er blieb ein Jahr lang im Norden, wo die Berge schwarz und violett sind und die Ebenen gelb von Alemos. Aber seine Lieder reisten weit von Mund zu Mund, von Zelt zu Zelt. Sie klangen und summten um die Feuer, wenn der Hirsebrei des Abends in den rußigen Eisenkesseln kochte. Sie stiegen von den Lippen der braunen Hirten, die um die heiße Zeit des Tages mit ihren Rindern im kargen Schatten der Akazienbäume weilten. Die Frauen sangen sie und stießen dabei die Stößel in die hölzernen Mörser. Und das graue Salz brach unter der Wucht der Stöße in bröcklige Kristalle auseinander.

Mid-e-Mid sang im Norden. Und es schien, als trüge der Wind selbst seine Lieder in den grünen Süden, zum Rande des Tales von Tilemsi und in die Wüste Tamesna.

Roter Mond hielt seine schützende Hand über ihn, wenn der Beylik nach ihm suchte – denn der Tod Tuhayas war nicht vergessen. Heiße Zeit aber nannte ihren ersten Sohn Achmed und hing ihm eine Lerchenfeder auf die Brust, damit er ein Sänger werde wie Eliselus. Und wenn der Kleine auf ihrem Schoß strampelte und krähte, sagte sie: Er hat die Kraft seines Vaters Ajor und auch die gleiche Stirn, aber er hat Mid-e-Mids herrliche Stimme.«

Und weil die Frauen in ihrer Umgebung dazu nickten, glaubte sie es auch.

Nur »Käse aus frischer Milch« sagte: »Er kräht wie ein Hahn und hat so viele Zähne wie mein Vater Intallah, und der hat auch keine.«

Aber um das zu sagen, brauchte man nichts zu glauben, und deshalb war es für Heiße Zeit zuwenig.

Ein *guter* Rat für *schlechte* Leser

Dies ist ein sachlicher Bericht. Er könnte so in einem Geographiebuch stehen. Aber er ersetzt nicht das Lesen der Geschichte von Roter Mond und Heiße Zeit. Er ist sozusagen ein Gerippe ohne Fleisch, Blut, Adern, Muskeln, Sehnen, Nerven. Darum ist der gute Rat: Nach dem Lesen dieses Abschnittes das Buch wieder vorne aufzublättern und nun richtig in das Geschehen hineinzuspringen oder – um bei dem Vergleich zu bleiben – den Körper mit Seele, Geist, Vernunft und Herz zu füllen.

Die Menschen, welche Tamaschek heißen

Die Menschen, um die es in dieser Geschichte geht, werden von den Europäern meist *Tuareg* genannt. Wir sollten diese Bezeichnung allmählich aufgeben. Es wäre dasselbe, als müßten sich die Europäer Kaffirs nennen. Denn *Kaffir* – Ungläubiger – ist die Bezeichnung, die viele Araber für uns haben, weil wir nicht an den Propheten Mohammed glauben. Und es waren die Araber, die den Völkern der Zentralsahara den Namen Tuareg beilegten. Die Europäer haben ihn übernommen. Die Völker selbst denken nicht daran, sich so zu nennen. »Wir, die Tamaschek«, sagen sie von sich. Und Tamaschek ist auch der Name für ihre berberische Sprache. Eine sehr schöne Sprache, klangvoll und gewaltig. Sie wurde von dem berühmten Père de *Foucauld,* dem Eremiten im *Hoggar*-Gebirge, zum erstenmal umfassend aufgezeichnet. Diese Leistung ist sein Denkmal. Père de Foucauld ist von unwissenden Tamaschek ermordet worden.

Die Tamaschek sind ein großes Volk. Sie wohnen in den Gebirgen der zentralen Sahara: dem *Ajjer*-Gebirge, den Bergen des Hoggar, dem Aïr, auf beiden Seiten des *Nigerbuckels* und den Niger aufwärts bis zum Ort *Gundam,* südlich *Timbuktu.* Ihre Zahl ist schwer zu schätzen. Sie beträgt ungefähr 500000. Sie bestehen aus mehreren Völkerschaften, so wie das Volk der Deutschen aus Bayern, Preußen, Schlesiern, Friesen und anderen besteht. Und genau wie die Deutschen haben sie verschiedene Dialekte. Die weitaus größte Gruppe, die *Ulliminden,* lebt am Nigerbuckel. Sie zählt etwa 160000. Die Tamaschek aber, von denen dieses Buch erzählt, leben in den *Iforas-Bergen,* in der *Tamesna-Wüste* östlich davon und in der Dünenlandschaft des *Timetrin,* westlich der Iforas-Berge. Es handelt sich bei diesen zuletzt genannten Tamaschek um nicht mehr als 16000 Menschen auf einer Fläche, die größer ist als halb Frankreich! Einige Gelehrte glauben, daß die Tamaschek von Nordosten her, von den Bergen des *Fessan* bis zum Niger vorgestoßen sind. Sehr wahrscheinlich haben sie mit dieser Behauptung recht, obschon die Beweise nicht lückenlos sind.

Zweifellos sind die Tamaschek Weiße. Die Sonne, das Leben in der Wüste haben sie gebräunt – und da sie sich nicht gerne waschen, läßt sich nicht leicht auf ihre »natürliche« Hautfarbe schließen. Es gibt auch Reisende, die sagen: Die Tamaschek sind blau. Und auch damit haben sie recht. Sie lieben es, blaue, stark abfärbende Gewänder zu tragen.

Die Tamaschek sind Nomaden. Sie ziehen mit ihren Herden jahrein, jahraus durch ihre gewaltigen Weidegebiete, immer auf der Suche nach Nahrung und Wasser für ihre Tiere. In der Regenzeit suchen sie gerne die Stellen mit salziger Erde auf. Die Herden brauchen Salz.

Auch der Mensch braucht es. An einigen Stellen der Sahara sind Salzlager. Immer noch gehen jedes Jahr die Salzkarawanen durch die Wüste. Die berühmtesten Salzlager finden sich bei *Taudeni,* 700 km nördlich Timbuktu.

Herden – das bedeutet bei den Tamaschek in erster Linie Kamel- und Rinderherden, aber auch Ziegen- und Schafherden. Außerdem halten sie Esel und am Niger auch Pferde. In den Iforas-Bergen sind *Pferde* selten. Nur sehr reiche Männer halten sich diese Tiere, denn in der jährlichen Trockenperiode mangelt es an Wasser für die Pferdezucht. Und es kommt vor, daß die vorhandenen Pferde mit der ebenfalls knappen Milch getränkt werden müssen.

Daß die Tamaschek Hirten sind, könnte man aus tausend Kleinigkeiten erraten, wenn man es nicht sähe. Alle ihre Vergleiche beziehen sich auf Herdenvieh oder Kamele. Ihr Wortschatz für Kamele und Rinder ist ungemein reich. Ihre bewegliche Habe besteht aus solchen Dingen, die für Hirten bezeichnend sind. Das Zelt, Hokum, ist mit dunkelroten Häuten gedeckt. Milch ist ihre Hauptnahrung: Kamel-, Kuh-, Schaf- und Ziegenmilch.

Fleisch essen sie leidenschaftlich gern. Aber sie schlachten nicht gern und verkaufen noch viel weniger gern ihr Vieh. Ja, man könnte beinahe sagen, sie schlachten nur bei Festen und Besuchen. Aber wenn die Regierung, der Beylik, die Steuern eintreibt, sehen sie sich gezwungen, einige Tiere aus ihrem Bestand auf die Märkte am Großen Fluß, dem Niger, zu bringen. Sonstige Nahrung ist Hirse, im Iforas-Bergland aber vor allem Reis, der aus *Gao* kommt, und in Zeiten der Not auch die Körner des *Cram-Cram,* die, in den Mörsern zerstoßen, gutes Mehl ergeben. Alkoholische Getränke, etwa Hirse- oder Maisbier, trinken sie nicht. Ihr einziges »Laster« ist das Tabakkauen. Das Teetrinken haben sie von den Arabern übernommen. Früher tranken sie Kaffee. Aber nur die sehr reichen Leute konnten das tun. Milch oder Wasser bleiben nach wie vor die wichtigsten Getränke.

Nomade sein kann man nur in Landschaften, die keinen Ackerbau gestatten. Das trifft für die Iforas-Berge voll und ganz zu. Das Iforas-Bergland ist ein zerklüftetes, von breiten *Uëds* zerschnittenes Hochplateau. Die Wasserlöcher sind verhältnismäßig zahlreich. An einigen Stellen sind seit uralten Zeiten Brunnen aus geschichteten Steinen. In den Uëds wachsen Pflanzen, die für die Herden geeignet sind. An erster Stelle müssen hier Gräser genannt werden, wie *Alemos* und *Affasso*. Aber auch viele Sträucher, oft mit Dornen besetzt, und zahlreiche Akazien. Die wichtigsten Akazien-Arten sind *Tamat* und *Ahaksch* (arabisch *Talha*). Für die Kamele unentbehrlich sind *Djir-Djir*, eine wasserreiche Blattpflanze, und die Salzpflanze *Had*. Nicht alle Pflanzen kommen in allen Uëds vor. Und manche sieht man nur zu bestimmten Zeiten des Jahres, etwa nach den *Adjinnas*, den Tornados.

Das Klima ist trocken-heiß. Im ganzen Jahr fällt nicht mehr als 120 mm Niederschlag. Von Dezember bis Februar können die Temperaturen nachts bis auf $-10°$ sinken. Wer dann durch Iforas reitet, tut gut daran, drei oder vier Pullover übereinander anzuziehen, sonst friert er auf dem Kamelsattel im eisigen Wind Stein und Bein. Im Sommer steigen die Temperaturen tagsüber bis $44°$ im Schatten und sinken nachts nicht unter $25°$. In der Sonne ist es noch viel heißer: bis zu $50°$. Und mißt man die Hitze auf den schwarzen und violetten Granitfelsen, so zeigt das Thermometer bis zu $70°$, und man verbrennt sich die Hand, wenn sie mit dem Gestein in Berührung kommt. Auch die Kamele verletzen sich beim Reiten durch das Gebirge um diese Zeit oft die sehr empfindlichen Sohlen.

Trotz dieser schwierigen klimatischen Verhältnisse lieben die Tamaschek ihr Land sehr und hassen die Städte und festen Dörfer. Und wer unter ihnen gelebt hat, mit ihnen geritten ist, wer wirklich versucht hat, ein wenig ihr Leben zu teilen, wird diese Liebe vielleicht verstehen. Er wird auch begreifen, warum diese Menschen sich stundenlang über die Vorzüge eines Kamelhengstes, über den

Geschmack einer bestimmten Quelle und über die Eigenart einer Weide unterhalten können, und er wird, wenn seine Sprachkenntnisse es schon zulassen, sich selbst eifrig an diesen Gesprächen beteiligen.

Im mittelalterlichen Europa gab es Leibeigene, freie Bauern, Ritter, Städter, Fürsten und Geistlichkeit. Im heutigen Iforas und überhaupt bei den Tamaschek der Sahara sieht es sehr ähnlich aus.

Die Tamaschek sind Mohammedaner – wenn auch keine sehr eifrigen. Ihre Geistlichen werden *Marabus* oder Marabut genannt. Es gibt Stämme, die nur aus Marabus bestehen (auch das Hirtenvolk der biblischen Israeliten kannte solche Stämme). Aber im Iforas-Bergland gehören die Marabus jeweils zu den einzelnen Stämmen, von denen es in diesem Gebiet sieben gibt. Sie werden im Buch erwähnt. Die Marabus sind Geistliche, Ärzte, oft auch Richter und Weise. Sie können lesen und schreiben, vor allem aber beherrschen sie den arabisch geschriebenen Koran. Sie sind nicht alle wohl angesehen. Man kann sagen: Kamelbesitz zählt mehr als Besitz an Gelehrsamkeit. Das schließt nicht aus, daß einige Marabus außerordentliches Ansehen genießen und sogar starken politischen Einfluß ausüben.

Die Leibeigenen der Tamaschek sind die *Iklan* (Einzahl Akli). Es handelt sich dabei um solche Schwarze, die auf den *Rezzus*, den Raubzügen und Überfällen, zu Sklaven gemacht wurden. Sie tun die Arbeit bei den Herden und werden, von Ausnahmen abgesehen, gut behandelt und bis zu ihrem natürlichen Tode verpflegt. Natürlich haben die *Franzosen*, als sie sich um 1906 herum im Iforas festsetzten, die Leibeigenschaft nicht anerkannt und den Iklan die Möglichkeit geboten, unbestraft zu entfliehen. Nicht alle Iklan sind dabei glücklich geworden. Heute lungern viele in den Städten herum, wo sie *Bellah* genannt werden und oft genug Hunger leiden. Eine Anzahl aber hat sich mit Hilfe der Franzosen in den Weidegebieten am Niger beträchtlichen Herdenbesitz geschaffen und es zu Reichtum gebracht. Für die Tamaschek bedeutete die Flucht vieler ihrer Sklaven dasselbe wie für einen Taxiunternehmer bei uns die Flucht aller seiner Chauffeure. Er muß nun seine Arbeit selbst tun, und höchstens kann er seine Familie mit einspannen. Es gibt aber immer noch Iklan. Sie bleiben freiwillig und tun weiterhin ihre Arbeit ohne Lohn gegen Verpflegung und einen Platz im Zelt. Sie werden nun Diener genannt. Aber an ihrer Lage hat sich wenig geändert. Daß alle Iklan unglückliche Menschen sind, ist eine Annahme der Europäer. Man kann unsere Vorstellungen nicht ohne weiteres auf Afrika übertragen. Aber wohl kann man behaupten, daß die Entwicklung der Welt Leibeigenschaft auf die Dauer unmöglich macht.

Es gibt noch eine zweite Gruppe Schwarzer unter den Tamaschek. Und da sind wir gleich bei einem ganz schwierigen Problem. Es handelt sich da um die Handwerker, um diejenigen, welche die Sättel, Taschen, Messer, Schwerter (Takuba genannt) usw. herstellen. Sie heißen *Inharden* (Einzahl Enad) und unterscheiden sich von den anderen Schwarzen einmal dadurch, daß sie frei sind, und dann durch ihr Aussehen. Sie haben mandelförmige Augen, gut geschnittene Gesichter mit geraden Nasen und machen den Eindruck, alle zu einer einzigen Menschengruppe zu gehören. Aber zu welcher? Sind die Inharden unterworfene Urbevölkerung, die vor den Tamaschek in der Sahara lebte? Sind sie eingewanderte Handwerker, vielleicht aus dem Niltal? Jedenfalls verstehen sie es, hervorragende Arbeiten in Leder, Holz und Eisen anzufertigen, und werden – verachtet. Ja, das ist eine Tatsache: Trotz ihrer Kunstfertigkeit sind sie verachtet. Und kein Tamaschek wird jemals in eine Enad-Familie heiraten. Oder sollte diese Verachtung geheime Furcht sein? Das ist vorläufig ein Rätsel, über das die Forscher noch keine Klarheit schaffen konnten.

Nun die Tamaschek selbst. Entsprechend den europäischen Rittern und Bauern leben hier zwei Gruppen nebeneinander: die *Imrad* – auch Vasallen genannt – und die *Ilelan* (Einzahl Elen) oder Vornehmen. Beide sind weiß. Sie unterscheiden sich äußerlich nicht. Sie unterscheiden sich durch das Ansehen, das sie genießen, und früher unterschieden sie sich durch ihre Tätigkeit.

Die Imrad halten die Herden. Früher mußten sie den Vornehmen Tribut zahlen. Heute tun sie es nur noch selten. Die Imrad heirateten unter sich. Sie hielten sich von den Vornehmen abgesondert und beobachteten sie mit Mißtrauen.

Die Vornehmen nämlich hatten als Beruf: Nichts zu tun oder eben Krieg zu führen und zu rauben, Karawanen zu geleiten und andere Menschen für sich arbeiten zu lassen. Das erinnert sehr an das Raubrittertum in Europa. Die Vornehmen und die Imrad sind auch nach Stammesnamen verschieden. Es gibt also vornehme und nicht vornehme Stämme.

Als sich die Franzosen in der Sahara festsetzten, haben sie diese alte Ordnung kräftig über den Haufen geworfen. Sie nahmen den Vornehmen ihre Vorrechte und gestatteten ihnen nur, sich selbst mit der Kamel- oder Rinderzucht zu befassen. Das war eine harte Umstellung. Und sie ist noch nicht ganz beendet. Man gewöhnt sich eben schlecht an das Arbeiten, wenn man es seit Jahrhunderten verlernt hat. So kommt es, daß heute manche Imrad viel reicher sind als die Ilelan.

In manchen Berichten werden die *Ilelan* auch *Imochar* oder *Imageren* genannt. Aber diese beiden Worte sind im Iforas-Bergland nicht gebräuchlich.

Für alle Tamaschek gilt, daß unter ihnen Männer und Frauen gerne Lieder singen und Gedichte machen. Es hat berühmte Dichterinnen unter ihnen gegeben, und es gibt sie heute noch. Oft sitzen sie abends vor den Feuern und singen: Lieder über berühmte Kamele, Heldentaten, Liebeslieder. Es sind wahre Volkslieder, und es kommt sogar vor, daß ein Sänger das Gedicht (ohne Reime) beginnt, ein zweiter und dritter es fortsetzen. Alle diese Lieder und Gedichte verbreiten sich von Mund zu Mund. Das erinnert auch wieder an das europäische Mittelalter, an die Minnelieder der Troubadours.

In diesem Buch kommt ein junger Hirte vor. Er heißt Mid-e-Mid und ist ein Dichter. Vielleicht werden einige Leser sagen: Dieser Mid-e-Mid ist aber sehr jung. Ich müßte darauf antworten: Er ist in dieser Geschichte viel älter als in Wirklichkeit! Mid-e-Mid lebt nämlich. Er ist heute zwölf Jahre alt und wegen seiner Lieder unter den sieben Iforas-Stämmen so bekannt wie der Präsident der Vereinigten Staaten bei den Amerikanern. Und einige Lieder in diesem Buch sind von ihm gesungen und von mir auf Tonband aufgenommen worden.

Ich darf hier auch sagen: Räuber wie Abu Bakr leben heute noch in den wenig zugänglichen Bergen im Nordosten des Adrar von Iforas. Und Heiße Zeit ist ein Mädchen, das ich auf meinem Ritt durch dieses Land kennenlernte. Natürlich trägt sie einen anderen Namen, und ihr Leben hat sich nicht ganz so abgespielt, wie ich es hier beschreibe; aber doch auch nicht so sehr viel anders. Und wie die Personen der Wirklichkeit abgelauscht sind, so stimmen auch alle geographischen Angaben und Beschreibungen. Doch ist das für unsere Geschichte eigentlich nicht sehr wichtig. Wichtig ist nur, daß jede Gestalt ein Stück des wahren Lebens spiegelt und daß wir in solchen Spiegelungen auch uns selbst erkennen.

Der Verfasser

Wissenswerte Anmerkungen und Wortverzeichnis

Aussprache: Z wie z. B. in Tin Za'uzaten wird wie das S in Saar ausgesprochen. Andere Beispiele: Rezzu, In Uzzal. Das Auslassungszeichen in den Tamaschekwörtern zeigt keine Auslassung an, sondern soll die im Deutschen übliche Zusammenziehung von Vokalen zu Diphthongen vermeiden. Beispiel: Tin Za'uzaten. Kein au-Laut. In Worten, wie Ibottenaten, Irregenaten, Iforgumessen, ist die letzte Silbe betont.

Schreibweise: Die Schreibweise der Wörter kann nur annähernd richtig wiedergegeben werden. Es bestehen ziemliche Dialektunterschiede. Auch sind die Angaben der Sprachforscher nicht einheitlich. Z. B. gibt es für elkir ras auch die Schreibweisen elcher ras und elker ras. Die von den Tamaschek angewandte Schrift bietet keine zuverlässigen Anhaltspunkte. Siehe unter Tifinagh.

Abalessa — kleiner Ort im Uëd Amded, einem Nebenfluß des Uëd Tamanrasset, ungefähr 100 km ost-nordöstlich der Stadt Tamanrasset. Siehe dort. Fundstelle eines Skelettes, das der Stammutter der Tamaschek, Tin Hinan, zugeschrieben wird.

Abatal — Gericht der Tamaschek, das ohne Wasser oder Gefäß zubereitet wird. Es besteht aus Eingeweiden, die ungewaschen in den Magen des geschlachteten Tieres gelegt werden. Dazwischen schiebt man heiße Steine, näht den Magen zu und legt das Ganze in die Glut. Nach kurzer Zeit ist das Essen gar.

Aberid — Kamelpiste. Für alle Dinge, die mit dem Kamel zusammenhängen, gibt es einen umfangreichen Wortschatz. So existieren für den gleichen Begriff auch die Wörter Aberaka (im Hoggar gebraucht) und Tabart (auch im Iforas-Bergland üblich).

Adjar (auch agjar gesprochen), häufig vorkommender Baum mit zahlreichen Dornen und kleinen weißgelblichen Blüten. Harte ovale Blätter. Schattenspender. Lateinisch *maerua crassifolia*. Wächst bis 1800 m Meereshöhe.

Adjinna Tamaschekwort für Tornado (arabisch nou genannt). Die Zeit der Adjinna ist im Adrar von Iforas von Juli bis Anfang September. Ihre Zahl schwankt zwischen fünf und sieben. Der Adjinna leitet die »fette« Zeit des Jahres ein.

Adrar bedeutet Bergland. (Jedoch gibt es auch eine Stadt Adrar an der Piste Oran–Gao.)

Adrar Hassene kleineres Bergland, nördlich Tin Rerho (s. d.) bis zum Uëd Tamanrasset.

Adrar von Iforas Name des zerklüfteten Hochplateaus, in dem diese Geschichte spielt. Die Begrenzungen des A. sind nach Westen das Tal von Tilemsi (s. d.) und das daran anschließende Timetrin (s. d.), nach Norden die Ausläufer des Tanesruft, nach Nordosten die Vorgebirge der Hoggar-Berge (s. d.), nach Osten die Tamesna-Halbwüste, nach Süden bis zum Niger eine weite Dornensteppe. Das A. ist ein Gebiet reinster Tamaschek-Kultur.

Adrar In Uzzal Gebirgssockel, dem Adrar von Iforas nördlich vorgelagert; enthält Wasserstellen. Dort auch zahlreiche prähistorische Funde (Schaber, Faustkeile).

Affasso hohes Wüstengras, gute Kamelweide, wenn frisch. Siehe auch unter Toka. Lateinisch *fagonia brugueri*.

Agadès alte und sehr bedeutende Handelsstadt des Sudans (8 östl. Länge, 17 nördl. Breite), an der Autopiste Hoggar–Zinder, am Rande eines breiten Uëds gelegen, zahlreiche Ziehbrunnen und Gärten sowie Galeriewälder und Dumpalmen. Berühmt wegen der hier hergestellten Lederarbeiten, besonders Sandalen und Sättel (s. Abb.).

Aguelhoc Ortschaft mit etwa 200 Menschen, darunter viele arabische Händler, an der Autopiste

	Gao–Tessalit–Bidon Cinque–Adrar–Colomb-Béchar–Oran, am Westrand des Adrar von Iforas. Wichtiger Wasserplatz. Zahlreiche Wasserlöcher in den beiden Uëds. Beste Weidegebiete des Landes.
Agelman	Wasserlache nach Regen. Große Agelman in den Bergen und im Verdunstungsschutz der Felsen halten sich oft von einer Regenzeit bis zur anderen und werden von Hirten zum Tränken der Herden benutzt.
Ahaksch	häufig vorkommender Dornbaum, von den Arabern Talha, lateinisch *acacia radiana* oder *tortilis* genannt. Früchte werden von Ziegen und Kamelen verzehrt, Dornen zum Zähneputzen, Sandalen- und Mattenheften verwendet.
Ahal	Frauen bzw. Mädchen der T. halten gelegentlich abends ein Ahal. Dazu erscheinen die heiratsfähigen Männer und tragen ebenso wie die Frauen ihre Lieder vor. Die Frauen und Mädchen spielen auf dem Amzad. Das Ahal dient dem gegenseitigen Kennenlernen, aber auch einem starken literarischen und musikalischen Bedürfnis. Nicht selten kommt es zu Streitigkeiten der Männer, die mit dem Schwert ausgetragen werden.
Aïr	bedeutendes Bergland der Südsahara.
Aït Nafan	nördlich Timea'uin, ständige, leicht salzige Wasserstelle, wird von dem Stamm der Irregenaten besucht.
Ajjer	(auch Adjer), dem Hoggar nordöstlich vorgelagertes Gebirge.
Ajor	bedeutet der Mond und der Monat, Ajor Chageran also Roter Mond. Das Wort ist wie im Deutschen männlich. Die T. kennen aber auch ein weibliches Wort für Mond, ›Tallit‹. Dieses wird häufiger bei den T. des Hoggars und bei den Ulliminden verwendet.
Akli	Sklave (Einzahl), s. a. Iklan.
Alemos	von Kamelen und Rindern, aber auch von Schafen und Ziegen gefressenes Wüsten-

	gras, lat. *aristida obtusa*. Wächst sowohl in den Üeds wie auf steinigem Boden und an Hängen, findet auch als Heilpflanze Verwendung. Wo das Alemos aufhört, ist keine Rinderzucht mehr möglich. (Nordgrenze der Rinderzucht im A. von Iforas.)
Amadu	verbreiteter Name bei Schwarzen.
Aman	Tamaschekwort für Wasser.
Amenehaya	Name eines im A. v. Iforas jetzt gern gesungenen Liedes.
Amenokal	Oberhaupt einer Gruppe von T.-Stämmen, wörtlich: Besitzer des Landes. Der bedeutendste Amenokal ist der A. der Ulliminden. Der A. der Hoggar-Stämme und derjenige der Iforas-Tamaschek stehen ihm nicht an Rang, wohl aber an Einfluß nach.
Amzad	einsaitige Violine der T.-Frauen. Schallkörper aus Ziegenleder, Saite aus Pferdehaar.
Arli	Brunnen zwischen Kidal und Tin Za'uzaten. Die beiden Wasserstellen befinden sich im Üed Arli wan Anu. Das Üed Arli Mennen (weißes Üed) schneidet das vorgenannte Üed. An den Felsen zahlreiche Felsbilder, darunter Kampfwagendarstellungen.
Asselar	Üed mit zahlreichen Wasserlöchern. Das Wasser ist wegen seiner abführenden Wirkung von größter Bedeutung für die Herden der Iforas-T. und Kunta, die dorthin alljährlich monatelang mit ihren Kamelen und Rindern kommen.
Balafia	Auf Wiedersehen.
Balek	Paß auf.
Beylik	bedeutet ›Regierung‹, ›Verwaltung‹, im engeren Sinne die französische Verwaltung, unter Umständen auch das Gericht. Das Wort ist türkischer Herkunft und stammt aus der früheren türkischen Einflußzone, die in der mittleren und nördlichen Sahara bis Ghat und nach dem Tibesti reichte.
Bocha	typischer T.-Name für Männer.

Brandzeichen	haben alle Kamele. Die Brandzeichen richten sich nach dem Stamm oder der Stamm-Untergruppe (Clan). Persönliche Eigentümermerkmale werden zusätzlich in den Kamelhals eingebrannt.
Bubu	ärmelloses blaues oder weißes Gewand.
Burnus	Umhang mit Kapuze. Arabische Tracht. Meist aus Wolle und sehr teuer, schützt vorzüglich gegen Sonne und Kälte.
Burem	Größerer Ort am Nigerknie, Kreuzpunkt der Pisten, Sitz des Amenokal der Kunta.
Bussaadi	›Ich bringe Glück‹, d. h., ich schicke zum Paradies: der Dolch!
Chech	Kopftuch, blau, weiß oder khaki. Wenn es wirksam vor der Sonne schützen soll, darf es nicht unter 4–5 m lang sein.
Cram-Cram	Grassorte. Ihr Vorkommen wird als Anhaltspunkt für die Grenzlinie zwischen Wüste und Steppe im geographischen Sinne benutzt. Lateinisch *cenchrus echinatus biflorus*. Fruchtkörner sind in winzigen, mit vielen Widerborsten besetzten Hülsen. Sie heften sich beim Gehen an Kleider und Haut, schmerzen sehr und sind nur mit viel Mühe und Hilfe einer Pinzette (s. a. Mongasch) zu entfernen. In Zeiten der Not werden die Körner trotzdem gesammelt und ergeben gutes Mehl.
Dama	Gazelle mit weißer Zeichnung. Tiefer in der Wüste lebt die Dorcas-Gazelle.
Dangi	(auch Dangu) Sklavenname.
Debnat	Brunnen, eine Tagereise nordöstlich Tin Za'uzaten. (Eine Tagereise bezieht sich auf Marschgeschwindigkeit und Marschlänge einer Karawane und liegt je nach Gelände zwischen 35 und 45 km.)
Delu	arabisches Wort für einen kleinen runden Schöpfbeutel aus gegerbtem Ziegen- oder Schafsleder am Holzring.
Djir-Djir	Pflanze, in den Ueds von größter Bedeutung für die Kamelhaltung, sehr wasserreich, verholzt im trockenen Zustand.

Dokkali	Bunte Decken aus dem Tuat, besonders aus Timimun und umliegenden Oasen. Je nach Muster und Färbung unterscheiden die T. Dokkali, Abroch und Tasselsi. Als Satteldecken gern benutzt.
Dumpalme	*hyphaene thebaica,* schlanke, sich oben zu einer Art Hut (Dum-Hut) aus Blättern verbreiternde Palme. Im A. von Iforas nicht häufig, jedoch z. B. im Uëd Tebdoq, Telabit u. a.
Ebarakan	T.-Name für die von den Arabern Ethel genannten, lat. *tamarix aphylla,* Wurzeln, im Boden bis zu 30 m lang, im A. v. Iforas vor allem im Uëd Tin Za'uzaten und Kidal.
Effri	Geister in der T.-Sprache.
Egidá	halt!
Ekch	iß (T.).
Elambeiet	Lied über ein weißes Kamel, von Mid-e-Mid umgedichtet. Der Originaltext beginnt mit den Worten: Grupe irselan en tedenit – ghat nan girgar – ghat ar minite usw. – Eine Anzahl Männer, denkt ihr an Tedenit – wenn sie ihre Lider mit Antimon färbt... Das Lied ist sehr lang, und immer neue Strophen werden hinzugedichtet.
Eliselus	schwer übersetzbar: etwa der immer Lustige, Fröhliche, der lose Vogel – Scherzname für Mid-e-Mid.
Elkir ras	Nur Gutes.
Enad	siehe unter Inharden.
Eris	Wasserloch, das nur so tief ist, daß man noch mit der Hand schöpfen kann.
Essink	Hirsebrei, oft mit Butter gegessen. Hauptnahrung der T. neben Reis.
Esu	trink.
Ethel	s. u. Ebarakan.
Ewalla	so ist es. Die T. haben für Bejahung ein Wort, das so ähnlich wie das deutsche ›Ja‹ klingt.

Fessan	400–500 m hohe Gebirgslandschaft in der nördlichen Sahara. Berühmte Felsbilder!
Foucauld	Pater de Foucauld, bedeutendster Kenner der T., lebte als ihr Freund und Wohltäter jahrelang in der Einsamkeit der Hoggar-Berge. Wurde 1916 durch aufgehetzte T. ermordet. Sein Ansehen wirkt noch heute. Seine Forschungsarbeit ist die Grundlage unserer Kenntnisse von den T., ihren Sitten, Liedern und ihrer Sprache.
Franzosen	werden in diesem Buch nicht erwähnt, jedoch ist stets von ihnen die Rede, wenn die T. den Beylik (s. d.) erwähnen. Im A. v. Iforas ist der Sitz der Regierung in Kidal. Ein einziger Weißer verwaltet von dort aus ein Gebiet, das 300 000 qkm (oder zum Vergleich die Hälfte Frankreichs) umfaßt. Die Franzosen haben durch eine sorgsame Auswahl ihrer Beamten das arme Gebiet mit geringen Mitteln erschlossen, Brunnen gebaut und die früher üblichen Rezzus unmöglich gemacht. Ihr großer Fehler war, daß sie die Eigenverwaltung der T. nicht stützten, so daß heute bei einem Rückzug der Europäer aus Afrika in diesen abgelegenen Gebieten eine Periode der Anarchie vorauszusehen ist.
Ftas	Frauengewand.
Gandura	T.-Gewand, weit fallendes Hemd, seitlich geschlitzt, viel auf der Schulter geraffter Stoff, meist dunkelblau und abfärbend
Gao	wichtigste Stadt am Nigerbuckel, alte Königsstadt, zählte im 14. und 15. Jahrhundert an die 50 000 Einwohner, heute etwa 10 000 Sonrhai, Araber, Daussak sowie 400 Weiße (einschließlich Militär). Endpunkt der Piste Oran–Niger, Verwaltungszentrum, Straßenkreuzung, Handelsplatz, Reisanbau im Fluß. Eine der malerischsten Städte Afrikas.
Goumier	Eingeborenensoldat der Franzosen (sprich Gumjeh). Im A. v. Iforas sind die Goumiers sowohl T. wie Araber.

Gundam	Handels- und Verwaltungsort, 80 km südwestl. Timbuktu, Flugplatz, am weitesten nach Westen vorgeschobenes Zentrum der T.
Had	*cornulaca monacantha*, saftige grüne Büschel, vorzügliche Kamelweide, dringt bis weit nach Norden in die Zentralsahara vor, soll salzhaltig sein. Verfasser konnte beim Kauen der Pflanze kein Salz schmecken.
Hamáda	Felsplateau.
Hammel	wichtigstes Schlachttier der T., wird vom Sudan in Karawanen durch die Wüste getrieben und in den Oasen des Tuat und Tidikelt (Timimun, In-Salah etc.) verkauft. Auf dem Rückweg nehmen die Karawanen Datteln mit. Handel bringt hohen Gewinn und noch höheres Risiko. Während meines Aufenthaltes im A. v. Iforas verdurstete zwei Tagesmärsche von meinem Standort eine Hammelkarawane mit 120' Tieren, 12 Kamelen und 7 T., da sie eine Wasserstelle nicht fanden. (Vgl. mein Buch »Der verlorene Karawanenweg«.)
Hirse	Neben Reis im A. v. Iforas wichtiges Nahrungsmittel aus dem Sudan.
Hokum	Lederzelt der T., besteht aus 30 bis 40 gegerbten Ziegenhäuten, manchmal auch aus Rinderhäuten.
Hullan	viel (T.).
Hunde	in jedem T.-Lager leben hellbraune Hunde als Nachtwächter. Sie sind ebenso schnell, wenn nicht schneller, wie der europäische Windhund und halten neben dem Wagen herrennend kurze Zeit 50 km/h durch. Da sie nicht gefüttert werden, ähneln sie mit Haut bespannten Gerippen.
Huskin	schön.
Hyäne	Wo Vieh ist, sind auch Hyänen. Sie folgen den T. auf ihren Wanderungen und heulen nachts um die Lager. Stets findet man ihre Spuren im Sand der Uëds.

Ibottenaten	Stamm der Iforas-T., zählt etwa 800 Menschen und züchtet ausschließlich Kamele in der Tamesna (s. d.).
Idit (Einz.)	Wasserbeutel aus Leder, von Arabern Gerba genannt (Mehrzahl: Igedat). Anderes Wort für Idit ist Abayor (s. Abb.).
Idnan	zweitgrößter Stamm der Iforas-T.
Iforas	Die Gesamtheit der Stämme im Adrar wird oft als die Iforas bezeichnet. Das Bergland heißt genau: Adrar der Iforasstämme!
Iforgumessen	Stamm der Iforas-T.
Iklan	schwarze Sklaven der T. (Einzahl Akli), bilden eine besondere Schicht und heiraten nur untereinander. Sie arbeiten im Lager, hüten Vieh, melken, sprechen sowohl T. als auch noch oft ihre alte Stammessprache. Ihre Behandlung ist gut. Die T. sorgen auch für die nicht mehr Arbeitsfähigen bis zu ihrem Tode. Viele Iklan sind zum Niger gezogen, als die Franzosen die Sklaverei abschafften.
Ilelan (Mehrz.)	Einzahl: Elel. Die Vornehmen oder Adeligen. S. Bemerkungen in dem Bericht »Die Menschen, welche T. heißen«.
Iludjan	Kamelkarussell, wie im Buch beschrieben.
Imenas	T., Mehrzahl: Kamele (Einzahl: amis). Natürlich haben die T. noch sehr viele andere Namen für große, kleine, junge, alte, Last- u. Reitkamele. Der arab. Name Mehari für Reitkamel ist nicht üblich.
Imochar	berühmter vornehmer Stamm der Ulliminden. Seine Raubzüge machten ihn in der westl. Sahara gefürchtet. Sein Name wurde von einigen Europäern als Bezeichnung der Vornehmen schlechthin angesehen. Dies trifft jedoch im Sprachgebrauch der T. nicht zu.
Imrad	die Vasallen, besser die freien Hirten, diejenigen, die arbeiten, zum Unterschied von den Ilelan. (Einzahl: Amrid.)

In Abutut	25 km östl. der Piste, ständiger Brunnen im Uëd Tadjunart, hauptsächlich von den Kel Effele besucht.
In Aza'ua	Wasserstelle, vier Reitstunden südlich Timissao (s. d.). Das Eris liegt so versteckt in einem Seiten-Uëd, daß es ohne Führer nicht zu finden ist. Nach dem Tränken einer mittleren Karawane ist der Wasservorrat meist erschöpft, doch rinnt im Laufe der Nacht genügend Wasser nach, um eine weitere Karawane zu versorgen. Keine Kamelweide in der Nähe. Zahlreiche Schlangen. Felsbilder. Gräber der Vorzeit.
Inchallah	So Gott will – stets gebraucht, wenn eine Hoffnung ausgesprochen wird.
Indigo	aus trop. Strauch gewonnener Farbstoff.
Inharden	(auch Enarden geschr.), Mehrzahl von Enad, die Gruppe der Handwerker, durchwegs »Schwarze«, s. a. Bericht über die »Menschen, welche T. heißen«.
Inhelumé	Name eines berühmten Kamels, bedeutet: die Ziegenhaarschnur zum Festhalten des Gepäckes auf dem Reitkamel.
Intallah	Die im Buch gezeichnete Gestalt ist nicht identisch mit dem zur Zeit die Regierung führenden Sohn des noch lebenden Amenokal der Iforas-T. Attaher, der auch Intallah heißt und einer der bedeutendsten Fürsten der T. zu werden verspricht.
In Tebdoq	Wasserloch in einem Seitental des breiten Uëd Egerir, südlich Tessalit, ständig Wasser vorhanden, jedoch warm. Uëd von bis zu 70 m hohen Felsen umrahmt. Dumpalmen und andere seltene Pflanzen vorhanden. Ein starker Steinwall aus den Zeiten der Rezzus mitten im Uëd.
Intedigagen	Name eines berühmten Kamels.
Intebram	Männername, ursprüngl. Name einer in den Felsen wachsenden Pflanze.
In Uzzal	Uëd, Berg und Wasserstelle gleichen Namens nördl. des A. v. Iforas. Wichtiger Stützpunkt für die Karawanen auf der Route A. v. Iforas–Tidikelt.

Irrarar	Großes Uëd nordöstlich In Tebdoq.
Irregenaten	über 1000 Menschen zählender Clan der Kel Effele, s. d., stammen von den T. und Kunta ab, nomadisieren im Norden des A. v. Iforas und im Timetrin.
Kaffee	früher im A. v. Iforas bei den Reichen an Stelle von Tee üblich. Heute fast außer Gebrauch. S. a. Tee.
Kaffir	Der Ungläubige, von Arabern zur Bezeichnung von Europäern und schwarzen Heiden gebraucht. Bei Europäern zu Unrecht, da das Wort nur solche bezeichnet, die nicht an einen einzigen Gott glauben.
Kala	nein (T.).
Kalebasse	nicht nur aus Kalebassenfrucht, sondern auch aus Holz. Oft mit Brandverzierungen. Die Holzkalebassen werden mit Kupfernägeln von den Inharden wieder repariert, wenn sie brechen.
Kamele	waren nicht immer in der Sahara. Das Dromedar wurde etwa im 1. oder 2. Jahrh. n. Chr. erst eingeführt. Heute ist es unentbehrlich, ja die Grundlage der Nomadenexistenz. Viele Felsbilder zeigen Kamele und deuten damit schon die Bedeutung des Tieres an. Zwischen Last- und Reitkamelen besteht grundsätzlich nur der Unterschied, daß man für das Reiten nicht die schweren Kamele aussucht. Ein Lastkamel ist nach drei Tagen abgerichtet. Die Dressur des Reittieres dauert fast sechs Monate und verlangt auf ›beiden Seiten‹ starke Nerven. Ein gutes Reitkamel kann am Tag bis zu 90 km schaffen, und zwar durchwegs im Trab. Im allgemeinen ist aber eine Tagesstrecke 40 km und weniger, denn Gewaltmärsche erschöpfen die Tiere schnell. Lastkamele in der Karawane müssen nach einer Reise (hin und zurück vom Sudan zum Tuat) den Rest des Jahres sich auf guter Weide erholen.
Kamel-Fußfessel	zum Fesseln der Vorderbeine, um ein Entlaufen während der Nacht zu verhindern.

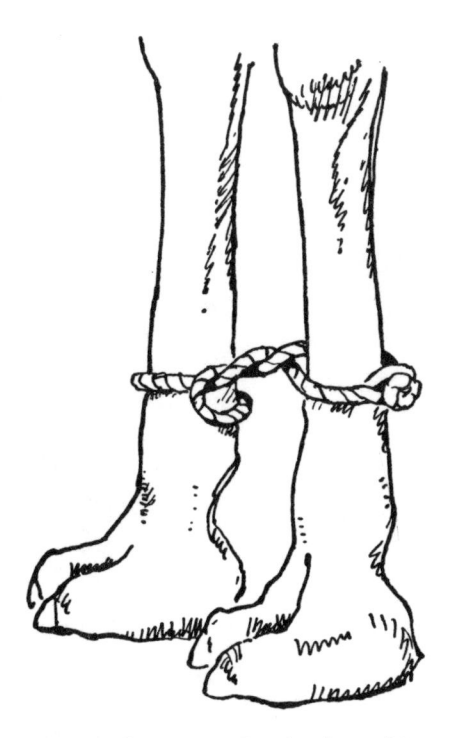

Kel Ahenet	T.-Stamm des Hoggar-Berglandes, gehört zu den Imrad (s. d.) und leitet seine Herkunft von der Stammutter Takoma ab.
Kel Effele	größter Stamm im Adrar von Iforas, sein Fürst ist zugleich der Amenokal aller Stämme. Die Kel Effele haben auch die besten Weidegebiete.
Kel Rela	berühmter, vornehmer Stamm aus dem Hoggar.
Kel Tarlit	Stamm der Iforas-T.
Kel Telabit	Stamm der Iforas-T., leben um das gleichnamige Wasserloch (heute ein vorzüglich zementierter Brunnen).
Kidal	Verwaltungssitz für den A. v. Iforas; außer ein bis zwei Weißen, einigen arabischen Händlern wenige T. Sieben Brunnen im Uëd. Malerisches Fort mit roten und weißen Mauern. Neben dem heutigen Kidal

gibt es ein altes Kidal, das eine bedeutende Anlage gewesen sein muß und dessen Häuser aus geschichteten Steinen bestanden, wie die Ruinenfundamente zeigen.

Koransuren
auf kleine Holztafeln geschrieben, müssen von den Schülern der Marabus auswendig gelernt werden. Ferner befinden sich Verse aus dem Koran auf Papierstreifen in den Lederamuletten, die die Marabus verkaufen und bei ihren Weihehandlungen und Beschwörungen verwenden.

Koransure

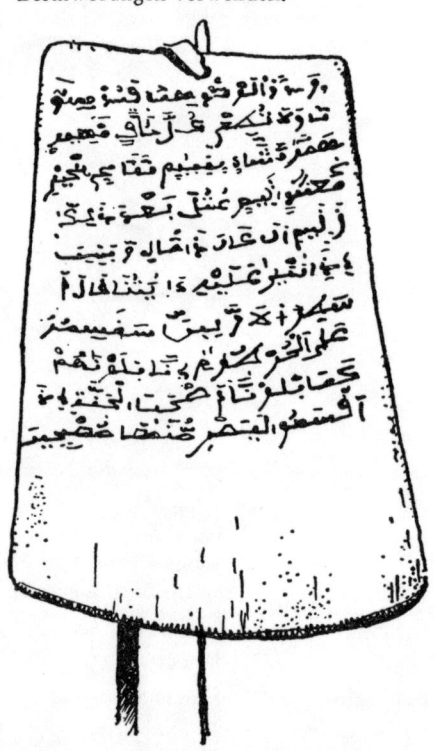

Kunta
großes, den T. feindliches maurisches Volk arabischer Herkunft, Viehbesitzer und Kamelzüchter, nomadisieren am Niger bei Burem, stellen einen ungewöhnlich schönen Menschenschlag dar, sind der Statur nach durchwegs kleiner als die T. Dem im Buch erzählten Kriegszug liegen die blutigen

Ereignisse im Tal von Tilemsi im September 1955 zugrunde.

Löwe wird immer in Vergleichen der T. erwähnt. Tatsache ist aber, daß im A. v. Iforas der Löwe ausgerottet wurde. In der Tamesna und bei den Ulliminden sind heute noch Löwenkämpfe mit Lanze und Takuba üblich.

Magidi Der Name wird in einem Lied erwähnt. Magidi ag Usein ist im A. v. Iforas ein berühmter Dichter.

Marabu(t) mohammedanischer Geistlicher, Weiser. Auch Name für sein Grabmal. Siehe Bericht »Die Menschen, welche T. heißen«.

Ma tekumed Was machst du? (T.).

Meskin arab. Arme, Elende.

Mongasch von den Inharden hergestellte Pinzette zum Ausziehen der Dornen, besonders der Cram-Cram-Stacheln, sowie zum Reparieren der Temba-Temba (s. d.).

Mufflon Bergschaf der Sahara. Keineswegs schon selten, wie einige Zoologen glauben. In den dem A. v. Iforas nach Norden vorgelagerten Bergmassiven, auch im A. selbst, leben sie in großen Scharen. Ihre Spuren bedecken morgens oft die Uëds in allen Richtungen. Im Hoggar sind sie schon selten geworden. Ihre Jagd erfordert höchste jägerische Leistung, da das Mufflon wohl das vorsichtigste und am besten kletternde Tier der Saharaberge ist.

Mukala (arab.) Gewehr, wohl von Muskete (?) abgeleitet.

Niger von den T. ›Fluß‹ oder ›Der große Fluß‹ genannt.

Piste wörtlich ›Spur‹ – Bezeichnung für nicht ausgebauten Weg. Die T. haben für jede Art von Pisten einen besonderen Namen.

Rabe	Der weißbäuchige Rabe, *corvus albus*, kommt selbst an den einsamsten und verlassensten Stellen vor. Er liebt es, wie der Verfasser wiederholt beobachtete, sich auf weidenden Kamelen niederzulassen. Die T. jagen ihn weg, weil er den Tieren nicht nur das Ungeziefer absucht, sondern auch tellergroße Löcher in die Haut hackt.
Rinder	Rinderzucht im A. v. Iforas ist mit großen Gefahren verbunden. Ein regenarmes Jahr tötet sie zu Tausenden.
Reg	breite Ebene mit kleinen Steinen und hartem Sand.
Ressui	blauer Stoff für Gandura.
Rezzu	Überfälle. Beschäftigung der Ilelan vor dem Eingreifen der Franzosen, jedoch nicht immer nur aus Freude am Raub. Der Rezzu war oft die einzige Möglichkeit, verdurstete Kamele durch andere zu ersetzen.
Salz	unentbehrlich für Mensch und Tier. Salz kommt aus Taudeni, Bilma und vom Nordufer des Tschadsees. Es wird in Platten transportiert. Darüber hat schon Caillié, der erste Weiße (Franzose), der Timbuktu sah, berichtet.
Salzerde	Salzerde oder Viehsalz findet sich westlich Tessalit in freiem, völlig schattenlosem Gelände und wird von Karawanen dort gegraben.
–karawane	auch azeley genannt.
–erde	und Salzpflanzen sind begehrtes Weidegebiet der T. (S. a. Asselar.)
Samak	Brunnen und Uëd nördl. Timea'uin. Enthält gutes Wasser, ca. 4 m tief. Am Berghang aufgegebenes französisches Fort.
Sandeman	40 km nördl. Kidal und 10 km von der Piste Kidal–Aguelhoc entfernt, enthält gutes Wasser, wird von Kel Effele besucht.
Sandnebel	eigenartige, durch Verschleierung der Luft kenntliche Trübung, die oft am frühen Morgen einsetzt und den ganzen Tag über anhält.

Sarual	(arab.), für weitfallende schwarze oder blaue Hose mit aufgesticktem Kreuz des Südens. Die T. nennen diese Hose Ekarbei (Einzahl, Mehrzahl Ikarben).
Sattel	Der T.-Sattel – Tarik genannt – trägt vorne ein Kreuz mit hochgewinkeltem Balken und ist mit gefärbtem Leder verziert. Es gibt auch einfache Holzsättel. Der T.-Sattel ist angenehmer als der arab. Sattel. Ob die Kreuzform, die bei den T. immer wieder in Ornamenten vorkommt, christlichen Ursprungs ist, ist nicht bewiesen, ist aber doch nicht ganz unwahrscheinlich.
Schakal	Wo Herden sind, gibt es auch den Schakal. Er ist nicht scheu und treibt sich am hellen Tag herum. Die T. jagen ihn mit Eisenfallen, die die Inharden bauen.
Scheitan	Satan, Teufel.
Steingräber	der Vorzeit, in der ganzen Sahara zu finden. Die Formen wechseln. Im A. v. Iforas herrscht das Rundgrab vor.

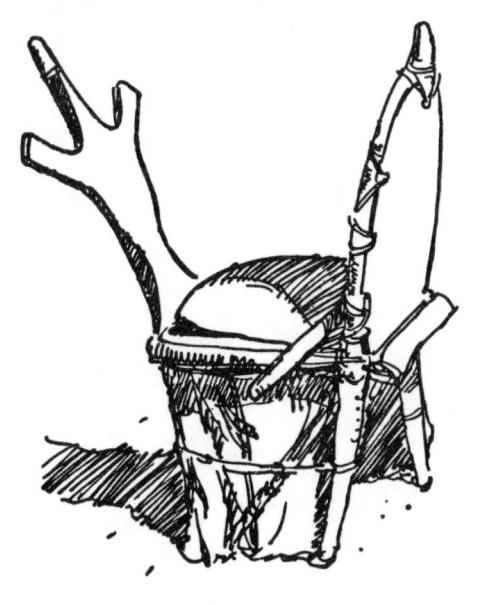

Tabak	wird von den T. gekaut, nicht geraucht. Vorher wird er mit Toka gemischt (im Buch erzählt). Tabak wird aber auch gebraucht, um müde oder kranke Kamele wieder ›gesund‹ zu machen. Man reibt den beißenden Staub in ihre Augen.
Tadast	Frauenname, bedeutet Moskito.
Tadehemt	dornloser grüner Strauch, gelegentlich von Kamelen gefressen.
Tadjujamet	70 km ONO Tessalit, ständige Wasserstelle, aus mehreren Eris bestehend, von Kel Effele und Irregenaten besucht. Eine der Wasserstellen enthält bitteres Wasser.
Tagelmust	(arab. Litham) Kopfbedeckung der T. Den Tagelmust wirklich gut zu binden, erfordert hohe Geschicklichkeit. Er verhüllt das ganze Gesicht und läßt nur die Augen frei. Nur die Männer tragen ihn und lassen ihn meist Tag und Nacht an.
Tagilit	T. für die Wildmelone *Citrullus colocynthis*. Diese gelbe Kugelfrucht kommt bis tief in die Wüste hinein vor, enthält Wasser und wird von Eseln gefressen. Sie ist jedoch sehr bitter.
Takammart	Frauenname, gleich ›Käse aus frischer Milch‹.

Takuba	Schwert der T., in roter Lederscheide getragen. Man unterscheidet verschiedene Klingenarten, z. B. Telchenjert, Tahilimellet u. a. Die guten Schwerter heißen Tisseraijen. Manche Klingen sind uralt und wurden in Toledo geschmiedet oder sind echte Damaszener. Auch Solinger Klingen finden sich. Die Klingen sind etwa 85 cm lang.
Talha	Siehe unter Ahaksch, latein. *acacia radiana* oder *tortillis*.
Tallit	T., weibliches Wort für Mond, s. a. Ajor.
Tamadalt	T. für Sandsturm. Sandstürme dauern meist nur einige Stunden, können aber auch bis zu 14 Tagen anhalten.
Tamanrasset	bedeutendes Uëd, vor allem aber Hauptort im Hoggar.
Tamat	*accaia seyal*, blüht gelb, starker Duft, Schattenspender, sonst wie Ahaksch (s. d.).
Tamaschek	Name des Volkes und seiner Sprache.
Tamesna	Allg. Name für Wüste (T.), hier im besonderen die Halbwüste östl. des Adrar von Iforas mit ihren Kamelzuchtgebieten.
Taramt	Kamelzügel aus Ziegenhaar und Leder.
Tarat Mellet	Stamm der Iforas-T.
Taudeni	berühmteste Salzlagerstätte der Sahara (s. a. Salz).
Tee	begehrtes Getränk der T., von Arabern verbreitet. Vor 50 Jahren noch nicht üblich im A. v. Iforas. Die Teeblätter werden oft nach der Zubereitung des Tees noch aufgegessen (Beobachtung des Verfassers).
Tekarankart	Sandsäule, wie sie häufig als Luftwirbel entsteht.
Teborak	Dornbaum, lateinisch *balanites aegyptica*, mit kleinen, sehr bitteren Früchten von Nußgröße, deren Genuß Erbrechen hervorruft. Schattenspender.
Telabit	großer zementierter Brunnen und mehrere kleine Wasserlöcher. Wasser reichlich vorhanden und ausgezeichnete Beschaffenheit.

Temba-Temba

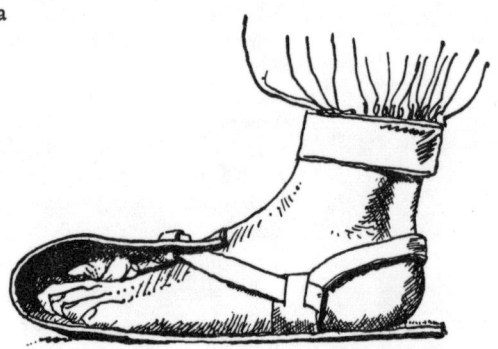

Diese Sandale ist nicht die typische T.-Sandale, sondern aus Agadès eingeführt. Bei dieser auch Takalun genannten Sandale halten zwei Zehen unter den sich kreuzenden Lederbändern die Sandale und ragen frei nach vorne heraus. Die echte T.-Sandale, Tairoga oder auch Kelembu genannt, hat eine ähnliche Konstruktion, schützt aber den Fuß durch ein vorgewölbtes, die Zehen bedeckendes Leder. Die Tairoga kommt außer Gebrauch.

Teraut	Mehrzahl: Tera, sind Amulette aus Leder.
Termiten	finden sich im Boden der Wüstensteppe.
Tibesti	saharisches Hochgebirge, östl. des Hoggar.
Tifinagh	Schrift der T., meist von rechts nach links, aber auch umgekehrt und sogar in Spiralen geschrieben. Auf den Felsen der Sahara findet man auch Vorformen des Tifinagh, welche die heutigen T. nicht mehr lesen können. Die Schrift kennt keine Vokale.
Tigete'uin	(Mehrz.) Einzahl Tagite'ut, die schön geschnitzten und mit Bandzeichnungen verzierten Zeltstäbe aus Tamarindenholz, die von den Inharden angefertigt werden. Zu einem Zelt gehören meist acht hochstehende und drei quergelegte Pfähle.
Tilemsi	Trockenstromtal von Tessalit bis Gao.
Timbuktu	berühmte Stadt und bedeutender Handelsplatz, liegt etwa 20 km vom Niger ab, ist aber mit dem Fluß durch Kanal verbun-

den. Zentrum des Karawanenhandels, von den T. gegründet und (nach Dr. Schiffers – Die Große Reise) unter die Obhut einer Sklavin, Tin Boctu = Frau mit dem großen Nabel, gestellt. Die Stadt wurde am 20. April 1828 zum erstenmal von einem Europäer, dem Franzosen Caillié, betreten. Am 6. September 1853 kam der große deutsche Saharaforscher Dr. Heinrich Barth dorthin. Der Ort hat heute kaum mehr als 7000 Einwohner.

Timea'uin	Brunnen am Nordrand des A. v. Iforas.
Timetrin	Sanddünengebiet westlich des Tales von Tilemsi.
Timimun	Oase im Tuat (Algerien), berühmt wegen ihrer Datteln, Teppiche und Decken. Ganz aus rotem Lehm gebaut.
Timissao	tiefe Schlucht in einer Hamada (s. d.) östlich Bidon Cinque, vorzüglicher Brunnen, Wasser warm. Zahlreiche Felsbilder an den bis zu 50 m hohen Steilwänden. Vom Verfasser 1957 besucht.
Tin Azeraf	alter Brunnen südlich Tin Za'uzaten.
Tindé	T.-Fest, meist mit Reiterwettbewerben und Musik (Trommeln).
Tin Elha'ua	Wasserstelle, zwischen Tin Za'uzaten und Debnat.
Tin Ramir	Wasserstelle 20 km südl. Tin Za'uzaten, von Kel Effele und Iforgumessen besucht, führt ständig Wasser.
Tin Rerho	Wasserloch nordöstl. Tin Za'uzaten, am Fuße einer Düne.
Tin Za'uzaten	stets Wasser in jeder Menge führender Ort, ziemlich genau auf dem 20. nördl. Breitengrad. Lange Zeit wichtiger militärischer Stützpunkt der Franzosen.
Tirarar	Bergmassiv südlich In Tebdoq und östlich Aguelhoc.
Tirek	Quelle am Fuße des Adrar von Tirek, einem sich nordsüdlich erstreckenden, fast 20 km langen Felsmassiv. Felsbilderstation.
Tisseraijen	s. a. Takuba.

Tiu'elen	Frauenname. Er bedeutet: Heiße Zeit.
Toka	aus Affasso (s. d.) hergestellte Beimischung zum Kautabak.
Toledo	Ort in Spanien, in dem berühmte Degen und Schwerter hergestellt wurden.
Tuareg	arabische Bezeichnung für die T. (Einzahl **Targi**).
Tuat	Oasengebiet in Südalgerien. Große Dattelhaine. Neuerdings gewaltige Erdölfunde.
Uëd	das gleiche wie Wadi in Nordafrika oder Kori im Aïrgebirge: Trockenflußbett, das nur nach einem Tornado fließt. Anji nennen die T. ein Uëd, während es für einige Stunden Wasser führt.
Uëd Tin Bojeriten	kleines Uëd ohne Wasser südl. Timea'uin.
Uëd Soren	genau nördlich Timea'uin (s. d.), bietet gute Weide und weist viele verschiedene Pflanzen auf. Kein Wasser.
Ulliminden	Teilvolk der T., und zwar der Zahl nach das bedeutendste. Lebt als Nomaden längs des Nigerbuckels zwischen Gao und Ansongo. Zentrum ist der Ort Menaka. Die Ulliminden sind große Kämpfer und waren früher berüchtigte Räuber, vor allem der vornehme Stamm der Imochar.
Ziegen	Die Wegbereiter der Wüste. Durch ihr Abfressen der Bäume und Sträucher zerstören sie immer weitere Gebiete der Steppe und verschaffen dadurch der Wüste Zutritt. Unter den Ziegen der T. muß die schwarzhaarige Ziege als sehr wichtig gelten, da aus ihren langen Haaren die sehr festen und schmiegsamen Ziegenhaarseile und Gurte von den Frauen angefertigt werden. Ihre Haut wird durch Vernähen aller Öffnungen bis auf den Hals und durch Gerben und Verpichen zum Idit (s. d.) umgearbeitet.